COLLECTION
FOLIO/ESSAIS

Platon

# Gorgias. Ménon

*Traduction et notes établies par*
*Léon Robin*
*avec la collaboration*
*de Joseph Moreau*

*Préface de*
*Jacques Brunschwig*

*Présentation*
*d'Anissa Castel-Bouchouchi*

Gallimard

*Dans la même collection*

APOLOGIE DE SOCRATE — CRITON — PHÉDON (traduction et édition de Léon Robin avec la collaboration de Joseph Moreau), *n° 9.*

LE BANQUET OU DE L'AMOUR (traduction et édition de Léon Robin avec la collaboration de Joseph Moreau), *n° 83.*

LES LOIS (traduction et édition d'Anissa Castel-Bouchouchi), *n° 308.*

LA RÉPUBLIQUE. DU RÉGIME POLITIQUE (traduction et édition de Pierre Pachet), *n° 228.*

Platon naquit à Athènes, en ~ 427, d'une famille noble. Du côté paternel, il aurait eu pour ancêtre Codrus, le dernier roi d'Athènes ; sa mère était la petite-fille de Critias l'Ancien (voir le *Timée* et le *Critias*), la cousine germaine du Critias qui fit partie des Trente tyrans, et la sœur de Charmide. Il est possible que Platon ait suivi les leçons de l'héraclitéen Cratyle. En ~ 407 se place l'événement capital de sa vie : sa rencontre avec Socrate dont il suivra l'enseignement pendant huit ans. En ~ 399, le maître de Platon est condamné à mort et son disciple n'assiste pas aux derniers moments du philosophe. Platon se réfugie aussitôt à Mégare, craignant qu'Athènes n'inquiète les élèves de celui qu'elle avait fait mourir. Là, il rencontre Euclide le Mégarique.

Platon entreprend ensuite une série de grands voyages sur le détail desquels nous ne sommes pas toujours informés de façon certaine. Il est probable qu'il se rend en Égypte et en Cyrénaïque et qu'il rencontre Aristippe de Cyrène et le mathématicien Théodore. Selon une tradition, il se rend ensuite en Italie méridionale où il rencontre des pythagoriciens et, en particulier, Archytas de Tarente. Selon certains, Philolaos lui aurait alors vendu les écrits secrets de Pythagore dont Platon se serait inspiré dans le *Timée*.

C'est de cette époque que date probablement la composition de l'*Apologie de Socrate*, de l'*Hippias mineur*, de l'*Euthyphron*, du *Criton*, de l'*Hippias majeur*, du *Charmide*, du *Lachès*, du *Lysis*, du *Protagoras*, du *Gorgias* et du *Ménon*.

En ~ 388 commence la grande aventure sicilienne ; Platon pense qu'il pourra convertir Denys Ier l'Ancien à ses idées politico-philosophiques. Le philosophe se brouille assez vite avec le tyran qui exile Platon ; sur le chemin du retour celui-ci est capturé à Égine (peut-être sur l'ordre de Denys) qui était en guerre avec Athènes. Vendu comme esclave, Platon est acheté par le Cyrénaïque Annicéris qui l'avait reconnu et qui le libère. Platon rentre à Athènes en ~ 387 et fonde l'Académie. Il s'agit là de la première grande école de l'Antiquité organisée d'une façon méthodique, avec des salles de cours et une bibliothèque. Il est probable que de cette époque date la rédaction du *Phédon*, du *Banquet*, du *Phèdre*, de l'*Ion*, du *Ménexène*, de l'*Euthydème*, du *Cratyle* et du début de *La République*.

En ~ 367, Denys Ier l'Ancien meurt, son fils Denys II le Jeune lui succède. Dion, le beau-frère de Denys Ier avec qui Platon s'était lié d'amitié lors de son premier voyage, fait rappeler Platon qui repart en Sicile, en laissant à Eudoxe le soin de diriger l'Académie. La brouille avec Denys II est rapide ; celui-ci exile Dion, puis notre philosophe qui revient à Athènes. De cette époque doit dater la rédaction du *Parménide*, du *Théétète*, du *Sophiste*, du *Politique* et du *Philèbe*.

En ~ 361, Denys II invite à nouveau Platon qui repart en Sicile pour la troisième fois. Une nouvelle brouille éclate rapidement. Platon est assigné à résidence puis relâché sur l'intervention d'Archytas. Il revient à Athènes où il rédige le *Timée*, le *Critias* et les *Lois* qui restent inachevées lorsque Platon meurt, en ~ 347.

# PRÉFACE

*La situation actuelle de Platon dans les études philosophiques, et plus généralement dans la culture générale de notre pays, est assez singulière. D'un côté, à en juger par le nombre croissant des traductions des dialogues qui paraissent chez de nombreux éditeurs en « format de poche », et pour un prix modique, Platon se porte assez bien. Ces publications sont de nature et de qualité assez variées. Il s'agit parfois de traductions improprement baptisées « inédites » (qui cessent évidemment de l'être à partir du moment où elles sont éditées) : ce sont tout simplement des traductions nouvelles. Parfois aussi, les éditeurs reprennent une traduction appartenant à leur fonds plus ou moins ancien ; ils confient à un réviseur actuel le soin de vérifier cette traduction, et d'en corriger éventuellement les erreurs, les imprécisions ou les défauts d'appropriation stylistique. L'inconvénient de cette pratique est qu'en règle générale, les modifications apportées par le réviseur ne sont pas signalées comme telles, ni leurs justifications fournies au lecteur. Dans tous ces cas de figure, la traduction est précédée d'une introduction plus ou moins substantielle, et agrémentée de notes plus ou moins copieuses, certaines se bornant à identifier les personnes, les faits et les événements auxquels le texte fait allusion, d'autres allant jusqu'à constituer, cumulativement et en combinaison avec l'introduction, un véritable commentaire philosophique du dialogue. Dans ces publications de faible volume, il arrive, mais exceptionnellement, que le texte grec soit donné en face de la traduction.*

*Cette profusion éditoriale répond manifestement à l'attente d'un public qui comprend, mais aussi qui dépasse, celui des élèves et des étudiants. Ceux-ci, par la vertu des programmes, depuis celui de la classe de terminale jusqu'à celui de l'agrégation, sont régulièrement amenés, c'est de tradition dans notre enseignement, à lire Platon, à l'étudier et à l'expliquer, comme étant (ou Socrate à travers lui) le philosophe par excellence ; beaucoup pensent toujours, selon le mot de Louis Lavelle, qui était fort à la mode du temps de ma jeunesse, qu'« on ne philosophe qu'autant qu'on platonise ». Mais ce n'est pas forcément faire preuve d'angélisme béat que de penser qu'il existe aussi, parmi les jeunes gens d'aujourd'hui et parmi les moins jeunes, fussent-ils professionnellement fort éloignés de la philosophie, des lecteurs qui sont poussés vers Platon, et plus généralement vers la philosophie grecque, par la curiosité, par le plaisir, par l'inquiétude, par la recherche du sens, parfois même peut-être par le souci de connaître enfin de plus près ce penseur auquel tant de penseurs modernes font obsessionnellement retour, fût-ce pour le renverser, le dépasser ou le « déconstruire ». Ce que Karl Popper a appelé le « charme » ou l'« envoûtement »* (spell) *de Platon s'exerce paradoxalement jusque sur ceux qui lui résistent, un peu comme celui d'Homère le faisait sur Platon lui-même, si l'on en juge par les paroles que ce dernier attribue à Socrate dans le dernier livre de* La République.

*D'un autre côté, il est plus ou moins démontré par les statistiques, je crois, que le nombre (ou la proportion) des lecteurs de Platon qui sont capables de le lire dans le texte (ou du moins de se reporter de temps à autre à ce texte quand la traduction leur paraît obscure ou déconcertante pour quelque raison) a considérablement baissé depuis quelque temps. Le grec est une langue difficile, bien souvent malaisée à traduire. Son vocabulaire est d'une richesse et d'une souplesse qui rendent impossible de lui donner des équivalents fixés une fois pour toutes et indépendants du contexte ; sa syntaxe sans rigidité lui permet mille nuances ; la structure de ses enchaînements, rythmés par les fameuses « particules de liaison » (sur lesquelles on reviendra), augmente encore la difficulté ; sans compter, naturellement, le fait que nul, même parmi les Grecs modernes, ne peut prétendre avoir avec cette langue morte la familiarité intuitive que chacun entretient, ou croit entretenir, avec sa langue maternelle. Dès lors, pourquoi commencer, pourquoi faire commencer à apprendre une langue dont l'apprentissage est proprement interminable ? Ne s'agit-il pas d'un investissement bien peu « rentable », en tout cas dans le sens économique du terme ? Il n'est guère étonnant, dans ces conditions, que l'enseignement du grec, malgré les lamentations qui s'élèvent des côtés les plus divers, soit en crise, et peut-être même en danger ; il s'étiole apparemment dans le secondaire, sans que le « supérieur » soit encore vraiment et partout en mesure de prendre le relais pour redresser la situation (bien que la connaissance de la langue, de la littérature, de la culture grecques soit à peu près indispensable, non seulement aux philosophes, mais aussi bien aux historiens, aux littéraires, à bien d'autres encore). Dans un pays où la tradition des études grecques de haut niveau est ancienne, glorieuse et, heureusement, toujours vigoureuse, on arrive ainsi à l'une de ces situations d'écart grandissant qui caractérise de façon si inquiétante beaucoup d'aspects de notre monde : de même qu'en de nombreux domaines la distance se creuse sans cesse, et impitoyablement, entre l'avant-garde qui galope en tête et le gros de la troupe qui traîne la jambe, de même le nombre des lecteurs de Platon diminue ; c'est celui des lecteurs des traducteurs de Platon qui augmente.*

*Lorsqu'on publie une traduction de Platon, on s'adresse donc à un public mal déterminé. Si la traduction est accompagnée du texte grec, comme c'est le cas dans la Collection des Universités de France, publiée par la Société d'édition Les Belles-Lettres, plus connue sous le nom de Collection Budé, le traducteur est dans une situation malaisée. Il sait qu'il aura des lecteurs hellénistes, ce qui le rend assez naturellement enclin à ne pas s'imposer une fidélité littérale : si ces lecteurs ne sont pas satisfaits, ils n'ont qu'à regarder sur la page d'en face. Mais il sait aussi qu'il aura probablement des lecteurs qui ne sont pas hellénistes, et qui restent légitimement attirés par le prestige de la collection et de ses collaborateurs : à leur intention s'impose un plus grand respect de la lettre du texte, surtout dans les dialogues philosophiquement les plus denses. La Collection Budé, dont la publication s'est étendue sur plusieurs dizaines d'années, a confié le travail à de multiples traducteurs, les uns plutôt catalogués comme « littéraires », très attentifs au style (pour les dialogues dits « de jeunesse »), et les autres comme « philosophes », fort préoccupés par le sens (pour les dialogues de la maturité et de la vieillesse de Platon) ; tout au long de la série, l'hésitation est perceptible entre les deux attitudes que l'on vient de décrire, malgré le niveau d'ensemble très satisfaisant de ces traductions, chacune en son genre.*

*Lorsque la traduction est publiée sans le texte, comme c'est de plus en plus souvent le cas, surtout dans les éditions à bon marché, la situation du traducteur est en principe plus simple : il sait que ses lecteurs, dans leur quasi-totalité, ne seront pas des hellénistes. Cependant, ici encore, il peut choisir entre diverses stratégies. Il peut se proposer de rendre Platon lisible, autant que faire se peut, au lecteur d'aujourd'hui ; il s'efforcera d'adopter un style fluide et sans aspérités, sans rien qui sente sa « version grecque ». À l'autre extrémité du spectre des solutions possibles, le traducteur peut avoir pour ambition de placer le lecteur français exactement devant les mêmes problèmes que le lecteur helléniste rencontre en lisant le texte grec. C'est ainsi, par exemple, que l'on a vu paraître assez récemment aux États-Unis une traduction des livres centraux de la* Métaphysique *d'Aristote (dont le style dense et souvent télégraphique pose, à vrai dire, des problèmes très différents de ceux que soulève la prose élé-*

*gante de Platon*[1]*) en une langue que le traducteur, Montgomery Furth, définit comme n'étant « ni de l'anglais ni du grec », et qu'il baptise le « Eek*[2] *». Une traduction en Eek, explique Furth, « vise à rendre disponible pour le lecteur, aussi exactement et aussi littéralement que possible, ce qu'il y a dans le texte d'Aristote tel que nous l'avons ». Mais on ne peut à la fois atteindre ce but et écrire en bon anglais, car « le texte d'Aristote est concis et elliptique, et ressemble à un message chiffré ». Les traducteurs, poursuit Furth, cherchent généralement à résoudre cette difficulté (il reconnaît que certains l'ont fait brillamment) en interpolant dans leur traduction, à la lumière de leur compréhension du texte et de leur sens du style, tout un ensemble d'éléments qui relèvent de l'interprétation ; mais il reste que la distinction entre les données du texte et l'interprétation qu'ils en font n'est pas clairement signalée dans la traduction. Une traduction en Eek, au contraire, cherche (peut-être non sans quelque naïveté) « à présenter seulement ce que le texte grec présente, à montrer les difficultés qu'il contient exactement comme elles sont sans les trancher tacitement, à engendrer dans l'esprit de son lecteur, autant que possible, les mêmes conditions mentales que celles qu'engendre le texte original dans l'esprit de son lecteur ».*

*Nul n'était aussi bien placé que Léon Robin pour réfléchir à toutes ces questions et pour leur donner une réponse attentive et nuancée. Il lui est arrivé en effet quelque chose de tout à fait rare*[3] *: on lui a donné l'occasion, au cours de sa longue vie (1866-1947), de tra-*

1. La comparaison, il faut le rappeler, est forcément boiteuse. Les dialogues de Platon sont des ouvrages qui étaient destinés à être publiquement diffusés ; les œuvres d'Aristote que nous avons conservées sont au contraire, sans doute, quelque chose comme des notes professorales. Inversement, l'enseignement oral de Platon, dont nous n'avons pas de traces directes, avait la réputation d'être particulièrement obscur et rébarbatif, alors que les écrits d'Aristote qui avaient vocation à se répandre en dehors de son école, et qui sont pour nous presque entièrement perdus, étaient considérés comme d'un style tout à fait admirable.

2. Aristote, *Metaphysics*, Books VII-X, translated by Montgomery Furth, Indianapolis, Hackett, 1985. Les passages cités sont extraits de la préface de cet ouvrage.

3. Mais non tout à fait sans exemple. En 1975, Jonathan Barnes a publié une traduction anglaise commentée des *Seconds Analytiques* d'Aristote (*Aristotle's Posterior Analytics*, Oxford, Clarendon Press) qui affichait par avance les principes de la traduction en K, et qui les appliquait avec brio. En 1994, la seconde édition de cet ouvrage offre une traduction entièrement révisée, qui n'est plus du tout dominée par les mêmes principes, et qui est écrite dans un anglais aussi pur et aussi subtil qu'on peut le souhaiter. Bien entendu, il est aussi utile de

*duire à deux reprises certains des dialogues les plus importants de Platon, dans des collections différentes et à l'usage de publics vraisemblablement différents. Il a donné successivement, dans la Collection Budé, le* Phédon *(1926), puis* Le Banquet *(1929), enfin le* Phèdre *(1933)*[1]. *Plus tard, il n'a pas reculé devant la tâche gigantesque que lui proposaient les éditeurs de la Pléiade, et qu'il a réussi à mener à son terme dans les dernières années de sa vie, malgré les soucis et la dureté des temps ; sa traduction intégrale de l'œuvre de Platon*[2] *a paru en deux volumes, en 1940 et 1942*[3].

*Que Robin ait été parfaitement conscient des différences entre les contraintes dont il avait à tenir compte en travaillant à ces deux séries de travaux, on peut s'en apercevoir en lisant la fin de son Avant-propos dans la Pléiade (vol. I, p. XIX) : « Quiconque s'est aventuré à tenter de* rendre *effectivement dans sa langue l'œuvre d'un grand écrivain, lequel est par surcroît l'un des plus profonds philo-*

---

pratiquer la première édition que la seconde, et mieux encore, les deux en même temps.

1. Plus récemment, les éditeurs de la Collection Budé ont publié, pour tenir compte en particulier des progrès qu'a faits l'histoire du texte de Platon, de nouvelles éditions de ces dialogues, avec des traductions nouvelles. Le *Phédon* (1983) et *Le Banquet* (1989) ont été édités et traduits par Paul Vicaire ; le *Phèdre* a été édité par Claudio Moreschini et traduit par Paul Vicaire (1985). Dans les trois cas, cependant, il est significatif que les auteurs de ces nouvelles éditions aient tenu à conserver les substantielles et fort utiles préfaces que Léon Robin avait écrites pour ses propres traductions, et à exprimer tout le respect qu'ils gardent pour le travail de leur devancier.

2. Y compris les œuvres douteuses ou certainement apocryphes. Dans la note initiale du volume II, Robin dit qu'il avait d'abord eu l'intention de faire un choix parmi ces œuvres. Mais, ajoute-t-il (avec un soupçon d'ironie peut-être), « le Directeur de la Pléiade a généreusement souhaité qu'à ce deuxième volume ne manquât rien de ce qui, à bon droit ou non, nous a été transmis sous le nom de Platon ». Il fallait sans doute être plus généreux encore pour accepter cette proposition que pour la faire.

3. Avec le concours, pour le *Parménide* et pour le *Timée*, de Joseph Moreau. Au gré des diverses réimpressions de l'édition de la Pléiade, l'initiale du prénom de ce collaborateur de Robin a subi des vicissitudes, qui ont parfois induit les bibliothécaires et les bibliographes en erreur. Mais on peut supposer que peu de lecteurs ont hésité à reconnaître en lui l'éminent platonicien qui fut longtemps professeur à l'université de Bordeaux (en dehors de ses nombreuses publications d'histoire de la philosophie ancienne et moderne, on trouvera des informations sur Joseph Moreau dans le volume de Mélanges qui lui a été offert, sous le titre *Permanence de la philosophie*, Neuchâtel, 1977).

*sophes qu'il y ait eu, sait qu'il court un risque entre tous redoutable. Tout le premier, je me rends compte de ce qui manque au résultat de mon effort, je sais que je serais le premier à vouloir me corriger moi-même. » Et il ajoute en note : « C'est ce qui m'est arrivé à l'égard des traductions que, d'un point de vue très différent et pour répondre à de tout autres besoins, j'ai données de* Phédon, *du* Banquet *et de* Phèdre *dans la collection Guillaume Budé ». Par discrétion, sans doute, il n'a pas voulu en dire plus ici, et à ma connaissance il ne l'a pas fait non plus ailleurs. C'est bien dommage : il aurait été passionnant de savoir comment il aurait parlé des problèmes théoriques et pratiques qu'il avait rencontrés dans sa double tâche, comment il aurait décrit les différents « points de vue » qu'il avait adoptés ici et là, et les « besoins tout autres » auxquels il avait eu conscience de devoir « répondre » dans un cas et dans l'autre.*

*Nous ne sommes cependant pas entièrement réduits à faire des conjectures à ce propos. Dans l'une au moins des préfaces de ses volumes Budé, celle du* Banquet, *Robin s'est expliqué sur les principes de traduction qu'il s'était fixés dans ce cas. Il écrit (p.* CXX*) : « [Le traducteur] doit rendre sensibles [les] différences de tonalité et de style [...] qui font de chaque discours*[1] *une individualité littéraire vraiment distincte. Il doit, tout en suivant avec souplesse le mouvement de la phrase, garder au détail de l'expression sa valeur précise, sans pourtant la forcer. Il voudrait être familier, sans tomber par là dans la trivialité, et, en conservant à ce qu'il traduit la grâce de l'ironie ou la noblesse simple du ton, donner enfin à son français une saveur qui, de loin, pût rappeler un peu l'atticisme. » Comme on le voit, il se pose surtout, ici, des problèmes de style et de sensibilité stylistique.*

*Dans la préface de la Pléiade, en revanche, c'est le souci de la fidélité qui prédomine : « Mon principe, écrit-il*[2]*, a été de m'appliquer à ne laisser rien perdre du texte et, j'en conviens, de sacrifier pour cela l'élégance à la fidélité. La pensée de Platon est rigoureuse dans sa complexité artiste, et l'on risque d'en perdre le fil si l'on ne s'attache pas minutieusement à tout ce qui est fait pour en marquer les articulations et les nuances. A-t-on le droit de supposer inutiles des notations que l'écrivain a jugées nécessaires à la précision et à la clarté de l'expression ? J'ai été spécialement attentif aux particules de*

1. On sait que *Le Banquet* se présente comme une série de discours consacrés à l'éloge de l'amour, et prononcés par différents convives nettement individualisés par leurs occupations professionnelles et par leurs idées sur la question.

2. Avant-propos, vol. I, p. XVII.

*liaison, dont le sens a toujours besoin d'être exactement déterminé*[1]. *S'il m'est arrivé parfois de paraphraser légèrement le texte, le motif en a toujours été d'éviter une note explicative de l'interprétation adoptée et de ne pas rester dans l'équivoque*[2]. *D'autre part, je me suis fait une règle de répéter les mots que, à peu de distance, Platon a cru devoir répéter : ces répétitions marquent avec plus de netteté l'enchaînement des idées et la continuité du raisonnement*[3]. *Pas davantage je*

1. « À cet égard, ajoute-t-il en note, je dois beaucoup au livre du P. Édouard Des Places, *Étude sur quelques particules de liaison chez Platon*, Paris, 1929, Société d'édition Les Belles-Lettres. » Robin ne paraît pas avoir connu l'étude de J. D. Denniston, *The Greek Particles*, Oxford, Clarendon Press, dont la première édition est de 1934, alors que la seconde, qui fait référence aujourd'hui, est de 1954. Il était cependant loin d'ignorer ce qui se passait outre-Manche : il y a quelques années, j'ai pu voir dans la bibliothèque d'Oriel College, à Oxford, plusieurs lettres manuscrites échangées entre lui et le grand aristotélicien anglais Sir David Ross. Ces lettres manifestent l'intérêt que l'un et l'autre prenaient à se communiquer leurs réflexions et les nouvelles de leurs travaux ; elles attestent aussi, au-delà des échanges professionnels, l'amicale familiarité qui les liait personnellement.

2. Sur ce point particulier, qui semble d'ailleurs assez peu compatible avec ce que dit Robin dans les lignes suivantes, certains préféreraient peut-être aujourd'hui une attitude différente, à l'instar de Montgomery Furth, cité plus haut. Si le texte est équivoque, pourquoi ne pas en donner une traduction qui reproduise cette équivocité, autant qu'il est possible, et pourquoi ne pas ajouter alors une note explicative, dans laquelle on expliquerait en quoi consiste l'équivoque, et comment l'on croit qu'on pourrait la réduire au mieux ? Autrement, on introduit dans la traduction elle-même un élément d'interprétation. C'est précisément ce que les traducteurs en « Eek » ne veulent pas faire ; et c'est sur ce point, entre autres, que la traduction Robin n'est pas une traduction en « frangrec ».

3. Cette notation a peut-être contribué à attirer l'attention de Pierre-Maxime Schuhl sur « la technique de la répétition dans le *Phédon* », à laquelle il a consacré une série de « remarques » (*Revue des Études grecques*, 41, 1948, p. 373-380, repris dans *Études platoniciennes*, PUF, 1960, p. 118-125). Il n'est que juste de rappeler ici que Pierre-Maxime Schuhl, qui avait été l'élève de Robin, a beaucoup fait pour perpétuer son souvenir et confirmer l'actualité permanente de ses travaux : il a édité son cours de 1932-1933 sur *Les rapports de l'être et de la connaissance d'après Platon* (PUF, 1957) ; il a donné son nom au centre d'études sur la pensée antique qu'il avait créé dans une petite pièce de l'ancienne Sorbonne où était conservée la bibliothèque personnelle de Léon Robin. Le Centre Léon-Robin a continué de vivre et de se développer activement, sous la direction d'abord de Pierre Aubenque, puis de Gilbert Romeyer Dherbey maintenant, dans les locaux de l'université de Paris-IV. Rappelons aussi, signe que l'œuvre de Robin est très loin d'être oubliée, que sa thèse monumentale, *La*

*n'ai hésité à respecter, en essayant de ne pas tomber dans le galimatias, ce procédé d'écriture si commun chez Platon et, d'une façon générale, en grec, qui consiste à exprimer l'idée par deux termes de même famille (par exemple* parler, parole*) : c'est une façon de donner la tonalité et, au besoin, de la renforcer. Les réponses des interlocuteurs, quand, dans le grec, elles sont identiques, m'ont paru devoir être traduites identiquement : si leur apparente monotonie n'a point semblé choquante à Platon, avons-nous le droit d'en être choqués au point d'y remédier, et ne devons-nous pas garder au texte sa physionomie originale ? »*

*Ces citations permettent bien d'apprécier la judicieuse répartition que Léon Robin a imprimée à ses efforts. La solution de facilité eût été de donner aux profanes un Platon fluide, aux clercs un Platon rugueux. Très sagement, Robin a fait le contraire. Aux lecteurs de la Collection Budé, hellénistes et philosophes de métier, il s'efforce d'offrir une récréation (une re-création) littéraire de qualité ; la page de grec est en face, pour ceux qui veulent travailler. Aux lecteurs de la Pléiade, en revanche, on présente un texte plutôt raboteux, parfois lourd, il faut l'avouer, qui ne cherche pas à séduire, mais qui arrête et qui force à réfléchir si l'on veut trouver le sens et suivre le fil*[1]*. Certains interlocuteurs de Socrate le trouvaient « violent »,* biaios *(*Gorgias, *505 d). Le prisonnier de la Caverne, on s'en souvient, ne quitte ses chaînes que s'il y est « contraint »* (République *VII, 515 c) ; il ne trouve le chemin de la sortie et ne s'engage dans la montée « rude et escarpée » qui y mène que si « quelqu'un le tire de là par force » (515 e). C'est ce Platon-là, pourrait-on penser, dont la traduction Robin, dans la Pléiade, nous donne l'exigeante et forte image. Fondée sur une parfaite connaissance du grec et sur une profonde familiarité avec la pensée de Platon, elle est un guide sûr, honnête, qui ne triche jamais avec la difficulté, et qui donne l'envie et les moyens de la surmonter.*

---

*théorie platonicienne des idées et des nombres d'après Aristote,* publiée à Paris en 1908, a eu l'honneur (assez rare pour un ouvrage d'érudition écrit en français) de faire l'objet d'un « reprint » (Hildesheim, Olms, 1968). Curieusement, l'écart chronologique entre la thèse et sa réimpression est exactement le même que celui qui sépare la traduction de la Pléiade et sa réimpression partielle d'aujourd'hui — une soixantaine d'années, soit deux générations de lecteurs. Nous payons à Léon Robin ce que les psychologues modernes appellent une dette transgénérationnelle.

1. Il n'est pas jusqu'à la présentation typographique, compacte et sans alinéas pour marquer le changement d'interlocuteur, qui ne contribue à cette impression d'austérité (même si elle est dictée, au moins en partie, par le souci de gagner de la place).

*Voici donc maintenant disponibles, sous cet emballage nouveau, mais dans leur costume Robin non retouché, étoffe d'avant-guerre et coupe sobre, le* Gorgias *et le* Ménon, *ces deux dialogues dont la très belle présentation d'Anissa Castel-Bouchouchi dit bien la position clef dans l'œuvre de Platon. Il n'y a été ajouté que quelques documents annexes, à l'usage du lecteur d'aujourd'hui. Parmi ceux-ci, l'on voudrait souligner l'intérêt du tableau comparatif des traductions différentes, et parfois divergentes, que des traducteurs également compétents ont données d'un certain nombre de passages. S'il est important, en effet, de lire Platon d'un œil critique et réfléchi, il ne l'est pas moins de lire du même œil ses traducteurs. Quelle que soit la traduction que l'on a l'habitude d'utiliser, une comparaison avec celle de* Robin *est toujours un exercice extrêmement profitable. Serait-on amené, ici ou là, à discuter certains des choix propres à Robin, cela n'enlèverait rien au durable mérite de son travail, j'oserais dire : au contraire.*

*À la fin de son Avant-propos, Léon Robin, évoquant avec une fière modestie la formule de Montaigne, écrivait : « Je crois pouvoir dire de cette traduction qu'elle est au moins "une œuvre de bonne foi". » Nul ne lui disputera le droit de dire cela, pour peu qu'il ait regardé de près une partie au moins de son travail. Lorsqu'on lit tout entier cet Avant-propos si pleinement* responsable *que nous avons largement cité, on a envie, pour cette fois, de paraphraser Pascal : on s'attendait à trouver un traducteur, et l'on trouve un homme.*

Jacques BRUNSCHWIG

# PRÉSENTATION

Le *Gorgias* et le *Ménon* ne font pas honte à l'ignorance, dont ils se méfient moins que des fausses compétences, et ils ne supposent pas que l'inconnu est bien connu. Ils ne portent pas sur des idées abstraites, comme le non-être ou l'illimité, mais sur des notions éthiques, comme la vertu, le plaisir et la justice, ou encore, plus généralement, sur les rapports entre la rhétorique et la philosophie, l'opinion et le savoir. Écrits entre 390 et 385 av. J.-C., ils appartiennent à la catégorie des dialogues socratiques de transition, dans lesquels Socrate ne se contente plus de détruire les fausses certitudes sans rien affirmer de positif, et où cependant la doctrine platonicienne proprement dite n'est pas définitivement constituée : elle s'élabore sans rupture majeure avec l'héritage socratique. Les dialogues de cette période ne font donc pas appel à une technicité particulière parce qu'ils comportent relativement peu d'éléments doctrinaux. En un mot, ils se laissent lire tels qu'ils sont.

## LA SITUATION DE *GORGIAS* ET DE *MÉNON* DANS L'ENSEMBLE DES DIALOGUES

Comment expliquer alors la littérature immense et complexe qu'ils continuent à susciter, aujourd'hui plus que jamais ? Ils ont en effet connu ces dernières années un très net regain d'intérêt, pour des raisons diverses et largement indépendantes les unes des autres. Parmi les commentateurs de Platon, on peut, par commodité, distinguer trois courants ayant conduit à réévaluer l'intérêt de ces deux dialogues. Certains les ont relus dans une perspective axiologiquement neutre, en privilégiant la méthode qu'ils déploient, il est vrai, de façon particulièrement explicite. Ils se sont demandé, par exemple, si la mise à l'épreuve (*elen-*

*chos*) socratique, telle que le *Gorgias* la thématise, subissait dans le *Ménon* une mutation destinée à assurer sa permanence, ou si, au contraire, le tournant que constitue le *Ménon* dans le développement philosophique de Platon ne conduisait pas à terme à un abandon de l'*elenchos*[1]. Cette approche, moins technique qu'on ne pourrait le penser à première vue, part de la relation étroite entre la forme dialoguée de l'écriture de Platon et son apparente faiblesse métaphilosophique. S'il n'y a nulle part de traité platonicien sur ce qu'est la philosophie, ni aucun équivalent d'une préface aux dialogues — aucun discours de la méthode, qu'il soit antérieur ou postérieur aux essais de cette méthode — c'est parce que la naissance de la philosophie à partir de l'opinion est le thème le plus général de ces dialogues. Le vrai leur est immanent. La méthode dialectique semble donc inhérente à la défense de la raison dialogique. Car elle « dépend de façon cruciale de l'assertion ou du démenti de quelque chose par quelqu'un, de l'acceptation de prendre la défense de ce qu'il dit, de l'acceptation de dire ce qu'il entend, et de la reconnaissance des conséquences de sa position quand elles lui sont indiquées (Socrate insistant régulièrement sur le tout)[2] ». Étudier la méthode ne revient pas à faire abstraction du contenu ; au contraire, c'est un moyen privilégié de cerner l'identité des dialogues et la spécificité de la philosophie platonicienne.

D'autres, par ailleurs, ont concentré leur attention sur des questions plus régionales ; ainsi les mathématiques, auxquelles l'œuvre écrite consacre étrangement peu de place ; ou la signification symbolique des passages non argumentatifs, telle qu'elle s'exprime notamment dans les récits mythiques ou dans les prologues. S'agissant des mathématiques, tous ceux qui, dans le sillage de l'école dite de Tübingen, se penchent aujourd'hui sur la doctrine non

1. Cf. R. Robinson, *Plato's Earlier Dialectic*, Oxford, 1953²; G. Vlastos, *Socratic Studies*, Cambridge, 1991, *Socrate*, trad. fr. C. Dalimier, Paris, 1994 ; D. Davidson, « Le philosophe de Platon », trad. fr. M. Canto-Sperber, in *Les paradoxes de la connaissance*, M. Canto-Sperber (éd.), Paris, 1991 ; J.-F. Balaudé, « La philosophie comme mise à l'épreuve. Les mutations de l'*elenchos* de Socrate à Platon », *in* P.-M. Morel (éd.), *Platon et l'objet de la science*, Bordeaux, P.U.B., 1996.

2. Ch. L. Griswold, « La naissance et la défense de la raison dialogique chez Platon », *in* J.-F. Mattéi (éd.), *La naissance de la raison en Grèce*, Paris, P.U.F., 1990, p. 377.

écrite de Platon, celle qui aurait été dispensée à l'Académie où, comme chacun sait, nul n'entrait s'il n'était géomètre, sont amenés à accorder au *Ménon* une attention toute particulière, dans la mesure où le problème de la duplication du carré et l'extension de la méthode hypothétique aux questions morales manifeste une orientation platonicienne nouvelle ; ce tournant est d'autant plus frappant d'ailleurs que cette qualification d'hypothèse, malgré les dires de Socrate, n'est pas empruntée aux mathématiques[1]. Quant aux travaux sur les mythes, qui, dans un tout autre esprit, mais dans une optique également régionale, prolongent les intuitions néo-platoniciennes et certaines analyses heideggeriennes, ils restituent aux dialogues leur intégrité, en montrant que dans Platon tout mérite d'être pris au sérieux, y compris les passages d'inspiration religieuse comme le mythe eschatologique du *Gorgias*, dont la structure en χ reflète l'ordre du cosmos, présentant ainsi le visage de l'intelligible dans une topographie de l'au-delà[2].

Enfin, l'intérêt assez récent suscité par *Les Lois* de Platon, texte longtemps marginalisé, modifie la portée de certaines thèses et éclaire rétrospectivement des analyses qui paraissaient sans postérité. D'une certaine manière, *Les Lois* confèrent au *Ménon* et au *Gorgias* une position clé qu'ils ne semblaient pas mériter tant que *La République* passait pour l'horizon indépassable et indépassé de la pensée platonicienne. Le statut de la rhétorique en est bouleversé. On sait que celle-ci est sévèrement critiquée dans le *Gorgias*, qui la définit comme une espèce de la flatterie visant à produire la persuasion indépendamment de toute science réelle[3]. Or, elle est réhabilitée dans le dernier ouvrage de Platon, à travers une problématique législative récemment qualifiée d'utopie, dont la finalité régulatrice est l'abolition de la contrainte au profit de la persuasion. Il s'agit de compenser ce que les injonctions de la loi ont de contraignant

1. Cf. K. Gaiser, « Le *Ménon* de Platon et l'Académie », et M. Gueroult, « Note sur le Locus mathematicus du *Ménon* », *in* M. Canto-Sperber (éd.), *op. cit.* Voir plus généralement M.-D. Richard, *L'enseignement oral de Platon. Une nouvelle interprétation du platonisme*, Paris, Cerf, 1986.

2. Cf. J.-F. Mattéi, « Le théâtre du mythe chez Platon », in *L'ordre du monde. Platon, Nietzsche, Heidegger*, Paris, P.U.F., 1989 ; *Platon et le miroir du mythe*, Paris, P.U.F., 1996, en part. p. 137 sqq.

3. Cf. Platon, *Gorgias*, 458e sqq.

en les faisant précéder de préludes persuasifs. De sorte qu'au lieu d'être une flatterie au service de l'irrationnel, la persuasion, par un renversement spectaculaire, y rend possible une rationalisation de l'irrationnel qui ne reposerait pas sur la contrainte[1]. En dispensant autant que possible de recourir à la dimension épitactique de la loi, les préludes persuasifs ont pour effet de contribuer au bonheur de tous ; autrement dit, la chaîne affect-persuasion-raison fait coïncider règne de la raison et consentement des citoyens — là où, dans le *Gorgias*, la persuasion ne sert à rien, sauf dans les cas très particuliers où elle conduit à accepter la dénonciation de l'injustice commise : l'homme le plus heureux, c'est l'homme juste, mais au second rang vient le coupable qui s'est décidé ou que l'on a décidé à avouer de façon à ce qu'un juste châtiment le débarrasse de son injustice[2].

Et ce n'est pas tout. Sur le plan politique, on s'est parfois demandé si le *Ménon* n'était pas un anti-*Gorgias*[3], dans la mesure où le *Gorgias* refuse aux hommes politiques la moindre vertu, au sens d'un savoir politique véritable, tandis que les dernières lignes du *Ménon*, plus optimistes, la leur accordent sous la forme d'une « dispensation divine qui se produit, sans que la pensée y ait part, chez ceux en qui elle vient à se produire[4] ». Or dans le dernier écrit de Platon, le plus religieux de tous, une synthèse entre savoir et dispensation divine (laquelle n'est pas de l'ordre du savoir, mais de l'opinion vraie, ce qui permet de relativiser somme toute l'opposition entre *Gorgias* et *Ménon*) s'effectue au niveau du « divin » Conseil nocturne (ou Conseil de vigilance) ; cette institution, surgie *in extremis* au livre XII des *Lois* (tout comme le politique vertueux, comparé au devin Tirésias, surgit de façon inattendue dans l'épilogue du *Ménon*), a comme mission d'assurer le salut d'une cité dont elle constitue l'intellect, c'est-à-dire ce qui

1. Cf. A. Laks, « Raison et plaisir : pour une caractérisation des *Lois* de Platon », *in* J.-F. Mattéi (éd.), *La naissance de la raison en Grèce*, Paris, P.U.F., 1990 ; « L'Utopie législative de Platon », in *Revue philosophique*, 1991, n° 4 ; cf. A. Castel-Bouchouchi, *Introduction aux* Lois *de Platon*, Paris, 1997, Folio essais, p. 47 sqq. et p. 235.

2. Cf. Platon, *Gorgias*, 478e et 480c-d.

3. Cf. M. Canto-Sperber, *Introduction au* Ménon *de Platon*, Paris, G.F., 1993², p. 107.

4. Platon, *Ménon*, 100a.

s'apparente le plus au divin[1]. Au lieu de se heurter à une contradiction au moins apparente entre le *Gorgias* et le *Ménon* quant au statut du politique, on voit s'esquisser un triptyque *Gorgias*, *Ménon*, *Lois*. On a pu dire du *Gorgias* qu'il dessine le plan d'un édifice que réaliseront les *Lois*[2]. On pourrait ajouter que le *Ménon* a sa place dans cette évolution.

Son cas est d'ailleurs fort intéressant en raison de la définition qu'il donne de l'opinion. Tant que l'on tenait *La République* pour la seule référence représentative de la doctrine platonicienne, ou du moins comme la référence standard, le *Ménon* se trouvait marginalisé par l'une de ses thèses les plus célèbres qui veut que l'opinion vraie vaille bien, en pratique, la connaissance. « Il n'y a que deux choses à nous guider de façon droite : l'opinion vraie et le savoir ; quand on les a, on guide de façon droite[3]. » Or, « en vue de nos actions, l'opinion droite n'est en rien plus mauvaise que le savoir, ni d'une moindre utilité[4] ». Cette valorisation de l'opinion droite fait la spécificité du *Ménon* et elle semblait demeurer sans réelle postérité dans le corpus platonicien. En effet, dans tous les dialogues ultérieurs, à l'exception des *Lois*, l'opinion sera dévaluée au profit du savoir, les objets de l'opinion différant ontologiquement des Formes intelligibles sur lesquelles porte la connaissance. Les livres VI et VII de *La République* fondent analogiquement cette distinction capitale : il existe quatre modes de connaissance distribués en deux couples, le couple inférieur de l'opinion (*doxa*), composée de l'imagination ou conjecture (*eikasia*) et de la croyance (*pistis*) ; le couple supérieur de la connaissance ou savoir (*epistèmè*) comprenant la discursion (*dianoia*) et la contemplation (*noésis*). Or, dans *Les Lois*, comme la doctrine des Formes intelligibles est soit abandonnée[5], soit impli-

1. Cf. Platon, *Les Lois*, 909a et 968a sqq.
2. C'est l'une des thèses d'A. Hentschke-Netschke, *Politik und Philosophie bei Platon und Aristoteles. Die Stellung der « Nomoi » im platonischen Gesamtwerk und die politische Theorie des Aristoteles*, Francfort-sur-le-Main, 1971.
3. Platon, *Ménon*, 99a.
4. *Ibid.*, 98c.
5. Cf. V. Brochard, « *Les Lois* de Platon et la théorie des Idées », in *Études de philosophie ancienne et de philosophie moderne*, Paris, 1912, p. 154 sqq.

cite[1], l'opinion retrouve le privilège qu'elle avait dans le *Ménon*, et même, semble-t-il, au bénéfice d'un dédoublement.

Elle se divise, en effet, en opinion vraie et en une sorte d'opinion « pathologique », issue des premières sensations, qui sert et qui suffit à orienter les désirs. En d'autres termes, l'opinion vraie, de même valeur que le savoir (comme il est dit aussi dans le *Ménon*), s'oppose aux représentations dérivées des sentiments d'attirance et de répulsion. « Chez les enfants, les premières sensations sont le plaisir et la peine, et ce sont elles qui, tout d'abord, permettent à l'âme de connaître la vertu et le vice, tandis que la pensée réfléchie (*phronesin*) et les fermes opinions vraies (*alètheis doxas bebaious*) auxquelles on se tient, heureux celui qui les connaît au soir de sa vie…[2] » Deux espèces de vertu sont donc distinguées, celle de l'homme accompli, qui repose sur la connaissance ou sur l'opinion vraie : c'est une vertu parfaite à laquelle il est très difficile d'accéder ; et celle de l'homme ordinaire, vertu des affects indépendante de tout usage spécifique de la raison. L'éducation des enfants et du commun des hommes prétend former en quelque sorte les sentiments droits qui serviront de guide dans la vie courante : « Si le plaisir, l'amitié, la peine et la haine surgissent correctement (*orthôs*) dans leur âme, alors qu'ils sont incapables d'en avoir la notion (*logon*), et si, une fois la notion acquise, les sensations s'accordent avec elles pour reconnaître qu'elles ont été correctement (*orthôs*) habituées à suivre les habitudes qui conviennent, cet accord est la vertu totale (*sympasa aretè*)[3]. » La vertu totale est l'accord des deux vertus entre elles, la concordance des sentiments droits, d'une part, avec les opinions vraies ou la connaissance, d'autre part.

Ainsi, à des titres divers, le *Gorgias* et le *Ménon* ont-ils conquis, s'ils ne l'avaient déjà, une position clé dans le corpus platonicien, que celui-ci soit envisagé dans son identité dialogique, qu'il soit considéré dans la perspective d'une

1. Cf. A. Castel-Bouchouchi, « "Comment peut-on être philosophe ?". La notion platonicienne de *paidéia* et son évolution de *La République* aux *Lois* », *in* J.-F. Balaudé (éd.), *Le temps philosophique*, n° 1 : *D'une cité possible*, Paris-X Nanterre, 1995, p. 57 sqq.

2. Platon, *Les Lois*, II, 653a-b.

3. *Ibid.*

doctrine non écrite, ou qu'il soit lu, non plus seulement en référence à *La République,* mais aussi par rapport à l'horizon que constituent *Les Lois.*

Bien sûr, ce ne sont pas les études platoniciennes proprement dites qui expliquent, à elles seules, le foisonnement d'essais et d'articles suscité par ces deux dialogues. Les grands courants philosophiques du siècle leur ont conféré une actualité nouvelle. De nombreux philosophes anglo-saxons, le plus souvent d'inspiration analytique, se sont attachés aux paradoxes de la connaissance déployés dans le *Ménon* et aux incohérences que recèleraient certains arguments[1], au risque de démembrer les textes et de transformer en théorie logique ce que Platon veut montrer par le biais de discours complexes et à multiples niveaux. On peut se demander jusqu'à quel point « les scalpels du logicien » extrayant le paradoxe logique de Ménon de tout ce qui contextuellement n'est pas logique *stricto sensu*, à savoir la présentation mythique de la réminiscence ou les modalités de la recherche, ne mutile pas le texte jusqu'à le rendre méconnaissable[2].

Sur le continent, la réhabilitation dont a bénéficié la sophistique[3] ces vingt dernières années obligeait la philosophie traditionnelle — ou la philosophie tout court ? — à réaffirmer une spécificité que Socrate défend de façon presque militante dans le *Gorgias :* avant même d'être une éthique du discours, la philosophie est un genre de vie, et le partage entre philosophie et sophistique est existentiel. Calliclès s'en rend compte brutalement en écoutant les conclusions de la discussion entre Socrate et Pôlos : « Dis-moi, Socrate, que nous faut-il admettre maintenant à ton sujet ? que tu es sérieux ou que tu t'amuses ? Si en effet tu es sérieux et que ce que tu dis soit d'aventure vrai, ne serait-ce pas alors un bouleversement radical de notre existence, à nous autres hommes, et ne faisons-nous pas, à

1. Cf. M. Canto-Sperber (éd.), *Les paradoxes de la connaissance. Essais sur le* Ménon *de Platon*, Paris, O. Jacob, 1991 ; *Revue philosophique de la France et de l'Étranger*, 1991, nº 4, Platon (ce numéro comporte notamment sept articles fondamentaux sur le *Ménon*).

2. Cf. D. O'Brien, « Le paradoxe de Ménon et l'école d'Oxford », in *Revue philosophique, op. cit.*, pp. 643-658.

3. Cf. B. Cassin (éd.), *Le plaisir de parler. Études de sophistique comparée*, Paris, Minuit, 1986 ; *Positions de la sophistique*, Paris, Vrin, 1986 ; *L'effet sophistique*, Paris, Gallimard, 1995.

ce qu'il semble, le contraire de ce qu'il faut[1] ? » Cette dimension protreptique (c'est-à-dire d'exhortation à la philosophie), qui interdit que l'on sépare le discours, ou la pensée, et la vie, est moins visible, mais tout aussi présente dans le *Ménon*. Le fameux paradoxe éristique selon lequel on ne peut rien apprendre — puisqu'on ne peut ni chercher ce qu'on ignore, faute de pouvoir déterminer l'objet et la méthode de la recherche, ni identifier l'objet cherché dans l'hypothèse où on le trouverait — n'a pas dans le dialogue le statut d'un paradoxe logique. Et Socrate ne manque pas d'envisager les conséquences éthiques dont la gravité suffit à justifier un examen circonstancié : « il ne faut pas se laisser persuader par cet argument captieux : il nous rendrait en effet paresseux et ce sont les hommes mous qui le rendent agréable à entendre ; tandis que celui que je t'expose fait de nous des travailleurs, des chercheurs[2] ».

À ceux qui aiment à rappeler, non sans raison, qu'en dépit de l'anathème jeté sur eux par Platon, les sophistes, souvent fort cultivés, étaient pour ainsi dire les « intellectuels » de leur époque, on serait donc tenté de rétorquer, comme le fait Socrate à l'égard d'Anytos[3], que, sauf à confondre qualification et définition, la question n'est pas de savoir s'ils étaient des hommes de valeur, mais s'ils étaient des philosophes, de ceux qui choisissent la seule existence compatible avec la recherche de la vérité. Le *Gorgias* se referme sur ces paroles : « Usons donc, comme d'un guide, de cette conception dont la lumière éclaire à présent notre marche, et qui nous donne à entendre que cette règle de vie est la meilleure, qui consiste à vivre et à mourir en pratiquant l'exercice de la justice et des autres vertus. Cette règle de vie, suivons-la, et invitons à la suivre les autres hommes, au lieu de celle à laquelle tu mets ta confiance et à laquelle tu m'invites. Car celle-là, elle ne vaut rien, Calliclès[4]. »

Il reste qu'en dépit de tous les commentaires existants et à venir, la valeur du *Ménon* et du *Gorgias* tient paradoxalement à leur unité dialogique précaire, et à l'immanence du

1. Platon, *Gorgias*, 481c.
2. Platon, *Ménon*, 81d-e.
3. Cf. *Ibid.*, 93a-b.
4. *Gorgias*, 527e.

sens qui s'y déploie — c'est-à-dire à ce qui, en définitive, échappe aux commentaires que l'on peut en donner, non seulement parce que chacun s'attache à une dimension de l'œuvre au détriment d'autres aspects, mais aussi parce que les dialogues de Platon, surtout ceux de la période de transition, ne sont ni dogmatiques ni didactiques. Pour reprendre l'image de Socrate dans le *Ménon*, les commentaires sont autant de morceaux brisés à partir desquels le lecteur doit s'efforcer de reconstituer l'objet dans son intégrité, « en l'envisageant dans sa généralité ; et, comme disent à chaque fois, de ceux qui cassent quelque chose, les gens qui se moquent d'eux, cesse de faire beaucoup de choses avec une seule[1] ! ». Le plus difficile est de faire le lien entre les composantes hétérogènes du texte et d'en saisir l'unité. Quant aux dialogues eux-mêmes, ils se présentent explicitement comme n'ayant rien à nous « apprendre », tout simplement parce qu'ils n'ont pas de savoir à transmettre. Ils ne définissent pas ce qu'est la philosophie, mais ils *montrent* le philosopher à l'œuvre à l'occasion d'un dialogue. Là encore, le mode d'emploi n'est à chercher nulle part ailleurs que dans le *Ménon* qui définit la réminiscence à la fois comme remémoration (on trouve en soi au moyen du ressouvenir ce que l'âme sait, ou plus exactement ce qu'elle a su) et comme compréhension (on comprend le lien causal des vérités remémorées, leurs rapports mutuels). « Qu'entends-tu par cette assertion, demande Ménon, que nous n'apprenons pas et que ce que nous appelons apprendre, c'est se souvenir ? Peux-tu m'enseigner (*didaxai*) qu'il en est ainsi ? — Socrate : Ménon, je te disais tout à l'heure que tu es un mauvais drôle : voilà qu'à présent tu me demandes si je suis à même de donner un "enseignement", moi qui dis qu'il n'y a pas d'enseignement, mais un *ressouvenir* [...] — Ménon : Mais si tu es à même, de quelque façon, je dirai de me "montrer" qu'il en est comme tu dis, montre-le ![2] » Variante inattendue du proverbe selon lequel la preuve du pudding, c'est qu'on le mange, le dialogue est une « monstration » et non pas un traité ou une démonstration, et cela pour des raisons consubstantielles et non pas contingentes. « Si la dialectique s'oppose au didactisme, elle ne peut être enseignée,

1. Platon, *Ménon*, 77a.
2. *Ibid.*, 82a.

même par questions et réponses. On n'expose pas la dialectique : c'est pourquoi les personnages du dialogue n'y accèdent pas. Ce ne sont pas les personnages qui doivent comprendre le dialogue, c'est le lecteur. Socrate et Ménon ne sont donc pas parvenus à ce que *La République* appelle la dialectique, mais pourtant la dialectique est là pour nous [...] Si la dialectique n'est pas dans le dialogue, c'est que le dialogue est en lui-même dialectique[1]. »

## L'HISTOIRE, LA MISE EN SCÈNE DES PROLOGUES ET LE THÉÂTRE DU MYTHE : DES OCCASIONS PHILOSOPHIQUES

Ce qui échappe sans doute irrémédiablement au lecteur ignorant, et parfois même au savant[2], ce sont les allusions historiques — nombreuses ici et là —, les références à des situations, des lieux ou des personnages ayant existé et dont nous ne devinons plus, à notre époque, ce qu'ils représentaient au juste pour les contemporains de Platon. Cette déperdition a-t-elle des effets majeurs sur le sens ? Faut-il succomber au découragement devant l'ampleur des lacunes, ou chercher l'essentiel ailleurs ? Le *Gorgias* répond indirectement à la question, et le *Ménon*, plus directement.

### *La mise à distance des événements et des faits*

La date dramatique du *Gorgias* se situe entre 427 et 404. Selon les différentes indications temporelles qui sont données, les commentateurs ont retenu plusieurs dates précises possibles, mais non compatibles entre elles : l'entretien aurait eu lieu après 429, ou aux alentours de 422, ou encore avant 415... Le dossier montre qu'il est difficile, voire impossible, de trouver une date historique exacte de l'entretien entre Calliclès, Socrate, Chéréphon, Gorgias et Pôlos, tout simplement parce que Platon lui-même n'a pas

1. M. Narcy, « Enseignement et dialectique dans le *Ménon* » *in* M. Canto-Sperber, *op. cit.*, p. 190.
2. Le passage du *Ménon* sur la vie de Thucydide (94d) constitue à travers ses traductions divergentes un petit morceau d'anthologie (voir le Tableau comparatif). Ces discordances passant généralement inaperçues, on peut constater que les références historiques jouent un rôle très secondaire dans l'argumentation.

voulu l'établir[1]. Ce que l'on qualifie d'anachronismes, comme s'il s'agissait d'erreurs historiques, procède, semble-t-il, de la mise en scène elle-même, destinée à mettre à distance les savoirs et les références qui pourraient s'interposer entre le texte philosophique et son destinataire. Ce ne serait pas étonnant dans un livre dont l'objet principal est la défense des discours et des arts authentiques, ceux qui visent le bien, contre les contrefaçons et autres savoir-faire, dont le seul but est de plaire à l'auditoire.

N'est-ce pas l'actualité historique, politique et sociale qui permet à la rhétorique de capter au mieux l'attention, parce qu'elle suscite les passions ? On voit bien dans le *Ménon* comment Anytos entre en scène pour dire son mot contre les sophistes — un sujet qui le concerne plus que la méthode hypothétique des géomètres : « Puisse personne dans mon entourage, non plus que dans mes proches ou mes amis, ni concitoyen ni étranger, n'être jamais la proie d'une démence assez grande pour aller trouver ces gens-là et se laisser souiller par eux ![2] » ; à quoi Socrate rétorquera un peu plus loin : « Mais Anytos, y a-t-il donc un des sophistes qui t'ait fait tort ? Autrement, quel motif as-tu d'être hargneux de la sorte à leur égard ?[3] » Contre cette haine qui se nourrit de la rumeur, des anecdotes et des événements qui font la vie de la cité, Platon propose une mise à l'épreuve des opinions, au moyen du dialogue et abstraction faite des affects. Il serait donc paradoxal que le lecteur se laisse intimider ou arrêter par les événements ou les personnages mentionnés dans le texte.

Le *Ménon*, dont l'entretien est supposé avoir lieu en 402, est plus explicite encore dans cette distanciation à l'égard des connaissances positives et de la mémoire collective puisqu'il commence par définir ce que c'est que définir. Socrate fait admettre à Ménon que toute définition doit répondre à la question : qu'est-ce que $x$ ? c'est-à-dire porter sur la forme caractéristique de ce qui est, sa nature ou sa réalité véritable. La distanciation se marque dès le prologue

1. Le dossier est présenté par M. Canto-Sperber dans son édition, Paris, 1993², pp. 49-54. Elle souligne que la confusion chronologique, choquante pour nous, devait l'être tout autant, sinon plus, pour les contemporains : elle était donc voulue par Platon.
2. Platon, *Ménon*, 91c.
3. *Ibid.*, 92b.

par l'allusion à Gorgias et par l'alibi socratique d'une mémoire défaillante. Pour savoir ce qu'est la vertu, suggère Socrate, il faudrait se souvenir de ce qu'a pu dire Gorgias, quand il était à Athènes. Seulement voilà, il n'est plus là, et Socrate ne se rappelle plus quelle définition il en aurait donnée. Ménon l'a-t-il en tête ou cherchera-t-il une définition par lui-même ? La suite permet de comprendre pourquoi ni le souvenir des événements ni le souvenir de ce qu'a pu enseigner Gorgias ne sont les éléments adéquats d'une recherche fructueuse. En effet, la vertu n'est pas *didakton* : elle ne s'enseigne pas. Qu'est-ce que cela signifie ?

Cela ne veut pas dire qu'elle n'est pas enseignée. « La vertu, est-elle enseignée ? Cette question semble être une question sociologique : il y a des gens vertueux — sont-ils en fait devenus vertueux au moyen de l'enseignement ou grâce à une autre cause ? [... Il ne s'agit pas de] nier qu'il y ait une dimension sociologique dans le *Ménon*. (Qu'est-ce que la discussion avec Anytos sinon une petite esquisse d'une sociologie de la vertu ?) Mais la sociologie n'intéresse pas un bon philosophe ; et si la question du *Ménon* est purement sociologique, il faut avouer qu'elle n'a rien à faire avec de la philosophie[1]. » Cet argument n'est pas absolument décisif, si l'on admet que, d'une manière générale, tout n'est pas nécessairement philosophique dans un texte philosophique ; mais justement le *Ménon*, comme le *Gorgias* d'ailleurs, parce qu'ils se présentent comme des protreptiques à la philosophie, creusent, plus que ne le feraient d'autres écrits platoniciens, l'écart entre la philosophie et ce qui n'est pas elle, entre les questions de nature et les questions de fait.

Cela ne veut probablement pas dire non plus qu'il est empiriquement impossible qu'elle soit enseignée, car la disjonction entre ce qui, empiriquement, peut être enseigné et ce qui vient par nature ne forme pas une antithèse. L'un et l'autre ne s'excluent pas : on peut être vertueux par nature et bénéficier en outre d'un enseignement qui ne serait pas la seule voie d'accès à la vertu (exactement comme quelqu'un de naturellement intelligent peut suivre une formation

1. J. Barnes, « Enseigner la vertu ? », in *Revue philosophique de la France et de l'Étranger*, 1991, n° 4, Platon, p. 575.

dont on suppose qu'elle peut rendre intelligent). Or la question liminaire de Ménon est disjonctive : « Es-tu à même, Socrate, de me dire, au sujet de la vertu, si c'est quelque chose qui s'enseigne ; ou bien si, au lieu d'être quelque chose qui s'enseigne, elle est la matière d'un exercice ; ou bien si, au lieu d'être matière d'exercice ou d'enseignement, elle est chez les hommes un don naturel ; ou bien s'il y a quelque autre façon encore dont on l'acquiert ?[1] »

Il semblerait que la question : « la vertu s'enseigne-t-elle ? » puisse recevoir deux interprétations concurrentes, également satisfaisantes en elles-mêmes et contextuellement. On peut en effet comprendre la formule ainsi : la vertu ne s'enseigne pas au sens où elle n'est pas de ces sortes de choses qui sont enseignées. « La vertu est-elle d'une sorte qui est enseignée ? Voilà [peut-être] la question que pose Ménon. [... En ce cas], la question entre au jardin des philosophes, car la réponse dépend de la nature de la vertu, nature que doivent rechercher les philosophes. Cette interprétation se recommande par le fait qu'elle donne un sens satisfaisant et univoque au texte du dialogue[2]. » Mais on peut aussi comprendre qu'il s'agit d'une possibilité non pas de fait, mais en droit. En effet la question : « la vertu peut-elle en droit être enseignée ? » possède les mêmes avantages que l'interprétation concurrente : « Elle donne un bon sens à la question de Ménon ; elle paraît pouvoir donner un sens univoque à l'ensemble du dialogue ; elle requiert un examen de la nature ou de l'essence de la vertu ; elle introduit à une recherche quasi scientifique concernant cette essence ; elle ne réclame pas d'enquête empirique ou sociologique sur la genèse de fait de la vertu des gens vertueux. Bref, "elle rentre au jardin des philosophes". Si nous pouvons nous promener tous ensemble dans ce jardin, que demander de plus ?[3] »

## *Les prologues*

Nombre de prologues ont une fonction de mise à distance des faits, à commencer par celui du *Ménon* qui s'ouvre sur une question à brûle-pourpoint. Son caractère

1. Platon, *Ménon*, 70a.
2. J. Barnes, art. cit., *op. cit.*, p. 577.
3. J. Brunschwig, « Pouvoir enseigner la vertu ? » in *Revue philosophique de la France et de l'Étranger*, 1991, n° 4, p. 602.

abrupt suggère que l'essentiel n'est pas dans la mise en scène, mais dans l'anticipation. La question initiale est en effet posée avec une brutalité déroutante qui rend problématiques d'emblée les rapports du savoir et de l'opinion droite, comme si le principe de l'argumentation était mis en place avant que les vérités ne soient « enchaînées et maintenues par des raisons de fer et de diamant[1] ». Cette brutalité est sans équivalent dans le reste du corpus platonicien (à moins que l'on n'y inclue les dialogues apocryphes *Hipparque* et *Minos*). Elle a pour corollaires l'allusion et l'incertitude : on ne sait trop où se tient le dialogue, et c'est plus loin, quand il apparaîtra que Ménon, en visite à Athènes, est l'hôte d'Anytos, que l'on situera l'entretien chez celui-ci — d'où son entrée en scène circonstancielle et sa participation à une partie de la discussion. On a le sentiment d'avoir raté le début et, comme Socrate, on aimerait bien que quelqu'un nous rappelle ce qui s'est dit en notre absence. « Le début du dialogue n'en est pas le principe. Bien au contraire, le début est le lieu où l'éloignement du principe est au maximum [...] Ce qui est soudain n'est peut-être pas tant la question de Ménon que notre propre arrivée dans une discussion qui n'est pas, nous le savons (76e8), une première rencontre. Nous arrivons "en route"[2]. » Libre à nous de nous orienter selon que nous savons déjà ce qu'est la vertu ou selon que nous nous laissons guider par une opinion droite. C'est l'occasion de comprendre anticipativement que pour celui qui veut se faire conduire à Larissa il y a deux guides également fiables : celui qui connaît le chemin et la ville, et celui qui, sans en avoir aucune connaissance, ni théorique ni pratique, possède toutefois une opinion correcte sur la route à prendre et le lieu où elle mène ; « aussi longtemps du moins qu'il aura, je pense, une opinion droite sur ce dont l'autre avait un savoir, il ne sera pas, lui qui, sans en avoir l'intelligence, suppose ce qui est vrai, un plus mauvais guide que celui qui en a l'intelligence[3] ! ». La fin du *Ménon* semble, dans une certaine mesure, annoncée par le prologue.

1. Platon, *Gorgias*, 509a, trad. A. Croiset (cf. Tableau comparatif p. LXVI).
2. R. Brague, *Le Restant. Supplément aux commentaires du* Ménon *de Platon*, Paris, Les Belles Lettres/Vrin, 1978, p. 55.
3. Platon, *Ménon*, 97b.

Le prologue, plus qu'une mise en scène formelle, est donc une introduction à part entière aux notions clés qui seront élaborées ensuite dans le cours de l'entretien. « Dans le dialogue, ce qui correspond à la matière, ce sont les personnages ainsi que les circonstances de temps et de lieu dans lesquelles Platon a placé le dialogue[1]. » Cela vaut également pour le *Gorgias* dont les premiers mots délimitent le sujet : la rhétorique, activité éristique — art de combat ou « compétition qui vous met aux prises avec un autre[2] », dira Pôlos — dont la finalité est le plaisir. « Calliclès : Guerre et combat, c'est comme tu fais, Socrate, qu'il en faut, dit-on, prendre sa part. — Socrate : Eh bien ! est-ce que, selon le proverbe, nous arrivons après la fête, et en retard ?[3] » Plaisir et guerre : voilà quels seront les thèmes dominants. Le fougueux Pôlos ne pense qu'à l'emporter dans la discussion, sans chercher à savoir de quoi on parle. Il qualifie quand on lui demande de définir, parce qu'il se sent en situation de défense : « à Chéréphon qui te demande en quel art Gorgias est savant, lui dit Socrate, tu réponds en chantant la gloire de cet art, comme si Chéréphon le blâmait[4] ». Quant à Calliclès, il ne se départira pas d'une certaine violence verbale[5] tout en reprochant à Socrate sa violence[6] — celle du *logos* ? ; d'une manière générale, il ne conçoit comme rapports avec son interlocuteur que des rapports de force. Lorsqu'il donnera son accord à la thèse de Socrate, ce sera malgré lui, dans la division, comme s'il s'avouait terrassé par la force des raisons : « Je ne sais comment cela se fait, Socrate : il me semble que tu as raison ! Je suis pourtant dans le même cas que la plupart des gens : je ne t'en crois pas tout à fait[7]. » Et il abandonnera la discussion de son propre chef, laissant à Socrate la responsabilité de lui donner une fin.

Il n'est pas indifférent non plus que le dialogue ait lieu dans la maison de Calliclès, plutôt que sur l'agora, de

1. Anonyme, *Prolégomènes à la philosophie de Platon*, [16. 8-10], texte éd. par L.G. Westerink et traduit par J. Trouillard, Paris, Belles Lettres, 1990, p. 24.
2. Platon, *Gorgias*, 457b.
3. Platon, *Gorgias*, 447a.
4. *Ibid.*, 448e.
5. Cf. *Ibid.*, 489d.
6. Cf. *Ibid.* 505d.
7. *Ibid.*, 513e.

même que, dans *Protagoras*, la réunion se tient chez le riche Callias dont la demeure abrite pour un temps le célèbre sophiste. Une partie de la critique calliciéenne du mode de vie philosophique consistera à tourner en dérision ces conversations privées pratiquées en secret, hors de tout contrôle extérieur, dans de petits coins sombres, à chuchoter entre élus, à trois ou quatre. Celui qui se comporte en homme ne fuit pas « le centre de la cité et ces places sur lesquelles, comme dit le poète, se font remarquer les hommes[1] ». La question de la transparence et de la publicité, auxquelles la philosophie ferait obstacle, est mentionnée à plusieurs reprises dans l'échange entre Socrate et Calliclès, et elle joue un rôle important. Calliclès accuse d'abord Socrate d'amener les orateurs à se contredire en les incitant à confondre ce que l'on peut penser et ce que l'on doit dire. Sur la place publique, il n'est pas question que l'orateur avoue une éventuelle incapacité à enseigner le juste : les gens ne comprendraient pas, et l'orateur perdrait sa clientèle. Il faut jouer le jeu. Socrate lui rendra la monnaie de sa pièce un peu plus loin en le félicitant ironiquement d'avoir dit ce qu'il pensait et pensé ce qu'il disait : « Ce n'est certes pas sans vaillance, Calliclès, que tu gardes ton franc-parler dans l'assaut que tu livres à ma thèse : tu viens en effet d'exprimer clairement ce que pensent les autres, mais qu'ils ne consentent pas à dire[2]. » Contre les doubles discours et les procès d'intention, tout le propos du philosophe revient à dire qu'il n'y a qu'un seul discours à tenir, toujours le même, celui qui est vrai quels que soient les lieux, les circonstances et les destinataires.

*Les mythes*

Les deux mythes du *Gorgias* et du *Ménon* ont une fonction étrange, celle de conduire à des vérités rationnelles par l'intermédiaire d'un discours qui ne l'est pas : discours fabuleux, inspiré par les dieux, ou dérivé de croyances religieuses. « Écoute donc, dit Socrate à la fin du *Gorgias*, une belle histoire (*logos*). Toi, tu estimeras, j'en suis convaincu, que c'est une fable (*mythos*), mais, selon moi, c'est une histoire (*logos*), et c'est dans la pensée que ce sont des véri-

1. *Ibid.*, 485d.
2. *Ibid.*, 492d.

tés (*alèthè onta*) que je te dirai ce que je vais te dire[1]. » Cette assertion a quelque chose d'étrange. Socrate ne précise pas ce qui est vrai : le contenu du récit lui-même (il serait bien le seul : toute la tradition considère ce *logos* précisément comme un *mythos*) ? son objet, l'au-delà et l'immortalité de l'âme (ce serait alors la croyance qui serait vraie) ? les vérités morales que renferme le récit (comme l'idée que la justice doit être récompensée, ou que l'imprévisibilité de la mort promeut la morale parce que, si les hommes possédaient le pouvoir d'anticiper leur mort, non seulement ils truqueraient le jugement mais ils se convertiraient à la justice *in extremis* après avoir mené une vie dissolue, afin d'échapper de justesse aux feux de l'enfer) ? L'étrangeté est plus frappante encore dans le cas du *Ménon*, dans la mesure où l'exposé même de la théorie de la réminiscence, théorie supposée rendre possible le désir de savoir et la connaissance effective, trouve son fondement dans le langage « de prêtres et de prêtresses qui ont eu souci d'être en état de rendre raison des choses auxquelles il se consacrent[2] ». Ils disent que l'âme est immortelle, et qu'elle se réincarne périodiquement dans des corps, la mort n'étant rien d'autre que la déliaison d'une âme éternelle et d'un corps périssable. Or la croyance en une connaissance prénatale permet d'expliquer que l'on puisse retrouver des connaissances que l'on n'a pas apprises, du moins lors de cette vie-ci ; c'est ce thème de l'antériorité qui intéresse Socrate dans le discours religieux qu'il reprend à l'appui de sa thèse. L'immortalité de l'âme proprement dite n'intervient qu'à titre protreptique, comme dans le mythe eschatologique du *Gorgias* qui, lui, ne fonde pas l'argumentation, ni ne s'intègre à elle, mais la conclut, pour nous convaincre de la nécessité vitale de vivre selon la justice et prendre soin de notre âme. Ce qui signe l'originalité du mythe du *Ménon* c'est donc sa place dans le dialogue, et son statut fondateur dans le domaine de la connaissance.

Celui du *Gorgias*, moins singulier et plus développé, constitue un ensemble cohérent avec deux autres mythes eschatologiques, celui de *La République* et celui du *Phédon* ; il est d'usage de les comparer car ils s'éclairent mutuellement. Ils présentent une même distribution de l'espace

1. *Ibid.*, 523a.
2. Platon, *Ménon*, 81a.

orienté à partir d'un lieu de jonction, celui où siègent les juges : « quand ils seront trépassés, [ils] prononceront leurs sentences dans la Prairie, au carrefour d'où partent les deux routes, l'une vers les îles des Bienheureux, l'autre vers le Tartare[1] ». Le *Phédon* évoque de même une route à bifurcations. Mais c'est dans celui de *La République*, peut-être le plus « vrai » des trois récits — il se présente comme celui d'un homme tenu pour mort lors d'une bataille et qui, après sa descente aux enfers, aurait ressuscité —, que l'on trouve la description la plus précise de la topographie esquissée ici. En effet, d'après ce qu'a vu « là-bas » Er le Pamphylien, une fois déliée du corps, l'âme immortelle chemine jusqu'à « un certain lieu prodigieux », où des juges occupent une position intermédiaire[2]. Ils siègent entre les doubles ouvertures que les âmes auront à emprunter : deux terrestres, attenantes l'une à l'autre, et, en un parfait vis-à-vis, deux autres, mais célestes cette fois. On peut dès lors distinguer deux diagonales à l'intérieur de cette espèce de carré, l'une correspondant au cheminement des âmes présentement jugées, et l'autre livrant passage à celles qui, tels des revenants, viennent de parcourir un long chemin lorsqu'elle réapparaissent pour obtenir une réincarnation. Les juges, au centre, répartissent les âmes comme suit : ils expédient en haut, à droite, les âmes justes, et en bas, à gauche, les criminelles ; par l'ouverture située en haut, à gauche, redescendent vers eux les âmes pures venant du ciel, tandis que remontent d'en bas, à droite, les voyageuses souterraines. Il y a donc, dans cette évocation mythique, deux chemins, mais quatre cheminements, car les âmes se voient orientées dans quatre directions, en fonction tout à la fois du moment de leur jugement, de leur nature et des actions qu'elles ont commises. Celles qui sont jugées présentement s'en vont qui en haut, à droite, qui en bas, à gauche, selon que la pureté ou la perversité de leurs actes les a fait juger pures ou injustes ; celles qui ont été autrefois jugées pures ou impures passent à nouveau par le lieu intermédiaire du jugement pour choisir le genre de vie qui sera le leur dans le cadre de leur réincarnation prochaine, les unes, pures, arrivant par en haut, à gauche, les autres, impures, venant

1. Platon, *Gorgias*, 524a.
2. Cf. Platon, *La République*, 614c sqq.

d'en bas, à droite — et, parmi ces dernières, les plus criminelles sont refoulées.

La topographie de l'au-delà, inaugurée dans le *Gorgias*, comporte une structure récurrente que l'on retrouve, tantôt sous une forme chthonienne dans le mythe eschatologique du *Phédon*, tantôt sous une forme ouranienne, avec le mythe d'Er, et dont *La République* offre la forme la plus achevée, celle d'un χ. La portée symbolique du mythe est double. Le néo-platonicien Proclus relevait avec justesse l'analogie de ce chiasme avec la figure en χ du *Timée*[1], qui résulte de l'intersection des deux branches harmoniques de l'Âme du monde[2]. D'une certaine façon la structure du mythe refléterait l'ordre du monde, cet arrangement de même et d'autre dont Socrate affirme avec force l'importance capitale[3], cette communauté entre ciel et terre à laquelle Calliclès est aveugle faute de s'intéresser à la géométrie : « à ce que disent les doctes, le ciel et la terre, les Dieux et les hommes sont liés entre eux par une communauté faite d'amitié et de bon arrangement, de sagesse et d'esprit de justice, et c'est la raison pour laquelle, à cet univers, ils donnent le nom de cosmos, d'arrangement, et non celui de dérangement non plus que de dérèglement[4] ». Ce qu'il y a en commun entre le logos mythique — pour paraphraser le quasi-oxymore par lequel Socrate introduit à l'évocation des morts à la fin du *Gorgias* — et le logos philosophique, c'est la structure d'ordre. « Définir une éthique, une politique, qui retiendraient dans chacune de leurs formules quelque chose de l'ordonnance cosmologique, confier cette mémoire à une manière de dire, tel fut le projet dialectique[5]. »

1. Cf. Platon, *Timée*, 36b.

2. Cf. Proclus, *Commentaire sur le* Timée, III, 247, 17-20, tr. Festugières, Paris, Vrin, 1968, p. 291 ; et J.-F. Mattéi, *L'ordre du monde. Platon, Nietzsche, Heidegger*, Paris, 1989, pp. 55-58.

3. Cf. Platon, *Gorgias*, 503d-e.

4. *Ibid.*, 508a.

5. C. Imbert, « Platon, le miroir du monde et le livre », in *Diogène*, 1997, n° 178, p. 13.

## LA MÉTHODE DIALECTIQUE : ÉTHIQUE DU DISCOURS, *ELENCHOS* ET VÉRITÉ

La dialectique est une recherche critique et méthodique de la vérité. Elle est d'essence dialoguante, comme Socrate l'explique à Gorgias : « pour quel motif, ayant mes soupçons personnels, te ferais-je mes demandes, au lieu de parler moi-même ? Ce motif ne te concerne pas, toi, mais bien notre propos, en vue de le faire se poursuivre de façon à rendre on ne peut plus manifeste à nos yeux ce qui en est l'objet[1] ». C'est un art d'interroger et de répondre, qui, dans les premiers dialogues (dits de jeunesse), possédait une dimension exclusivement critique : Socrate utilisait la procédure de l'*elenchos* (« mise à l'épreuve » et « réfutation ») pour dissiper les illusions de savoir, sans que cette activité critique débouchât sur la moindre définition positive. L'enquête se bornait à dévoiler les contradictions impliquées par les thèses de départ : telles conséquences de l'opinion défendue par l'interlocuteur se révélaient, à l'issue de l'entretien, incompatibles avec l'affirmation de certaines opinions connexes. L'interlocuteur devait bien admettre que, ce qu'il croyait savoir à l'origine, en définitive il ne le savait pas. Le débat s'arrêtait là. Le début du *Ménon* donne un exemple de ce type de réfutation. La vertu, affirme Ménon, c'est « avoir le désir des belles choses et, l'ayant, être capable de se les procurer[2] ». Socrate met à l'épreuve la première partie de la définition, puis la deuxième. Il établit d'abord que le désir porte toujours sur les belles choses ou du moins sur celles que l'on croit telles ; il montre ensuite que le pouvoir de se les procurer n'est vertu que s'il est accompagné de justice — c'est-à-dire d'une vertu. La définition proposée n'en est, pour ainsi dire, doublement pas une, parce que sa première partie est tautologique, et que la seconde nous renvoie à une espèce du tout que l'on cherche. On est dans une impasse — l'aporie. Mais, précisément, le *Ménon* ne s'arrête pas sur cet aveu d'échec ; il exploite d'autres voies. L'*elenchos* va ainsi conduire indirectement au vrai.

Le *Gorgias* dépasse lui aussi la version négative de l'*elen-*

1. Platon, *Gorgias*, 453b.
2. Platon, *Ménon*, 77b.

*chos*. L'un des passages les plus célèbres est celui dans lequel Socrate dit explicitement que l'entretien a effectivement fait apparaître des « vérités enchaînées et maintenues par des raisons de fer et de diamant[1] ». La capacité de vérité reconnue ici à l'*elenchos* peut s'interpréter de deux façons, soit technique, soit éthique — les deux interprétations ne s'excluant pas mutuellement. On peut défendre l'hypothèse d'une mutation de la procédure qui, pour se maintenir, doit s'adapter à l'évolution de la pensée platonicienne. Socrate n'a pas de réponses à donner parce qu'il n'a pas de doctrine ; tandis que Platon, lui, élabore une doctrine des Formes intelligibles qui permet de répondre positivement aux questions du type : qu'est-ce que *x* ? Le fait qu'il y ait ou non une doctrine à la clé est de nature à modifier les modalités de l'examen dialectique. Dans cette perspective, l'un des passages cruciaux serait celui du retrait de Calliclès, qui conduit Socrate à poursuivre seul l'examen dialectique. Après avoir allégué la violence de Socrate, Calliclès se retire : « tout seul, ne pourrais-tu développer ta thèse, soit que tu parles pour toi-même, ou que tu te fasses demandes et réponses ?[2] ». Socrate accepte, en prenant de multiples précautions d'ailleurs, d'interrompre le dialogue et d'examiner la thèse de Calliclès sans que celui-ci puisse prêter secours à son discours. « Ce n'est certes pas, insiste-t-il, en prétendant le savoir, que je dis ce que je dis. Bien au contraire je cherche, en commun avec vous ; de sorte que s'il m'apparaît qu'on me fasse une objection qui compte, je serai le premier à en convenir[3]. » « Cette décision remarquable achève de confirmer la mutation que Platon est en train de faire subir à l'*elenchos* socratique, puisque l'*elenchos* peut désormais porter sur une thèse que l'on examine *indépendamment* d'un interlocuteur donné[4]. » La deuxième étape, dont témoignent le *Ménon* et le *Phédon*, se définit comme une sortie de l'*elenchos* par hypothèse,

1. Platon, *Gorgias*, 509a (trad. A. Croiset).
2. *Ibid.*, 505d.
3. *Ibid.*, 506a ; cf. *Ménon*, 75d.
4. J.-F. Balaudé, « La philosophie comme mise à l'épreuve », *in* P.-M. Morel (éd.), *Platon et l'objet de la science*, Bordeaux, 1996, p. 21. Selon cette interprétation, dans les derniers dialogues, au moyen d'une dernière mutation, la procédure élenctique s'intégrerait à la dialectique au titre de moyen de vérification et de validation.

formulée dans le *Ménon*[1], puis fondée dans le *Phédon*[2], d'une réalité existant en soi et par soi. L'*elenchos* garde toujours sa dimension examinatrice (il est mise à l'épreuve), mais il a perdu son côté dissolvant (il n'est plus strictement réfutatif) parce qu'il n'est plus voué à l'aporie.

La seconde interprétation du rapport entre *elenchos* et vérité dans le *Gorgias* consiste à voir dans l'*elenchos* une forme de protreptique, au sein d'un projet dialectique entendu essentiellement comme une éthique du discours[3]. Des vérités apparaissent parce que l'entretien dialectique exige franchise — « si vraiment tu dois parler d'une façon contraire à ce que tu penses, il te sera impossible de soumettre, en commun avec moi, les choses à l'examen de ce qu'elles valent[4] » —, bienveillance — « je ne croyais pas pourtant, au début, devoir être intentionnellement abusé par toi, attendu que tu es mon ami[5] » — et savoir — si possible : car « sans doute est-il plus approprié au dialogue que, non content de répondre la vérité, on se serve, pour répondre, de ce qu'en outre a reconnu savoir celui à qui la question a été posée[6] ». Ces trois qualités cardinales[7] prédisposent à voir le vrai et à se tourner vers les réalités véritables sans qu'il y ait besoin de supposer qu'elles donnent accès à une vérité objective. La vérité, le *Gorgias* le répète à chaque étape de l'entretien, a pour signe un accord (*homologia*). « Notre accord, rappelle Socrate à Calliclès, prouvera réellement que nous aurons atteint la vérité[8] » — sous réserve, naturellement, que l'interlocuteur possède et mette en acte les trois qualités mentionnées précédemment. L'accord, en tant que finalité ultime, joue entre les personnes, mais aussi à l'intérieur de soi, ou au sein d'une argumentation[9]. Et s'il est l'indice que la vérité est atteinte, c'est parce que « jamais on ne réfutera ce qui est la vérité[10] ».

1. Cf. Platon, *Ménon*, 86d-e.
2. Cf. Platon, *Phédon*, 100a-b.
3. Cf. M. Canto-Sperber, *Philosophie grecque*, Paris, P.U.F., 1998², pp. 212-213.
4. Platon, *Gorgias*, 495a.
5. *Ibid.*, 499c.
6. Platon, *Ménon*, 75d.
7. Cf. Platon, *Gorgias*, 487a.
8. *Ibid.*, 487e.
9. Cf. *Ibid.*, 480b.
10. *Ibid.*, 473a.

Négativement, les règles du discours sont les suivantes : il ne faut pas rire, ni faire rire, parce que entre gens convenables on répond à des arguments par des objections : « Qu'est-ce que cela, Pôlos ? Tu ris ? Est-ce là un autre genre de réfutation, celui qui consiste à se rire d'un interlocuteur quand il vous dit quelque chose au lieu de le réfuter[1] ? » Sont proscrits, évidemment, les arguments *ad hominem* : « ce que visent mes questions, ce n'est pas ta personne, mais la poursuite méthodique de la discussion jusqu'à son terme. Ce qu'il faut bien plutôt, c'est que nous ne prenions pas l'habitude, au premier soupçon de ce que nous voulons dire l'un et l'autre, de nous capter précipitamment l'un à l'autre nos assertions ; c'est tout au contraire que tu puisses, à ton gré, mener les tiennes à leur terme conformément à la thèse que tu as posée[2] ».

Si le *Gorgias* est prolixe sur les conditions éthiques d'un entretien dialectique, c'est que ces conditions semblent suffisamment précaires ou défaillantes pour que la dialectique reste en projet. Socrate finit par avouer qu'à ses yeux l'entretien « tourne en rond[3] ». En revanche, l'hypothèse du *Ménon* permet d'échapper à l'*elenchos* réfutatif et de substituer à la récurrence des considérations méthodologiques une solution plausible au problème posé : comment définir la nature véritable de quelque chose, au lieu de caractériser ce dont on ignore la nature ? Quand on lui demandait ce qu'est la rhétorique, Pôlos répondait que c'est l'art le plus beau[4]. « Personne cependant ne t'interroge sur la qualité de l'art de Gorgias, mais sur ce qu'est cet art[5] » rétorquait Socrate ; et, d'une manière générale, on ne saurait qualifier une chose tant qu'on ignore ce qu'elle est[6]. Le *Ménon* a le même point de départ : « quand je ne sais pas ce qu'est une chose, comment saurais-je quelles en sont les qualités ?[7] » Mais l'hypothèse à laquelle il a recours permet de sortir de la circularité de la méthode réfutative : « Faute de mieux, fais-moi la grâce [...] de me concéder le

1. *Ibid.*, *Gorgias*, 473e ; cf. 484e, 485a, 485c.
2. *Ibid.*, 454c.
3. *Ibid.*, 517c.
4. *Ibid.*, 448e.
5. Platon, *Gorgias*, 448e.
6. Cf. *Ibid.*, 463c.
7. Platon, *Ménon*, 71b.

droit d'envisager, en partant d'une hypothèse, la question de savoir si c'est une chose qui s'enseigne ou qui s'acquiert d'une autre façon[1]. » À l'issue du raisonnement hypothétique (déployant les conséquences de l'hypothèse et leurs rapports mutuels, puis les soumettant à l'épreuve des faits), il se révélera que l'hypothèse n'est pas concluante : on n'est pas en mesure de déterminer si la vertu est savoir — il se pourrait bien qu'elle soit de l'ordre de l'opinion vraie, puisque personne ne l'enseigne. Mais elle aura conduit à dépasser l'opposition massive entre l'ignorance et le savoir en faisant place à l'opinion. Les opinions (*doxai*) ont ici le même objet que le savoir ou connaissance (*epistèmè*), la même efficacité pratique dans bien des cas ; elles sont toutefois instables parce qu'il leur manque un lien causal (*aitias logismos*) ; elles ne sont pas reliées par un raisonnement qui en donne l'explication. « Mais dès qu'elles ont été ainsi liées, elles deviennent, en premier lieu, du savoir et, en second lieu, elles ont de la stabilité[2]. » Quant à la portée éthique du projet dialectique, quoique moins affirmée que dans le *Gorgias*, elle reste présente dans l'engagement de Socrate. Celui-ci reconnaît douter de certains éléments de la démonstration, mais être prêt à se battre, en paroles et en actions pour défendre la thèse que chercher à savoir a un sens. Tout simplement parce que le sens de la vie en dépend.

## LA PHILOSOPHIE COMME GENRE DE VIE, ENTRE SOPHISTIQUE ET TYRANNIE

À propos de la thèse de la réminiscence, ou plutôt de l'interprétation qu'il en a donnée, Socrate juge bon de préciser qu'il y a « des choses, dans cette thèse, sur lesquelles [il] ne [s']acharnerai[t] pas trop », mais qu'il a la conviction que chercher ce que nous ne savons pas peut « nous rendre meilleurs, plus virils et moins paresseux[3] ». La théorie de la réminiscence est une réponse épistémologique à un paradoxe sophistique dont l'horizon est éthique. Il s'agit toujours, en dernière analyse, de savoir de quelle manière on

1. *Ibid.*, 86e.
2. *Ibid.*, 98a.
3. *Ménon*, 86b.

doit vivre. La figure de Socrate dans le *Gorgias* et dans le *Ménon* est en cela fidèle à l'autoportrait de *l'Apologie.* On le dit souvent, ces deux dialogues sont les dernières défenses de Socrate dans le corpus platonicien. La critique calliciéenne de la philosophie, activité inutile, ridicule et nocive, fait explicitement allusion au procès de Socrate[1]; de même la mise en garde prémonitoire d'Anytos — l'un des accusateurs qui ont amené sa perte en 399[2]. Le philosophe se sait menacé par sa recherche obstinée de la vérité dans un monde versatile et frivole, celui de l'opinion. « Le genre de la philosophie, c'est de toujours dire pareil[3] » ; c'est de ne pas enseigner ; c'est de dire ce que l'on pense ; c'est de toujours agir en vue du bien, car « c'est en vue des choses bonnes qu'on doit tout faire, y compris celles qui sont agréables, mais non les bonnes en vue des agréables[4] ». Cela vaut des ennemis, parmi les sophistes, les hommes politiques, le tout venant. La célèbre thèse de Socrate : il vaut mieux subir l'injustice que la commettre, va contre le sens commun. Mais elle trouve à s'étayer sur deux modèles ou deux figures concurrentes : celle du tyran, paradigme de l'homme heureux selon Pôlos, celle du sophiste ou de l'orateur, autre idéal du bonheur, sous l'espèce de la réussite sociale. Il ne s'agit ici ni de donner des définitions du sophiste ou du tyran ni d'argumenter contre eux, mais de montrer en quoi leur genre de vie est inconséquent.

Un sophiste et un orateur « c'est la même chose, ou quelque chose d'approchant et de très voisin[5] », même si, à partir de la définition de la rhétorique comme flatterie, on peut raffiner, et dire que « selon l'ordre du vrai » la sophistique est supérieure en beauté à la rhétorique[6]. Socrate laisse à Pôlos le soin de mépriser la sophistique, et à Anytos il reproche sa hargne contre une catégorie de gens qu'il ne connaît même pas... Anytos, dans le *Ménon*[7], fait du sophiste ce que Pôlos, dans le *Gorgias*, fait de

1. Cf. *Gorgias*, 484c-486d.
2. Cf. *Ménon*, 93e.
3. Platon, *Gorgias*, 482a.
4. *Ibid.*, 500a.
5. *Ibid.*, 520a-b.
6. Cf. *Ibid.*, 464a-466a.
7. Cf. *Ménon*, 91a-92e.

l'homme injuste que l'on torture : un repoussoir, une figure imaginaire destinée à faire peur, un épouvantail qui tient lieu de réfutation[1]. Socrate, pour sa part, prétend éviter ce travers. Mais réussit-il ? Ce qu'il veut montrer est au départ bien circonscrit : l'attitude et, plus généralement, la façon de vivre des sophistes (et, avec eux, nombre d'hommes politiques) sont paradoxales ou insensées. Ainsi, ils se font payer pour l'enseignement qu'ils prétendent donner. En quoi cela est-il choquant ? Il est normal de se faire rétribuer quand on transmet un art, une technique, une compétence. Mais à supposer que l'on soit capable de rendre les hommes meilleurs, les bénéficiaires éprouveraient, dans ces domaines que sont l'éducation, la morale et la politique, le désir de rendre les bienfaits reçus et l'on serait bien assez récompensé. De plus l'attitude du sophiste atteint le comble de l'absurdité quand il se plaint d'être mal traité ou insuffisamment reconnu de ses élèves alors même qu'il se dit professeur de vertu. Que peut-il y avoir de plus irrationnel que de reprocher, à des hommes dépossédés de l'injustice par leur professeur et mis en possession de la justice, de se conduire injustement[2] ? Enfin — argument de fait — personne n'a jamais rencontré d'homme capable de transmettre son mérite à qui que ce soit, ne serait-ce qu'à ses enfants. (Curieusement ce que l'on appelle l'argument des fils de Périclès fonctionne à sens unique, selon le modèle de la transmission biologique : on s'étonne en effet de la médiocrité des fils au vu de la vertu du père, jamais de la vertu des fils en dépit de la médiocrité du père). Et cela est invariable, même lorsque tous les moyens d'y parvenir sont réunis, et les plus grands maîtres de vertu requis[3]. C'est donc que la vertu ne s'enseigne pas, et que la réussite sophistique est un leurre.

Qu'en est-il de l'homme des plaisirs, ce vrai rival du philosophe dans le *Gorgias* ? Les thèses de Calliclès sur le plaisir et sur la supériorité naturelle des forts sont probablement les plus connues. L'homme heureux, selon Calliclès, est celui qui recherche tous les plaisirs et assouvit toutes ses passions. Le genre de vie philosophique axé sur la maîtrise de soi et l'instauration d'un certain ordre inté-

1. Cf. *Gorgias*, 473c-d.
2. Cf. *Ibid.*, 519d.
3. Cf. *Ménon*, 93 a sqq.

rieur n'est qu'un idéal hypocrite ou la marque d'une faiblesse naturelle. La licence et le dérèglement pourvu que l'on ne soit pas pris : voilà le bonheur, celui dont jouit le tyran. Dans le *Gorgias*, le tyran Archélaos est présenté par Pôlos comme la figure privilégiée du bonheur dans le crime. Mais l'enjeu n'est pas seulement ni essentiellement politique. Il concerne plus radicalement un choix de vie : le tyran surgit en tout homme qui revendique la réalisation sans freins de tous ses désirs, sous réserve d'échapper au châtiment. Dans *La République*, Glaucon ne dira pas autre chose pour introduire au récit de l'anneau de Gygès[1], qui prolonge les analyses calliciéennes. Son récit raconte la descente d'un berger dans une béance semblable au monde des morts. Là, entre autres merveilles, Gygès aperçoit au terme de son périple un cheval d'airain évidé, percé de petites portes, et à l'intérieur, un cadavre nu portant seulement une bague en or, qui, la suite le révélera, a le pouvoir de rendre invisible. Une fois revenu parmi les vivants, le berger se rend compte progressivement des privilèges exorbitants que lui confère l'anneau. Il en profite autant qu'il peut, commet crimes, vols et viols, et s'empare tyranniquement du pouvoir. N'importe qui en ferait autant, affirme Glaucon, car nul ne pratique la justice spontanément. Chacun sait bien qu'il vaut mieux être injuste que juste, et commettre l'injustice plutôt que la subir.

L'épisode de Gygès est plus difficile à réfuter que le cas d'Archélaos, parce qu'il est une hypothèse et non un exemple : si on était invisible, ne vivrait-on pas comme le préconisent Calliclès, Glaucon et Thrasymaque ? Le sort que Platon a fait subir à une histoire empruntée peut-être à Hérodote, pour problématiser la justice, est significatif[2]. L'historien ne fait en effet aucune allusion aux pouvoirs de l'anneau. Il expose comment le roi Candaule, convaincu d'avoir la femme la plus belle du monde et souhaitant en convaincre un tiers, réussit à persuader son confident et favori Gygès de la voir nue, sans qu'elle puisse jamais rien

1. Cf. *La République*, II, 359b sqq.

2. Hérodote, *L'Enquête*, I, 7-8 ; il n'est pas certain que le texte de Platon s'inspire de celui d'Hérodote, bien que l'objet soit le même. Pour une comparaison terme à terme de la version hérodotéenne et de la version platonicienne, cf. A. Ophir, *Plato's Invisible Cities. Discourse and Power in the* Republic, Londres, Routledge, 1991, pp. 10-21.

en savoir — à ce qu'il prétend ; Gygès y consentit de peur que l'affaire ne tournât mal pour lui, et cette lâcheté fut le point de départ d'une série de compromissions qui aboutirent au meurtre de Candaule et à la prise du pouvoir par Gygès sur ordre de la reine (qui s'était rendu compte du tour que lui avait joué le roi et avait attendu le moment de se venger). La version platonisée du mythe a une portée tout autre que le récit hérodotéen, parce qu'elle montre une liberté à l'œuvre. L'histoire racontée par Glaucon aurait eu un effet bien différent si quelque démon ou autre variante d'un malin génie avait indiqué par avance à Gygès les pouvoirs de l'anneau, car il y aurait peut-être renoncé d'emblée ; ou si le berger s'était trouvé pris dans un engrenage comme dans la version d'Hérodote qui nous le dépeint progressivement et continûment contraint de faire le mal, d'abord sur l'incitation d'un maître pervers, puis sous la menace de la reine humiliée[1]. Dans la *République*, en revanche, le protagoniste n'est *a priori* ni injuste ni condamné à le devenir ; il le devient par occasion, et choisit d'être injuste quand il s'aperçoit qu'il a le pouvoir de faire le mal à l'insu de tous, donc impunément. Il choisit, sans qu'aucune contrainte pèse sur lui, la genre de vie tyrannique.

Que rétorque Socrate ? Ses arguments renvoient en dernière analyse au choix d'un genre de vie qu'il est bien difficile de légitimer auprès de ceux qui ne feraient pas le même. (N'est-ce pas ce que suggère implicitement L. Robin par son intertitre : « La profession de foi de Socrate » ?) Il dit que le tyran est tiraillé de l'intérieur par son injustice ; qu'il n'a pas d'amis et qu'il est seul ; qu'il est donc foncièrement malheureux[2]. Contre la licence, il fait valoir que l'insatiabilité des désirs rend le bonheur inaccessible à l'homme licencieux qui, voulant toujours plus de plaisirs, n'est jamais satisfait[3]. Là encore, le portrait est plus élo-

1. Cf. Hérodote, I, 11 : « La femme lui dit : "Gygès, deux routes s'ouvrent maintenant devant toi, je te laisse choisir celle que tu veux : tue Candaule et prends-moi, et le royaume de Lydie avec moi, ou bien il te faut périr sur l'heure, sans recours ; ainsi tu n'auras plus l'occasion d'obéir en tout à Candaule et de voir ce que tu ne dois point voir". » Malgré son désir d'échapper à l'alternative, Gygès fut donc contraint d'opter pour son salut.
2. Platon, *Gorgias*, 510-511.
3. *Ibid.*, 493a-495a.

quent encore dans *La République,* où l'homme tyrannique est dépeint dans un état de confusion permanent et extrême dû à ses désirs déréglés. Il lui faut, pour échapper aux angoisses occasionnées par son insatiabilité, piller de tous côtés, mais la peur des représailles surgit alors ; de sorte que ses instincts font de lui un prisonnier de l'intérieur : pour lui, il n'y a plus d'ailleurs qui ne soit menaçant[1]. Le tyran apparaît en définitive comme l'effrayante, trop effrayante contre-figure du philosophe ; et le sophiste comme sa menace interne. Or, sur l'homme tyrannique, l'exhortation à changer de vie que déploie Socrate a peu de prise — ce n'est pas un hasard si Calliclès n'est pas intimement convaincu ; d'autre part, en substituant un mythe eschatologique à la dialectique impuissante, dans l'espoir de provoquer un engagement pratique chez l'interlocuteur démissionnaire, Socrate s'aventure à ses risques et périls sur les frontières de la philosophie et de la sophistique. Le mythe final est en effet à double tranchant : il donne à une âme déréglée l'image et la structure d'un ordre, ultime recours pour donner à voir l'invisible dans le miroir du visible ; mais ne risque-t-il pas d'affaiblir la thèse qu'il a pour fonction de défendre et qui veut que la vie la meilleure soit celle du juste ? Dépeindre les effets de la justice et de l'injustice après la mort, n'est-ce pas, en effet, suggérer que la justice ne vaut que par ses conséquences, alors que tout l'effort du *Gorgias* et de *La République* consiste à montrer qu'elle vaut la peine d'être possédée pour elle-même[2] ?

ANISSA CASTEL-BOUCHOUCHI

1. Platon, *La République*, IX, 574a sqq.
2. Cf. J. Annas, *Introduction à* La République *de Platon*, tr. fr., P.U.F., 1994, p. 30 sqq. et p. 442.

# NOTE SUR LA PRÉSENTE ÉDITION

Léon Robin a voulu fournir aux lecteurs de Platon un accès direct au texte, c'est-à-dire le plus immédiat possible, mais aussi le plus philosophique — au sens platonicien qui désigne une compréhension *synoptique* des dialogues, fondée sur la parenté repérable entre eux, qu'il s'agisse des personnages ou des mises en scène, des notions ou des récits mythiques, des comportements ou des méthodes, des éléments de la doctrine elle-même.

Son ambition n'était pas de dépasser l'opposition entre lecture profane et lecture savante, bien qu'il ait réfléchi à cette question — comme le rappelle Jacques Brunschwig dans sa Préface — mais d'éviter que la médiation du traducteur et commentateur n'interfère avec le texte original, à la façon dont, s'agissant d'un individu, le corps (d'après le mythe eschatologique du *Gorgias*) fait obstacle au jugement que l'on voudrait porter sur l'âme : tel Zeus réformant les fins dernières pour faire en sorte que le juge « avec sa seule âme [soit] spectateur d'une âme pareillement seule [...] — condition indispensable de la justice de sa décision[1] », Léon Robin propose une lecture fondée sur un dépouillement que l'on peut supposer à certains égards propice au jugement. Il s'en expliquait d'ailleurs dans l'Avant-propos de son édition : « Quant à l'annotation, de propos délibéré, elle n'est pas érudite. Son premier objet, Platon se référant dans chacun de ses écrits à quelque passage antérieur de la discussion, doit être de renseigner le lecteur sur le passage auquel se rapporte cette allusion [...]. Un autre objet des notes est de signaler, en se bornant d'ailleurs aux rapprochements qui s'imposent, la comparaison avec des développements ou des indications analogues dans d'autres écrits de Platon, et de lui

1. Platon, *Gorgias*, 523e.

seul : qu'on pût lire Platon à l'aide de Platon, c'est tout ce que j'ai voulu[1]. »

On peut discuter cette décision inaugurale et en montrer les limites, proposer une démarche alternative ou complémentaire, mais telle quelle, aujourd'hui encore, cette démarche fondée sur l'exigence de compréhension interne, d'une part, et, d'autre part, sur une certaine idée de la philosophie comme discipline autonome — qui possède et transmet un sens en elle-même, indépendamment des illustrations ou de l'approfondissement que lui fournissent l'histoire, l'archéologie et toute autre science positive — est digne d'être reprise. Elle implique, bien entendu, que les continuateurs se conforment à l'esprit qui l'animait. Ainsi, il aurait été artificiel de constituer une bibliographie dont L. Robin s'était dispensé, qui s'intégrerait mal à son propos[2], et dont les titres seraient pour la plupart anachroniques. Ce qui vaut pour l'esprit vaut également pour la lettre de la traduction. Ne voulant pas modifier celle-ci en substance[3], ni l'alourdir par des ajouts qui l'auraient défigurée, on a préféré établir, en annexe de chaque dialogue, un tableau comparatif et commenté des divergences dont témoignent les principales traductions françaises — avec le texte grec de référence, de façon à ce que le lecteur puisse mesurer les difficultés d'interprétation et juger par lui-même.

A. C.-B.

1. Cf. Platon, *Œuvres complètes*, vol. I, Paris, Gallimard, Bibliothèque de la Pléiade, 1950, p. XVIII.

2. La plupart des éditions les plus récentes en proposent une. Les plus complètes et les plus précises se trouvent dans les traductions de M. Canto-Sperber (*Gorgias* et *Ménon*, Paris, G.F., 1993[2]). Il existe au demeurant une bibliographie platonicienne comportant plus de dix mille titres, accompagnée d'index et de commentaires. Elle est publiée actuellement par L. Brisson, dans la revue *Lustrum*, par tranches quinquennales.

3. La révision de la traduction n'a porté que sur la forme (coquilles ou erreurs syntaxiques qui avaient échappé à la relecture), mis à part une omission manifeste (*Gorgias*, 495d1-2).

# RÉSUMÉ ANALYTIQUE DU *GORGIAS*

**Prologue :** Socrate et Chéréphon arrivent chez Calliclès.

Socrate et Chéréphon, venant de l'Agora, se rendent chez Calliclès, dans la maison duquel est descendu Gorgias et où ils arrivent pour ainsi dire après la fête puisqu'ils ont raté la conférence du célèbre invité. Socrate préfère, de toute façon, un entretien à une conférence, et il suggère à Chéréphon de prendre la parole en premier. Mais celui-ci ne sait que dire. Il faut, propose Socrate, demander à Gorgias ce qu'il est, d'autant que l'on a affaire à quelqu'un qui prétend n'être jamais pris au dépourvu par la moindre question, et avoir réponse à tout. Pôlos s'interpose brusquement et s'engage à répondre à la place de Gorgias qu'il imagine fatigué par la conférence qui a précédé **(447a-448b).**

**I. Dialogue entre Socrate et Gorgias.**

Prélude : Chéréphon interroge Gorgias ; intervention de Pôlos.

Chéréphon cherche à savoir ce qu'est l'art de Gorgias, et quelle en est la dénomination légitime. « L'art auquel il participe », répond un peu longuement Pôlos tout en restant dans le vague, « est le plus beau des arts ». Socrate entre en scène pour dénoncer en cela un détournement de la question initiale : qualifier n'est pas définir ; et l'on voit bien à cette occasion ce qui sépare l'art de la parole, dans lequel Pôlos semble exceller, et la pratique de l'entretien, telle que Chéréphon s'est efforcé de l'amorcer **(448b-448e)**.

1. Le débat s'engage entre Socrate et Gorgias.

Le débat s'engage maintenant entre Socrate et Gorgias, lequel se définit lui-même comme un orateur, et même un bon orateur, dont l'art, qui s'enseigne, s'appelle la rhétorique **(448e-449b)**.

A) Qu'est-ce que la rhétorique ?
* un art des discours ;
* un art qui se réalise entièrement dans le discours ;
* un art qui a trait à la politique ;
* un art qui produit la persuasion,
* mais une persuasion de croyance, et non d'enseignement.

Qu'est-ce que la rhétorique et quel est son objet ? Voilà ce que l'on va rechercher dialectiquement, c'est-à-dire en s'engageant à répondre aux questions posées, et cela le plus brièvement possible. La rhétorique est l'art qui a pour objet les discours **(449c-e)** ; non pas tous les discours d'ailleurs, mais ceux qui s'accomplissent intégralement par le moyen de la parole **(450a-c)** ; et plus précisément ceux qui ont rapport à la politique, car elle est pouvoir de persuader dans n'importe quelle réunion de citoyens **(450c-453a)**. Cette définition reste insuffisante, et il convient de poursuivre dans l'intérêt de la discussion — sans du tout vouloir mettre Gorgias en cause. En effet, la rhétorique n'ayant pas le monopole de la persuasion, il faut déterminer de quelle sorte de persuasion il s'agit, et relativement à quel objet : est-ce celle qui, comme le fait par exemple l'arithmétique, convainc de ce qu'elle enseigne, ou celle qui fait croire ? Après avoir distingué croyance et science, force est d'admettre que la rhétorique, qui a pour objet ce qui est juste et injuste dans les tribunaux et les assemblées, est ouvrière ou productrice de croyance mais qu'elle ne fait pas connaître, et donc qu'elle ne s'enseigne pas **(453a-455a)**. Socrate demande pourtant à Gorgias de définir à nouveau son art, car ce qui vient d'être établi ne le satisfait pas : quand fait-on appel à l'orateur, qui a besoin de lui, quelle est au juste sa fonction ? Gorgias attribue à la rhétorique un pouvoir universel, presque divin : celui qui est habile à parler ne l'emportera-t-il pas toujours et partout, même sur plus compétents que lui ? Reste à en user légitimement (ce qui vaut pour tout art de combat). Si quelqu'un s'en sert pour commettre des injustices, ce n'est pas au maître de rhétorique qu'il faudra s'en prendre, car celui-ci a transmis un art dont on peut et dont on doit faire bon usage **(455b-457c)**.

B) L'action de la rhétorique selon Gorgias.

2. Intermède et reprise : Socrate prend la direction de l'enquête dont il définit les principes :
* éviter procès d'intention et attaques *ad hominem* ;
* veiller à la cohérence de l'argumentation ;
* savoir être sujet et objet de l'*elenchos* ;
* renoncer aux longs discours.

Socrate interrompt la discussion car il doute que l'argumentation développée par Gorgias soit harmonieuse et cohérente. Aussi tient-il à assurer son interlocuteur qu'il ne cherche pas, sous ce prétexte, à prendre le dessus. En vérité, il lui plaît presque plus d'être réfuté que de réfuter, car se débarrasser de ce mal extrême qu'est un faux jugement se révèle plus avantageux qu'en délivrer autrui. Gorgias est d'accord, mais il ne prolongera cet entretien que si l'assistance y consent. Le vacarme des auditeurs anonymes et l'enthousiasme dont témoignent Chéréphon et Calliclès permet de relancer le débat **(457c-458e)**.

Socrate dégage certaines inconséquences de Gorgias. Il demande d'abord comment une persuasion oratoire pourrait agir indépendamment de toute science réelle : si l'orateur parvient à persuader mieux que celui qui s'y connaît, c'est qu'il s'adresse à des gens aussi ignorants que lui ! D'autre part, en ce qui concerne le juste et l'injuste, on ne peut se passer de science ; or, le bon orateur doit être un homme juste ; de sorte qu'il ne saurait user injustement de son art **(458e-461a)**. Pôlos intervient brusquement et violemment pour reprocher à Socrate sa façon de procéder. Ce dernier lui propose alors de prendre la place de Gorgias, à condition qu'il renonce aux longs discours et qu'il accepte d'être tour à tour interrogeant et interrogé, réfutateur et réfuté **(461b-462a)**.

**II. Dialogue entre Socrate et Pôlos.**
1. Socrate définit la rhétorique comme un savoir-faire dont l'agrément est le but ;
2. et comme une espèce de la flatterie.

Pôlos choisit d'interroger, et demande à Socrate de donner sa définition de la rhétorique : ce n'est pas un art, affirme le philosophe, mais un savoir-faire visant à produire un plaisir, et en cela comparable à la cuisine. L'une et l'autre appartiennent à un même genre d'activité : la flatterie, dont l'art de la parure et la sophistique font partie elles aussi. Il y a donc, au total, quatre espèces s'appliquant à quatre objets d'activité. Finalement Socrate affirme que la rhétorique est un simulacre d'une espèce de la politique. Ainsi s'élabore une définition, par opposition aux qualifications (est-elle belle ou laide ?) auxquelles se borne Pôlos **(462b-464d)**. Mais Gorgias ne comprend pas. Il intervient dans la discussion pour demander à Socrate ce que signifie cette thèse. Pour la comprendre, il convient de partir de l'âme et du corps. Ils ont chacun un couple d'arts qui leur est propre et qui ont pour fonction d'assurer leur bon état : la gymnastique et la médecine relèvent du corps, l'art législatif et la justice (qui sont les deux composantes de l'art politique) relèvent de l'âme. Or la flatterie, qui a pour but le plaisir, et non pas le bien véritable, a inventé quatre savoir-faire qui sont les contrefaçons de ces arts véritables : l'art de la parure, la cuisine, la sophistique et la rhétorique. Pour le dire à la manière des géomètres : « ce que les pratiques de la parure sont à la gymnastique, cela, la sophistique l'est à la législation, et ce que la cuisine est à la médecine, cela, le savoir-faire oratoire l'est à l'art judicatoire ». Cette double analogie montre que, s'il y a une différence de nature entre orateur et sophiste, on est amené à les confondre en raison de la proximité de leur pratique et de la similitude de leur objet. Socrate s'excuse d'avoir parlé si longuement, mais il fallait bien qu'il s'explique faute d'avoir été compris **(463e-466a)**.

3. Pôlos prend la parole pour affirmer la toute-puissance de l'orateur.

Pôlos prétend interroger Socrate sur le pouvoir de l'orateur dans la cité — pouvoir absolu semblable, selon lui, à celui du tyran — mais ses questions semblent une façon détournée de faire connaître son opinion. Son interlocuteur lui objecte que le pouvoir n'est pas un bien pour celui qui, n'ayant pas toute sa raison, est voué à se tromper sur ce qu'est le bien ; agir selon son bon plaisir revient dans certains cas à faire n'importe quoi, donc à avoir bien peu de pouvoir. Pôlos, confondu, accepte d'endosser à son tour le rôle de répondant. Il admet que les hommes ne veulent pas toujours tout ce qu'ils font, mais plutôt ce en vue de quoi ils le font. D'une manière générale, toute réalité est soit un bien, soit un mal, soit neutre, c'est-à-dire intermédiaire entre le bien et le mal ; et lorsque l'on accomplit des actions mauvaises ou neutres, c'est en en vue du bien qui en résultera. Le vrai pouvoir appartient à celui qui, visant le bien, en vient à désirer ce qu'il veut **(466a-468e)**.

4. Socrate affirme que

Être tout-puissant et faire ce qu'on veut, ce n'est vraiment pas la même

subir l'injustice vaut mieux que la commettre.
A) Le bonheur de l'injuste d'après Pôlos : lc cas d'Archélaos.
B) Réponse de Socrate : critique de la méthode, des arguments et de l'attitude de Pôlos.

chose. Socrate, lui, refuserait le pouvoir du tyran. À vrai dire, il ne voudrait ni commettre ni subir l'injustice, mais, s'il devait choisir entre les deux, il préférerait la subir. Car il n'y a de bien que ce qui est juste, explique-t-il une fois que Pôlos l'a prié de répondre lui-même à l'une de ses questions ; après un nouvel échange de rôles, Pôlos reprend la parole pour réfuter la thèse socratique en invoquant l'exemple du bonheur dans le crime, illustré par l'histoire du tyran Archélaos **(469a-471d)**. « Au regard de la vérité, cette sorte de preuve n'a aucune valeur », rétorque Socrate avant de procéder à une mise au point que Pôlos interprète comme une dérobade. D'une part, le nombre de témoignages en faveur d'une opinion ne prouve rien quant à sa valeur de vérité : seul importe le témoignage de l'interlocuteur. D'autre part, il est impossible que l'homme injuste soit heureux. (Pôlos s'esclaffe ; Socrate rappelle que se rire d'un interlocuteur n'est pas le réfuter) **(471d-474c)**. S'amorce dès lors une discussion dialectique qui établit d'abord pourquoi subir l'injustice vaut mieux que la commettre — c'est moins laid et moins mauvais —, puis pourquoi expier sa faute vaut mieux que s'y soustraire — c'est être débarrassé de l'injustice qui est le pire des maux. Le cas d'Archélaos est donc le contre-exemple de ce qu'est une vie heureuse, et même le prototype de la vie la plus malheureuse. L'être le plus heureux, en effet, est celui qui n'a rien à se reprocher ; vient au second rang celui qui, en son âme, avait des vices dont il a été délivré **(474c-479e)**. Pour conclure, la rhétorique ne sert pas à grand-chose, à moins d'y recourir pour s'accuser soi et les siens en cas d'injustice commise, de façon à ce que le mal soit éradiqué à n'importe quel prix ; ou, inversement, afin de dissuader l'homme injuste envers une tierce personne de se dénoncer, ce qui lui aurait permis d'échapper au malheur qu'il a bien mérité ! Malgré ses réticences devant la conclusion à laquelle aboutit l'entretien, Pôlos s'y soumet en vertu de la nécessité interne de l'argumentation et des accords successifs qu'il a lui-même donnés à chaque étape du raisonnement **(479e-481b)**.

**III. Dialogue entre Socrate et Calliclès.**

Calliclès se tourne vers Chéréphon pour lui demander si Socrate plaisante ou s'il est sérieux. Car si la thèse qui vient d'être défendue est à prendre au sérieux, c'est l'existence, et pas seulement le mode de penser, qui risque de s'en trouver radicalement bouleversée. Socrate rappelle alors à Calliclès ce qu'ils ont en commun, et ce qui les distingue. Tous deux sont amoureux. Mais ils n'ont ni les mêmes objets d'amour ni le même rapport à soi : Calliclès, épris des deux Démos (le peuple d'Athènes et le fils de Pyrilampès), est incapable de leur résister : influençable, il se révèle imprévisible. En revanche, Socrate, épris d'Alcibiade et de la philosophie, n'est pas versatile, parce que « le genre de la philosophie, c'est de dire toujours pareil » et que, par ailleurs, il s'opposerait à la terre entière plutôt que d'être en désaccord avec lui-même en contredisant ses propres principes **(481b-482c)**.

1. La profession de foi de Calliclès.
A) Portrait de Socrate en

Calliclès accuse Socrate de se comporter comme un mauvais orateur populaire : n'amène-t-il pas les interlocuteurs à s'empêtrer dans leurs propos tout simplement parce que, pour se conformer mauvais orateur.

aux règles de la société, ceux-ci sont tenus de dire ce qu'ils ne pensent pas (les gens n'accepteraient pas qu'un orateur leur dise qu'il ne sait pas enseigner le juste) ? Et puis il change de point de vue pour mieux les confondre : à quiconque se place du point de vue de la loi, il répond du point de vue de

B) La nature et la loi : défense de la force contre le droit.

la nature, et vice versa **(482c-483b)**. Or, la vérité, la voici : ce qui est juste, selon la nature, c'est que les forts aient le dessus. Mais, dans les cités, les lois, instituées par et pour les faibles, empêchent les meilleurs d'exercer leur supériorité naturelle : on leur fait croire qu'il est injuste de vouloir plus que les autres **(483b-484c)**. L'égalité est ce que prônent les inférieurs pour asservir les natures supérieures. Encore faut-il, pour comprendre qu'il en est ainsi, renoncer à la philosophie, ce passe-temps qui n'a rien de déshonorant tant

C) La place que mérite la philosophie dans la vie.

qu'on est jeune, à condition de ne pas en abuser, mais qui, à la longue, fait perdre le sens des réalités et rend incapable de se tirer d'affaire le cas échéant **(484c-486d)**.

2. Réplique de Socrate :
A) Une pierre de touche dans la discussion. (L'éthique du dialogue.)
B) Analyse de la notion de supériorité.
C) Analyse de la notion d'autorité :
*Calliclès défend la thèse

Socrate répond que si l'on veut mettre une âme à l'épreuve pour savoir ce qu'elle vaut, il faut réunir trois conditions : le savoir, la bienveillance et la franchise. Justement, Calliclès possède toutes ces qualités. C'est donc lui qui pourra mettre Socrate à l'épreuve, sachant que l'accord obtenu dans la discussion à ces conditions-là aura valeur de vérité et clôturera le débat **(486d-488b)**. La discussion reprend : qu'est-ce que valoir davantage ? Être supérieur, ce n'est pas être le plus fort par son physique, ou par son intelligence, ou par sa volonté inflexible dans l'exercice du pouvoir **(488b-491d)**.

selon laquelle le bonheur réside dans la recherche des plaisirs et l'assouvissement des passions.
* Socrate lui objecte l'insatiabilité propre au désir ; puis il évalue les plaisirs selon qu'ils ont ou non le bien pour but ; enfin, il revient à la flatterie qui vise le plaisir quel qu'il soit, et quels que soient sa cause et son objet.

D'ailleurs qu'est-ce qui légitime l'autorité des puissants ? Qu'est-ce que l'autorité ? À Socrate qui définit l'autorité comme la maîtrise de soi caractéristique du sage, Calliclès rétorque que cette sagesse-là est un idéal hypocrite : la vraie vie, c'est d'entretenir en soi le plus de passions et de les assouvir pleinement. Les gens qui n'en éprouvent pas le besoin ne sauraient être heureux — à moins que des pierres ou des cadavres ne soient heureux ! Socrate objecte que vivre en recherchant les plaisirs de façon effrénée, c'est comme remplir un tonneau percé ou opter pour une existence de pluvier : l'insatiabilité étant essentielle au désir, jouir, ce n'est pas être heureux. Dès lors, il faut distinguer entre les plaisirs, sachant que le plaisir n'est pas identique au bien qui seul permet d'en mesurer la valeur, et que la peine n'est pas non plus identique au mal. Est bon, d'une manière générale, non l'utile ou l'agréable, mais ce qui est en vue du bien. Aussi y a-t-il deux genres de vie : celle de la philosophie, subordonnée au bien ; celle des orateurs ou des hommes politiques, qui tend exclusivement au plaisir et ne procède, comme toute flatterie, que par routine et par expérience **(491d-501d)**. Le cas athénien en est un bon exemple. Si la rhétorique était un art, et non plus une flatterie, elle viserait le bien et suivrait l'ordre et l'arrangement inhérents à cette finalité. Là-dessus, Calliclès, invoquant la violence de son interlocuteur, refuse à la fois de poursuivre l'entretien et de porter la responsabilité d'un désistement **(501e-506d)**.

3. Calliclès rompt

Un discours ne doit pourtant pas rester inachevé. Or Socrate estime que la l'entretien. Socrate fait le point. Monologue de Socrate : * Le sage s'efforce de réaliser justice et ordre. * Ordre et égalité dans l'univers.

recherche du vrai et du faux doit se faire à deux, s'agissant d'un problème commun. Comment faire ? Il se résout à poursuivre seul, à condition toutefois que l'assistance s'engage à l'interrompre pour le réfuter en cas de désaccord avec son point de vue **(506d-507e)**. Après cette récapitulation, il explique que ciel et terre, hommes et dieux appartiennent à une même communauté, et que le *cosmos* n'est autre que l'ordre des choses fondé sur l'égalité géométrique. L'entretien a montré que les critiques formulées par Calliclès à propos des philosophes ne procèdent pas de ces vérités « enchaînées et maintenues par des raisons de fer et de diamant » qui constituent l'entretien dialectique tel qu'il a été conduit **(507e-509a)**.

Calliclès répond à nouveau aux questions de Socrate sur la justice et l'injustice.

Socrate reprend sa thèse sur l'injustice. Il montre que personne ne veut délibérément la commettre, et que, dès lors, chacun doit chercher à posséder le pouvoir de faire ce qu'il veut en connaissance de cause. Est complété à cette occasion le portrait du tyran — décidément le plus malheureux des hommes. Ce qui compte dans la vie, c'est de sauver autrui et de se sauver soi-même ; autrement dit, c'est ce qu'on vaut qui importe, et non pas ce que l'on sait faire. Calliclès a l'impression que Socrate a raison, et pourtant il n'est pas vraiment convaincu **(509ab-513c)**.

4. Socrate propose la seule conception valable de la politique. * Périclès, Cimon, Thémistocle et

Serait-ce son amour pour le peuple athénien qui constitue une résistance ? Considérons plus précisément la politique. Le pouvoir devrait être exercé par ceux qui sont compétents, et qui, visant le bien, parviennent à rendre leurs concitoyens meilleurs par la persuasion et la contrainte. Autant dire

Miltiade n'ont pas rendu les citoyens meilleurs.

qu'aucun des grands hommes d'État d'Athènes n'a rempli sa vraie mission, chacun ayant, par complaisance, flatté ceux qu'ils gouvernaient **(513c-519b)**.

* Les plaintes de l'homme politique et du sophiste sont paradoxales.

* L'art d'administrer sa maison ou sa cité ne se paye pas.

Or « celui qui préside à la conduite des affaires dans une Cité ne saurait être injustement perdu » par elle ; et cela vaut pour l'homme d'État comme pour le sophiste. Si l'on prétend rendre les autres meilleurs, il est absurde de reprocher à ceux qui sont devenus bons de ne pas l'être ! Et s'il est normal de se faire payer quand on exerce un art ou une technique, alors que l'éducation et la politique doivent être gratuites, c'est bien parce que le bénéficiaire, dans ces domaines-là, éprouve le désir d'être bienfaiteur en retour **(519b-521c)**.

* Socrate se présente comme le seul véritable homme politique ; il en mesure les conséquences.

Socrate, parce qu'il est le seul à s'occuper des affaires de l'État en visant le bien et en disant la vérité au lieu de flatter son auditoire, exerce authentiquement l'art politique ; il sait bien qu'il risque d'être un jour jugé comme le serait « un médecin qu'accuserait un cuisinier devant un tribunal d'enfants », mais il vaut mieux subir l'injustice que la commettre ; et mourir ne lui fait pas peur **(521c-522e)**.

**IV. Le mythe eschatologique et les vérités que l'on peut en déduire.**

Pour finir, Socrate entreprend de raconter ce qui se passe après la mort. Il s'agit d'un récit mythique qui fait pourtant voir des vérités. Du temps de Cronos, c'étaient des vivants qui jugeaient les vivants, juste avant la mort, le jour même. Mais les jugements étaient rendus en vertu des apparences ; de plus, ceux qui allaient mourir pouvaient, par anticipation, convoquer quantité de témoins en leur faveur. Zeus, pour y remédier, a voulu que les hommes ne connaissent plus à l'avance l'heure de leur mort, et qu'ils soient jugés nus : « C'est une fois morts, en effet, qu'ils devront être jugés, et le juge devra, lui aussi, avoir été mis à nu et être un mort, qui, avec sa seule âme, est spectateur d'une âme pareillement seule, celle de chacun à l'instant où il vient de mourir. » La mort n'est rien d'autre que la déliaison de l'âme et du corps. Et c'est quand l'âme est isolée du corps que les juges voient ce qu'elle vaut véritablement. Bien souvent, celle du puissant est envoyée au Tartare, car le pouvoir corrompt ; en revanche celle du philosophe est envoyée vers les Îles des Bienheureux. Le genre de vie pour lequel on opte ici-bas doit donc tenir compte de ce qu'il adviendra après la mort (**523a-527a**).

## *GORGIAS* : TABLEAU COMPARATIF DES PRINCIPALES DIFFÉRENCES DE TRADUCTION[1]

| Texte grec (C.U.F., 1923) | Traduction de A. Croiset | Traduction de L. Robin | Traduction de M. Canto-Sperber |
|---|---|---|---|
| 447a : Πολέμου καὶ μάχης φασὶ χρῆναι, ὦ Σώκρατες, οὕτω μεταλαγχάνειν. | « Tu arrives, Socrate, comme il faut, dit-on, arriver à la guerre et à la bataille. » | « Guerre et combat, c'est comme tu fais, Socrate, qu'il en faut, dit-on, prendre sa part. » | « C'est le bon moment, Socrate, pour rejoindre le combat, à en croire le dicton. » [*Un seul terme est traduit au lieu des deux.*] |
| 450b9-10 : Περὶ χειρουργίας τε καὶ τοιαύτας πράξεις... πᾶσά ἐστιν ἡ ἐπιστήμη. | « Tout l'essentiel du savoir se ramène à des opérations manuelles et autres choses du même genre. » | « La connaissance tout entière s'en rapporte à l'exercice d'un métier ou d'une activité analogue. » | « Toute la connaissance se rapporte à une action manuelle ou une activité du même genre. » |

1. Il s'agit, bien sûr, de différences de traduction d'un même texte original, ou de celles qui procèdent d'une modification, opérée par l'un des traducteurs, d'un même manuscrit. Les quelques passages cités ici dans l'édition établie par A. Croiset, la plus accessible pour le lecteur français, proposent des leçons identiques à celles retenues par E. R. Dodds (*Plato, Gorgias*, A Revised Text with Introduction and Commentary, Oxford, Clarendon Press, 1959) et J. Burnet (*Platonis opera*, Oxford Classical Texts, Oxford, 1903), sur lesquelles se fonde la traduction de M. Canto-Sperber. Les divergences de manuscrit, souvent signalées en note par L. Robin, sont recensées par M. Canto-Sperber dans les *Remarques préliminaires* à sa traduction (G.F., 1993[2], pp. 103-104).

| Texte grec (C.U.F., 1923) | Traduction de A. Croiset | Traduction de L. Robin | Traduction de M. Canto-Sperber |
|---|---|---|---|
| | | [*La notion de métier se substitue ici à celle, pourtant plus précise, de travail manuel.*] | |
| **454c7-10** : Καλεῖς τι μεμαθηκέναι... Τί δέ Πεπιστευκέναι ; | « Existe-t-il quelque chose que tu appelles “savoir” ? Et quelque chose que tu appelles “croire” ? » | « Y a-t-il quelque chose que tu appelles “avoir appris” et “savoir” ? Et d’autre part aussi, n’est-ce pas, quelque chose que tu appelles “s’être fié à” et “croire” ? » [*Cette paraphrase est justifiée n. 2 pour traduire la valeur des verbes au parfait.*] | « Existe-t-il une chose que tu appelles savoir ? Et une autre que tu appelles croire ? » |
| **454e-455a** : ‘Η ῥητορικὴ ἄρα, ὡς ἔοικεν, πειθοῦς δημιουργός ἐστιν πιστευτικῆς... | « La rhétorique, à ce compte, serait donc l’ouvrière d’une persuasion de croyance... » | « En sorte que l’art oratoire, semble-t-il bien, est professionnel d’une persuasion de confiance... » [*« Profession » est un peu trop* | « La rhétorique est donc, semble-t-il, productrice de conviction... » |

| | | | |
|---|---|---|---|
| | | *général ; le démiurge est l'artisan ou l'ouvrier, celui qui façonne et produit.*] | |
| **459b-c** : Δεῖ αὐτὴν... μηχανὴν δέ τινα πειθοῦς ηὑρηκέναι, ὥστε φαίνεσθαι τοῖς οὐκ εἰδόσι μᾶλλον εἰδέναι τῶν εἰδότων. | « Il lui suffit d'un certain procédé de persuasion qu'elle a inventé, pour qu'elle paraisse devant les ignorants plus savante que les savants. » | « La rhétorique a besoin d'avoir découvert un certain procédé de persuasion qui permet de donner à ceux qui ne savent pas l'impression qu'ils ont plus de savoir que ceux qui savent. »<br>[*La construction est très libre, L.R. faisant du datif le sujet implicite du second infinitif, ce qui est peu vraisemblable, sans être impossible.*] | « Elle a découvert un procédé qui sert à convaincre, et le résultat est que, devant un public d'ignorants, elle a l'air d'en savoir plus que n'en savent les connaisseurs. » |
| **460c** : texte incertain entre crochets :<br>[ΣΩ. Οὐκοῦν ἀνάγκη τὸν ῥητορικὸν δίκαιον εἶναι, τὸν δὲ δίκαιον βού- | « [S. - Ainsi, l'homme qui sait la rhétorique est nécessairement juste, et le juste ne peut vouloir agir | « — S. : Donc jamais l'homme juste ne voudra commettre d'injustice ? | « *Socrate*<br>Il faut donc que l'orateur soit un homme juste ; en outre, le juste peut-il vou- |

| Texte grec (C.U.F., 1923) | Traduction de A. Croiset | Traduction de L. Robin | Traduction de M. Canto-Sperber |
|---|---|---|---|
| λεσθαι δίκαια πράττειν;<br>ΓΟΡ. Φαίνεταί γε.<br>ΣΩ. Οὐδέποτε ἄρα βουλήσεται ὅ γε δίκαιος ἀδικεῖν.<br><br>ΓΟΡ. **'Ανάγχη**].<br>ΣΩ. Τὸν δὲ ῥητορικὸν ἀνάγχη ἐκ τοῦ λόγου δίκαιον εἶναι.<br>ΓΟΡ. Ναί.<br>ΣΩ. Οὐδέποτε ἄρα βουλήσεται ὁ ῥητορικὸς ἀδικεῖν. | que justement ?<br>G. - Il y a apparence.<br>S. - L'homme juste ne saurait, par conséquent, vouloir commettre l'injustice.<br>G. - **Nécessairement**.]<br>S. - Or, l'orateur, d'après ce que nous avons dit, est nécessairement juste ?<br>G. - Oui.<br>S. - Par conséquent, il ne saurait vouloir commettre l'injustice. » | — G. : **Nécessairement**.<br>— S. : Or, il est nécessaire, en vertu de l'argumentation, que l'homme qui a compétence oratoire soit juste ? — G. : Oui. — S : Or, étant nécessaire que l'homme qui a compétence oratoire soit juste, il l'est aussi que l'homme juste fasse des actions justes ? »<br>— G. : Bien évidemment.<br>— S. : Donc, jamais l'homme qui a compétence oratoire ne voudra commettre d'injustice.<br>[*Seul L.R., pour plus de clarté, bascule le premier groupe des répliques entre crochets après le second : cf. n 1.*] | loir agir sans justice ?<br>*Gorgias*<br>Non, apparemment pas.<br>*Socrate*<br>Par conséquent, un homme juste, jamais, ne voudra être injuste.<br>*Gorgias*<br>**Nécessairement**.<br>*Socrate*<br>Donc, d'après ce que tu as dit, l'orateur, nécessairement, est un homme juste.<br>*Gorgias*<br>Oui.<br>*Socrate*<br>Par conséquent jamais l'orateur ne voudra être injuste. » |

| | | | |
|---|---|---|---|
| **472b6 :** Ἐπιχειρεῖς ἐκβάλλειν με ἐκ τῆς οὐσίας καὶ τοῦ ἀληθοῦς. | Tu « tâche[s] de m'arracher mon bien et la vérité ». [*A.C. ne retient pas la valeur epéxégétique de la conjonction de coordination, laquelle donne un sens pourtant plus satisfaisant.*] | « Tu entreprends de me bouter hors de ce qui est mon bien propre, je veux dire la vérité. » | « Tu essaies de me déposséder de mon bien : la vérité. » |
| **482e :** Εἰς τοιαῦτα ἄγεις φορτικὰ καὶ δημηγορικά, φάσκων τὴν ἀλήθειαν διώκειν, ἃ φύσει μὲν οὐκ ἔστιν καλά, νόμῳ δέ. | « Sous prétexte de chercher la vérité, tu nous fatigues avec des sophismes de tribune sur ce qui est laid selon la nature et beau selon la loi. » | « C'est à de pareilles insupportables pauvretés que tu mènes, dignes d'un orateur populaire, alors que tu prétends être en quête de la vérité, sur ce qui n'est pas beau par nature, mais l'est en vertu de la loi. » [*L.R. donne la traduction la plus littérale, tout en suivant la même construction que A.C.*] | « Ces questions que tu rabâches, ce sont des inepties, des chevilles d'orateur populaire — oui, toi qui prétends rechercher la vérité ! — pour faire passer que le beau est beau selon la loi, et pas selon la nature. [*M.C.-S. semble rattacher la dernière proposition à* φάσκων *et non à l'antécédent du relatif de sorte* |

| Texte grec (C.U.F., 1923) | Traduction de A. Croiset | Traduction de L. Robin | Traduction de M. Canto-Sperber |
|---|---|---|---|
| | | | *qu'une thèse sur le beau en général, pris comme sujet et non comme adjectif, semble impliquée.*] |
| **485c** : Ταὐτὸν οὖν ἔγωγε τοῦτο πάσχω καὶ πρὸς τοὺς φιλοσοφοῦντας… ὅταν δὲ δὴ πρεσβύτερον ἴδω ἔτι φιλοσοφοῦντα… | « C'est précisément ce que j'éprouve à l'égard des philosophes […]. Devant un homme âgé que je vois continuer à philosopher… » | « C'est la même impression que j'éprouve en face de ceux qui font de la philosophie […]. Quand c'est justement un homme d'âge mûr que je vois faire encore de la philosophie… »<br>[*L.R. propose la traduction la plus littérale.*] | « C'est exactement la même chose que j'éprouve en face des gens qui philosophaillent […]. Si c'est un homme d'un certain âge que je vois en train de faire de la philosophie… »<br>[*C'est le même verbe qui est traduit tantôt de façon péjorative, tantôt avec neutralité ; cette nuance n'est pas dans le texte.*] |

| | | | |
|---|---|---|---|
| **485e** : … ἐλεύθερον δὲ καὶ μέγα καὶ ἱκανὸν μηδέποτε φθέγξασθαι. | « … sans jamais faire entendre une parole libre, grande, généreuse. » [*A.C. donne à « suffisant » une valeur morale.*] | « … sans jamais rien proférer de libre, de grand, et tout au moins, de suffisant. » [L.R. *reste au plus près du texte, sans déterminer en un sens ou en un autre le dernier adjectif, mais il ajoute « tout au moins ».*] | « …sans jamais proférer la moindre parole libre, décisive, efficace. » [*M.C.-S. situe la suffisance dans le rapport du mot à la chose.*] |
| **489e** : Εἰρωνεύει, ὦ Σώκρατες. | « Tu te moques de moi, Socrate. » [*A.C. fournit la traduction la plus littérale mais aussi la plus elliptique, car on ne devine pas le sens technique du verbe.*] | « Tu t'amuses à faire l'ignorant, Socrate ! » [L.R. *estime que l'on est obligé de paraphraser pour rendre la notion d'ironie socratique ; cf n. 1.*] | « Tu fais semblant d'être idiot, Socrate ! » [*M.C.-S. justifie cette interprétation ponctuelle de l'ironie socratique par le contexte.*] |
| **491b** : Οἳ ἄν εἰς τὰ τῆς πόλεως πράγματα φρόνιμοι ὦσιν, ὅντινα ἄν τρόπον εὖ οἰκοῖτο… | « Ceux dont l'intelligence se porte vers les affaires de l'État, pour le bien gouverner… » | « Ceux qui seront intelligents pour administrer les affaires de l'État, quelle que puisse être | « [Je parle] d'hommes intelligents, qui savent s'occuper des affaires de la cité, qui savent com- |

| Texte grec (C.U.F., 1923) | Traduction de A. Croiset | Traduction de L. Robin | Traduction de M. Canto-Sperber |
|---|---|---|---|
| | [*A.C. transforme la modalité en finalité.*] | d'ailleurs <u>la manière dont ils y réussissent.</u> » [L.R. *rend mieux ce qu'il appelle l'immoralisme politique (cf. n. 3), mais en glosant.*] | <u>ment bien les gérer</u>… » [*Cette traduction est la plus fidèle à la lettre.*] |
| **491e3** : Πῶς γάρ [<u>οὔ</u>]; οὐδεὶς ὅστις οὐκ ἄν γνοίη ὅτι <u>οὐ</u> τοῦτο λέγω. | « Comment cela ? Tout le monde peut voir que ce <u>n</u>'est <u>pas</u> d'eux [i.e. les imbéciles] que je parle. » | « Comment en effet <u>ne</u> seraient-ce <u>pas</u> eux ? Il n'y aurait personne pour ne pas reconnaître que c'est des imbéciles que je parle ! » [L.R. *aboutit à un sens très douteux — en rétablissant par scrupule la première négation, pourtant considérée par beaucoup comme une extrapolation, ce qui l'oblige à supprimer ensuite la seconde ! Il s'en explique n. 2.*] | « <u>Qu</u>'est-ce qui te prend ? N'importe qui saurait que je <u>ne</u> parle <u>pas</u> des abrutis ! » |

| | | | |
|---|---|---|---|
| **493a** sqq. : Τῆς δὲ ψυχῆς τοῦτο ἐν ᾧ ἐπιθυμίαι εἰσὶ τυγχάνει ὄν οἷον ἀναπείθεσθαι καὶ μεταπίπτειν ἄνω κάτω. | « Cette partie de l'âme où résident les passions obéit, de par sa nature, aux impulsions les plus contraires. » | « Cette partie de l'âme où sont les désirs est précisément de nature à se laisser séduire et retourner sens dessus dessous. » [*Cette traduction est la plus littérale.*] | « Il existe un lieu dans l'âme, là où sont nos passions, un lieu ainsi fait qu'il se laisse influencer et ballotter d'un côté et de l'autre. » [*Cette phrase pourrait laisser imaginer une définition de l'âme comme lieu (topos) des désirs, ce qui n'est pas le cas.*] |
| **497e** : Παῖδα ἀνόητον χαίροντα ἤδη εἶδες; | « As-tu vu quelquefois un enfant déraisonnable et en même temps joyeux ? » | « N'as-tu pas déjà vu se réjouir un enfant, être dénué d'intelligence ? » [*La formulation fait contresens et n'est pas cohérente avec la traduction de la phrase suivante (498a) qui évoque un homme d'âge mûr sans intelligence, et non pas* | « N'as-tu pas déjà vu un enfant, n'ayant pas encore l'âge de raison, mais qui éprouve du plaisir ? » |

| Texte grec (C.U.F., 1923) | Traduction de A. Croiset | Traduction de L. Robin | Traduction de M. Canto-Sperber |
|---|---|---|---|
| | | *un homme d'âge mûr, donc dénué d'intelligence !*] | |
| **509a** : Κατέχεται καὶ δέδεται… σιδηροῖς καὶ <u>ἀδαμαντίνοις λόγοις</u>… | « [Ces vérités] sont enchaînées et maintenues […] par des <u>raisons</u> de fer et <u>de diamant</u>. » [*A.C. est peut-être le plus près du texte en traduisant les deux couples de verbes et d'adjectifs.*] | « [Elles] sont retenues et enchaînées par des liens qui […] sont des <u>rapports</u> fer et <u>d'acier</u>. » [*L.R. substitue assez curieusement l'acier au diamant sans doute parce que l'adjectif dérive du mot* adamas *: l'acier.*] | « Ces vérités sont enchaînées les unes aux autres au moyen d'<u>arguments</u> de fer et <u>de diamant</u>. » [*M.C.-S. rend avec le plus d'exactitude le sens contextuel de « logos » en le traduisant ici par « argument ».*] |
| **512b** : Οὐ νόμος ἐστὶ <u>σεμνύνεσθαι</u> τὸν κυβερνήτην… | « Le pilote n'a pas l'habitude de <u>tirer vanité de son art</u>… » | « Il n'est pas d'usage chez le capitaine d'<u>aller se vanter</u>… » | « N'existent ni loi ni usage qui <u>fassent</u> du pilote <u>un objet de vénération</u>… » [*M.C.-S. traduit par un passif ; les autres traducteurs y voient une forme moyenne, si fréquente en grec, et ici* |

| | | | |
|---|---|---|---|
| | | | *très satisfaisante quant au sens.*] |
| **515b** : Φιλόνικος εἶ… | « Tu es taquin… » | « Tu es chicaneur… » [*L.R. et A.C. semblent considérer que la supériorité discursive s'affirme dans la capacité d'orienter ou de modifier le dialogue et non dans celle de le clore.*] | « Tu aimes avoir le dernier mot… » [*Traduction la plus littérale. L'adjectif signifie : qui aime la victoire. Reste à savoir si triompher veut dire, ici, avoir le dernier mot.*] |
| **523a** : Ἄκουε δὴ… μάλα καλοῦ <u>λόγου</u> ὃν σὺ μὲν ἡγήσει <u>μῦθον</u>… ἐγὼ δὲ <u>λόγον</u>. | « Écoute donc une belle <u>histoire</u>, que tu prendras peut-être pour un <u>conte</u>, mais que je tiens pour une <u>histoire vraie.</u> » [*A.C. traduit d'abord logos par histoire, et ensuite par histoire « vraie » — adjectif qui n'est pas dans le texte et qui sert à rendre compte de l'opposition entre mythos et logos.*] | « Écoute donc une belle <u>histoire</u>. Toi, tu estimeras que c'est une <u>fable</u>, mais selon moi c'est une <u>histoire</u>… » [*L.R. traduit les deux occurrences de logos de la même façon ; mais la littéralité produit un sens un peu elliptique.*] | « Écoute donc une fort belle <u>histoire</u>, dont tu penseras que c'est un <u>mythe</u>, mais dont je pense que c'est une <u>histoire vraie</u>. » [*M.C.-S. rajoute « vraie » pour clarifier, au risque de surdéterminer comme le fait A. C.*] |

| Texte grec (C.U.F., 1923) | Traduction de A. Croiset | Traduction de L. Robin | Traduction de M. Canto-Sperber |
| --- | --- | --- | --- |
| **525c7-8** : … θεάματα καὶ νουθετήματα. | « … le spectacle qu'ils donnent est un avertissement… » | « … objets de contemplation et d'admiration. » [*Lapsus ou erreur de lecture ?*] | « … un horrible spectacle et un avertissement. » |
| **526b** : οἱ δὲ πολλοί… κακοί γίγνονται τῶν δυναστῶν. | « Mais la plupart des hommes puissants […] sont mauvais. » | « Mais la plupart des hommes au pouvoir […] deviennent des méchants. » [*L.R., en gardant la valeur de devenir comprise dans le verbe, aboutit à un sens plus nuancé et bien platonicien : le pouvoir corrompt.*] | « Mais […] la plupart des hommes puissants sont des hommes mauvais. » |

# RÉSUMÉ ANALYTIQUE DU *MÉNON*

**Prologue :** Gorgias et Ménon. On entre directement dans le vif du sujet : comment la vertu advient-elle ?

Ménon demande à Socrate si la vertu s'enseigne, si elle s'acquiert par l'exercice, si elle est un don naturel ou si elle peut advenir d'une autre façon encore. Socrate lui répond qu'ignorant ce qu'est la vertu, il ne peut rien dire à son sujet. C'est à Gorgias qu'il faudrait s'adresser ; sans doute avait-il fourni une réponse du temps qu'il était à Athènes, mais Socrate ne s'en souvient plus. Il incombe à Ménon de rappeler ce que disait le grand orateur, ou d'élucider la question pour son propre compte **(70a-71e)**.

**I. Socrate et Ménon : qu'est-ce que la vertu ?**

1. A) Ménon part d'une première définition et procède par énumération.

B) Socrate recherche l'unité de la notion.

Ménon n'éprouve aucune difficulté à répondre. Voici sa *première définition : la vertu consiste pour chacun à bien faire ce qu'il a à faire*, en fonction de son âge, de son sexe, de sa situation ou de sa condition. On cherchait une vertu unique, et voilà qu'apparaît « un essaim de vertus » ! ironise Socrate **(71e-72a)**. Reste à savoir de quoi se compose l'essaim. Quelle est la nature ou réalité de l'abeille ? De même, quelle est la forme caractéristique identique en toutes les vertus et qui fait d'elles des vertus en dépit de leur variété et de leur multiplicité ? **(72b-73c)**.

2. Ménon

Ménon propose une *deuxième définition :*

accepte de définir la vertu en général. A) Premier essai et deuxième définition. Réfutation socratique et recherche dialectique : deux modèles de définition, celui de la figure ; celui de la couleur.

*la vertu, c'est la capacité de commander.* Mais, il est rapidement amené à préciser : la capacité de commander avec justice ; car la justice est une vertu. Socrate lui reproche alors de confondre *la* vertu et *une* vertu. Autant dire que la figure, en géométrie, c'est la rondeur ! Et pourquoi ne pas répondre à la question : qu'est-ce que la couleur ? la couleur, c'est le blanc ! Une fois de plus, mais par un biais différent, ce qui fait l'unicité de la vertu est éludé ; on en arrive à une pluralité de cas particuliers **(73c-75b)**. Ménon veut bien essayer de définir la vertu en général à condition que Socrate lui montre comment procéder. Celui-ci lui rappelle d'abord qu'il faut chercher à dire le vrai, accepter d'être réfuté, et dialoguer avec courtoisie en tenant compte de ce que connaît l'interlocuteur. Puis il prend comme exemple de la méthode à suivre une définition de la figure comme limite d'un solide ; et comme exemple à la manière de Gorgias, cette définition de la couleur : la couleur est une émanation des figures, qui est proportionnée à la vision, et, ainsi, est sensible **(75c-77a)**.

B) Deuxième essai et troisième définition. Critique de la première partie de la définition. Critique de la deuxième partie de la définition.

À partir de ces modèles d'inégale valeur, Ménon élabore sa *troisième définition : la vertu, c'est le désir des belles choses joint au pouvoir de se les procurer.* Socrate établit d'abord que le désir porte toujours sur ce que l'on croit être beau, utile ou bon, car nul ne recherche volontairement le mal, la peine, ou le malheur **(77a-78a)** ; il montre ensuite que le pouvoir n'est vertu que s'il est accompagné de l'une des vertus, la justice, la sagesse, la piété ou le courage… De sorte que, là encore, il faudrait, sans savoir ce qu'est la vertu elle-même, la reconnaître aux espèces de la vertu qui l'accompagnent. On eſt dans une impasse. Il faut reprendre à nouveau du début **(78b-79e)**.

**Intermède :** aveu d'échec et portrait de Socrate.

Ménon décrit Socrate comme un sorcier qui met dans l'embarras tous ses interlocuteurs et se met lui-même dans l'embarras. C'eſt une réputation juſtifiée, qui, dans toute autre cité, lui aurait valu d'être traduit en juſtice. On pourrait le comparer à une raie torpille. Le philosophe souligne qu'il partage l'embarras dans lequel il met autrui, et invite le jeune homme à reprendre leur commune recherche : qu'eſt-ce que la vertu ? **(80a-d)**. Il eſt impossible de le déterminer, rétorque Ménon :

**II. Ménon, Socrate et le jeune garçon : la réminiscence.**

1. L'argumentériſtique de Ménon.

2. La solution socratique de la réminiscence.

A) Exposé.

« Comment chercheras-tu, Socrate, ce dont tu ne sais absolument pas ce que c'eſt ? Laquelle en effet, parmi ces choses que tu ignores, donneras-tu pour objet à ta recherche ? Mettons tout au mieux : tomberais-tu dessus, comment saurais-tu que c'eſt ce que tu ne savais pas ? » Contre cette thèse séduisante, mais fausse, Socrate démontre, en reprenant le langage des prêtres et des prêtresses, que l'on peut trouver ce que l'on n'a pas appris parce que l'âme eſt immortelle et qu'elle a su antérieurement ce que nous ignorons présentement. Elle a vu toutes choses, et elle a tout appris. Savoir, pour une âme incarnée, c'eſt donc se ressouvenir. Et « rien n'empêche que nous ressouvenant d'une seule chose, ce que précisément nous appelons apprendre, nous retrouvions ainsi tout le reſte, à condition d'être vaillants et de ne pas nous décourager dans la recherche ». L'argument captieux avancé par Ménon eſt un argument paresseux ; tandis que la thèse de la réminiscence « fait de nous des travailleurs et des chercheurs » **(80d-81e).**

B) Vérification : la duplication du carré.

Socrate, qui n'a rien à enseigner, peut montrer que la théorie de la réminiscence eſt vraie en queſtionnant un jeune esclave qui n'a eu aucune formation mathématique de façon à lui faire trouver par lui-même comment construire le carré double d'un carré donné **(82a-85b).**

C) Interprétation.

Cette expérience révèle qu'il y a en chacun de nous des opinions vraies relatives à ce dont nous n'avons pas la connaissance actuelle ; ces opinions deviennent connaissances non au moyen de l'enseignement, mais par le biais du queſtionnement qui nous fait retrouver la vérité des choses exiſtant de tout temps en notre âme. Ménon s'avoue convaincu ; Socrate indique qu'il y a des points de cet exposé qu'il ne serait pas prêt à défendre à tout prix, mais qu'il veut bien se battre sans réserves pour les conséquences de cette thèse **(85c-86c)**.

**III. Socrate et Ménon : examen de la vertu au moyen de la méthode hypothétique des géomètres.**

1. La vertu n'eſt pas un don de nature.
2. Il doit donc y avoir des maîtres de vertu.

La vertu eſt-elle quelque chose qui s'acquiert, ou un don naturel ? Il faut, comme en géométrie, partir d'une hypothèse : supposons que parmi les réalités qui ont rapport à l'âme, la vertu en soit une qui présente tels caractères, s'enseignera-t-elle ou non ? Puisque seule la connaissance s'enseigne, si la vertu eſt connaissance elle s'enseigne ; sinon, elle ne s'enseigne pas. D'autre part, on admet que la vertu eſt un bien et qu'elle eſt utile **(86c-88a)**. Or, pour être utile, une activité doit être guidée par l'intelligence. On en déduit que la vertu, dès lors qu'elle eſt utile, eſt intelligence ou raison, et que par conséquent elle s'enseigne. Or, Socrate n'a jamais rencontré de maîtres enseignant la vertu.

Qui sont-ils ? Anytos entre en scène **(88a-90b).**

**IV. Socrate, Anytos et Ménon à la recherche des maîtres de vertu.**

1. Les sophistes jugés par Anytos.

2. Pourquoi les grands hommes ne savent-ils pas transmettre leur vertu à leurs propres fils ?

Il s'associe à la recherche de ceux qui seraient à même de rendre leurs élèves vertueux. Les sophistes se vantent d'y parvenir, et se font payer à cet effet ; mais Anytos ne veut pas en entendre parler et s'emporte quand on les mentionne. Pourtant, il avoue n'en connaître aucun et ne pouvoir expliquer leur succès. Laissons les sophistes. Qui d'autre aller trouver, les hommes politiques ? **(90b-93a).** Il y a certes, parmi eux, des hommes de valeur, mais la question n'est pas là. On se demande s'ils ont su transmettre cette vertu dont ils font preuve. La réponse est négative : ni Thémistocle, ni Lysimaque, ni Périclès, ni Thucydide n'ont rendu leurs fils vertueux, quels que soient le désir qu'ils en aient eu et les moyens qu'ils y aient mis. Ces exemples suffisent à montrer que la vertu ne s'enseigne pas. Anytos fait remarquer à Socrate qu'il ne se gêne pas pour dire du mal des autres et qu'un jour ou l'autre cela pourrait lui coûter cher **(93a-95a).**

**V. Socrate, Ménon : la vertu est une opinion vraie.**

1. Tout laisse à penser que la vertu ne s'enseigne pas.

L'entretien se poursuit entre Socrate et Ménon. Ils constatent que beaucoup de gens, y compris les poètes et les hommes politiques ne savent pas si la vertu s'enseigne ; ils se disent tantôt que oui, tantôt que non. Puisque, d'autre part, on ne parvient pas à trouver des maîtres de vertu, c'est qu'il n'y a pas non plus d'élèves. Tout concourt à prouver que la vertu ne s'enseigne pas **(95a-96d).**

2. Comparaison entre le savoir et l'opinion vraie.

Mais dans l'enquête qui a été menée, remarque soudain Socrate, on a laissé échapper un point fondamental : ce n'est pas seulement la science qui fait que les hommes mènent à bien leurs actions ; force est de constater que nombre d'entre eux conduisent droitement leurs affaires sans pour autant posséder une science. Ainsi peut-on aller à Larissa sans savoir quel est le chemin, pourvu que l'on ait une opinion droite. Est-ce à dire que l'opinion droite est aussi utile que le savoir ? Jusqu'à un certain point seulement, objecte Ménon : « celui qui possède le savoir atteindra toujours son but, tandis que celui qui a l'opinion droite, tantôt il l'atteindra et tantôt ne l'atteindra pas ». Telles les statues de Dédale, les opinions droites ont tendance à s'enfuir ; or elles n'ont de prix qu'autant qu'elles demeurent en place, liées par un raisonnement causal lui-même produit par la réminiscence **(96e-98a)**.

3. Récapitulation conduisant à une aporie.

Les hommes de valeur sont utiles soit en raison d'un savoir, soit en vertu d'opinions droites — toutes choses qui ne leur appartiennent pas par nature. Leur valeur procède-t-elle plutôt de l'enseignement ? Non, puisqu'on a vu que la vertu ne s'enseigne pas **(98b-99a)**.

**Épilogue : l'opinion vraie est une grâce divine.**

La vertu des hommes n'est donc due ni au savoir, ni à la nature, mais à une faveur divine qui les inspire, sans que la pensée ait part à leur action. Si un jour un homme politique réussissait à transmettre sa vertu, il serait, tel le devin Tirésias au royaume des morts, le seul être réel parmi des ombres. « Mais le certain là-dessus, nous le saurons le jour où, avant de nous mettre à chercher de quelle façon il vient à se produire de la vertu chez les hommes, nous aurons commencé par nous mettre à chercher ce que peut bien être la vertu, en soi et par soi » **(99b-100c)**.

## *MÉNON* : TABLEAU COMPARATIF DES PRINCIPALES DIFFÉRENCES DE TRADUCTION[1]

| **Texte grec (C.U.F., 1923)** | **Traduction de A. Croiset** | **Traduction de L. Robin** | **Traduction de M. Canto-Sperber** |
|---|---|---|---|
| **71b2-3** : Ὃ δὲ μὴ οἶδα τί ἐστιν, πῶς ἄν ὁποῖόν γέ τι εἰδείην ; | « Ne sachant pas ce que c'est, comment saurais-je quelle elle est ? » [*Traduction littérale ; les deux autres mettent davantage en relief la valeur du relatif.*] | « Quand je ne sais pas ce qu'est une chose, comment saurais-je quelles en sont les qualités ? » | « Si je ne sais pas ce qu'est la vertu, comment pourrais-je savoir quoi que ce soit d'elle ? » |
| **71d** : Ἀνάμνησον οὖν με πῶς ἔλεγεν. Εἰ δὲ βούλει, αὐτὸς εἰπέ… Εἰπὲ καὶ μὴ φθονήσῃς… | « Rappelle-moi donc ses paroles ; ou, si tu le préfères, parle à ta façon. […] Parle, fais-moi ce plaisir… » [*Le dernier impératif est traduit librement : éludant la* | « Comment en parlait-il, rappelle-le-toi, ou, si tu aimes mieux, parle en ton propre nom. […] Parle sans te faire prier… » [*Il y a une erreur sur le destinataire de la rémémora-* | « Remémore-moi donc ses paroles. Ou si tu préfères, parle pour toi-même. […] Dis-le moi, sans t'en montrer jaloux… » [*La fin de ce passage est traduite littéralement : d'après* |

1. Cf. n. 1, p. LVII. On trouvera un tableau des divergences entre manuscrits dans les *Remarques préliminaires* à la traduction du *Ménon* par M. Canto-Sperber (G. F., 1993², pp. 109-111), traduction qui suit, pour l'essentiel, l'édition de Bluck (*Plato's Meno*, ed. and commentary, Cambridge, 1961 et 1964).

| Texte grec (C.U.F., 1923) | Traduction de A. Croiset | Traduction de L. Robin | Traduction de M. Canto-Sperber |
|---|---|---|---|
| | *notion de jalousie, A.C. semble considérer qu'il s'agit d'une formule de politesse.*] | *tion. D'autre part, L.R. donne un sens conventionnel à la formule finale.*] | *M. C.-S., Socrate craindrait que Ménon ne veuille pas lui communiquer son savoir.*] |
| **72c** : Ἕν γέ τι εἶδος ταὐτὸν ἅπασαι ἔχουσιν, δι' ὃ εἰσὶν ἀρεταί… | « … elles ont en commun un certain caractère général qui fait qu'elles sont des vertus. » [*A.C. ne traduit avec précision ni l'unicité ni l'identité de la forme.*] | « … toutes sans exception possèdent du moins un certain caractère identique, qui est unique, en vertu duquel elles sont des vertus. » [*La traduction est exacte. Mais* eidos *est traduit par caractère, ce qui est peu traditionnel.*] | « … elles possèdent du moins une seule forme caractéristique identique chez toutes sans exception, qui fait d'elles des vertus. » [*La traduction de* eidos *par forme caractéristique est la plus explicite de toutes.*] |
| **78e** : Τὸ δὲ μὴ ἐκπορίζειν… οὐκ ἀρετὴ καὶ αὕτη ἐστὶν ἡ ἀπορία ; | « Mais si l'on renonce […] cette renonciation même n'est-elle pas une vertu ? » | « Mais, ne pas consentir […] c'est, par rapport à l'acte de se les procurer, un manque, qui n'est point vertu ? » [*L.R. paraphrase par souci* | « Ce renoncement à user des moyens de se les procurer, n'est-ce pas là aussi vertu ? » |

| | | | |
|---|---|---|---|
| | | *de littéralité (cf. n. 4) ce qui le conduit, semble-t-il, à un contresens — la négation portant sur l'interrogative alors qu'il la fait porter sur le mot qui la suit.*] | |
| **80a** : Σὺ οὐδὲν ἄλλο ἢ αὐτός τε ἀπορεῖς καὶ τοὺς ἄλλους ποιεῖς ἀπορεῖν. | « … que tu ne faisais pas autre chose que trouver partout des difficultés et en faire trouver aux autres. » [*L'aporie est comprise comme une « difficulté ».*] | « … tu ne fais rien d'autre que douter toi-même et qu'amener les autres à douter. » [*L'aporie est rendue par la notion de « doute ».*] | « … tu ne fais rien d'autre que t'embarrasser toi-même et mettre les autres dans l'embarras. » [*La traduction par « embarras » tend à faire autorité ; c'est la plus courante.*] |
| **82b** : … γιγνώσκεις τετράγωνον χωρίον ὅτι τοιοῦτον ἐστιν ; | « … sais-tu que cet espace est carré ? » | « … tu sais qu'un espace carré est fait comme ceci ? » [*Traduction la plus littérale.*] | « … sais-tu que ceci, c'est une surface carrée ? » [*Traduction la plus explicite. Le terme descriptif désignant soit l'espace limité par des lignes et doté d'une figure, soit la surface de cet espace,* |

| Texte grec (C.U.F., 1923) | Traduction de A. Croiset | Traduction de L. Robin | Traduction de M. Canto-Sperber |
|---|---|---|---|
| | | | *est rendu ici sans ambiguïté par « surface ».*] |
| **82c** : ... πόσων ἄν εἴη ποδῶν τὸ ὅλον ; | « ... quelle serait la dimension du tout ? » [*Traduction libre.*] | « ... de combien de pieds devra être l'espace entier ? » [*« Espace » est ajouté pour aider à la compréhension.*] | « ... combien le tout aurait-il de pieds carrés ? » [*« Carré » est ajouté pour expliciter.*] |
| **85c** : ... ἔνεισιν ἀληθεῖς δόξαι περὶ τούτων ; | « Sur les choses [...] on peut avoir en soi des opinions vraies ? » | « ... il existe des pensées vraies concernant ces choses... » [*L.R. traduit* doxa *par « pensée » alors qu'en 97c2 sqq. il opte pour « opinion » vraie.*] | « ... il y a donc des opinions vraies au sujet des choses... » |
| **87a** : Εἰ μέν ἐστιν τοῦτο τὸ χωρίον τοιοῦτον οἷον παρὰ τὴν δοθεῖσαν αὐτοῦ γραμμὴν παρατείναντα | Phrase non traduite, sauf en note, par A. Diès : « Si cette surface (triangulaire) est telle que la | « Supposé que ledit espace soit dans des conditions telles que celui qui, le long de la ligne donnée, | « Si la surface en question est telle qu'une fois appliquée sur sa ligne donnée, elle laisse pour |

| | | | |
|---|---|---|---|
| ἐλλείπειν τοιούτῳ χωρίῳ οἷον ἄν αὐτὸ τὸ παρατεταμένον ᾖ, ἄλλο τι συμβαίνειν μοι δοκεῖ… | figure (parallélogramme de même surface) appliquée à sa droite donnée soit défaillante d'une surface telle que la figure appliquée elle-même, le résultat sera ceci… » | en a construit la figure, se trouve en défaut à cause d'un espace qui serait pareil à celui qu'il a construit, telle conséquence en résulte à mon avis… » | reste un espace semblable à l'espace qui a été appliqué, je pense qu'il s'ensuit telle chose… » [*Cette traduction de l'un des passages les plus commentés du* Ménon *est manifestement la plus claire.*] |
| **91e** : … ἐγγὺς καὶ ἑβδομήκοντα ἔτη γεγονότα, τετταράκοντα δὲ… | « … à près de soixante-dix ans, après quarante ans… » | « … plus de quarante ans […] près de quatre-vingts ans… » [*Il s'agit sans doute d'erreurs de lecture, à moins que L.R. n'ait interprété le texte en fonction d'une biographie supposée de Protagoras, ce qui est peu probable.*] | « … près de quarante ans […] presque soixante-dix ans… » [*Traduction la plus exacte, qui met le terme « presque » en facteur commun.*] |
| **94d** : Ἴσως ὁ Θουκυδίδης φαῦλος ἦν, καὶ | « Mais peut-être Thucydide était-il un citoyen | « [Thucydide] n'était pas le personnage comptant, | « [Thucydide] n'avait point de très nombreux |

| Texte grec (C.U.F., 1923) | Traduction de A. Croiset | Traduction de L. Robin | Traduction de M. Canto-Sperber |
|---|---|---|---|
| <u>οὐκ ἦσαν αὐτῷ</u> πλεῖστοι φίλοι 'Αθηναίων καὶ τῶν συμμάχων; Καὶ οἰκίας μεγάλης <u>ἦν</u> καὶ ἐδύνατο μέγα ἐν τῇ πόλει καὶ ἐν τοῖς ἄλλοις Ἕλλησιν... | d'humble condition, <u>lui qui avait</u> plus d'amis que personne parmi les Athéniens et parmi les alliés ! D'illustre naissance, tout-puissant à Athènes et dans le reste de la Grèce... » [*Il semble que la négation de la première phrase ne soit pas traduite, ce qui fait contre-sens.*] | parmi les Athéniens comme parmi les Alliés, le plus grand nombre d'amis ! C'est qu'il <u>n'était pas</u> d'assez grande famille, qu'il n'avait pas, à Athènes et dans le reste de la Grèce, un assez grand pouvoir. » [*Il semble y avoir un contre-sens : la seconde phrase est gouvernée par une négation inexistante.*] | amis chez les Athéniens et chez leurs alliés. Sache seulement qu'il venait d'une grande famille, qu'<u>il était</u> fort puissant, et dans sa cité et dans le reste de la Grèce. » |
| 97c : Οὐδὲν ἄρα ἧττον ὠφέλιμόν ἐστιν <u>ὀρθὴ δόξα</u> ἐπιστήμης. | « <u>L'opinion vraie</u> n'est donc pas moins utile que la science. » | « En conséquence, une <u>opinion vraie</u> n'est pas moins utile que du savoir. » | « <u>L'opinion droite</u> n'est donc en rien moins utile que la science. » [*C'est la traduction de M.C.-S. qui est exacte.*] |

| | | | |
|---|---|---|---|
| **98b** : Τόδε οὐκ ὀρθῶς, ὅτι ἀληθὴς δόξα ἡγουμένη… | « Mais ceci n'est-ıl pas juste, que l'opinion vraie, quand elle dirige… » | « Mais quoi ? N'ai-je pas raison de dire ceci, que l'opinion droite, quand c'est elle qui nous guide… » [*Traduction inexacte.*] | « Et n'ai-je pas raison de dire ceci : l'opinion vraie est un guide… » |
| **98c** : Οὐδὲν ἄρα ὀρθὴ δόξα ἐπιστήμης χεῖρον οὐδὲ ἧττον ὠφελίμη ἔσται εἰς τὰς πράξεις… | « Par conséquent, au point de vue de l'action, l'opinion vraie n'est en rien moins bonne ni moins utile que la science. » | « Donc, en vue de nos actions, l'opinion droite n'est en rien plus mauvaise que le savoir, ni d'une moindre utilité. » | « Par rapport aux actions, l'opinion correcte ne sera en rien plus mauvaise que la connaissance ni moins utile qu'elle. » [*Traduction la plus exacte.*] |
| **99c** : Οὐκοῦν εἰ μὴ ἐπιστήμῃ, εὐδοξίᾳ δὴ τὸ λοιπὸν γίγνεται. | « La science étant hors de cause, reste l'opinion vraie : c'est par elle… » [*Traduction libre.*] | « Donc si ce n'est pas grâce à du savoir […c'est] grâce à du bonheur dans l'opinion. » [*Traduction littérale.*] | « Or, s'ils ne sont pas bons grâce à une connaissance, ils le sont […] grâce à la bonne opinion. » [*M.C.-S rend au mieux l'ambiguïté du terme grec qui signifie à la fois l'opinion qui tombe bien, et la bonne réputation.*] |

447

# GORGIAS
## OU
## *DE LA RHÉTORIQUE*

CALLICLÈS, SOCRATE, CHÉRÉPHON, GORGIAS, PÔLOS

PROLOGUE. *(a)* CALLICLÈS[1] : Guerre et combat, c'est comme tu fais, Socrate, qu'il en faut, dit-on, prendre sa part[2] ! — SOCRATE : Eh mais ! est-ce que, selon le proverbe, nous arrivons après la fête, et en retard ? — CALL. : Oui, et après une fête d'une rare élégance ! Quantité de belles choses ont été en effet, peu auparavant ton arrivée, l'objet de la conférence[3] que Gorgias nous a donnée. — SOCR. : De mon retard, Calliclès, c'est, à la vérité, Chéréphon[4] que voici, le responsable ! Il nous a fait passer du temps sur l'Agora. *(b)* — CHÉRÉPHON : Rien de mal, Socrate, car c'est aussi moi qui vais y porter remède[5] ! Gorgias, vois-tu, est assez mon ami pour refaire à notre intention sa conférence, à présent s'il le juge bon, ou, s'il aime mieux, une autre fois. — CALL. : Qu'est-ce à dire, Chéréphon ? Socrate a envie d'entendre Gorgias ? — CHÉ. : C'est dans cette intention même, en vérité, que nous voilà ici ! — CALL. : Dans ces conditions, quand vous voudrez, venez me trouver chez moi : c'est dans ma maison qu'est descendu Gorgias[6], et il vous y donnera sa conférence. — SOCR. : Voilà une bonne parole, Calliclès ! Ne consentirait-il pas cependant *(c)* à avoir avec nous un simple entretien ? Je souhaite en effet apprendre de lui quelle est la nature de son art, quelle est la chose qu'il fait profession d'enseigner. Pour ce qui est, au reste, de sa conférence, qu'il nous la fasse une autre fois dans les conditions que tu dis. — CALL. : Rien de tel que de lui demander à lui-même, Socrate ! En fait, c'était même là un des points de sa conférence ; et d'ailleurs il invitait tout à l'heure qui, dans la salle, le désirerait, à lui poser une question à son choix, et il se déclarait prêt à répondre à toutes, sans exception. — SOCR. : Tu fais bien de le dire! Interroge-le, toi, Chéréphon! — CHÉ. : Que faut-il lui demander? — SOCR. : Ce qu'il est. — CHÉ. : Que veux-tu dire? — *(d)* SOCR. : S'il se trouvait par exemple qu'il fût ouvrier en chaussures, il répondrait sans nul doute : « Je suis cordonnier! » Ne comprends-tu pas ce que je veux dire? — CHÉ. : Je comprends et vais l'interroger. Dis-moi, Gorgias, est-ce la vérité que dit Calliclès, que tu te fais fort de répondre à toute question qu'on te posera? *(a)* — GORGIAS : C'est la vérité, Chéréphon. Et, de fait, voilà de quoi je me faisais fort tout à l'heure. J'ajoute que, depuis nombre d'années, personne ne m'a encore posé de question qui m'ait pris au dépourvu! — CHÉ. : Aussi n'auras-tu point de peine, je pense, à me répondre, Gorgias! — GORG. : Il ne dépend que de toi, Chéréphon, d'en acquérir la preuve! — PÔLOS[1] : Par Zeus! plutôt, s'il te plaît, en t'adressant à moi, Chéréphon; car Gorgias doit être, selon moi, à bout de souffle, tant il a tout à l'heure passé de choses en revue! — CHÉ. : Qu'est-ce à dire, Pôlos? Penserais-tu devoir mieux répondre que Gorgias[2]? *(b)* — PÔL. : Qu'est-ce que cela fait? pourvu que je te réponde comme il faut. — CHÉ. : Rien du tout! Eh bien! puisque tu le souhaites, réponds! — PÔL. : Interroge. —

I. PREMIÈRE PARTIE : *Prélude : un solo de Pôlos.*

CHÉ. : Donc, j'interroge. S'il se trouvait que la science de Gorgias concernât les matières de l'art dans lequel précisément est savant son frère Hèrodicos[3], comment l'appellerions-nous à bon droit? N'est-ce pas exactement du même nom que celui-ci? — PÔL. : Hé! absolument. — CHÉ. : Donc, en le disant médecin, nous nous exprimerions très bien. — PÔL. : Oui. — CHÉ. : Et si c'était dans cet art même où est expérimenté Aristophon, le fils d'Aglaophon, ainsi que le frère[4] du premier, quel nom lui donnerions-nous légitimement? *(c)* — PÔL. : Celui de peintre, la chose est claire! — CHÉ. : Et maintenant, puisqu'il en est ainsi, quel est l'art dans lequel Gorgias est savant? quelle sera, pour dénommer Gorgias, la dénomination légitime? — PÔL. : Chéréphon, il existe chez les hommes une foule d'arts que, expérimentalement, des expériences ont permis de découvrir; car c'est l'expérience qui fait que notre existence suit méthodiquement sa route, tandis que c'est à l'aventure, si l'inexpérience y préside. À chacun de ces arts participent les hommes, les uns aux uns, les autres aux autres, d'autre et d'autre façon, mais, aux meilleurs arts, les meilleurs hommes. Du nombre de ces derniers est Gorgias ici présent, et l'art auquel il participe est le plus beau des arts[1]. *(d)* — SOCR. : Magnifique, Gorgias, est de toute évidence l'équipement oratoire dont a été pourvu Pôlos ! Malheureusement, la promesse qu'il avait faite à Chéréphon, il ne la tient pas. — GORG. : Comment au juste, Socrate ? — SOCR. : Pour moi, il est évident qu'il ne répond guère à la question posée. — GORG. : Eh bien ! toi, si tu le souhaites, interroge-le ! — SOCR. : Non. Si seulement c'était ton bon plaisir de répondre, c'est toi que j'aimerais bien mieux à interroger. Car Pôlos (pour moi c'est bien clair d'après tout ce qu'il a dit) s'est exercé davantage à ce qu'on appelle l'art de la parole[2] qu'à la pratique de la conversation ! *(e)* — PÔL. : Pourquoi donc dis-tu cela, Socrate ? — SOCR. : Parce que, Pôlos, à Chéréphon qui te demande en quel art Gorgias est savant, tu réponds en chantant la gloire de cet art, comme si Chéréphon le blâmait ; mais tu ne lui réponds pas quel est cet art. — PÔL. : En fait, ne lui répondais-je pas que c'est le plus beau de tous ? — SOCR. : Ah ! je crois bien ! Personne cependant ne t'interroge sur la qualité de l'art de Gorgias, mais sur ce qu'est cet art et sur le nom dont il faut appeler Gorgias. Dans les cas que t'a proposés précédemment Chéréphon, tu lui as répondu avec autant de justesse que de brièveté ; *(a)* à présent aussi, réponds-moi, de la même façon, sur ce qu'est l'art de Gorgias et sur le nom qu'il nous faut donner à ce dernier.

*1. Le débat s'engage entre Socrate et Gorgias.*

Ou plutôt, Gorgias, dis-nous toi-même de quel nom il faut t'appeler et quel est l'art dont la connaissance te vaut d'être ainsi nommé. — GORG. : Mon art, Socrate, c'est l'art oratoire. — SOCR. : Alors, c'est « orateur » qu'il faut te nommer ? — GORG. : Bon orateur même, si tu souhaites, Socrate, me donner le nom de ce que, selon l'expression homérique, *je me flatte d'être !* — SOCR. : Mais c'est là ce que je souhaite ! — GORG. : Donne-moi donc ce nom ! *(b)* — SOCR. : Or, nous faut-il ajouter que tu es capable d'en former d'autres? — GORG. : Je me fais fort, non pas seulement chez vous mais ailleurs encore, d'en être capable[1]. — SOCR. : Eh bien alors! accepterais-tu, Gorgias, de continuer à causer comme à présent, tantôt posant des questions, tantôt répondant, et de remettre à une autre fois ces discours en longueur, du genre de celui par lequel a commencé Pôlos? Mais à ta promesse garde-toi de mentir; consens plutôt à répondre avec brièveté aux questions posées. — GORG. : Parmi les réponses, sans doute y en a-t-il parfois, Socrate, pour lesquelles c'est une nécessité qu'elles soient présentées longuement; *(c)* je n'en essaierai pas moins de les exposer le plus brièvement possible. C'est là, en effet, un autre encore de mes talents : personne, je le proclame, ne dirait les mêmes choses plus brièvement que je ne fais! — SOCR. : C'est à coup sûr, Gorgias, de quoi nous avons besoin! De ce talent-là, brièveté de parole, donne-moi la démonstration; la longueur de parole[2], ce sera une autre fois! — GORG. : Eh bien! c'est ce que je ferai, et tu déclareras n'avoir entendu personne parler avec plus de brièveté! —

*A) Qu'est-ce que la rhétorique?*
*a) Ce qu'elle n'est pas*
*(la «bréviloquence» de* GORGIAS).

SOCR. : Allons-y donc! Tu affirmes, c'est un fait, que tu es savant en art oratoire, *(d)* et que, d'un autre aussi, tu peux faire un orateur; à quelle réalité précisément l'art oratoire se rapporte-t-il? tout comme c'est à la confection des vêtements que se rapporte le tissage? n'est-ce pas la vérité? — GORG. : Oui. — SOCR. : Et la musique, de son côté, à la composition de chants lyriques? — GORG. : Oui. — SOCR. : Par Hêra! j'admire tes réponses, Gorgias! Impossible de répondre avec plus de brièveté. — GORG. : Je crois, en effet, Socrate, que je m'en acquitte tout à fait comme il convient. — SOCR. : Tu ne te trompes pas! Allons! réponds-moi donc, de cette façon-là aussi au sujet de l'art oratoire : à quelle réalité se rapporte la connaissance de cet art? — GORG. : Aux discours. *(e)* — SOCR. : Et de quelle sorte sont ces discours, Gorgias? Sont-ce ceux qui révèlent aux mal portants, en suivant quel régime ils se porteront bien? — GORG. : Non. — SOCR. : Ce n'est donc pas à tous les discours, au moins, que se rapporte l'art oratoire? — GORG. : Certes, non! —

Socr. : Il est certain pourtant qu'il rend en vérité les gens capables de parler! — Gorg. : Oui. — Socr. : Mais sur les sujets dont il les rend capables de parler, les rend-il capables aussi de penser? — Gorg. : Comment en effet le nier? *(a)* — Socr. : Or, n'est-il pas vrai que l'art tout à l'heure allégué par nous, la médecine, rend capable de penser et de parler au sujet des gens qui se portent mal? — Gorg. : Forcément. — Socr. : Par conséquent la médecine aussi a, semble-t-il, rapport à des discours? — Gorg. : Oui. — Socr. : Et ce sont ceux qui ont rapport aux maladies? — Gorg. : On ne peut plus! — Socr. : Or, la gymnastique, elle aussi, ne se rapporte-t-elle pas à des discours? à ceux qui ont rapport au bon état des corps ainsi qu'à leur mauvais état? — Gorg. : Hé! absolument. — Socr. : Et certainement, Gorgias, il en va de même aussi pour les autres arts : *(b)* chacun d'eux a rapport aux discours qui précisément se rapportent à la chose dont chacun d'eux est l'art? — Gorg. : Évidemment! — Socr. : Mais alors, quelle raison peux-tu donc bien avoir de ne pas appeler oratoires les autres arts, étant donné qu'ils se rapportent à des discours, et s'il est vrai d'autre part que tu appelles oratoire cet art, dont il se trouve que c'est à des discours qu'il se rapporte? — Gorg. : Ma raison, Socrate, c'est que, dans les autres arts, la connaissance tout entière s'en rapporte, pour ainsi dire, à l'exercice d'un métier ou d'une activité analogue, tandis que, dans le cas de l'art oratoire, il n'y a aucune semblable opération mécanique, mais son activité, la souveraineté qu'il possède, c'est la parole qui en est l'instrument. *(c)* Voilà pour quelles raisons je prétends que les discours sont l'objet de l'art oratoire : prétention bien fondée, ainsi que je l'affirme. —

Socr. : Alors, voyons, est-ce que je comprends bien le terme par lequel tu as l'intention de le qualifier? C'est ce que je vais savoir avec plus de certitude : réponds-moi seulement! Des arts, nous en avons, n'est-ce pas? — Gorg. : Oui. — Socr. : De tous ces arts, les uns, disons-nous, ont pour objet principal de réaliser un ouvrage et n'ont besoin que de brèves paroles; quelques-uns même n'en ont nul besoin, et le travail de l'art pourrait ainsi être mené à son terme, fût-ce en silence : la peinture, la sculpture, par exemple, et beaucoup d'autres[1].

*(d)* C'est là, je pense, le genre d'arts que tu allègues et avec lesquels tu nies que l'art oratoire ait du rapport. N'est-ce pas cela? — GORG. : Mais oui, Socrate, ta supposition est parfaitement fondée. — SOCR. : Parmi les arts, il y en a d'autres en revanche dont le travail est tout entier mené à son terme par le moyen de la parole, et qui, de faire œuvre de métier, n'ont, pour ainsi parler, nul besoin, ou un besoin tout à fait restreint : ainsi l'arithmétique, le calcul[1], la géométrie, le jeu du trictrac; plus un très grand nombre d'autres arts, dont quelques-uns font à la parole et à l'action une part à peu près égale, tandis qu'un grand nombre la font plus grande à la parole; celle-ci y est entièrement l'instrument de toute l'action *(e)* et exprime l'autorité qui appartient à leurs décrets. C'est un des arts de cette sorte qu'est, d'après toi, je pense, l'art oratoire. — GORG. : Tu dis vrai. — SOCR. : Mais cependant, ce n'est certes pas, je pense, ton intention d'appeler oratoire aucun de ces arts, bien que ce soit, ainsi littéralement, que tu as défini l'art oratoire[2] comme étant celui pour lequel la parole est l'instrument de ses décrets autorisés, et que, si l'on voulait chicaner sur les mots, on pût t'interpeller en ces termes[3] : « Alors, Gorgias, tu dis de l'arithmétique qu'elle est oratoire! » Je ne crois pas, pourtant que tu veuilles dire, ni de l'arithmétique, ni de la géométrie, qu'elles sont oratoires! — *(a)* GORG. : Tu as raison de ne pas le croire, Socrate, et ta supposition est juste. —

*b) Ce qu'est précisément la rhétorique :*

SOCR. : Allons-y maintenant! Quant à toi, achève de répondre à la question que je t'ai posée. Puisque l'art oratoire est précisément en effet un de ces arts qui font de la parole un usage prédominant, et que, précisément, il y en a d'autres qui sont dans le même cas, essaie de me dire à quoi se rapporte l'art oratoire, étant donné l'autorité que possèdent ses décrets, exprimés en paroles. Supposons par exemple que, concernant n'importe lequel des arts que j'alléguais tout à l'heure, on me demande : *(b)* « Socrate, qu'est-ce que l'arithmétique? » et que je réponde au questionneur, ainsi que tu le faisais il n'y a qu'un instant[4] : « C'est un des arts qui expriment par la parole le décret de leur autorité! » Supposons qu'à nouveau on me demande : « Un de ceux qui l'expriment, relativement à quoi? », et que je réponde : « De ceux qui l'expriment relativement au pair et à l'impair, quelle que puisse être, singulièrement, la quantité du pair ou de l'impair considérés. » Supposons cette fois qu'on me demande : « Quel est celui de ces arts auquel tu donnes le nom d'art du calcul ? » et que je réponde que c'est aussi un des arts qui, au moyen de la parole, expriment totalement ce que décrète leur autorité! Supposons qu'alors à nouveau on me demande : « Celui qui l'exprime relativement à quoi ? » et que je réponde à la façon des rédacteurs d'amendements présentés à l'Assemblée du Peuple : *(c)* « quant au surplus, point de changement »; comme il en est de l'arithmétique, il en est de l'art du calcul, car il se rapporte au même objet, au pair comme à l'impair, mais avec cette différence que le calcul considère le pair et l'impair sous le rapport de la quantité qu'ils comportent, tant eu égard à eux-mêmes que eu égard à leur relation mutuelle[1]! Et si c'était sur l'astronomie que portât une nouvelle question, à propos d'une allégation de moi relative à l'expression complète, au moyen de la parole, de l'autorité de ses décrets : « Mais les discours de l'astronome, me dirait-il, je suppose, à quoi se rapportent-ils, Socrate ? »; et que je répondisse : « Ils se rapportent au mouvement des astres, du soleil, de la lune, à ce qui en est de leurs vitesses réciproques. » — GORG. : Ce qui serait de ta part, la réponse correcte, Socrate. *(d)*. —

SOCR. : Allons-y donc! C'est à toi, Gorgias, de répondre. L'art oratoire, nous le savons maintenant, est un des arts qui réalisent par la parole la totalité de leur œuvre, l'autorité de tous leurs décrets. N'est-ce pas la vérité ? — GORG. : Exactement. — SOCR. : Dis-moi donc alors relativement à quoi : quel est, dans la réalité, cet objet que concernent les discours dont nous parlons, ceux dont use l'art oratoire ? — GORG. : Entre les objets de l'activité humaine, ce sont les plus importants et les meilleurs! — SOCR. : Mais, Gorgias, ce que tu dis là est sujet à contestation *(e)* et ce n'est pas encore quelque chose de précis! Tu as dû en effet, je pense, entendre des gens chanter dans les banquets cette chanson de table[2], dans laquelle le chanteur procède à une énumération : « *se bien porter, voilà ce qui vaut le mieux; en second lieu, c'est d'être beau; en troisième lieu,* déclare l'auteur de la chanson, *de devenir riche sans recourir à des moyens mal-*

*bonnêtes.* » — GORG. : Je l'ai entendu chanter en effet. Mais à quel propos me parles-tu de cela ? *(a)* — SOCR. : À ce propos que, sur-le-champ, marcheraient à ta rencontre les professionnels spécialistes des biens loués par l'auteur de la chanson : le médecin, le maître de gymnase[1], le financier. Pour commencer, le médecin dirait : « Socrate, Gorgias t'abuse : il n'est pas vrai que son art se rapporte à ce qui est le bien le plus grand pour l'humanité; c'est bien plutôt mon art, à moi ! » Or, si je lui demandais : « Qui es-tu, toi, qui parles ainsi ? » Il me répondrait sans doute qu'il est médecin : « Alors, que veux-tu dire ? Est-ce que c'est l'ouvrage de ton art qui est le bien le plus grand ? — Comment ne le serait-il pas, dirait-il probablement, puisque cet ouvrage est la santé ? Y a-t-il, pour les hommes, bien plus grand que la santé ? » *(b)* Mais, après celui-ci, ne serait-ce pas le maître de gymnase qui prendrait à son tour la parole ? « Je serais, dirait-il, bien surpris, moi aussi, Socrate, que Gorgias pût te faire la démonstration, que dans son art à lui il y a un bien supérieur à celui que je puis montrer dans le mien ! » Or, cette fois encore, je poserais à celui-là une question : « Qui donc es-tu, toi, bonhomme ? et quel est ton ouvrage ? — Je suis, dirait-il, maître de gymnase, et mon ouvrage est de rendre beau et vigoureux le corps des gens ! » Enfin, après le maître de gymnase, ce serait, je pense, le financier qui, plein de mépris pour tous les autres, me dirait : *(c)* « Considère, je t'en prie, Socrate, si chez Gorgias, ou chez qui que ce soit d'autre, il s'offrira à tes yeux un bien qui soit supérieur à la richesse ! » Or, à lui nous nous adresserions en ces termes : « Qu'est-ce donc à dire ? La richesse, c'est cela qui est l'objet de ta profession ? » Il l'affirmerait. « En quelle qualité ? — En qualité de financier. — Mais quoi ! dirons-nous, tu décides que, pour l'humanité, la richesse est le bien le plus grand ? — Comment ne le serait-elle pas ? dira-t-il. — Ce qui est sûr, répondrions-nous, c'est que Gorgias, ici présent, le conteste et soutient que l'art qu'on trouve auprès de lui est cause d'un bien plus grand que celui qui est l'effet de ton art à toi ! » À quoi il est clair qu'ensuite il répliquerait : *(d)* « Et ce bien, quel est-il ? À Gorgias de répondre ! »

*un art de persuader une opinion, non d'enseigner une vérité.*

Allons! vas-y, Gorgias! admets que ces gens-là se joignent à moi pour t'interroger, et réponds-nous sur ce qu'eﬆ ce bien, dont tu affirmes qu'il n'y en a pas pour l'humanité de plus grand et que c'eﬆ lui qui eﬆ l'objet de ta profession. — GORG. : C'eﬆ ce qui juﬆement eﬆ, en toute vérité, le bien le plus grand et un principe, à la fois d'indépendance pour l'individu et, à la fois, pour chacun, à l'intérieur de sa Cité, d'autorité sur les autres. — SOCR. : Mais enfin, quelle eﬆ donc cette chose dont tu veux parler? *(e)* — GORG. : Ce dont je veux parler, c'eﬆ de la capacité de persuader, aussi bien les juges au tribunal qu'au Conseil les membres du Conseil et les membres de l'Assemblée à l'Assemblée, que dans toute autre réunion qui sera réunion politique. Que dis-je? en possession de ce pouvoir-là, du médecin tu feras ton esclave, ton esclave du maître de gymnase. Quant à notre magnifique financier, c'eﬆ à un autre, et non pas à lui-même, que profiteront apparemment ses opérations de finance : à toi bien plutôt, qui as le pouvoir de parler et de persuader la multitude! — SOCR. : À présent, tu m'as l'air, Gorgias, *(a)* de montrer d'aussi près qu'il se peut quel art eﬆ, à ton jugement, l'art oratoire, et, si je comprends un peu la chose, ce dont fait profession l'art oratoire, c'eﬆ de persuader; c'eﬆ là le tout de son occupation et c'eﬆ à cette fin qu'en subﬆance il aboutit. Es-tu à même d'assigner à l'art oratoire une efficacité qui aille au-delà de cette persuasion produite dans l'âme des auditeurs? — GORG. : Point du tout, Socrate! M'eﬆ avis au contraire que tu le définis comme il faut et que c'en eﬆ bien la subﬆance. —

SOCR. : Sur ce, Gorgias, écoute : sache-le bien en effet, il eﬆ une chose de laquelle personnellement je me persuade, c'eﬆ que, s'il y a homme au monde qui, s'entretenant avec un autre, souhaite avoir connaissance de ce précisément sur quoi porte la conversation, un tel homme, c'eﬆ bien moi! Et je prétends que c'eﬆ aussi toi. — GORG. : Et le fin mot de tout cela, Socrate? — SOCR. : Je vais te le dire à présent. Ce que peut bien être cette persuasion que tu allègues et quelles sont les matières au sujet desquelles il y a persuasion, voilà, sache-le bien, quelque chose dont je n'ai pas une connaissance bien précise : ce qui ne m'empêche pas d'ailleurs de soupçonner quelle est, je crois, la persuasion dont tu veux parler et quels en sont les objets. Je ne t'en demanderai pas moins cependant quelle peut bien être cette persuasion dont tu veux parler, celle qui résulte de l'art oratoire, *(b)* et quels en sont les objets. Or donc, pour quel motif, ayant mes soupçons personnels, te ferai-je mes demandes, au lieu de parler moi-même ? Ce motif ne te concerne pas, toi, mais bien notre propos, en vue de le faire se poursuivre de façon à rendre on ne peut plus manifeste à nos yeux ce qui en est l'objet. Considère en effet si c'est à bon droit, selon toi, que je te pose ma question. Suppose, par exemple, que d'aventure je te fasse cette question : « À quelle classe de peintres appartient Zeuxis[1] ? » et que tu me répondes : « C'est le peintre qui peint des figures[2]. » Serais-je dans mon tort en te demandant : « Celui qui peint quelles sortes de figures ? », ou bien ne serais-je pas dans mon tort ? — GORG. : Absolument pas ! *(c)* — SOCR. : La raison n'en est-elle pas qu'il y a d'autres peintres peignant nombre de figures différentes ? — GORG. : Oui. — SOCR. : Tandis que, s'il n'y avait que Zeuxis à en peindre, ta réponse eût été bonne[3] ? — GORG. : C'est en effet indéniable ! —

SOCR. : Poursuivons donc, et réponds-moi au sujet de l'art oratoire. Est-ce que, à ton avis, l'art oratoire est seul à produire de la persuasion ? ou y a-t-il aussi d'autres arts ? Ce que je veux dire est quelque chose comme ceci : quiconque enseigne une matière quelconque, persuade-t-il, ou non, ce qu'il enseigne ? — GORG. : Je nie radicalement qu'il ne persuade pas ; c'est, tout ce qu'il y a de plus, le contraire, Socrate ! *(d)* — SOCR. : Revenons-en donc à ces mêmes arts dont nous parlions tout à l'heure[4]. L'arithmétique ne nous enseigne-t-elle pas, et pareillement l'homme compétent en arithmétique, tout ce qui est propriété du nombre ? — GORG. : Hé ! absolument. — SOCR. : Ainsi donc elle persuade aussi ? — GORG. : Oui. — SOCR. : En conséquence, l'arithmétique, elle aussi, fait profession de produire de la persuasion. — GORG. : Évidemment. — SOCR. : Or, si l'on nous demande quelle persuasion, et relativement à quoi, nous répondrons sans doute que c'est la persuasion qui enseigne, *(a)* la persuasion qui, pour autant[5], est relative au pair et à l'impair. Et par rapport à tous les arts, sans exception, dont tout à l'heure nous parlions, nous serons à même de faire voir qu'ils font profession de produire de la persuasion, et quelle sorte de persuasion, et relativement à quel objet, n'est-ce pas ?— GORG. : Oui. — SOCR. : Donc, l'art oratoire n'est pas le seul dont la profession soit de produire de la persuasion. — GORG. : C'est la vérité. — SOCR. : Puis donc qu'il n'est pas le seul à réaliser cette œuvre-là, mais que d'autres en font autant, nous serions bien fondés à poser, consécutivement, à celui qui prétend le contraire, une question de plus, analogue à celle qui concernait le peintre : « De quelle sorte de persuasion, et de la persuasion relative à quel objet, l'art oratoire est-il un art ? » *(b)* Ne te semble-t-il pas qu'on est bien fondé à poser cette nouvelle question ? — GORG. : Ma foi, oui ! — SOCR. : Alors, réponds à la question, Gorgias, puisque c'est aussi ton avis. —

GORG. : Eh bien ! je dis, Socrate, qu'il est art de cette persuasion qui, comme je le disais tout à l'heure[1], a sa place dans les tribunaux et dans les autres endroits où des hommes s'assemblent en foule, et qu'il concerne ce qui est juste ou injuste. — SOCR. : Je soupçonnais bien, quant à moi, que c'était de cette persuasion-là, Gorgias, que tu voulais parler et concernant ces objets-là. Mais il ne faut pas que tu sois surpris s'il m'arrive, un peu plus tard, de te questionner encore sur ce qui semble évident *(c)* et qui cependant motive de ma part une question. Car, voilà précisément ce que je disais, ce que visent mes questions, ce n'est pas ta personne, mais la poursuite méthodique de la discussion jusqu'à son terme. Ce qu'il faut bien plutôt, c'est que nous ne prenions pas l'habitude, au premier soupçon de ce que nous voulons dire l'un ou l'autre, de nous capter précipitamment l'un à l'autre nos assertions ; c'est, tout au contraire, que tu puisses, à ton gré, mener les tiennes à leur terme, conformément à la thèse que tu as posée. — GORG. : À mon avis, Socrate, ta façon de procéder est la bonne, en vérité. — SOCR. : Poursuivons donc et envisageons ce que voici. Y a-t-il quelque chose que tu appelles « avoir appris[2] » et « savoir » ? — GORG. : Il y a quelque chose que j'appelle ainsi. — SOCR. : Et d'autre part aussi, n'est-ce pas, quelque chose que tu appelles « s'être fié à » et « croire » ? — GORG. : Ma foi, oui ! *(d)* — SOCR. :

Mais, à ton avis, est-ce la même chose, d'« avoir appris » et de « savoir », et de « s'être fié à » ou de « croire » : la même chose, « savoir » que « croyance » ? ou bien est-ce autre chose ? — GORG. : Pour ma part, Socrate, je crois que c'est autre chose. — SOCR. : Et tu fais bien de le croire, mais voici qui te permettra d'arriver à le savoir ! Suppose en effet que l'on te demande : « Y a-t-il une croyance qui est vraie et une, fausse ? » Tu dirais que oui, à ce que je pense. — GORG. : Oui. — SOCR. : Mais un savoir, dis-moi, est-il faux, aussi bien que vrai ? — GORG. : Point du tout ! — SOCR. : Il est donc clair, corrélativement[1], que savoir et croyance ne sont pas identiques. — GORG. : Tu dis vrai *(e)* — SOCR. : Il est bien certain pourtant qu'ont été persuadés, aussi bien ceux qui ont appris et qui savent, que ceux qui ont eu confiance et qui croient. — GORG. : C'est exact. — SOCR. : Mais alors, souhaites-tu que nous admettions deux espèces de persuasion, dont la première est une croyance que l'on s'est donnée sans qu'on sache réellement, tandis que la seconde est un savoir ? — GORG. : Hé ! absolument. — SOCR. : Quelle est en ce cas l'espèce de persuasion produite par l'art oratoire dans les tribunaux et dans les autres endroits où des hommes s'assemblent en foule, et relativement à ce qui est juste ou injuste[2] ? Est-ce celle de laquelle résulte l'acte de se fier, qui ne s'accompagne pas d'un acte de savoir ? est-ce celle de laquelle résulte l'acte de savoir ? — GORG. : À coup sûr, il est bien clair, Socrate, que c'est celle de laquelle résulte l'acte de se fier. — SOCR. : En sorte que l'art oratoire, semble-t-il bien, est professionnel d'une persuasion de confiance, *(a)* mais non pas d'enseignement, eu égard au juste et à l'injuste ? — GORG. : Oui. — SOCR. : Et donc que l'orateur n'est pas non plus compétent pour donner sur le juste ou l'injuste un enseignement au tribunal, comme dans les autres endroits où des hommes s'assemblent en foule, mais compétent seulement pour produire une croyance[3]. Car bien sûr il ne pourrait pas, en un temps tellement court, donner sur de si grands objets[4] un enseignement à une foule ! — GORG. : Certes non ! —

*B) L'action de la rhétorique.*

SOCR. : Sur ce, en avant ! voyons quelle peut bien être, en fin de compte, la valeur de nos propos sur l'art oratoire, *(b)*. C'est un fait, oui, que je ne puis pas encore, moi non plus, me rendre bien compte de la portée de mes propres assertions! Dans le cas où s'assemblent les citoyens pour choisir un médecin, ou un constructeur de bateaux, ou n'importe qui d'autre dans la gent des professionnels, n'est-il pas vrai qu'alors, ce n'est pas à celui qui est compétent dans l'art oratoire qu'il appartiendra de donner une consultation[1]? Dans chacun de ces choix en effet, c'est, la chose est claire, le spécialiste le plus compétent que l'on doit choisir. Pas davantage cela ne lui appartiendra-t-il, dans le cas où il s'agit d'édifier des murailles, d'aménager des ports ou des arsenaux pour la marine, mais ce sera à des constructeurs; ni non plus si, cette fois, la délibération concerne le choix des généraux, ou, à l'encontre des ennemis, celui d'un ordre de bataille à adopter, *(c)* de positions à occuper; mais ce seront alors les hommes compétents dans l'art militaire, et non point ceux qui sont compétents dans l'art oratoire, qui donneront leurs avis. Sur ce genre de questions, Gorgias, quel langage tiens-tu? Du moment en effet que, à t'entendre, tu es toi-même un orateur, et qu'à d'autres tu donnes la compétence oratoire, il fait bon s'informer près de toi de ce qui a trait à ton art! Bien plus, à cette heure, dis-toi même que, moi, j'ai à cœur tes intérêts! Probablement en effet, parmi les gens qui sont céans, y a-t-il d'aventure quelqu'un qui souhaite devenir ton élève, ainsi d'ailleurs que, à ma connaissance, il y en a, et même un assez bon nombre, qui le sont; peut-être seraient-ils intimidés à la pensée de t'interroger : *(d)* dis-toi donc, en écoutant la question qui t'est par moi posée, que ce sont eux qui te la posent, cette question : « Que gagnerons-nous, Gorgias, à te fréquenter? Sur quelles questions serons-nous en état de donner des avis à la Cité? Sera-ce seulement sur le juste et l'injuste? ou bien encore sur les questions dont Socrate parlait tout à l'heure? » Tâche donc de leur répondre! —

Gorg. : C'est à toi, Socrate, que je tâcherai de dévoiler clairement, en son entier, l'efficacité de l'art oratoire : toi-même, tu m'as en effet excellemment montré le chemin; car tu sais fort bien, sans nul doute, que ces arsenaux, *(e)* les murs, l'aménagement des ports, les Athéniens les doivent, partie aux avis de Thémistocle, partie à ceux de Périclès, mais nullement à ceux de professionnels. — SOCR. : L'histoire, Gorgias, le dit de Thémistocle. Quant à Périclès, j'étais de ceux qui l'ont entendu donner ses avis sur le mur du milieu[1]. *(a)* — GORG. : Et, quand c'est un choix à faire pour désigner ceux dont précisément tu parlais, tu vois bien, Socrate, que ce sont les orateurs qui conseillent sur les personnes à choisir et qui font prévaloir leurs propositions. — SOCR. : C'est même parce que je m'en émerveille, Gorgias, que, depuis longtemps, je pose des questions sur ce que peut bien être la vertu de l'art oratoire; car, à l'envisager de la sorte, il m'apparaît doué d'une vertu qui, pour la grandeur, est vraiment divine! — GORG. : Et si tu savais tout, Socrate! Il t'apparaîtrait rassembler et tenir sous son autorité l'ensemble, pour ainsi dire, des vertus de tous les arts. *(b)* C'est de quoi je vais te donner une preuve décisive : souvent en effet j'ai déjà accompagné mon frère[2], ainsi que d'autres médecins, au chevet de quelque malade qui se refusait à boire une drogue ou à laisser le médecin lui tailler ou brûler la chair : celui-ci était impuissant à le persuader; moi, sans avoir besoin d'un autre art que de l'art oratoire, je le persuadais! Voici venir, d'autre part, en telle cité que tu voudras, un homme qui sait parler, et un médecin; suppose qu'un débat contradictoire s'engage dans l'Assemblée du Peuple, ou dans quelque autre réunion, pour savoir qui l'on doit choisir pour médecin, *(c)* le médecin n'y ferait pas longtemps figure, et celui qui, bien plutôt, serait choisi, s'il le voulait, ce serait celui qui est capable de bien parler! Suppose encore que ce débat s'engage contre n'importe quel autre professionnel : l'homme habile à parler réussirait, mieux que n'importe qui d'autre, à faire porter le choix sur lui-même; car, sur quoi que ce soit, devant une foule, l'homme habile à parler le fera d'une façon plus persuasive que n'importe qui d'autre. Voilà donc quelle est, en étendue comme en qualité, la vertu de l'Art.[3]

À la vérité, Socrate, avec l'art oratoire, il faut en user comme on le fait avec toute autre compétition qui nous met aux prises avec quelqu'un. *(d)* Ce ne doit pas être là en effet la raison, dans les autres compétitions, d'en pratiquer l'objet indistinctement à l'encontre de tout le monde : parce qu'on sait pratiquer le pugilat, le pancrace, l'escrime en armes[4] de facon à y être plus fort qu'amis ou ennemis, ce ne doit pas être en effet la raison d'être de ce savoir, de cogner sur ses amis, ni non plus de piquer dedans et de les tuer; pas davantage, par Zeus! s'il arrive qu'un homme, après avoir fréquenté la palestre, bien en forme physiquement, les poings exercés, cogne ensuite sur son père, sur sa mère ou sur quelque autre de ses proches ou de ses amis, ce ne doit pas être là une raison, *(e)* à l'égard des maîtres de gymnase ni de ceux qui enseignent l'escrime en armes, pour haïr ces gens-là, ni pour les chasser des cités[1]; car les gens dont il s'agit ont communiqué leur art afin qu'il en fût usé justement, pour combattre les ennemis et ceux qui commettent l'injustice, pour parer une attaque, non pour en prendre l'initiative. *(a)* Mais ce qu'ils ont communiqué, les autres le retournent à l'envers; de leur vigueur et de l'art qu'ils ont appris, ils usent d'une manière dénuée de rectitude. Conséquemment, ce ne sont pas ceux qui leur ont donné l'enseignement qui sont des pervers, et il n'y a pas là non plus de motif, ni pour incriminer l'art, ni pour le traiter d'art pervers, mais de faire cela bien plutôt, je crois, à l'égard de ceux qui en usent sans rectitude. On tiendra donc le même langage au sujet de l'art oratoire : l'orateur a en effet le pouvoir de parler à tout le monde indistinctement et sur toute question, de façon à être, en présence des foules, plus persuasif que personne, *(b)* en bref sur telle question qu'il lui plaira d'aborder : ce qui ne doit nullement être davantage pour lui une raison de frustrer de leur réputation, ni les médecins, pour la simple raison qu'il aurait le pouvoir de le faire, ni les autres professionnels, mais au contraire une raison d'user aussi de l'art oratoire justement, comme on le fait également de la compétition qui vous met aux prises avec un autre. S'il arrive cependant que quelqu'un, une fois devenu habile à parler, emploie ce pouvoir et cet art à commettre l'injustice, ce n'est pas celui qui lui a donné l'enseignement qu'il faut haïr, qu'il faut chasser des cités; *(c)* car c'est en vue d'une utilisation juste qu'il a communiqué son savoir, tandis que l'autre en use à l'opposé : conséquemment, c'est celui qui n'en use pas avec rectitude qu'il est juste de haïr, de chasser, de mettre à mort, mais ce n'est pas celui qui a donné l'enseignement. —

*2. Socrate prend la direction de l'enquête, dont il définit les principes.*

SOCR. : Tu as, toi-même, Gorgias, des discussions une abondante expérience, je crois, et tu as dû y observer quelque chose de ce genre : c'est que, aux interlocuteurs, il n'est pas facile d'être capables, après avoir déterminé les uns avec les autres la question sur laquelle ils ont entrepris de s'entretenir, de clôturer ensuite la séance dans des conditions telles qu'ils aient, à l'égard d'eux-mêmes, donné aussi bien que reçu un enseignement; *(d)* tout au contraire, quand ils sont en contestation et que l'un d'eux affirme que l'autre pense de travers ou nie qu'il s'exprime clairement, ils s'en fâchent et s'imaginent que c'est l'envie qui fait parler leur interlocuteur : gens désireux d'avoir le dessus, mais non pas d'enquêter sur la question qui a été proposée pour la discussion; il y en a même qui finissent par se quitter de la façon la plus laide, proférant et entendant proférer, sur le compte les uns des autres, des outrages d'une telle espèce que les assistants eux-mêmes souffrent, pour leur propre compte, d'avoir cru bon de se faire les auditeurs de pareilles gens! *(e)* Quel motif ai-je donc de parler ainsi? C'est qu'à présent, tu ne dis pas, me semble-t-il, des choses qui soient pleinement conséquentes, non plus que consonantes, avec celles que tu disais en commençant[1] au sujet de l'art oratoire. Aussi ai-je peur de t'argumenter, et que tu ne me supposes le désir d'avoir le dessus dans une discussion qui, au lieu de viser la chose à discuter, viserait ta propre personne. *(a)* Si donc tu es toi-même de cette classe d'hommes dont je fais précisément partie, ce serait pour moi un plaisir de te poser toutes mes questions; dans le cas contraire, j'en resterais là! Or qu'est-ce que cette classe à laquelle j'appartiens? C'est celle des hommes qui prendront plaisir à être réfutés, si je dis quelque chose qui n'est pas vrai; mais qui prendront plaisir aussi à réfuter, si l'on dit quelque chose qui n'est pas vrai : de ceux qui, en vérité, ne trouveront pas, d'être réfutés, plus déplaisant que de réfuter; car c'est là, à mon jugement, un plus grand bien, pour autant que c'est un bien plus grand d'être débarrassé soi-même d'un mal, de celui qui est le plus grand, plutôt que d'en débarrasser un autre : je ne pense pas en effet que, pour un homme, il y ait un mal aussi grave *(b)* que de juger faux sur les questions qui font précisément l'objet de notre débat actuel ! Cela étant, si tu conviens d'être un homme de cette espèce, entretenons-nous ; si au contraire tu es d'avis qu'il faut en rester là, restons-en là dès maintenant ; bonsoir à l'entretien et clôturons-le ! — GORG. : Mais oui, Socrate ! je dis comme toi et suis moi-même un homme de l'espèce que tu donnais en exemple. Peut-être faut-il cependant prendre aussi en considération ce qui concerne les assistants. Il y avait en effet déjà longtemps, avant votre arrivée, que ceux-ci écoutaient de moi une copieuse conférence ; *(c)* si maintenant nous nous mettions à causer, cela pourrait nous mener fort loin ! Il faut donc avoir égard aussi à ce qui les concerne, pour éviter de retenir tels d'entre eux qui souhaiteraient de faire autre chose. — CHÉ. : Vous entendez, Gorgias et Socrate, le vacarme[1] que font ces gens-là pour protester de leur désir de vous entendre parler ? Quant à moi personnellement, puissé-je, en tout cas, jamais n'avoir d'occupation assez importante pour me faire délaisser un débat de cette qualité et débattu dans de telles conditions, et me faire juger plus à propos de m'employer à autre chose ! *(d)* — CALL. : Par tous les Dieux, Chéréphon ! quelque nombreux qu'aient été les entretiens auxquels, bien entendu, j'ai déjà assisté, je ne sais pas si jamais j'ai eu le même plaisir qu'à présent ! Aussi, consentiriez-vous même à converser tout le jour, ce serait, à moi, une grâce que vous me feriez ! — SOCR. : Mais, Calliclès, point d'empêchement, bien sûr, à cela en ce qui me concerne ! pourvu toutefois qu'y consente Gorgias. — GORG. : Au surplus, Socrate, si moi je n'y consens pas, cela fait vilain, après que j'ai hautement demandé qu'on me posât toutes les questions que l'on voudra ! *(e)* Allons ! si c'est au gré de ceux-ci, engage la conversation et pose-moi les questions que tu voudras. —

*Les inconséquences de Gorgias :*

SOCR. : Écoute alors, Gorgias, ce qui me surprend dans ce que tu as dit. Il est possible en effet, oui, que, ce que tu disais à bon droit, je l'aie, moi, pris de travers ! Tu es capable, assures-tu, de rendre habile à parler quiconque voudra apprendre cela de toi ? — GORG. : Oui. — SOCR. : Mais, sur tous les sujets, de façon à être, en présence d'une foule, persuasif sans instruire, en persuadant seulement ? *(a)* — Gorg. : Hé ! absolument. — Socr. : Tu disais bien tout à l'heure[1] que, relativement à la santé, l'orateur sera plus persuasif que le médecin ? — Gorg. : Je le disais en effet, au moins en présence d'une foule. — Socr. : Mais « en présence d'une foule », cela ne veut-il pas dire « en présence de ceux qui ne savent pas » ? Car ce n'est pas, bien sûr, devant ceux qui savent, qu'il sera plus persuasif que le médecin ! — Gorg. : C'est la vérité. — Socr. : Mais, s'il est plus persuasif que le médecin, il est alors plus persuasif que celui qui sait ? — Gorg. : Hé ! absolument. *(b)* — Socr. : Et sans être médecin, n'est-ce pas ? — Gorg. : Oui. — Socr. : Or, celui qui n'est pas médecin est dépourvu de savoir à l'égard des choses dont le médecin a le savoir ? — Gorg. : C'est bien clair ! — Socr. : Donc, quand c'est l'orateur qui est plus persuasif que le médecin, c'est celui qui ne sait pas qui, devant ceux qui ne savent pas, sera plus persuasif que celui qui sait ? Est-ce là ce qui s'ensuit ? ou bien est-ce une autre conséquence ? — Gorg. : C'est la conséquence, au moins dans ce cas. — Socr. : Or, par rapport au cas de tous les autres arts, sans exception, n'en va-t-il pas semblablement pour l'orateur et l'art oratoire ? Ce que sont en elles-mêmes les choses, quelle est leur manière d'être, voilà quelque chose que l'art oratoire n'a pas du tout besoin de savoir ; *(c)* mais il a besoin d'avoir découvert un certain procédé de persuasion qui permet de donner à ceux qui ne savent pas l'impression qu'ils ont plus de savoir que ceux qui savent. —

Gorg. : Mais, Socrate, n'est-ce pas réaliser un allégement immense, de n'avoir, au lieu du reste des arts, que celui-là seul à apprendre, pour n'être inférieur en rien aux professionnels de ces arts ? — Socr. : L'orateur, grâce à cette facilité spéciale, est-il inférieur ou n'est-il pas inférieur aux autres ? c'est une question que nous envisagerons en son temps, si cela doit être de quelque intérêt pour notre discussion. Mais voici ce que, en ce moment, il nous faut examiner auparavant : *(d)* c'est de savoir si, eu égard au juste et à l'injuste, au laid et au beau, au bien et au mal, la condition de l'homme qui sait parler est la même qu'eu égard à la santé et au reste des objets des autres arts ; lui qui, ne sachant pas, à leur sujet, ce qui est bon ou ce qui est mauvais, ce qui est beau ou ce qui est laid, juste ou injuste, a d'autre part imaginé, les concernant, un procédé de persuasion propre à faire croire, devant des gens qui ne savent pas, que ce qu'on ne sait pas, on le sait mieux que celui qui sait. *(e)* Ou bien y a-t-il nécessité de savoir, et doit-on posséder de ces choses une connaissance préalable, avant de venir te trouver dans l'intention d'apprendre l'art oratoire? Si, d'autre part, il n'en est pas ainsi, ce n'est pas toi (car ce n'est pas ton ouvrage) qui enseigneras rien de tout cela à celui qui est venu te trouver, toi qui enseignes l'art oratoire; mais tu feras que, devant la multitude, il passe pour savoir ces sortes de choses alors qu'il ne les sait pas, et qu'il passe pour un homme de valeur alors qu'il ne l'est pas. Ou bien seras-tu dans une incapacité totale de lui enseigner l'art oratoire, à moins qu'il ne sache auparavant la vérité là-dessus[1]? Qu'en est-il, Gorgias, de ces sortes de questions? *(a)* Au nom de Zeus, selon tes paroles de tout à l'heure[2], dis-moi en me dévoilant l'art oratoire, quelle peut bien en être l'efficacité! — GORG. : Mais, Socrate, s'il se trouve qu'on ne sache pas cela, on l'apprendra aussi de moi, je crois bien. —

*l'action de la rhétorique n'a pas l'universalité qu'il lui attribuait.*

SOCR. : Halte! car c'est quelque chose de bien que tu viens de dire : il est nécessaire, au moins si tu dois rendre quelqu'un habile à parler, que celui-là possède, soit antérieurement, soit postérieurement à l'enseignement que tu lui en auras donné, une connaissance de ce qui est juste et de ce qui est injuste. — GORG. : Hé! absolument. *(b)* — SOCR. : Mais quoi? Quand on a appris la charpenterie, on a compétence de charpentier, n'est-ce pas? — GORG. : Oui. — SOCR. : Et compétence de musicien aussi quand on a appris la musique? — GORG. : Oui. — SOCR. : Et la compétence de médecin quand on a appris la médecine. Bref, c'est de la même façon qu'on s'exprimera dans les autres cas : quand on a appris chaque discipline, on est alors, chacun, l'espèce d'homme que réalise la connaissance de cette discipline. — GORG. : Hé! absolument. — SOCR. : Or, conformément à cette façon de s'exprimer, celui qui a appris ce qui est juste, est juste? — GORG. : Rien de plus certain! — SOCR. : Et celui qui est juste fait, je pense, des actions justes. —

GORG. : Oui *(c)* — SOCR.[1] : Donc jamais l'homme juste ne voudra commettre d'injustice ? — GORG. : Nécessairement. — SOCR. : Or, il est nécessaire, en vertu de l'argumentation[2], que l'homme qui a compétence oratoire soit juste ? — GORG. : Oui. — SOCR. : Or, étant nécessaire que l'homme qui a compétence oratoire soit juste, il l'est aussi que l'homme juste fasse des actions justes ? — GORG. : Bien évidemment. — SOCR. : Donc, jamais l'homme qui a compétence oratoire ne voudra commettre d'injustice ? — GORG. : Bien évidemment, non ! *(d)* —

SOCR. : Mais te rappelles-tu que tu as dit, un petit peu avant[3], qu'on ne doit pas incriminer les maîtres de gymnase ni les chasser des cités, s'il arrive au pugiliste d'user de l'art du pugilat pour commettre l'injustice ? Qu'il en est ainsi semblablement dans le cas encore où l'orateur use injustement de l'art oratoire : ce n'est pas celui qui le lui a enseigné qu'il faut incriminer ni, non plus, bouter hors la ville, mais celui qui commet l'injustice et qui n'use pas droitement de l'art oratoire ? Ce langage a-t-il été tenu, oui ou non ? — GORG. : Il a été tenu. *(e)* — SOCR. : Or, c'est maintenant ce même homme, l'homme qui possède la compétence oratoire, qui est, évidemment, un homme incapable de jamais commettre l'injustice, n'est-ce pas ? — GORG. : Évidemment. — SOCR. : En outre, Gorgias, dans nos propos du début[4], il était dit que l'art oratoire avait rapport à des discours : non point à ceux qui concernent le pair et l'impair, mais à ceux qui concernent le juste et l'injuste : n'est-ce pas la vérité ? — GORG. : Oui. — SOCR. : Eh bien ! au moment où tu as dit cela, j'ai supposé que jamais l'art oratoire ne serait une chose injuste, étant donné que toujours la justice est le sujet de ses discours. Mais, en t'entendant, un peu plus tard[5], *(a)* dire de l'orateur qu'il peut éventuellement user injustement de l'art oratoire, alors mon extrême surprise, la conscience que je prenais de la discordance de tes dires, m'ont inspiré ce propos[6] : que, si tu estimais qu'il y eût à être réfuté le même profit que j'y trouve, cela vaudrait la peine de converser ; mais, si c'était le contraire, de tout envoyer promener ! Or, le cours ultérieur de nos observations t'a fait dès lors, même à toi[7], voir que, inversement, nous nous accordons à déclarer impossible pour l'orateur d'user injustement de l'art oratoire, ni de consentir à commettre l'injustice. Quant à savoir, Gorgias, comment il en va de tout cela *(b)* et tirer la chose au clair bien comme il faut, ce n'est pas, par le Chien! l'affaire d'un mince colloque! —

II. Deuxième Partie :

Pôlos *se substitue à Gorgias pour défendre la rhétorique.*

Pôl. : Eh quoi, Socrate? ton jugement personnel sur l'art oratoire est-il conforme au langage que tu tiens à présent? Ah çà! te figures-tu, parce que Gorgias, cédant au respect humain, t'a fait cette dernière concession : de ne pas dénier la connaissance du juste, du beau, du bien, à l'homme instruit dans l'art oratoire; de dire que, si l'on venait le trouver sans avoir cette connaissance, il en donnerait lui-même l'enseignement; parce que, du fait sans doute d'avoir concédé cela, il est ensuite résulté dans ses propos quelque contradiction... *(c)* cet accident dont, on le sait, tu t'enchantes, une fois que tu as mené les choses à des questions qui soient de ce genre!... vraiment, te figures-tu et qu'on aurait nié savoir soi-même ce qu'est le juste, et affirmé qu'on l'enseignerait à autrui? C'est bien plutôt, de ta part, le comble de la rusticité, de mener une discussion à ce genre de résultats! — Socr. : Eh mais! le dessein dans lequel, magnifique Pôlos, nous nous donnons des amis et des fils, c'est assurément, pour que, quand, à nous autres devenus vieux, il nous arrivera de trébucher, vous, les jeunes, vous soyez là, prêts à remettre d'aplomb notre vie, dans les actions comme dans les paroles! À cette heure, *(d)* si nous avons, Gorgias et moi, trébuché sur quelque point dans nos propos, tu es là, remets-nous d'aplomb : c'est affaire à toi! Quant à ce qui est de moi, je suis disposé à revenir sur celui que tu voudras des points sur lesquels nous nous sommes accordés, si tu juges qu'il y en ait un où notre accord ne se justifiait pas : pourvu seulement que tu observes une unique condition... — Pôl. : Quelle condition veux-tu dire? — Socr. : Que tu ramasses, Pôlos, cette longueur de parole, de laquelle, au commencement[1], tu te mettrais à faire usage! — Pôl. : Qu'est-ce à dire? Il ne me sera pas permis de m'étendre autant que je voudrai! *(e)* — Socr. : Ce serait pour toi, mon brave Pôlos, un étrange accident, que, une fois arrivé à Athènes, l'endroit de la Grèce où l'on jouit de la plus large liberté de parler, tu dusses ensuite, dans notre réunion, toi seul, ne pas obtenir pareille liberté! Oui, mais renverse les rôles : si c'est toi qui parles longuement et te refuses à répondre aux questions posées, ne serait-ce pas pour moi, en revanche, un étrange accident *(a)* que je n'eusse pas la liberté de m'en aller et de ne pas t'écouter? Si toutefois tu as un peu à cœur la question sur laquelle nous parlons et que tu veuilles la remettre d'aplomb, alors, ainsi que je le disais tout à l'heure[1], alors, revenant sur tel point qu'il te semblera bon de reprendre, tour à tour interrogeant et interrogé comme cela se passait entre Gorgias et moi, sois réfutateur aussi bien que réfuté!

*1. Pour Socrate, elle est un savoir-faire, dont l'agrément est le but : comparaison avec la cuisine.*

Point de doute, en effet! Ce que Gorgias sait faire, tu sais justement le faire, toi aussi, n'est-ce pas? — PÔL. : Ma foi, oui! — SOCR. : Et alors, toi aussi[2], tu invites à te questionner, chaque fois comme il plaira à chacun, certain chaque fois de répondre? — PÔL. : Hé! oui, absolument. *(b)* — SOCR. : Eh bien, donc! fais à présent celle des deux choses que tu veux : interroge ou réponds. — PÔL. : Mais oui, c'est ce que je m'en vais faire : à toi de me répondre, Socrate! Puisque, à ton avis, Gorgias n'a pas su venir à bout de définir l'art oratoire, que prétends-tu, toi, qu'il est? — SOCR. : La question est-elle de savoir quel art je prétends qu'il est? — PÔL. : Ma foi, oui! — SOCR. : Eh bien! mon avis, Pôlos, au moins à te dire la vérité, c'est qu'il n'est pas du tout un art. — PÔL. : Alors, qu'est-ce à ton avis que l'art oratoire? — SOCR. : Une chose de laquelle, dans un traité que j'ai lu récemment, tu prétends avoir fait un art. *(c)* — PÔL. : Quelle chose veux-tu dire? — SOCR. : Un savoir-faire[3], oui, selon moi. — PÔL. : Alors, d'après toi, un savoir-faire, voilà ce qu'est l'art oratoire! — SOCR. : Oui, d'après moi, à moins que tu ne dises que c'est autre chose. — PÔL. : Et de quoi est-il un savoir-faire? — SOCR. : De la production d'un agrément, d'un plaisir. — PÔL. : Mais alors, puisque l'art oratoire a le pouvoir de donner aux hommes de l'agrément, n'est-il pas, d'après toi, une belle chose? — SOCR. : Qu'est-ce à dire, Pôlos?

T'aurais-je déjà renseigné sur ce que je prétends qu'est l'art oratoire, *(d)* que tu me poses la question subséquente : celle de savoir si, à mon avis, c'est une belle chose ? — Pôl. : Ne suis-je donc pas renseigné, que tu le définis un savoir-faire ? — Socr. : Veux-tu, dis, puisque tu fais grand cas de l'agrément, me donner, à moi, un petit agrément ? — Pôl. : Mais oui ! — Socr. : Demande-moi donc alors quel art est, à mon avis, la cuisine. — Pôl. : Eh bien ! je te pose la question : La cuisine, quel art est-ce ? — Socr. : Ce n'est pas du tout un art, Pôlos. — Pôl. : Dans ce cas, qu'est-ce que c'est ? Dis-le ! — Socr. : Eh bien ! je le dis : C'est un savoir-faire. — Pôl. : Un savoir-faire, de quoi ? Dis-le ! *(e)* — Socr. : Eh bien ! je le dis : de la production, Pôlos, d'un agrément et d'un plaisir. — Pôl. : À ce compte, c'est la même chose, art oratoire et cuisine ? — Socr. : Non, pas du tout ! Mais chacun est une espèce particulière de la même pratique. — Pôl. : Et quelle est cette pratique dont tu veux parler ? —

2. *Socrate définit la rhétorique par la flatterie ; Gorgias, de nouveau mêlé à l'entretien.*

Socr. : Peut-être serait-ce par trop incivil de dire la vérité ! Si j'hésite, c'est en effet à cause de Gorgias : de crainte qu'il ne croie de ma part à une intention comique à l'encontre de la pratique à laquelle il se consacre. L'art oratoire que pratique Gorgias est-il ce que j'ai en vue ? Je ne sais, *(a)* car mon entretien de tout à l'heure avec lui ne nous a rien révélé de bien clair sur ce que peut, à son jugement, être cet art. Mais, quant à moi, ce que j'appelle art oratoire est une espèce particulière d'un mode d'activité qui n'a rien à voir avec ceux qui ont de la beauté. — Gorg. : Et quel est-il, Socrate ? Parle sans te faire, à cause de moi, aucun scrupule ! — Socr. : Eh bien ! mon opinion, Gorgias, est que c'est une pratique qui, sans rien d'un art, est, d'un autre côté, le propre d'une âme qui a de la perspicacité, à qui rien ne fait peur, qui, de sa nature, est supérieurement douée pour ce qui concerne les relations mutuelles des hommes. Son nom, à en considérer la caractéristique capitale, est, d'après moi, « flatterie ». *(b)* C'est une pratique dont nos activités manifestent diverses espèces, en grand nombre. La cuisine en est une : cela passe pour un art; mais, selon ma thèse, ce n'est point un art, c'est bien plutôt un savoir-faire et une routine. J'appelle encore espèces de la flatterie, et l'art oratoire, et l'art de la parure, et celui du Sophiste, ces quatre espèces s'appliquant à quatre objets d'activité. Et maintenant, si Pôlos souhaite d'être renseigné, qu'il se renseigne, *(c)* puisqu'il n'a pas encore été renseigné sur ce qui caractérise l'espèce de flatterie dont j'affirme qu'elle constitue l'art oratoire; au contraire il ne s'est pas aperçu que là-dessus je n'avais pas encore répondu, lui qui vient me demander si je ne tiens pas pour une belle chose l'art oratoire[1]! Mais, avant de lui répondre si je tiens l'art oratoire pour une belle ou pour une vilaine chose, j'attendrai de lui avoir d'abord répondu ce que c'est. Effectivement, cela n'est pas juste, Pôlos. Mais, s'il est vrai que tu souhaites d'être renseigné, alors interroge, demande-moi ce qui caractérise l'espèce de flatterie dont j'affirme qu'elle constitue l'art oratoire. — Pôl. : Eh bien! j'interroge, et réponds-moi ce qui caractérise cette espèce. *(d)* — Socr. : Mais ma réponse, est-ce que tu la comprendrais? L'art oratoire, vois-tu, c'est, d'après ma thèse, un simulacre d'une espèce de l'art politique. — Pôl. : Eh bien! est-ce maintenant[2], d'après toi, quelque chose de beau ou bien de laid? — Socr. : Quelque chose de laid, selon moi; car j'appelle laid ce qui est mauvais; ne me voilà-t-il pas obligé de te répondre comme si c'était à quelqu'un qui sait déjà ce que je veux dire! — Gorg. : Par Zeus! je ne comprends cependant pas, moi non plus, Socrate, ce que tu veux dire! *(e)* — Socr. : Et c'est à bon droit, Gorgias, car je ne dis rien encore de très clair; mais Pôlos, lui, a la pétulance de sa jeunesse! —

*Âme et corps ont chacun un couple d'arts, qui leur sont propres;*

Gorg. : Eh bien! envoie-le promener, pour m'expliquer à moi ce que tu veux dire en appelant l'art oratoire « un simulacre d'une espèce de l'art politique ». — Socr. : Eh bien! je vais m'efforcer de t'expliquer ce qu'est, à mes yeux, l'art oratoire, et, s'il se trouve qu'il ne soit pas ce que j'aurai dit, ce sera alors à Pôlos de me réfuter. *(a)* Il y a bien quelque chose, je pense, que tu appelles corps et quelque chose que tu appelles âme? — Gorg. : Incontestablement en effet! — Socr. : Or, de chacune de ces deux choses, tu admets qu'il existe un état de bien-être? — Gorg. : Ma foi, oui! — Socr. :

Mais quoi? est-ce un bien-être imaginaire, non cependant réel? Voici un exemple de ce que je veux dire : bien des gens s'imaginent être physiquement en bon état, dont on aurait de la peine, sauf si l'on était du nombre des médecins ou des maîtres de gymnase, à se douter qu'ils ne sont pas en bon état. — GORG. : C'est la vérité. — SOCR. : Je veux parler de ce qui est de nature à faire que l'on s'imagine être en bon état, quant au corps et quant à l'âme, *(b)* alors que pourtant ce n'est pas du tout le cas. — GORG. : C'est exact. — SOCR. : Voyons donc à te découvrir avec plus de clarté, au cas que j'en sois capable, ce que je veux dire. À deux choses qui sont données, je dis que répondent deux arts : celui qui a l'âme pour objet, je l'appelle l'art politique, tandis que celui qui a le corps pour objet, tout unique qu'il est, je ne puis te le nommer semblablement[1]; mais, dans l'unité de l'art de soigner le corps, je distingue deux espèces, dont l'une est l'art de la gymnastique et l'autre, l'art de la médecine. D'un autre côté, il y a, dans l'art politique, une espèce qui correspond à l'art gymnastique : l'art législatif; et une espèce qui correspond à la médecine : l'art judicatoire. *(c)* Sans doute y a-t-il quelque chose de commun entre les deux arts de chaque groupe en tant qu'ils ont le même objet, de commun à l'art médical avec l'art gymnastique, de commun à l'art judicatoire avec le législatif. Ce qui n'empêche qu'il y ait entre eux de la différence. Voilà donc nos quatre arts, les voilà visant à soigner le mieux possible, ceux-là le corps et ceux-ci, l'âme. L'art de flatter s'étant aperçu de leur existence, non en vertu d'une connaissance effective, mais au hasard d'une conjecture, commence par se subdiviser en quatre, s'insinue sous chacune des précédentes espèces[2], *(d)* fait mine d'être cela même en quoi il s'est insinué, sans nul souci de ce qui vaut le mieux, utilisant ce qui est le plus agréable pour la chasse qu'il fait de la déraison et la prenant si bien à ses pièges qu'il finit par passer pour être un art de la plus grande valeur! Cela étant, voilà que sous la médecine s'est insinuée la cuisine, qui fait mine de savoir quels sont pour le corps les aliments qui valent le mieux, au point que, supposant, devant un jury d'enfants ou d'hommes aussi déraisonnables que le sont les enfants, une compétition qui mettrait aux prises un cuisinier et un médecin, sur le point de savoir qui des deux, du médecin ou du cuisinier, a compétence quant aux aliments utiles ou nuisibles, *(e)* le médecin n'aurait plus qu'à se laisser mourir de faim!

*leur relation mutuelle et, avec eux, des formes de la flatterie, exprimée par une double proportion.*

Or c'est là ce que j'appelle « flatterie »; et je déclare que c'est une chose vilaine, Pôlos, *(a)* car ceci, c'est pour toi que je le dis[1] : une chose vilaine, parce que c'est l'agréable qu'elle conjecture, sans s'inquiéter de ce qui vaut le mieux. D'un autre côté, je nie que ce soit un art : rien d'autre qu'un savoir-faire, parce qu'elle n'est pas en état de rendre raison à celui à qui elle les administre de ce que sont, quant à leur nature, telles et telles choses qu'elle administre[2], en sorte qu'elle n'est pas en état de dire comment chacune agit. Mais moi, je refuse le nom d'art à ce qui est un mode irrationnel d'activité, et, si c'est de cela que tu disputes, je suis tout prêt à t'en soumettre une justification. *(b)* Donc, c'est ce que je disais, par-dessous l'art médical ce qu'il y a comme flatterie, c'est la cuisine; par-dessous l'art gymnastique, et, selon ce même mode, la flatterie de la parure : pratique malfaisante et mensongère, vulgaire et basse, une duperie au moyen d'arrangements, de fards, de polissage, de vêture, de façon à s'attirer sur soi une beauté d'emprunt, tandis qu'on n'a point souci de cette beauté propre qui est l'effet de la gymnastique[3]. Mais, en vue d'éviter les longueurs, je suis prêt à te dire cela à la manière des géomètres[4] *(c)* (peut-être, de cet instant, suivras-tu mieux en effet) : ce que les pratiques de la parure sont à la gymnastique, cela, la cuisine l'est à la médecine; ou, de cette façon plutôt, ce que les pratiques de la parure sont à la gymnastique, cela, la sophistique l'est à l'art législatif, et ce que la cuisine est à la médecine, cela, le savoir-faire oratoire l'est à l'art judicatoire. Qu'il y ait entre ces termes de telles différences de nature, c'est précisément ce que j'ai dit[5]; mais, d'autre part, en tant qu'ils sont voisins, c'est sur le même terrain et par rapport aux mêmes objets que sophistes et orateurs s'entremêlent; on est incapable de savoir à qui on va avoir affaire[6]; ils ne le savent pas eux-mêmes à l'égard d'eux-mêmes, ni le reste du monde à leur égard. C'est que, si l'âme ne présidait pas à l'activité du corps, *(d)* mais que ce fût le corps à l'égard de lui-même; que ce ne fût à elle de dominer du regard la cuisine comme la médecine, et de les distinguer l'une de l'autre; si c'était au contraire au corps tout seul de décider d'après une évaluation qui se fonderait sur les satisfactions dont il est personnellement l'objet, alors, mon cher Pôlos, ce serait en plein le thème d'Anaxagore (cela, en effet, est pour toi familier!) : ensemble s'entremêleraient toutes choses dans le même tas[1], dans la confusion indistincte de ce qui est médical et sain avec ce qui est culinaire! Ce qu'est donc selon moi l'art oratoire, tu l'as entendu : *(e)* il est ce qui, dans l'âme, correspond à la cuisine et y est ce qu'est l'autre dans le domaine du corps.

*3. Le pouvoir de l'orateur selon Pôlos.*

Ceci dit, peut-être est-ce de ma part un étrange procédé, alors que je ne te permettais pas de te livrer à de longs discours, d'avoir moi-même, avec une pareille continuité, prolongé le mien! Mais je mérite que l'on m'excuse; car, quand j'usais de brièveté, tu ne comprenais pas et n'étais non plus nullement capable de tabler sur les réponses que je te faisais, puisqu'au contraire il te fallait des explications. *(a)* Si donc, moi non plus, je ne suis pas à même de tabler sur la réponse que tu me feras, alors, à ton tour, prolonge tes propos! Mais, si j'en suis à même, permets-moi alors de tabler sur elle : cela est juste en effet. Et maintenant, si, sur ladite réponse, tu es à même de tabler d'une façon ou d'une autre, fais-le! — Pôl. : Que prétends-tu, dis? que, à ton avis, l'art oratoire est la flatterie? — Socr. : Pardon! j'ai dit[2] : « une espèce de la flatterie ». Allons! à l'âge que tu as, Pôlos, tu manques de mémoire! Dans quelque temps, comment feras-tu? — Pôl. : Est-ce que, dis, les bons orateurs sont, d'après toi, considérés dans les cités comme gens de rien, sous prétexte que ce sont des flatteurs? *(b)* — Socr. : Ceci est-il une question que tu me poses? ou bien commences-tu de prononcer un discours? — Pôl. : C'est bien une question! — Socr. : À mon avis à moi, ils ne sont même pas considérés. — Pôl. : Comment! pas considérés! N'ont-ils pas, dans les cités, un pouvoir immense? — Socr. : Non point, si par le pouvoir tu entends quelque chose de bon pour celui qui possède ce pouvoir. — Pôl. : Mais, bien sûr, c'est assurément ce que j'entends par là ! — Socr. : Eh bien ! mon avis, c'est que, parmi les citoyens, ceux qui ont le moins de pouvoir, ce sont les orateurs. — Pôl. : Qu'est-ce à dire ? Pareils aux tyrans, ne font-ils pas périr *(c)* qui ils veulent ? ne dépouillent-ils pas de sa fortune, ne chassent-ils pas des cités qui ils jugent bon de traiter ainsi ? — Socr. : Par le Chien ! À chacune de tes paroles, en vérité, Pôlos, je suis dans l'incertitude, de savoir si c'est pour ton compte que tu dis cela et si tu énonces ton opinion à toi, ou si c'est moi que tu questionnes ! — Pôl. : Mais c'est bien toi que je questionne ! — Socr. : Eh bien ! est-ce qu'alors, mon cher, tu ne me poses pas deux questions à la fois ? — Pôl. : Deux questions ? Comment cela ? — Socr. : Ne t'exprimais-tu pas tout à l'heure de la façon suivante : que les orateurs, *(d)* pareils aux tyrans, font périr qui ils veulent, et qu'ils dépouillent de leur fortune et boutent hors des cités qui ils jugent bon de traiter ainsi ? — Pôl. : Je l'ai dit en effet. —

Socr. : Eh bien ! je te dis qu'il y a là matière à deux questions, et je te répondrai, certes, ensemble à l'une et à l'autre. Je déclare en effet, Pôlos, que le pouvoir que possèdent dans les cités orateurs et tyrans est, ainsi que je le disais tout à l'heure[1], *(e)* extrêmement faible ; car ils ne peuvent, pour ainsi dire, rien faire de ce qu'ils veulent, quoiqu'ils fassent éventuellement ce qu'ils jugent être le meilleur. — Pôl. : Mais n'est-ce pas là posséder un grand pouvoir ? — Socr. : Non, au moins d'après les déclarations de Pôlos. — Pôl. : Moi ? je n'ai pas déclaré cela ? Pardon ! c'est au contraire ce que je déclare ! — Socr. : Toi ? non, par… par tout ce que tu voudras[2] ! puisque tu déclares que la possession d'un grand pouvoir est un bien pour celui qui le possède. — Pôl. : Effectivement je le déclare ! — Socr. : Alors, tu te figures que c'est un bien, quand on manque d'intelligence, de faire ce qu'on juge être le meilleur, et c'est là ce que tu appelles « posséder un grand pouvoir » ? — Pôl. : Non, ma foi ! — Socr. : C'est donc que tu vas démontrer que les orateurs ont de l'intelligence, *(a)* et, m'ayant réfuté, que l'art oratoire, au lieu d'être une flatterie, est bien un art ? Mais, si tu dois me lâcher sans m'avoir confondu, alors c'est que ni les orateurs, quand ils font dans les cités ce qu'ils jugent bon, ni les tyrans n'auront acquis aucun bien; et la puissance, à ce que tu déclares, eſt un bien; mais, d'autre part, faire, étant dénué d'intelligence, ce qu'on juge bon de faire eſt un mal, voilà ce que tu accordes toi-même[1]. N'eſt-ce pas vrai? — PÔL. : Ma foi! oui. — SOCR. : Comment donc les orateurs ou les tyrans posséderaient-ils dans les cités un grand pouvoir, à moins que Socrate n'eût été confondu par Pôlos, sur ce point qu'ils font ce qu'ils veulent? *(b)* — PÔL. : Ah! quel homme! — SOCR. : Je nie qu'ils fassent ce qu'ils veulent. Allons! réfute-moi. — PÔL. : N'accordais-tu pas tout à l'heure, antérieurement à ceci[2], qu'ils font ce qu'ils jugent bon? — SOCR. : De fait, même à présent, je l'accorde! — PÔL. : Et, en ce cas, ils ne font pas ce qu'ils veulent? — SOCR. : Je dis que non. — PÔL. : En faisant ce qu'ils jugent bon de faire? — SOCR. : Je dis que oui. — PÔL. : Cela me fait mal et m'outrepasse, Socrate, de t'entendre parler ainsi! — SOCR. : Ne me gronde pas, ô très poli Pôlos, pour te parler en ton style[3]! *(c)* Si pourtant tu es à même de me queſtionner, fais-moi voir que je me trompe. Sinon, réponds toi-même. — PÔL. : Mais je suis tout prêt à répondre, pour savoir ce que tu veux dire! —

SOCR. : Si c'eſt cela, dis-moi donc ton avis : les hommes veulent-ils ce que chaque fois ils font? ou bien veulent-ils la chose en vue de laquelle ils font ce qu'ils font? Par exemple, quand, par ordonnance du médecin, on boit un remède, à ton avis veut-on ce que précisément on fait : boire le remède et en ressentir un désagrément? ou bien veut-on ce en vue de quoi on le boit : se bien porter? — PÔL. : On veut se bien porter, c'eſt clair! *(d)* — SOCR. : C'eſt ainsi que ceux qui trafiquent par mer, et tous autres négociants avec leur négoce, ce n'eſt pas ce qu'ils veulent que dans chaque cas ils font. Qui veut en effet prendre la mer, courir des dangers, se donner des tracas? Mais ce que l'on veut, je pense, c'eſt ce en vue de quoi on prend la mer, c'eſt s'enrichir, car la richesse eſt la fin en vue de laquelle on trafique par mer. — PÔL. : Hé! absolument. — SOCR. : Mais n'en eſt-il pas de même encore partout? Quand on agit en vue de quelque fin, ce n'eſt pas son acte que l'on veut; n'eſt-ce pas au contraire ce en vue de quoi on le fait? — PÔL. : Oui. *(e)* — SOCR. : Or, y a-t-il rien dans la réalité qui ne soit pas, ou quelque chose de bon, ou quelque chose de mauvais, ou quelque chose d'intermédiaire et qui n'est ni bon ni mauvais? — PÔL. : Absolument forcé, Socrate! — SOCR. : Or donc, de la sagesse, de la bonne santé, de la richesse et autres choses du même ordre, ne dis-tu pas que ce sont des biens[1]? et des maux, leurs contraires? — PÔL. : Oui, bien sûr! — SOCR. : Quant à ce qui n'est ni un bien, ni un mal, n'est-ce pas, d'après toi, ce qui est du genre des choses qui parfois participent au bien, parfois au mal, *(a)* parfois ni à l'un ni à l'autre, comme d'être assis, de marcher pas à pas ou de courir, de naviguer[2], et comme, d'un autre côté, le sont des cailloux, des bouts de bois et ce qu'il y a encore de ce genre? N'est-ce pas de cela que tu veux parler? ou bien sont-ce d'autres choses que tu appelles « ni bonnes ni mauvaises »? — PÔL. : Non, mais bien celles-là. — SOCR. : Or, ces choses intermédiaires, quand nous les faisons, est-ce en vue de celles qui sont bonnes que nous les faisons? ou bien sont-ce les bonnes en vue des intermédiaires? — PÔL. : Les intermédiaires, sans conteste, en vue des bonnes! *(b)* — SOCR. : En sorte que c'est le bien que nous poursuivons, en marchant quand nous marchons, parce que nous croyons que cela vaut mieux, ou, au contraire, en restant en place quand nous restons en place, ayant en vue la même chose : le bien. N'est-il pas vrai? — PÔL. : Oui. — SOCR. : N'est-ce pas ainsi, encore, que, en faisant périr, supposé que nous fassions périr quelqu'un, en bannissant, en dépouillant de la fortune, nous croyons qu'il est meilleur pour nous de faire cela que de ne point le faire? — PÔL. : Hé! absolument. — SOCR. : En sorte que c'est en vue du bien que font tout cela, sans exception, ceux qui le font? — PÔL. : Approuvé. —

SOCR. : Or, ne sommes-nous pas tombés d'accord[3] que ce que nous faisons en vue de quelque fin, ce n'est pas cela que nous voulons, *(c)* mais ce en vue de quoi nous faisons cela? — PÔL. : Tout ce qu'il y a de plus! — SOCR. : Ainsi donc, égorger quelqu'un, non plus que le bannir de la cité, non plus que le dépouiller de sa fortune, ce n'est pas là ce que nous voulons, comme cela tout simplement; mais nous le voulons faire dans le cas où cela nous est utile, tandis que, dans le cas où cela nous est dommageable, nous ne le voulons pas. Car nous voulons les choses bonnes, ainsi que tu le déclares toi-même[1], tandis que celles qui ne sont ni bonnes ni mauvaises, nous ne les voulons pas, non plus que celles qui sont mauvaises. N'est-il pas en effet ainsi? Est-ce vrai, selon toi, Pôlos, ce que je dis? ou ne l'est-ce pas?... Qu'attends-tu pour me répondre? — Pôl. : C'est vrai. *(d)* — Socr. : Or, suppose toutefois que nous nous accordions sur ce qui précède, alors, dans le cas où un homme (qu'il ait qualité de tyran, qu'il ait qualité d'orateur) en fait périr un autre, ou le bannit de la cité, ou le dépouille de sa fortune, en croyant que c'est pour lui-même meilleur tandis que cela se trouve être plus mauvais, alors, bien sûr, cet homme-là fait ce qu'à son point de vue il juge bon de faire. N'est-ce pas cela en effet? — Pôl. : Oui.— Socr. : Mais est-ce cela qu'il veut aussi, s'il est vrai que cela se trouve être mauvais?... Qu'attends-tu pour me répondre? — Pôl. : Eh bien! ce n'est pas mon avis qu'il le veuille. — Socr. : Est-il donc possible que l'homme qui est dans de pareilles conditions possède dans la cité en question un grand pouvoir? *(e)* s'il est vrai, d'après ce que tu as accordé[2], que la possession d'un grand pouvoir soit un bien? — Pôl. : Ce n'est pas possible. — Socr. : Je disais donc la vérité quand je disais qu'il est possible pour un homme qui, dans une cité, fait ce qu'il juge bon de faire, de n'y pas posséder cependant un grand pouvoir et de ne pas faire non plus ce qu'il veut. —

*4. Subir l'injustice vaut mieux que la commettre.*

Pôl. : C'est cela, je le vois! Toi, Socrate, tu n'accepterais pas qu'il te fût permis de faire dans la cité ce que tu jugerais bon, plutôt que de n'en avoir pas le droit; ce droit tu ne l'envierais pas non plus à un homme dont tu verrais qu'il a fait périr, qu'il a dépouillé de sa fortune, qu'il a emprisonné celui qu'il a jugé bon de traiter ainsi! — Socr. : Est-ce justement, que tu veux dire? ou bien injustement? *(a)* — Pôl. : De quelque manière qu'il le fasse, ne mérite-t-il pas d'être envié dans un cas comme dans l'autre? — Socr. : Ne blasphème pas, Pôlos! — Pôl. : Où donc est le blasphème? — Socr. : En ce qu'on ne doit envier, ni les gens qui ne méritent pas d'être enviés, ni les malheureux, mais plutôt en avoir pitié! — Pôl. : Qu'est-ce à dire? C'est ainsi qu'il en est, d'après toi, des gens dont je parle? — Socr. : Comment en effet n'en serait-il pas ainsi? — Pôl. : Alors, quand on fait périr qui l'on juge bon de faire périr, en faisant cela justement, on est, selon toi, malheureux et digne de pitié? — Socr. : Selon moi, non; mais pourtant on ne mérite pas non plus d'être envié! — Pôl. : Ne disais-tu pas tout à l'heure qu'on est malheureux? *(b)* — Socr. : C'était, à la vérité, de celui qui fait périr injustement que je le disais, mon camarade, et, en outre, qu'il mérite de la pitié, tandis que de celui qui fait périr justement, je me bornais à dire qu'il ne mérite pas d'être envié. — Pôl. : N'est-ce pas[1], je pense, celui qui périt injustement qui, à la fois, mérite de la pitié et est malheureux? — Socr. : Il l'est moins, Pôlos, que celui qui le fait périr, moins même que celui qui périt justement! — Pôl. : Par exemple! Et comment? — Socr. : En ce sens-ci que le plus grand des maux est de commettre l'injustice. — Pôl. : Est-ce effectivement le plus grand? Être victime de l'injustice, n'est-ce pas un mal plus grand? — Socr. : Point du tout! — Pôl. : Alors, toi, tu aimerais mieux être victime de l'injustice, plutôt que de commettre l'injustice? *(c)* — Socr. : Pour ma part je n'aimerais mieux ni l'un ni l'autre. Mais si, forcément, il devait y avoir ou injustice commise ou injustice subie, je choisirais de la subir plutôt que de la commettre. — Pôl. : Alors, toi, tu n'accepterais pas d'exercer la tyrannie? — Socr. : Non, au moins si par « exercer la tyrannie » tu entends ce que j'entends moi-même... — Pôl. : Eh bien! ce que, moi, j'entends par là, c'est exactement ce que je disais tout à l'heure[2] : ce qu'on juge bon de faire, avoir, dans la cité, le droit de le faire, que ce soit de faire périr, ou de bannir; bref, d'agir en tout selon le décret arbitraire de son jugement personnel. —

Socr. : Que ta parole, bienheureux Pôlos, prenne maintenant à partie[3] mes paroles! *(d)* Suppose que moi, à l'heure où il y a foule sur l'agora[4], ayant sous mon aisselle un poignard, je vienne te dire : « Pôlos, il m'est tout récemment survenu une merveille de pouvoir tyrannique! S'il m'arrive en effet de juger bon que doive, absolument sur l'heure, être mort tel ou tel des hommes que tu vois là, il sera mort, celui duquel je l'aurai jugé bon! Si je juge bon qu'à tel autre la tête doive être fracassée, elle sera fracassée, sur l'heure absolument! Si c'est que soit déchiré son manteau, celui-ci sera déchiré! *(e)* Tant est grand le pouvoir que je possède dans cette cité-ci! » Mais si, en présence de ton incrédulité, je te montrais mon poignard, sans doute, en le voyant, me dirais-tu : « De cette façon, Socrate, il n'y aurait personne qui ne posséderait un grand pouvoir! Avec ce procédé, tout aussi bien en effet seraient incendiés, et la maison dont tu jugerais bon qu'elle le fût, et aussi les arsenaux d'Athènes, ses vaisseaux de guerre, tous les bâtiments de transport, ceux de l'État comme ceux du commerce privé! » Mais, à ce compte, ce n'est pas cela qui constitue la possession d'un grand pouvoir, de faire ce qu'on juge bon de faire. Ton avis? — Pôl. : Non, ce n'est pas cela, de cette façon du moins. *(a)* — Socr. : Mais es-tu à même de me dire la raison de tes critiques à l'égard d'un pouvoir de ce genre-là? — Pôl. : Oui, ma foi! — Socr. : Quelle est-elle donc? Dis-la. — Pôl. : C'est que l'homme qui agit ainsi encourra forcément une peine. — Socr. : Encourir une peine, n'est-ce pas une mauvaise chose? — Pôl. : Hé! absolument. — Socr. : Donc, merveilleux Pôlos, cette fois-ci encore[1], il t'apparaît que, dans le cas où l'acte est utile consécutivement au fait qu'on a jugé bon de le faire, la possession d'un grand pouvoir est un bien, et que ce cas est vraisemblablement aussi celui où l'on possède un grand pouvoir; que, dans le cas contraire, c'est peu de chose, et c'est un mal, de posséder un grand pouvoir. *(b)*

*A) Le bonheur de l'injuste d'après Pôlos : le cas d'Archélaos.*

Mais examinons encore la question que voici : n'accordons-nous pas qu'il y a des cas où il vaut mieux faire tout ce que naguère nous disions : mettre à mort les gens, les bannir, les dépouiller de leur fortune? et des cas où il n'en est pas ainsi? — Pôl. : Hé! absolument. — Socr. : Voilà donc, à ce qu'il semble, un point sur lequel il y a accord, et de ta part, et de la mienne? — Pôl. : Oui. — Socr. : Mais dans quel cas soutiens-tu qu'il est meilleur de le faire? Entre les deux cas, la démarcation, comment la marques-tu? Dis-le-moi. — Pôl. : À toi plutôt, Socrate. de répondre là-dessus. *(c)* — Socr. : Dans ce cas, Pôlos, s'il te plaît mieux d'entendre cela de ma bouche, je déclare la chose meilleure, quand c'est justement qu'on la fait, et pire, quand c'est injustement. — Pôl. : Comme il est difficile, Socrate, de te réfuter! Même un enfant ne réfuterait-il pas cependant les contre-vérités que tu allègues? — SOCR. : Mille grâces alors rendrai-je à cet enfant! mais autant aussi à toi-même, si tu me réfutes et me libères de ma sottise! Allons! ne te lasse pas d'avoir de la bienfaisance pour un ami; réfute-le plutôt! — PÔL. : Point n'est besoin pourtant, c'est sûr, de recourir pour te réfuter, Socrate, à de vieilles histoires : *(d)* il suffit en effet de ce qui s'est passé hier, avant-hier, pour te réfuter et pour démontrer que nombre d'hommes sont heureux, qui commettent l'injustice. — SOCR. : Que me dis-tu là? — PÔL. : Vois-tu, dis-moi, régner sur la Macédoine, Archélaos, ce fils de Perdiccas[1]? — SOCR. : Si je ne le vois pas, j'en entends toutefois parler. — PÔL. : Mais, selon toi, est-il heureux ou malheureux? — SOCR. : Je ne sais pas : je ne me suis pas encore trouvé avec le personnage. *(e)* — PÔL. : Qu'est-ce à dire? Cela, tu le connaîtrais, si tu t'étais trouvé avec lui? d'ici même, tu n'as donc pas autrement la possibilité de connaître son bonheur? — SOCR. : Certainement non, par Zeus! — PÔL. : C'est clair, Socrate! Tu vas prétendre que tu ne sais pas non plus si le Grand Roi est heureux! — SOCR. : En quoi, certes, je te dirai la vérité! J'ignore en effet ce qu'il en est de sa culture et de son esprit de justice. — PÔL. : Eh quoi? Est-ce en cela que consiste la totalité du bonheur? — SOCR. : C'est au moins ce que je dis, Pôlos. Un homme, une femme qui sont des êtres accomplis[2], j'affirme qu'ils sont heureux, tandis que l'injuste et le pervers est malheureux. *(a)* — PÔL. : Il est malheureux alors, cet Archélaos, s'il faut t'en croire? — SOCR. : Au moins, mon cher, s'il est vrai qu'il soit injuste. — PÔL. : Mais bien sûr, comment ne serait-il pas injuste? cet homme à qui ne revenait en aucune façon l'autorité qu'il possède à présent, étant né d'une femme qui était esclave d'Alcétès, le frère de Perdiccas! En bonne justice il était donc l'esclave d'Alcétès, et, s'il avait souhaité faire ce qui est juste, il serait resté esclave d'Alcétès et ainsi, d'après ta thèse, il serait heureux! Or, en réalité, c'est merveille à quel point il est devenu malheureux, attendu qu'il a commis les pires injustices! *(b)* Lui qui, ayant, pour commencer, envoyé chercher Alcétès, son maître et son oncle, sous prétexte de lui remettre le pouvoir dont l'avait dépouillé Perdiccas et l'ayant accueilli comme son hôte, l'avait enivré, ainsi que son fils Alexandre, son cousin à lui et qui avait à peu près son âge, les avait jetés sur un char, nuitamment emmenés, égorgés enfin et fait disparaître l'un et l'autre. Et, ces injustices commises, il ne s'est point aperçu qu'il fût devenu très malheureux et il ne s'en est point repenti! Tout au contraire, un peu plus tard, ce fut *(c)* à propos de son frère, le fils légitime de Perdiccas, enfant d'environ sept ans, à qui, de droit, revenait la couronne, qu'il ne souhaita pas de se rendre heureux par une conduite juste, en élevant cet enfant et en lui remettant la couronne! Non, l'ayant jeté dans un puits, il l'y fit périr d'asphyxie, et il raconta à Cléopâtre, sa mère, qu'en poursuivant une oie, il était tombé dans ce puits et y avait trouvé la mort! Et voilà pourquoi, à cette heure, après avoir surpassé en injustice tous les gens de la Macédoine, il est de tous les Macédoniens le plus malheureux, au lieu d'en être le plus heureux, et pourquoi, sans doute, qui que ce soit à Athènes, *(d)* à commencer par toi, accepterait d'être n'importe quel Macédonien, plutôt que d'être Archélaos! —

*B) Réponse de Socrate : a) les conditions d'une preuve valable ;*

SOCR. : Pôlos, dès le début de notre discussion[1], je t'ai loué d'avoir, à mon jugement, acquis une si belle culture quant à l'art oratoire, quitte à n'avoir point eu souci de pratiquer la conversation! Et maintenant, ne le voilà-t-il pas, ce fameux argument au moyen duquel même un enfant me confondrait? N'ai-je pas été maintenant, à ce que tu penses, confondu par tes soins au moyen de cet argument, moi qui prétends qu'il n'y a point de bonheur pour celui qui commet l'injustice? Où prends-tu cela, mon bon? Ce qui est sûr, c'est au moins que je ne t'accorde aucune de tes assertions. *(e)* — PÔL. : C'est que tu ne le veux pas! Car ce que je dis, tu le penses véritablement. — SOCR. : Tu entreprends en effet, bienheureux Pôlos, de me réfuter par des méthodes oratoires, à la façon de ceux qui, devant les tribunaux, estiment produire une preuve. Effectivement, dans ces endroits-là, les parties croient se réfuter l'une l'autre, quand, à l'appui des allégations qu'éventuellement elles présentent, elles produisent des témoins nombreux et de bonne réputation, tandis que, à l'appui de ses allégations, la partie adverse n'en produit qu'un seul ou même point du tout. Or, au regard de la vérité, cette sorte de preuve n'a absolument aucune valeur. *(a)* On peut en effet parfois être écrasé sous les faux témoignages, émis par nombre de gens et qui passent pour n'être pas peu de chose! Dans le cas présent, sur le sujet dont tu parles, peu s'en faut que tes paroles ne rencontrent un assentiment unanime, de la part des Athéniens comme des étrangers, si tu souhaites contre moi produire des témoins attestant que je ne dis pas la vérité : témoigneront en ta faveur, si tu le souhaites, Nicias, fils de Nicératos, et, avec lui, ses frères dont les trépieds, en file, se dressent dans l'enclos de Dionysos; si tu le souhaites, Aristocratès, le fils de Scellios, de qui l'enceinte d'Apollon Pythien possède la belle offrande que nous savons; *(b)* si tu le souhaites, la maison de Périclès, tout entière; ou n'importe quelle autre famille d'ici que tu pourrais souhaiter choisir[1]. Eh bien! moi, seul comme je suis, je n'y donne pas mon adhésion; car tu ne me contrains pas à te la donner! Au lieu de cela, produisant contre moi de faux témoins en grand nombre, tu entreprends de me bouter hors de ce qui est mon bien propre, je veux dire la vérité; tandis que moi, si je ne te produis pas comme témoin, toi tout seul, m'apportant ton adhésion sur ce dont je parle, rien n'est fini pour moi, je pense, rien qui en vaille la peine concernant ce qui peut bien être l'objet de notre débat; *(c)* rien non plus pour toi, si je ne viens pas t'apporter mon unique témoignage, tandis que les autres témoins, tu les auras, ceux-là, tous congédiés! Ainsi donc, il y a une façon de prouver, celle que, avec toi, beaucoup d'autres croient valable; mais il y en a aussi une autre, à la valeur de laquelle, moi, je crois pour ma part. Mettons-les donc en parallèle l'une avec l'autre et examinons s'il y a de la différence entre l'une et l'autre. De fait, il se trouve que l'objet dont nous disputons n'est absolument pas de mince importance, mais, peu s'en faut, celui à propos duquel il n'est rien de plus beau que de savoir, rien de plus laid que de ne pas savoir; car ce qui est la substance de ces questions, c'est de connaître ou d'ignorer qui est heureux et qui ne l'est pas. *(d)* Et tout de suite, pour commencer, quel est l'objet de notre présent débat? C'est que, à ton jugement, il peut y avoir de la félicité pour celui qui commet l'injustice, pour celui qui est injuste, s'il est vrai que, à ton jugement, Archélaos soit un homme injuste et, néanmoins, un homme heureux. Ne devons-nous pas réfléchir là-dessus, en admettant que telle soit bien ta conviction? — Pôl. : Hé! absolument. —

*b) ne pas expier sa faute est le pire malheur.*

Socr. : Or, j'affirme moi, que c'est là quelque chose d'impossible : voilà bien un point sur lequel nous disputons. Eh bien! à celui-ci maintenant : le bonheur accompagnera-t-il l'injustice commise, dans le cas où l'auteur de l'injustice en reçoit la peine et le châtiment? — Pôl. : En aucune façon; car il serait même, de la sorte, tout ce qu'il y a de plus malheureux! *(e)* — Socr. : Dans le cas, au contraire, où il arrive à qui commet l'injustice de n'en point recevoir la peine, sera-t-il heureux d'après ta thèse? — Pôl. : Je l'affirme. — Socr. : Or, Pôlos, d'après mon opinion à moi, celui qui commet l'injustice et qui est un injuste, si de toute façon il est malheureux, est cependant plus malheureux encore dans le cas où il ne paie pas la peine de ses injustices et n'en reçoit point le châtiment, mais moins malheureux dans le cas où il en paie la peine et doit aux Dieux comme aux hommes d'avoir reçu cette peine. *(a)* — Pôl. : Ce sont, Socrate, des absurdités que tu te mets à dire! — Socr. : Or, mon camarade, je vais tout au moins essayer de faire que tu dises, toi aussi, les mêmes absurdités que moi, car je te tiens pour mon ami[1]! Ceci posé, pour le présent voici sur quel point nous sommes en désaccord Mais examine, toi aussi, la chose : j'ai dit, je crois bien, dans ce qui précède[2], que commettre l'injustice est pire que de la subir. — Pôl. : Oui, c'est tout à fait ce que tu as dit. — Socr. : Mais toi, tu as dit que c'est de la subir. — Pôl. : Oui. — Socr. : Et ceux qui commettent l'injustice, je disais, moi, qu'ils sont malheureux, et j'ai été par toi confondu! — Pôl. : Oui, par Zeus! *(b)* — Socr. : Au moins à ce que tu crois, Pôlos! — Pôl. : Et en le croyant, je crois ce qui est vrai. — Socr. : Peut-être bien! Et, d'un autre côté, tu crois heureux ceux qui commettent l'injustice, à condition qu'ils n'en paient pas la peine. — Pôl. : Hé! absolument. — Socr. : Quant à moi, ce que j'affirme, c'est qu'ils sont tout ce qu'il y a de plus malheureux, tandis que ceux qui en paient la peine le sont moins. Cela aussi, souhaites-tu le réfuter? —

Pôl. . Voilà pourtant, Socrate, un point sur lequel il est plus difficile encore que sur l'autre, de te confondre[1] ! — Socr. : Plus difficile ? Point du tout, Pôlos : impossible, plutôt ! Car jamais on ne réfutera ce qui est la vérité. — Pôl. : Que me chantes-tu là ! Quand un homme qui a injustement comploté contre un régime de tyrannie, s'est fait prendre *(c)* et que, une fois pris, il est mis à la torture, qu'on le mutile, qu'on lui brûle les yeux, qu'il doit souffrir personnellement quantité d'autres souffrances aussi cruelles que variées, qu'il y voit soumis ses propres enfants et sa femme, que pour finir, il est mis en croix ou enduit de poix pour être brûlé vif, cet homme-là sera-t-il plus heureux que si, ayant réussi à échapper, il s'était lui-même élevé à la tyrannie et qu'il eût, ayant le pouvoir dans la Cité, passé son existence à y faire ce qu'il peut bien vouloir ; objet d'envie pour ses concitoyens, comme d'autre part pour les étrangers, qui tous proclament son bonheur ? *(d)* Alors, voilà sur quel point, d'après toi, il est impossible de te confondre ! —

Socr. : Cette fois, mon brave Pôlos, tu fais le croquemitaine, mais tu ne réfutes pas ! Tout à l'heure, c'étaient des témoins que tu produisais[2]. Il n'importe : rappelle-moi seulement une petite chose : tu as bien dit « quand un homme qui a injustement comploté contre un régime de tyrannie » ? — Pôl. : Oui, ma foi ! — Socr. : Dans ces conditions, jamais ils ne seront davantage heureux, ni l'un ni l'autre, ni celui qui aura réussi injustement à s'élever à la tyrannie, ni celui qui aura payé la peine de son injuste tentative ; car, de deux malheureux, aucun ne saurait être « plus heureux » ; *(e)* le « plus malheureux », à la vérité, c'est celui qui a échappé et qui est devenu tyran. Qu'est-ce que cela, Pôlos ? Tu ris ? Est-ce là encore un autre genre de réfutation, celui qui consiste à se rire d'un interlocuteur quand il vous dit quelque chose, au lieu de le réfuter ? — Pôl. : Ne te crois-tu pas, Socrate, suffisamment confondu, du seul fait de dire des choses comme personne au monde n'en voudrait soutenir de pareilles ? Demande donc à n'importe qui de ceux qui sont ici ! — Socr. : Pôlos, je ne suis pas un homme politique, et, l'an dernier, appelé par le tirage au sort à faire partie du Conseil, quand ce fut à ma tribu d'avoir la prytanie et qu'il me fallut mettre aux voix une proposition, *(a)* je fis rire à mes dépens : je ne savais pas comment on met aux voix[1]! Donc, ne m'invite pas, à présent non plus, à recueillir les voix de l'assistance. Bien plutôt, si tu ne disposes pas d'un meilleur moyen de me réfuter, à ton tour alors (c'est justement ce que je disais tout à l'heure[2]) de me remettre le soin de te réfuter et d'apprendre ainsi « par expérience », de quelle façon cela doit se faire; car moi, il n'y a qu'un seul témoin que je sache produire à l'appui de ce que je dis, c'est celui-là même avec qui je m'entretiens; à la foule des autres je souhaite bien le bonsoir; il n'y a qu'une seule voix que je sache recueillir, tandis qu'avec la foule je ne converse même pas! *(b)* Vois donc si tu es à ton tour disposé à m'accorder de te réfuter, en répondant aux questions que je te poserai. Eh bien! vois-tu, je pense, pour ma part, que toi, moi, tout le monde, estimons que commettre l'injustice est pire que de subir l'injustice; que entre ne pas payer la peine de sa faute ou bien la payer, c'est le premier qui est le pire. — PÔL. : Et moi, ce que je pense, c'est que ni moi, ni aucun autre homme n'avons cette idée-là! Toi, par exemple, accepterais-tu de subir l'injustice plutôt que de la commettre? — SOCR. : Toi aussi, en vérité, tu l'accepterais, et tout le monde aussi. — PÔL. : Tant s'en faut! Ni moi, au contraire, ni toi, ni personne d'autre! *(c)* — SOCR. : Ne répondras-tu donc pas[3]? — PÔL. : Hé! absolument, car j'ai bien envie de savoir ce que tu vas bien pouvoir dire! —

*c) Pourquoi vaut-il mieux : α. subir l'injustice que la commettre?*

SOCR. : Alors, pour le savoir, réponds-moi donc comme si je reprenais du début mes questions : à ton avis, Pôlos, qu'est-ce qui est le pire, de commettre l'injustice, ou de la subir? — PÔL. : De la subir, selon moi. — SOCR. : Et maintenant, qu'est-ce qui est le plus laid? est-ce de commettre l'injustice, ou de la subir? Réponds. — PÔL. : C'est de la commettre. — SOCR. : Mais n'est-ce pas ce qu'il y a de pire, s'il est vrai que ce soit ce qu'il y a de plus laid? — PÔL. : En aucune façon! — SOCR. : J'y suis! *(d)* Probablement ne tiens-tu pas pour identiques le beau et le bien, le mauvais et le laid? — PÔL. : Non, bien sûr! — SOCR. : Or, que dis-tu de ceci? Tout ce qui est beau, des corps par exemple, des couleurs et des formes, des voix, des occupations, est-ce que tu n'as rien en vue chaque fois que ces choses, tu les nommes belles? Ainsi, les corps, pour commencer : les beaux corps, ne dis-tu pas qu'ils sont beaux, soit sous le rapport de leur utilisation, beaux eu égard à ce à quoi chacun d'eux peut être utilisé? ou bien sous le rapport de quelque plaisir, dans le cas où ces corps, dans le temps de leur contemplation, donnent de la joie à ceux qui les contemplent? En dehors de ces points de vue, es-tu à même d'en alléguer d'autres relativement à la beauté d'un corps? *(e)* — Pôl. : Non, je n'en suis pas à même. — Socr. : Aussi bien, qualifies-tu pareillement tout le reste? Les formes, les couleurs, soit en raison de quelque plaisir, soit en raison de leur utilité, soit pour les deux raisons à la fois? — Pôl. : J'en conviens. — Socr. : N'est-ce pas la même chose encore pour les voix et pour tout ce qui est du domaine de la musique? — Pôl. : Oui. — Socr. : Et, bien sûr, pour ce qui est du domaine des lois et des occupations, ce qui est beau ne l'est sans doute pas pour des raisons en dehors de celles-là : soit parce qu'il est utile, soit parce qu'il est agréable, ou pour les deux raisons à la fois. *(a)* — Pôl. : Non, c'est aussi mon avis. — Socr. : Aussi bien en sera-t-il de même aussi pour la beauté de ce qui est objet d'étude. — Pôl. : Absolument, certes! À présent au moins, tu donnes du beau une bonne définition, en le définissant par du plaisir et du bien[1]. — Socr. : Donc, c'est par le contraire que tu définis le laid, par de la peine et par du mal? — Pôl. : Forcément. — Socr. : En conséquence, quand de deux belles choses l'une est plus belle, elle est plus belle en tant qu'elle surpasse l'autre par l'un de ces deux caractères ou par tous les deux à la fois, soit par du plaisir, soit par de l'utilité ou par l'un et l'autre à la fois? — Pôl. : Absolument, certes! — Socr. : Et donc, d'autre part, quand de deux choses laides l'une est plus laide, *(b)* elle est plus laide en tant que surpassant l'autre par de la peine ou par du mal. N'est-ce pas forcé? — Pôl. : Oui. —

Socr. : Poursuivons donc! Comment s'exprimait-on tout à l'heure à propos de commettre ou de subir l'injustice? Ne disais-tu pas[2] qu'il est plus mauvais de subir l'injustice, mais plus laid de la commettre? — Pôl. : Je le disais. — Socr. : Or, s'il est vrai qu'il soit plus laid de commettre l'injustice que de la subir, alors cela est plus pénible; et ce serait plus laid en tant que l'un surpasse l'autre par de la peine ou par du mal ou par les deux ensemble. Cela encore n'est-il pas forcé? — PÔL. : Comment en effet ne le serait-ce pas? *(c)* — SOCR. : Dès lors, voici un premier point à examiner pour nous : est-ce par de la peine que le fait de commettre l'injustice surpasse le fait de la subir, et ceux qui commettent l'injustice souffrent-ils plus que ceux qui la subissent? — PÔL. : Nullement, Socrate, sur ce point du moins. — SOCR. : Donc n'est-ce pas de peine au moins qu'il y a excès. — PÔL. : Certes non! — SOCR. : Donc, si ce n'est pas par de la peine, ce ne pourrait plus être par les deux à la fois, que l'un surpasserait l'autre en laideur! — PÔL. : Évidemment non! — SOCR. : Il reste donc que ce soit par l'autre... — PÔL. : Oui. — SOCR. : C'est-à-dire par le mal. — PÔL. : Vraisemblablement. — SOCR. : Or, en tant que c'est par du mal que l'un surpasse l'autre, commettre l'injustice doit être une plus mauvaise chose que de la subir. *(d)* — PÔL. : C'est bien clair! — SOCR. : Or, ne nous était-il pas accordé précédemment[1], tant par la majorité des gens que par toi-même, qu'il est plus laid de commettre l'injustice que de la subir? — PÔL. : Oui. — SOCR. : Mais voici qu'à présent c'est plus mauvais que cela t'apparaît être. — PÔL. : Il semble bien! — SOCR. : Or, donnerais-tu à ce qui est plus laid et plus mauvais la préférence sur ce qui l'est moins? N'hésite pas à répondre, Pôlos! Cela en effet ne causera aucun tort; mais plutôt, comme si l'argument était un médecin auquel tu te remets, réponds bravement, *(e)* par un oui ou par un non, à la question que je te pose! — PÔL. : Eh bien! Socrate, je ne lui donnerais pas la préférence. — SOCR. : Mais peut-être quelqu'un d'autre le ferait-il? — PÔL. : Ce n'est pas mon avis, au moins d'après l'argument. — SOCR. : J'étais donc dans le vrai en disant[2] que ni toi, ni moi, ni personne d'autre, nous ne préférerions commettre l'injustice plutôt que la subir, car il se trouve que c'est quelque chose de pire. — PÔL. : Évidemment. — SOCR. : Mais alors, Pôlos, une certaine façon de prouver ainsi mise en parallèle avec une certaine autre façon de prouver, tu vois qu'elles ne se ressemblent en rien. Tandis que, suivant l'une, tout le monde, hors moi, s'accorde avec toi, il me suffit au contraire de toi, de toi tout seul, *(a)* de ton assentiment et de ton témoignage; je ne recueille pas d'autre voix que la tienne; à tous autres je dis bien le bonsoir[1]!

*β) expier sa faute, plutôt que ne pas l'expier?*

Tenons-nous-en là pour ce point, et, après celui-là, examinons le second, duquel nous avons disputé : payer la peine de l'injustice que l'on a commise, est-ce, comme tu le pensais[2], le plus grand des maux? ou bien, comme moi je le pensais, est-ce un mal plus grand de ne la point payer? Examinons la question de la façon que voici. Payer la peine de sa faute et être châtié justement quand on commet l'injustice, dis-tu que c'est la même chose? — PÔL. : Ma foi, oui! *(b)* — SOCR. : Or, est-il possible pour toi de nier que tout ce qui est juste soit beau, dans la mesure même où cela est juste? Après y avoir réfléchi, réponds-moi. — PÔL. : Eh bien! Socrate, je suis de cet avis. — SOCR. : Considère donc encore le point que voici : quand on fait quelque chose, n'est-il pas forcé qu'il y ait une autre chose qui, du fait de cet agent, est un patient? — PÔL. : C'est aussi mon avis. — SOCR. : Est-ce que cette chose que l'action de l'agent fait subir au patient n'est pas telle que la fait l'agent? Or, voici par exemple ce que j'entends par là. Si l'on frappe, il est forcé qu'il y ait quelque chose de frappé[3]. — PÔL. : C'est forcé. — SOCR. : Et, si celui qui frappe frappe fort et vite, *(c)* que ce qui est frappé soit aussi frappé de cette façon? — PÔL. : Oui. — SOCR. : Ainsi l'état subi est, dans l'objet frappé, tel que l'aura fait ce qui frappe? — PÔL. : Hé! absolument. — SOCR. : Et aussi bien, si l'on brûle, il est forcé qu'il y ait quelque chose de brûlé? — PÔL. : C'est indéniable en effet! — SOCR. : Et, si l'on brûle fort et douloureusement, que ce qui est brûlé soit brûlé de la façon que brûle ce qui brûle? — PÔL. : Hé! absolument. — SOCR. : Et aussi bien, si l'on coupe, que soit tenu le même langage? Car il y a quelque chose de coupé. — PÔL. : Oui. — SOCR. : Et, si la coupure est étendue, ou profonde, ou douloureuse, *(d)* que ce qui est coupé soit coupé suivant une coupure telle que l'aura faite en coupant celui qui coupe? — PÔL. : Évidemment. — SOCR. : Dès lors, vois dans l'ensemble si tu accordes, concernant tous les cas, ce que je disais tout à l'heure, à savoir que, telle est éventuellement l'action de l'agent, tel est l'état dont pâtit le patient. — PÔL. : Eh bien! je l'accorde. — SOCR. : Puis donc que nous sommes d'accord là-dessus, est-ce que, dis-moi, payer la peine de sa faute est pâtir ou agir? — Pôl. : C'est forcément pâtir, Socrate. — Socr. : Alors c'est du fait de quelque agent? — Pôl. : Comment, effectivement, le nier? C'est du fait de celui qui châtie. *(e)* — Socr. : Or, celui qui châtie à bon droit, châtie justement? — Pôl. : Oui. — Socr. : Faisant en cela, oui ou non, une chose juste? — Pôl. : Une chose juste. — Socr. : Alors, celui qui est châtié en payant la peine de sa faute pâtit en cela justement? — Pôl. : Évidemment. — Socr. : Or, il a été accordé[1] que tout ce qui est juste est beau? — Pôl. : Hé! absolument. — Socr. : Donc, de ces deux hommes, il y en a un qui est agent de choses belles, tandis que l'autre, celui qui est châtié, en est le patient. — Pôl. : Oui. *(a)* — Socr. : Si ces choses sont belles, ne sont-elles donc pas bonnes? Elles sont en effet, soit agréables, soit utiles[2]. — Pôl. : Forcément. — Socr. : N'est-ce donc pas de bonnes choses que pâtit celui qui paie la peine de sa faute? — Pôl. : Vraisemblablement. — Socr. : N'y trouve-t-il donc pas son utilité? — Pôl. : Oui. —

Socr. : Cette utilité est-elle précisément celle que je suppose? Ne devient-on pas meilleur quant à son âme, à condition d'être châtié justement? — Pôl. : C'est au moins probable. — Socr. : N'est-ce pas alors d'un mal de son âme qu'est débarrassé celui qui paie la peine de sa faute? — Pôl. : Oui. — Socr. : Or, n'est-ce pas du mal le plus grand qu'il est débarrassé? Examine la question de la façon que voici. *(b)* Dans l'aménagement d'une fortune, aperçois-tu quelque autre mal pour l'homme que la pauvreté? — Pôl. : Non, mais bien la pauvreté. — Socr. : Et pour l'aménagement de notre corps? Ce qui est un mal en lui, ne dirais-tu pas que c'est la faiblesse, la maladie, la laideur et tout ce qui est de même sorte? — Pôl. : Ma foi! oui. — Socr. : Or, dans l'âme aussi, ne juges-tu pas qu'il y ait des conditions défectueuses? — Pôl. : Comment en effet le nier? — Socr. : Or donc, celles-ci, ne les appelles-tu pas : injustice, ignorance, lâcheté et tout ce qui est analogue? — Pôl. : Hé! absolument. — Socr. : Voilà donc trois choses : fortune, corps, âme *(c)* à propos desquelles, n'est-ce pas, tu as nommé une triple condition défectueuse : pauvreté, maladie, injustice? — Pôl. : Oui. —

SOCR. : Or donc, de ces conditions défectueuses, laquelle est la plus laide ? N'est-ce pas l'injustice et, dans l'ensemble, la défectuosité de l'âme ? — PÔL. : Et de beaucoup ! — SOCR. : Dès lors, si elle est la plus laide, elle est aussi la plus mauvaise ? — PÔL. : Comment l'entends-tu, Socrate ? SOCR. : Comme ceci, Toujours ce qui est le plus laid, en vertu de ce dont nous sommes précédemment[1] tombés d'accord, est le plus laid, en tant qu'il est ce qui au plus haut degré nous procure, ou peine, ou dommage, ou tous les deux à la fois. — PÔL. : On ne peut plus laid ! — SOCR. : Or, ne sommes-nous pas tout à l'heure tombés d'accord que rien n'est plus laid que l'injustice et, d'une façon générale, que toute défectuosité de l'âme ? *(d)* — PÔL. : Nous en sommes en effet tombés d'accord. — SOCR. : N'est-ce donc pas, soit en tant qu'elle est tout ce qu'il y a de plus affligeant et surpasse le reste en affliction, qu'elle est, entre ces choses, celle qui est la plus laide, soit par le dommage causé, soit par les deux à la fois ? — PÔL. : Forcément. — SOCR. : Mais être injuste, licencieux, lâche, ignorant, cela n'est-il pas plus affligeant que d'être pauvre ou mal portant ? — PÔL. : Ce n'est pas mon avis, Socrate, au moins comme conséquence de ce qui a été dit. — SOCR. : Alors, c'est qu'il est d'une grandeur inconcevable, le dommage, prodigieux, le mal, dont les autres défectuosités sont surpassées pas celle de l'âme *(e)* et qui en font la chose la plus laide de toutes, puisque, d'après tes propres paroles[2], ce n'est point par de la douleur. — PÔL. : Évidemment. — SOCR. : Mais il est certain, je suppose, que ce qui surpasse par le plus grand dommage doit être le plus grand mal qu'il y ait dans la réalité. — PÔL. : Oui. — SOCR. : La conclusion n'est-elle pas que l'injustice, la licence et le reste des défectuosités de l'âme doit être, dans la réalité, le pire des maux ? — PÔL. : Évidemment. —

SOCR. : Or, quel est l'art qui nous débarrasse de la pauvreté ? N'est-ce pas l'art de faire des affaires ? — PÔL. : Oui. — SOCR. : Et celui qui nous débarrasse de la maladie ? N'est-ce pas la médecine ? — PÔL. : Forcément. *(a)* — SOCR. : Et celui qui nous débarrasse de la perversité et de l'injustice ? Si, à première vue, tu ne t'en tires pas, examine la question comme voici. Où menons-nous, je veux dire près de quelles gens, ceux dont le corps est mal portant ? — Pôl. : Près des médecins, Socrate.— Socr. : Où, ceux qui commettent l'injustice et s'abandonnent à la licence ? — Pôl. : Près des juges, veux-tu dire ? — Socr. : Alors, pour qu'ils paient la peine de leurs fautes ? — Pôl. : D'accord. — Socr. : Mais n'est-ce pas en usant d'une certaine justice que châtient ceux qui châtient à bon droit ? — Pôl. : C'est bien clair. — Socr. : Ainsi donc, l'art de faire des affaires nous débarrasse de la pauvreté ; la médecine, de la maladie ; *(b)* un jugement de justice, de la licence et de l'injustice. — Pôl. : Évidemment. — Socr. : Or, de ces choses, laquelle est la plus belle ? — Pôl. : De quelles choses, Socrate, veux-tu parler ? — Socr. : De l'art de faire des affaires, de la médecine, du jugement de justice. — Pôl. : Socrate, c'est de beaucoup le jugement de justice qui l'emporte. — Socr. : N'est-ce donc pas, s'il est vraiment ce qu'il y a de plus beau, que, cette fois encore[1], il produit la plus grande quantité de plaisir, ou d'utilité, ou des deux à la fois ? — Pôl. : Oui. — Socr. : Mais est-ce un plaisir d'être entre les mains du médecin ? se réjouit-on d'être entre ses mains ? — Pôl. : Ce n'est pas mon avis, non ! — Socr. : Mais c'est utile, n'est-il pas vrai ? — Pôl. : Oui. *(c)* — Socr. : On se débarrasse en effet d'un grand mal, de sorte qu'on a profit à endurer la douleur, et ainsi à être en bonne santé. — Pôl. : N'est-ce pas indéniable, effectivement ? — Socr. : Mais est-ce de cette façon-là, en étant aux mains du médecin, qu'un homme sera, eu égard à son corps, le plus heureux ? ou bien en commençant par n'être pas mal portant du tout ? — Pôl. : La chose est claire : c'est en n'étant pas du tout mal portant ! — Socr. : Car ce n'est pas cela qui est du bonheur : d'être débarrassé d'un mal ; c'est plutôt de commencer par ne pas être du tout en possession de ce mal. — Pôl. : Exact ! *(d)* — Socr. : Mais quoi ? De deux hommes qui ont un mal, soit dans le corps, soit dans l'âme, lequel est le plus malheureux ? celui qui est entre les mains du médecin et qui se débarrasse de son mal ? ou bien celui qui, n'étant pas entre les mains du médecin, le garde ? — Pôl. : Pour moi, c'est évidemment celui qui n'est pas entre les mains du médecin. — Socr. : Or, le fait de payer la peine de sa faute, n'est-il pas entendu que c'est se débarrasser du mal qui est de tous le pire, savoir la perversité ? — Pôl. : Entendu en effet. — Socr. : De fait, les gens sont, je pense, de la sorte assagis et rendus plus justes ; le jugement de justice devient ainsi un traitement médical de la perversité. — PÔL. : Oui. *(e)* — SOCR. : L'homme le plus heureux est donc celui qui, en son âme, ne possède point de méchanceté, puisqu'il nous est apparu que c'est là le plus grand des maux. — PÔL. : La chose est claire ! — SOCR. : En second lieu, vient, je pense, celui qui en a été débarrassé. — PÔL. : Vraisemblablement. — SOCR. : Or, celui-là, nous le savons, c'est celui à qui l'on fait des remontrances, à qui l'on tape sur les doigts, et qui paie la peine de sa faute. — PÔL. : Oui. — SOCR. : Donc celui qui a la pire existence, c'est celui qui a en lui de l'injustice et qui n'en a point été débarrassé. — PÔL. : Évidemment. —

*Le cas d'Archélaos permet une contre-épreuve.*

SOCR. : Mais cette condition n'est-elle pas justement celle de l'homme dont l'existence se passerait à commettre les pires injustices, à pratiquer une injustice consommée, *(a)* de façon à n'encourir ni remontrances, ni châtiments et à ne pas payer la peine de ses crimes ? existence telle que, d'après tes dires, s'en est ménagé un Archélaos, ainsi que tout ce qu'il y a encore de tyrans, d'orateurs et de princes souverains ? — PÔL. : Ce serait vraisemblablement sa condition. — SOCR. : Peu s'en faut en effet, je pense, que ces gens-là, mon bien bon, n'aient pratiqué une conduite pareille à ce que serait celle d'un homme qui, en proie aux plus graves maladies, se conduirait de façon à ne pas payer, entre les mains du médecin, la peine des fautes qui affectent son corps, et qui ne veut pas que le médecin le soigne, redoutant, à l'image d'un enfant, qu'on le cautérise ou qu'on le coupe, parce que cela fait mal ! *(b)* N'est-ce pas ton opinion, à toi aussi ? — PÔL. : Ma foi, oui ! — SOCR. : C'est en vérité un homme qui ne connaît pas ce que c'est que la bonne santé, c'est-à-dire l'excellence corporelle. Il y a chance en effet, d'après ce dont à présent nous sommes tombés d'accord, que procèdent aussi de la sorte ceux qui, Pôlos, échappent à la peine de leurs fautes ; que leur attention aille se porter sur le mal que cela fait, tandis que, à l'égard de ce que cela a d'utile, ils se comportent en aveugles, méconnaissant à quel point c'est un pire malheur, pire que de ne pas avoir son corps en bonne santé, de s'unir avec une âme qui, au lieu d'être en bonne santé, est pourrie d'injustice et d'impiété! *(c)* C'est pour cela qu'ils font l'impossible pour ne pas payer la peine de leurs fautes et pour ne pas se débarrasser de ce qui est le mal le plus grave, se ménageant des richesses et des amitiés, faisant en sorte de savoir parler de la façon la plus persuasive qu'il se puisse. Or, Pôlos, si cela est vrai sur quoi nous nous sommes mis d'accord, aperçois-tu les conséquences qui résultent de cette thèse? Ou bien souhaites-tu que nous en dressions le bilan? — Pôl. : Oui, si tu le juges bon! —

Socr. : Eh bien! n'en résulte-t-il pas que le mal le plus grand, c'est l'injustice et le fait de commettre l'injustice?... — Pôl. : Au moins est-ce ce qui nous est apparu. *(d)* — Socr. : Et à coup sûr, que payer la peine de ses fautes constitue manifestement le moyen par lequel on se débarrasse de ce mal?... — Pôl. : C'est bien possible! — Socr. : Tandis que du fait qu'on ne paie pas cette peine, le mal persiste? — Pôl. : Oui. — Socr. : En conséquence, pour la grandeur, c'est le second des maux, de commettre l'injustice[1], tandis que celui qui, de nature, est le plus grand et le premier de tous, c'est pour l'homme qui commet l'injustice, de n'en point payer la peine. — Pôl. : C'est vraisemblable. — Socr. : Or, n'est-ce pas là, mon cher, de quoi nous disputons? Toi tu voulais qu'Archélaos fût heureux, lui l'auteur des plus grands crimes et qui n'en a payé nulle peine; *(e)* moi je pensais au contraire, qu'il fût question d'Archélaos ou de n'importe qui d'autre qui n'a pas payé la peine des injustices par lui commises, je pensais qu'il sied à cet homme-là d'être, en comparaison du reste de ses semblables, exceptionnellement malheureux; que celui qui commet l'injustice est toujours plus malheureux que celui qui la subit, celui qui ne paie pas sa peine, plus que celui qui la paie! N'était-ce pas cela que nous disions? — Pôl. : Oui. — Socr. : En ce cas, n'a-t-il pas été démontré que l'on disait la vérité? — Pôl. : Il apparaît! *(a)* —

*Conclusion de la discussion avec Pôlos : à quoi sert la rhétorique.*

Socr. : Eh bien, alors! Si c'était donc la vérité, quel grand besoin a-t-on dès lors de l'art oratoire? En effet, d'après ce dont nous sommes maintenant tombés d'accord, on doit par-dessus tout se bien garder soi-même de commettre l'injustice, dans la pensée que ce serait déjà assez d'avoir ce mal! N'est-il pas vrai? — Pôl. : Hé! absolument. — Socr. : L'injustice, d'autre part, est-elle commise, que ce soit par nous-même, que ce soit par quelqu'un d'autre qui soit l'objet de notre sollicitude, alors on doit volontairement aller où, le plus vite possible, on paiera la peine de sa faute, chez le juge comme on irait chez le médecin, *(b)* s'appliquant ainsi à éviter que ne s'invétère la maladie de l'injustice et que l'âme, gangrenée sous la cicatrice, ne soit par là rendue incurable. Autrement, Pôlos, de quelle façon l'entendons-nous, s'il est vrai que subsistent nos accords antérieurs? Cela n'est-il pas, de cette façon, et non d'une autre, à l'unisson de ce qui précède? — Pôl. : Qu'avons-nous dès lors en effet d'autre à dire, Socrate? — Socr. : Quant à ce qui est donc de plaider pour l'injustice, tant pour celle qui est notre fait à nous, que pour celle de nos père et mère, de nos amis, ou de notre patrie quand elle commet l'injustice, l'art oratoire, Pôlos, n'est en rien utilisable par nous, *(c)* sinon à une condition : c'est d'admettre tout au contraire qu'on doit, par-dessus tout, s'accuser soi-même, et ses proches aussi ensuite, et quiconque encore de nos amis aura, dans chaque cas, pu commettre une injustice; que, au lieu de dissimuler l'acte injuste qu'il a commis, on doit plutôt amener celui-ci au grand jour, afin que le coupable paie la peine de sa faute et qu'il revienne à la santé; que l'on doit aussi bien se contraindre soi-même que contraindre les autres à ne point avoir peur, mais à se présenter, les yeux fermés, courageusement, ainsi qu'à un médecin pour qu'il nous brûle ou taille la chair; être en quête du bien et du beau, sans mettre en ligne de compte la douleur; s'offrir à être battu, si ce sont des coups que mérite l'injustice dont on s'est rendu coupable, *(d)* à être emprisonné, si c'est la prison qu'on a méritée, si c'est l'amende, à la payer, à s'exiler si c'est l'exil, et à mourir enfin, si c'est la mort; être, soi, le premier à accuser soi-même et l'ensemble de ses proches, employer l'art oratoire à cet usage, en vue, une fois mises en lumière les injustices commises, d'être débarrassé de ce qui est le pire des maux : l'injustice! Cela, Pôlos, devons-nous l'affirmer, ou le nier? *(e)* — Pôl. : Langage déconcertant, à mon avis, Socrate, qui cependant est de ta part en accord avec ce qui a été dit précédemment! —

SOCR. : Alors, est-ce donc de ces allégations antérieures que nous devons même nous défaire ? ou bien est-il forcé que ce que nous disons à présent en soit la conséquence ? — PÔL. : Oui, c'est bien ainsi que se pose la question. — SOCR. : Supposons au contraire que, prenant une attitude inverse, on ait par hasard à faire du mal à quelqu'un, qu'il s'agisse d'un ennemi ou de n'importe qui d'autre (à cette seule condition, car c'est à quoi il faut bien prendre garde, que, de la part de cet ennemi, on ne subisse pas soi-même une injustice, et que ce soit envers autrui que l'ennemi commette cette injustice[1]), il faut par tous les moyens s'arranger, *(a)* dans ses actes, dans ses paroles, à faire qu'il ne paie pas la peine de son injustice et qu'il n'aille pas trouver le juge ; et, s'il y est allé, il faut tout mettre en œuvre pour que cet homme, qui est notre ennemi, échappe à la peine et ne paie pas sa dette, mais plutôt que, s'il a abondamment pillé de l'argent, il ne restitue pas cet argent, qu'il le dépense au contraire d'une manière injuste et impie, tant pour lui-même que pour les siens ; si enfin c'est la mort que, cette fois, ses injustices ont méritée, pour qu'il ne meure pas, pour que, bien plus, cela n'arrive même jamais, mais que, lui qui est un méchant, il devienne immortel[2] ; *(b)* et, sinon, pour qu'il vive le plus longtemps possible dans la condition où il est ! Voilà, Pôlos, à quelle sorte de fins l'art oratoire est utilisable selon moi ; car l'homme au moins qui n'a pas l'intention de commettre l'injustice, je ne pense pas qu'il en ait un grand besoin, à supposer même qu'il en ait un besoin quelconque ; besoin qui, au moins dans ce qui précède, ne nous est nulle part apparu. —

III. TROISIÈME PARTIE : *entretien avec* CALLICLÈS.

CALLICLÈS : Dis-moi, Chéréphon, est-ce que Socrate est sérieux ? Ou bien s'amuse-t-il ? — CHÉ. : À mon avis, Calliclès, il est on ne peut plus sérieux : rien de tel, à vrai dire, que de lui poser la question ! *(c)* — CALL. : Eh bien ! par tous les Dieux ! c'est ce que j'ai envie de faire... Dis-moi, Socrate, que nous faut-il admettre maintenant à ton sujet ? que tu es sérieux, ou bien que tu t'amuses ? Si en effet tu es sérieux et que ce que tu dis soit d'aventure vrai, ne serait-ce pas alors un bouleversement radical de notre existence, à nous autres hommes, et ne faisons-nous pas, à ce qu'il semble, tout le contraire de ce qu'il faut? — SOCR. : Calliclès, si les hommes n'étaient pas de quelque façon identiquement affectés, quoique l'objet de cette affection soit, chez les uns, celui-ci et celui-là chez les autres, mais qu'au contraire chacun de nous fût affecté de quelque affection qui lui fût propre et étrangère au reste des hommes, *(d)* alors il ne serait pas facile à tel d'entre eux de faire comprendre à l'autre quel est l'objet de son affection personnelle! En te disant cela, j'ai dans l'idée que, actuellement, toi et moi, nous éprouvons une affection identique, étant deux individus, amoureux tous deux, et chacun de nous deux, amoureux de deux objets : moi, d'Alcibiade, le fils de Clinias, en même temps que de la philosophie; toi, du peuple d'Athènes en même temps que du fils de Pyrilampès[1].

Mais il y a une chose dont en toute occasion je me rends compte à ton sujet : c'est que, quelles que soient tes hautes capacités, tout ce que tes deux aimés peuvent bien dire et quelque opinion qu'ils professent sur ce qui en est des choses, tu es incapable de dire le contraire; *(e)* mais te voilà retourné sens dessus dessous! Que dans l'Assemblée, à telle chose que tu auras dite, ton bien-aimé, je veux dire le Peuple d'Athènes, nie qu'il en soit de la sorte, aussitôt retourné, tu dis ce que veut celui-ci; et, aussi bien, à l'égard du fils de Pyrilampès, ce beau jeune homme, toutes pareilles sont, dans cet autre cas, tes manières d'être. Aux résolutions et aux propos de tes bien-aimés tu es hors d'état de résister, si bien que, dans le cas où on s'étonnerait chaque fois de t'entendre dire ce qu'ils te font dire, tant c'est déconcertant, sans doute répondrais-tu (supposé que tu eusses l'intention de dire la vérité) : *(a)* « Obligez mes amours à cesser de tenir le langage qu'ils tiennent; sans cela, jamais je ne cesserai non plus de dire ce que je dis! » Dans ces conditions, admets donc, toi aussi, qu'il te faut de ma bouche entendre d'autres discours tout pareils, et, si je dis ce que je dis, n'en sois pas surpris, mais oblige plutôt la philosophie, mes amours, à cesser de tenir le langage qu'elle tient! Car elle n'arrête pas, cher camarade, de dire ce que maintenant tu m'entends dire, et chez elle je trouve bien moins d'inconstance que chez mon autre bien-aimé : le fils de Clinias, lui, son genre est de dire tantôt blanc, tantôt noir, tandis que le genre de la philosophie, c'est de toujours dire pareil! *(b)* Or, ce qu'elle dit, c'est ce qui, à cette heure, cause ta surprise, ce sont ces propos qui se sont tenus devant toi-même. Donc, ou bien confonds-la, prouve-lui la fausseté de ce que précisément je disais tout à l'heure : savoir, que commettre l'injustice et, quand on l'a commise, n'en point payer la peine, c'est là le mal suprême; ou bien, si tu dois renoncer à réfuter sa thèse, alors, par le Chien, dieu des Égyptiens, Calliclès ne s'accordera point avec toi, Calliclès; mais, dans votre vie tout entière, il y aura dissonance entre sa voix et la tienne! Et pourtant, excellent homme, je préférerais que la lyre fût dépourvue d'accord et dissonante, qu'il en fût ainsi pour un chœur dont je serais le chorège[1], que la majorité des hommes fût en désaccord avec moi *(c)* et me contredise, plutôt que de n'être pas, à moi tout seul, consonant avec moi-même et de me contredire. —

1. *La profession de foi de Calliclès : A) le sophisme de Socrate ;*

CALL. : Tu m'as l'air, Socrate, dans ce rôle d'orateur populaire que véritablement tu te donnes, de t'y comporter en tes discours comme un petit fat! Et cette éloquence de place publique te vient à présent de ce que Pôlos s'est mis exactement dans la même situation dans laquelle il reprochait à Gorgias de s'être mis à ton égard. Gorgias, disait-il en effet[2], interrogé par toi sur le point de savoir si, dans le cas où, avec le désir d'être instruit de l'art oratoire, on venait le trouver sans avoir la connaissance de ce qui est juste, *(d)* il en donnerait, lui Gorgias, l'enseignement, a cédé au respect humain et déclaré qu'il donnerait cet enseignement, parce que c'est l'usage et que la déclaration contraire mécontenterait les gens. Précisément pour avoir accordé cela, il s'est trouvé forcé de se contredire; et c'est de cela que tu t'enchantes! Pôlos avait raison, à mon avis du moins, de se rire alors de toi. Or voici qu'en retour c'est à lui d'avoir eu le même sort que Gorgias, et c'est à moi, du même point de vue, de n'être pas enchanté de Pôlos, pour la raison qu'il a convenu envers toi qu'il est plus laid de commettre l'injustice que de la subir; *(e)* car c'est pour t'avoir accordé cela que, à son tour, s'empêtrant dans tes propos, il s'est laissé museler par toi : parce qu'il a eu honte de dire ce qu'il pensait! Le fait est que, réellement[1], c'est à de pareilles insupportables pauvretés que tu mènes, dignes d'un orateur populaire, alors que tu prétends être en quête de la vérité, sur ce qui n'est pas beau par nature, mais l'est en vertu de la loi[2]. Or, ce sont là deux termes, la nature et la loi, qui sont en contradiction l'un avec l'autre: *(a)* que donc on ait honte de dire cela même que l'on pense, qu'on n'en ait pas l'audace, alors il est fatal que l'on se contredise! Voilà de quoi justement tu t'es avisé; subtile invention dont tu uses malignement dans la discussion: se place-t-on, en parlant, au point de vue de la loi? c'est du point de vue de la nature que tu poses tes questions; est-ce au point de vue de la nature? tu prends celui de la loi.

*B) la nature et la loi; le droit de la force;*

C'est ainsi que tu as tout de suite procédé à propos de l'injustice commise ou subie: Pôlos, du point de vue de la loi, alléguait ce qui est le plus laid; toi, c'est du point de vue de la nature que tu traquais la loi[3]. Car c'est par nature que ce qui est plus laid est ce qui justement est aussi plus mauvais: le fait de subir l'injustice; *(b)* tandis que c'est en vertu de la loi qu'il est plus mauvais de la commettre. Ce n'est pas non plus, vois-tu, la condition qu'un homme puisse supporter: de subir l'injustice; mais cette condition est celle d'un esclave, pour qui être mort vaut mieux que de vivre, espèce d'homme incapable de se porter assistance à soi-même ou à celui qui peut vous être encore à cœur, contre les injustices et les outrages. Le malheur est que ce sont, je crois, les faibles et le grand nombre auxquels est due l'institution des lois[4]. Aussi instituent-ils ces lois par rapport à eux-mêmes et à leur avantage, *(c)* louant ce qu'ils louent et blâmant ce qu'ils blâment. Ceux de leurs semblables qui sont plus forts ou capables d'avoir le dessus, ils arrivent à les épouvanter, afin de les empêcher d'avoir le dessus, et ils disent que c'est laid et injuste de l'emporter sur autrui, que c'est cela qui constitue l'injustice, de chercher à avoir plus que les autres; car, comme ils sont inférieurs, il leur suffit, je pense, d'avoir l'égalité! Voilà donc pour quelles raisons ce qui est dit injuste et laid, c'est de chercher à avoir le dessus sur la majorité, pour quelles raisons on appelle cela: commettre l'injustice. *(d)*

Or, d'elle-même la nature, au rebours, révèle, je pense, que ce qui est juste, c'est que celui qui vaut plus ait le dessus sur celui qui vaut moins et celui qui a une capacité supérieure, sur celui qui est davantage dépourvu de capacité. Qu'il en est ainsi, c'est d'ailleurs ce qu'elle montre en maint domaine : dans le reste du règne animal comme dans les cités des hommes et dans leurs familles, où l'on voit que le signe distinctif du juste, c'est que le supérieur commande à l'inférieur et ait plus que lui. En vertu de quelle sorte de justice, dis-moi, Xerxès a-t-il fait une expédition contre la Grèce, ou son père contre les Scythes? *(e)* sans parler de mille autres exemples analogues que l'on pourrait alléguer. Eh bien! cette conduite de la part de ces gens-là est conforme à une nature, à la nature du juste[1], et, par Zeus! conforme en vérité à une loi qui est celle de la nature; non point toutefois, sans doute, à celle que nous, nous avons instituée. Modelés à façon, les meilleurs et les plus forts d'entre nous[2], pris en main dès l'enfance, sont, tels des lions, réduits en servitude par nos incantations et nos sortilèges, *(a)* apprenant de nous que le devoir est l'égalité, que c'est cela qui est beau et qui est juste! Mais, que vienne à paraître, j'imagine, un homme ayant le naturel qu'il faut, voilà par lui tout cela secoué, mis en pièces : il s'échappe, il foule aux pieds nos formules, nos sorcelleries, nos incantations et ces lois qui, toutes sans exception, sont contraires à la nature; notre esclave s'est insurgé et s'est révélé maître. *(b)* C'est à cet instant que resplendit la justice selon la nature. Or, c'est exactement ce que je veux dire que, d'après moi, Pindare a fait voir dans cette chanson[3] où il dit : *La loi, qui règne sur tous, sur les mortels comme sur les Immortels,* cette loi, ajoute-t-il, *qui justifie que, d'une main entre toutes puissante, on mène à bonne fin la suprême violence: je le prouve par les exploits d'Hèraclès, car c'est sans les payer...* C'est à peu près ainsi qu'il s'exprime : je ne sais pas en effet la chanson par cœur. Mais ce qu'il veut dire, c'est qu'Hèraclès enleva les vaches de Gèryon sans les lui avoir payées et sans que celui-ci les lui eût données, *(c)* dans la pensée que la justice selon la nature, c'est que vaches et autres biens qui sont la propriété de ceux qui valent moins et sont plus faibles appartiennent tous à qui vaut davantage et est plus fort.

*C) la place que mérite la philosophie dans la vie.*

Voilà donc comment il en est selon la vérité. Or, c'est ce que tu reconnaîtras, à condition de t'orienter vers de plus hauts objets, renonçant désormais à la philosophie. La philosophie en effet a certainement, Socrate, son agrément, à condition qu'on s'y applique avec modération dans la jeunesse; mais, si l'on y passe plus de temps qu'il ne faut, cela est ruineux pour un homme. Supposons en effet que, fût-il doué d'un excellent naturel, il se soit adonné à la philosophie au-delà même de la jeunesse, forcément le résultat aura été qu'il n'a plus aucune expérience *(d)* de tout ce dont l'expérience est indispensable quand on veut devenir un homme accompli[1] et bien considéré. C'est un fait que le philosophe perd toute expérience des lois qui sont celles de la cité; du langage dont il faut user dans les conventions, aussi bien privées que publiques, que comportent les relations humaines; des plaisirs comme des passions des hommes; bref, il perd, d'une façon générale, toute expérience des mœurs. Aussi lorsqu'il en vient à quelque affaire pratique, d'ordre privé ou d'ordre public, prête-t-il à rire à ses dépens[2], *(e)* de la même façon, sans doute, qu'un homme politique fait rire de lui quand, inversement, il vient se mêler à nos conversations et à nos discussions! C'est en effet le cas de dire avec Euripide : ce en quoi *chacun brille, c'est aussi vers quoi il se hâte, consacrant à cela la plus grande partie de sa journée, et où il peut lui arriver d'être supérieur à lui-même*[3]. *(a)* Mais l'occupation dans laquelle il ne vaut pas cher, de celle-là il s'éloigne, il la critique injurieusement; tandis qu'il fait l'éloge de l'autre, convaincu que, par ces bonnes dispositions de sa part, il fait ainsi son propre éloge.

Le parti le plus correct est, je pense, de participer à l'un comme à l'autre de ces deux genres d'occupation[4]. D'une part, il est beau de participer à la philosophie pour autant qu'on le fait en vue de la culture, et il n'y a rien de déshonorant pour un adolescent à s'occuper de philosophie. Mais, d'un autre côté, quand, déjà avancé en âge, on continue à philosopher, cela devient, Socrate, un emploi de son temps qui mérite la risée. *(b)* Quant à moi, en face de ces tenants de la philosophie, je ressens la même impression qu'en face de ceux qui parlent de façon puérile et font les gamins. Quand en effet je vois un petit enfant, auquel il ne convient pas encore de converser comme nous le faisons, parler de façon puérile et faire des gamineries, je m'en réjouis, j'y trouve de l'agrément et cette liberté qui sied à l'âge enfantin. Mais, si j'entends un marmot parler aussi distinctement qu'une grande personne, cela m'est odieux, cela importune mes oreilles et me donne à bon droit une impression de servilité; *(c)* tandis que, si c'est un homme fait que j'entends parler de façon puérile et à qui je vois faire des gamineries, je trouve qu'il est digne de risée, qu'il ne se conduit pas comme un homme et qu'il mérite les verges. Donc, c'est la même impression que j'éprouve en face de ceux qui font de la philosophie : si en effet c'est chez un jeune, chez un adolescent, que je vois la philosophie, j'en suis charmé, cela me semble bienséant, et j'estime qu'il y a de la liberté dans ce tempérament d'homme, tandis que cette liberté est, à mon sens, absente du jeune homme qui ne s'occupe pas de philosophie, lequel jamais ne se jugera lui-même capable de s'employer à rien de beau, ni de noble. *(d)* Mais, quand c'est justement un homme d'âge que je vois faire encore de la philosophie et n'avoir pas rompu avec elle, cet homme-là, Socrate, me semble avoir dorénavant besoin des verges. Car, voilà ce que naguère je disais[1], c'est le fait de cet homme-là, fût-il doué d'un excellent naturel, de finir par ne pas se comporter en homme, de fuir comme il le fait le centre de la cité[2] et *ces places* sur lesquelles, comme dit le poète[3], *se font remarquer les hommes,* et de passer le reste de sa vie, enfoncé dans un coin, à chuchoter en compagnie de trois ou quatre adolescents, *(e)* sans jamais rien proférer de libre, de grand, et, tout au moins, de suffisant!

Quant à moi, Socrate, je suis à ton égard dans des dispositions véritablement amicales. Aussi y a-t-il chance qu'à cette heure j'éprouve exactement les mêmes sentiments qu'à l'égard d'Amphion le Zèthos d'Euripide, dont je faisais tout à l'heure mention[4]. Il me vient à l'idée de t'adresser des paroles tout à fait pareilles à celles que Zèthos adressait à son frère : « Tu n'as point souci, Socrate, te dirais-je, de ce dont il faut que tu te soucies, et le naturel à ce point généreux de ton âme, *(a)* tu le déformes[5] par un enfantillage apparent; tu ne saurais sans doute, ni dans les délibérations d'un procès produire comme il faut une proposition, ni mettre la main sur ce qui est vraisemblable et persuasif, ni te résoudre en faveur d'autrui à quelque résolution énergique. » En vérité, mon cher Socrate (et ne m'en veuille pas! car ce sont mes bonnes dispositions à ton égard qui vont me faire parler), ne te semble-t-il pas honteux de te comporter comme, à mon avis, tu te comportes, ainsi que ceux qui, en plus de toi, poussent toujours plus avant dans la philosophie? Maintenant, vois-tu, suppose que, s'étant saisi de toi ou de tel autre de tes pareils, on vous traîne en prison, en vous prétendant coupables d'un crime dont vous ne seriez nullement coupables, *(b)* ne sais-tu pas bien que toi, tu serais incapable de te tirer d'affaire? Mais non ! le vertige te prendrait; tu serais là, bouche bée, sans trouver que dire; et, le jour où tu te présenterais à la barre du tribunal, rencontrant en face de toi un accusateur plein de malveillance et de perversité, tu serais mis à mort s'il lui plaisait de requérir la mort, contre toi[1]. *Quelle sagesse* pourtant *est-ce là*[2], Socrate? *un art qui, une fois qu'il a mis la main sur un homme bien doué naturellement, l'a rendu pire?* l'a rendu aussi impuissant à s'assister lui-même, qu'à sauver des plus grands périls et lui-même et personne d'autre? *(c)* exposé à être, par ses ennemis, dépouillé de tout ce qu'il possède? à tout bonnement vivre méprisé dans son pays? Un tel homme (s'il n'est pas un peu trop énergique de s'exprimer ainsi!), il est permis de le frapper à la joue sans avoir à en répondre! Crois-m'en plutôt, mon bon, *mets un terme* à tes chicaneries, *exerce-toi à la belle musique des actes,* exerce-toi à ce qui te donnera le moyen de *passer pour un homme de sens, abandonnant à d'autres ces finesses,* soit qu'il faille les traiter de bavardages ou que ce soit des balivernes, *dont le fruit est que tu logeras dans une demeure vide; (d)* jaloux d'imiter non pas des gens qui chicanent sur ces riens, mais ceux qui ont moyens d'existence, réputation et une foule d'autres biens. —

*2. Réplique de Socrate : A) une pierre de touche dans la discussion.*

SOCR. : Supposons, Calliclès, que je me trouve avoir une âme en or! Ne conçois-tu pas quelle joie ce serait pour moi d'avoir trouvé une de ces pierres au moyen desquelles on fait l'épreuve de l'or? la pierre de touche la plus parfaite : une, grâce à laquelle, au cas où, mise en contact avec mon âme, elle conviendrait avec moi que celle-ci a été bien soignée, je pourrais savoir que je suis de bon aloi et que je n'ai pas besoin d'autre épreuve? *(e)* — CALL. : Quel est donc ton but, Socrate, en me posant cette question? — SOCR. : C'est ce que je vais te dire : une bonne aubaine de ce genre, en te rencontrant je crois l'avoir rencontrée! — CALL. : Et comment donc? — SOCR. : En ce que, je le sais, de tous les jugements de mon âme, ceux sur lesquels tu seras d'accord avec moi, ceux-là dès lors seront la vérité. *(a)* J'ai idée en effet que, quand on veut sur une âme faire comme il faut l'épreuve, pour savoir si elle a ou non une vie correcte, il faut, somme toute, la réunion de trois conditions, lesquelles, toutes les trois, tu les réunis : savoir, bienveillance, franc-parler. Je rencontre en effet bien des gens qui sont incapables de faire sur moi l'épreuve souhaitée, parce qu'ils n'ont pas un savoir pareil au tien. Il y en a d'autre part qui ont le savoir, mais qui ne consentent pas à me dire la vérité, parce qu'ils n'ont pas pour moi une sollicitude pareille à la tienne. Enfin, les deux étrangers ici présents, Gorgias et Pôlos, *(b)* si tous deux ont du savoir et, à mon égard, de l'amitié, ils laissent par trop à désirer pour le franc-parler, et ils ont plus de respect humain qu'on n'en doit avoir; dès lors comment ne serait-ce pas leur cas? ils en sont tous deux venus à un tel degré de respect humain que la honte leur a donné l'audace, à chacun d'eux séparément, face à une nombreuse assistance, de se faire face eux-mêmes à eux-mêmes[1], et cela touchant les plus hauts objets! Or, toutes ces conditions, que les autres ne possèdent pas, toi, tu les réunis. C'est que tu as, ainsi que l'attesteraient bien des gens à Athènes, reçu la culture qu'il faut, *(c)* et aussi que tu as pour moi de la bienveillance. L'indice que j'en ai? Je vais te le dire. Je sais, Calliclès, que, à vous quatre, vous avez formé une association de philosophie : toi, puis Tisandre, celui du dème

Aphidna, ensuite Andron, le fils d'Androtion, enfin Nausicydès, celui qui est du dème Cholarges[1], et je vous ai entendus un jour délibérer sur le point de savoir jusqu'où l'on doit s'exercer à la philosophie, le genre d'opinion qui prévalut parmi vous ayant été, je le sais, celui-ci : qu'il ne faut point mettre son zèle à philosopher en toute rigueur; *(d)* vous vous exhortiez au contraire les uns les autres à prendre bien garde de ne pas, en devenant plus philosophes qu'il ne faut, finir par vous corrompre sans vous en apercevoir; aussi, quand je t'entends me donner exactement les mêmes conseils[2] qu'à tes camarades les plus intimes, ai-je ainsi un indice que tu professes à mon égard une authentique bienveillance. Enfin, il est certain que tu es capable d'avoir ton franc-parler et de n'avoir pas de fausse honte : c'est ce qu'en personne tu affirmes, et le langage que tu tenais un peu auparavant s'accorde avec ton affirmation!

Il est donc bien clair maintenant que sur ces points il en est comme ceci : *(e)* que, dans la discussion, tu t'accordes avec moi, sur ceci ou cela, ce sera dès lors quelque chose à quoi nous aurons, toi comme moi, appliqué notre pierre de touche, et nous n'aurons plus besoin de recourir à une nouvelle épreuve; car jamais autrement tu n'en aurais convenu, ni par défaut de savoir, ni par excès[3] de respect humain; pas plus, d'autre part, que tu n'en aurais convenu pour m'abuser, puisque, c'est toi-même qui le dis[4], tu as pour moi de l'amitié. Donc l'accord entre toi et moi mettra désormais à la vérité le point final! Or, ce qui est par-dessus tout l'objet du plus bel examen, c'est ce à propos de quoi, précisément, tu m'as fait grief : à savoir quel genre d'homme on doit être, *(a)* à quelle sorte d'occupation on doit s'adonner et jusqu'à quel degré, aussi bien quand on est plus âgé que quand on est plus jeune. Si en effet, dans le cours de ma propre existence, j'agis en quoi que ce soit d'une façon qui n'est pas correcte, sache bien que ce n'est pas volontairement que je pèche, mais par le fait de mon ignorance; en conséquence, ainsi que tu as commencé de le faire, ne va pas t'abstenir de me gourmander, fais-moi au contraire voir convenablement quelle est cette occupation à laquelle il faut que je m'emploie et de quelle façon je pourrai mettre sur elle la main. Que si tu me trouves aujourd'hui disposé à te donner mon assentiment, mais que, dans les jours qui suivront, tu me trouves en train de ne pas faire ce à quoi j'aurai donné cet assentiment, *(b)* alors tiens-moi pour un être sans énergie; ne me gourmande plus jamais dans l'avenir, convaincu désormais que je n'en vaux pas la peine!

*B) Analyse de la notion de supériorité : a) la force matérielle n'en est pas le principe ;*

Mais redis-moi, en reprenant du commencement, ce qu'il en est, selon Pindare et selon toi, de la justice selon la nature : est-ce, pour le plus fort, de ravir les biens des plus faibles ? pour celui qui vaut davantage de commander à ceux qui valent moins ? bref, pour le supérieur, d'avoir plus que l'inférieur[1] ? Entends-tu que le juste soit autre chose que cela ? ou bien mon souvenir est-il fidèle ? — CALL. : Non point ! C'est ce que je disais alors, et ce que je dis encore à présent. — SOCR. : Or, est-ce du même homme que tu dis qu'il vaut davantage et qu'il est le plus fort ? *(c)* À ce moment, je n'étais pas en effet non plus capable de comprendre ce que tu pouvais bien vouloir dire. Sont-ce les plus robustes que tu appelles les plus forts, et faut-il que les plus malingres écoutent les ordres des plus robustes ? C'est même quelque chose comme cela que tu me sembles avoir alors[2] indiqué, en disant que c'est la justice selon la nature, que les grands États se ruent sur les petits, pour cette raison qu'ils sont plus forts, autrement dit matériellement plus puissants[3], comme si, être plus fort, être plus robuste et valoir davantage étaient la même chose ? Ou bien est-il possible de valoir davantage quoiqu'on soit plus faible et plus malingre, *(d)* et d'être plus pervers quoi qu'on soit plus fort ? Ou bien définira-t-on de même « valoir davantage » et « être plus fort » ? Cela même, détermine-le-moi avec précision : y a-t-il identité entre être plus fort, valoir davantage et être plus robuste ? — CALL. : Eh bien ! avec précision, je te dis qu'il y a identité ! — SOCR. : Or, que le grand nombre soit plus fort que l'individu, cela n'est-il pas conforme à la nature ? C'est lui précisément qui impose les lois à l'individu, ainsi que tu le disais toi-même tout à l'heure[4]. — CALL. : N'est-ce pas indéniable en effet ? — SOCR. : Donc, les prescriptions légales du grand nombre sont celles des plus forts. — CALL. : Hé !

absolument. *(e)* — Socr. : Donc, les prescriptions légales de ceux qui valent davantage ? Car ce sont les plus forts, je pense, qui, d'après ta thèse, sont ceux qui valent davantage. — Call. : Oui. — Socr. : Donc leurs prescriptions, puisqu'ils sont les plus forts, sont belles selon la nature ? — Call. : Je l'affirme. — Socr. : Mais le grand nombre n'admet-il pas, ainsi que d'autre part tu le disais tout à l'heure[1], que la justice c'est l'égalité et qu'il est plus laid de commettre l'injustice que de la subir ? *(a)* Est-ce exact, ou ne l'est-ce pas ? Pourvu qu'à ton tour[2] tu ne te laisses pas prendre par le respect humain ! Oui ou non, le grand nombre admet-il que la justice est, non point d'avoir le dessus, mais l'égalité ? et qu'il est plus laid de commettre l'injustice que de la subir ? Ne refuse pas de me répondre, Calliclès, afin que, si tu m'accordes cela, ma position en soit désormais, grâce à toi, consolidée, du fait que j'aurai pour moi l'assentiment d'un homme qui a le discernement voulu ! — Call. : Eh bien oui ! le grand nombre admet cela. —

Socr. : Concluons donc que ce n'est pas seulement en vertu de la loi qu'il est plus laid de commettre l'injustice que de la subir, ni juste non plus de vouloir l'égalité ; mais aussi en vertu de la nature. *(b)* Ainsi, tu risques de ne pas avoir dit précédemment la vérité, pas davantage d'avoir été bien fondé à m'accuser[3], lorsque tu parlais de la contrariété de la loi avec la nature, d'user malignement, dans la discussion, de cette contrariété dont justement je me serais avisé : portant la discussion sur le terrain de la loi quand mon interlocuteur est sur celui de la nature, et, quand il est sur le terrain de la loi, sur celui de la nature. — Call. : Quel homme ! Jamais il n'en finira de raconter des balivernes ! Dis-moi, Socrate, à l'âge que tu as, ne rougis-tu pas d'être à la chasse des mots, et, *(c)* s'il arrive qu'on se trompe d'expression de prendre cela pour une bonne aubaine ? Te figures-tu en effet que par « les plus forts » j'entende autre chose que « ceux qui valent davantage » ? Est-ce que, depuis longtemps, je ne te le répète pas ? j'affirme l'identité de ce qui vaut davantage avec ce qui est plus fort. Te figures-tu que, selon moi, s'il arrive que s'assemble un ramassis d'esclaves et de gens de toute espèce, hommes indignes qu'on les considère autrement que du point de vue, sans doute, de leur robustesse corporelle, ce soient des prescriptions légitimes, les propos de cette canaille! — Socr. : Allons bon! Voilà comment tu t'exprimes, très sage Calliclès? *(d)* — Call. : Mais oui, parfaitement! — Socr. : Au surplus, il y a longtemps, homme divin, que j'en ai le soupçon : c'est quelque chose de tel, que tu entends par ce qui est le plus fort, et les questions que je te posais venaient de mon intense désir de savoir avec certitude ce que tu voulais dire. Bien sûr, en effet, ce n'est pas toi qui penses que deux hommes ont une valeur supérieure à un seul, qui penses non plus que tes esclaves, parce qu'ils sont plus robustes que toi, valent mieux que toi! Dis-moi cependant, en reprenant les choses du début, ce que tu peux bien entendre par « ceux qui valent davantage », du moment que tu n'entends pas par là les plus robustes? En outre, toi, l'admirable, apporte plus de douceur à préparer mon instruction, si tu ne veux pas que je cesse de fréquenter ton école! *(e)* — Call. : Tu t'amuses à faire l'ignorant[1], Socrate! — Socr. : Non, Calliclès! j'en jure par ce Zèthos, dont pareillement le masque t'a servi tout à l'heure pour m'attaquer copieusement. Mais, poursuivons : quels sont ceux, réponds-moi, dont tu dis qu'ils valent davantage? Call. : Pour moi, ce sont ceux qui sont supérieurs.

*b) ni l'intelligence ;*

Socr. : Alors, ne le vois-tu pas, ce sont des mots que tu dis toi aussi[2] et tu ne tires rien au clair? Ne me diras-tu pas si, par ces gens qui valent davantage et qui sont plus forts, tu entends ceux qui sont plus intelligents? ou si ce sont tels ou tels autres? — Call. : Eh bien! c'est de ceux-là, par Zeus! que je veux parler, oui, de ceux-là, absolument. *(a)* — Socr. : En sorte que, d'après ta thèse, un seul homme ayant de l'intelligence est plus fort que dix mille, dépourvus d'intelligence; c'est celui-là qui doit commander, et les autres être commandés, et celui qui commande avoir plus que ceux qui sont commandés. Voilà en effet ce que tu me sembles avoir l'intention de dire (sans que je fasse pour cela la chasse à l'expression!), si d'après toi, un seul est plus fort que dix mille. — Call. : Mais c'est bien cela que je veux dire! Voilà en effet la justice selon la nature : celui qui vaut davantage et qui est plus intelligent commande ceux qui sont inférieurs et il a davantage qu'eux. *(b)* — Socr. : Ici, halte! À présent, que vas-tu bien pouvoir dire dans cet autre cas?

où nous serions comme maintenant, un grand nombre de gens assemblés dans le même lieu; où, en commun, nous aurions en abondance à manger et à boire; où, par ailleurs, nous serions gens de toute espèce, ceux-ci robustes, ceux-là malingres, mais où il y en aurait un parmi nous qui, étant médecin, serait sur ce manger et ce boire le plus intelligent, étant par ailleurs, comme il est naturel, plus robuste que ceux-ci, plus malingre que ceux-là? N'est-ce pas celui-là qui, étant dans le cas dont il s'agit le plus intelligent d'entre nous, sera, sous ce rapport, celui qui vaut davantage et qui est le plus fort? — CALL. : Hé! absolument. *(c)* — SOCR. : Mais, de ces aliments, ne faut-il pas qu'il ait plus que nous, parce qu'il vaut davantage? ou bien, du fait qu'il a l'autorité, ne faut-il pas que ce soit à lui de les répartir? tandis que, pour ce qui est de les dépenser ou d'en faire usage dans l'intérêt de son propre corps, il ne faut pas qu'il en prenne plus qu'autrui, s'il ne veut pas en être puni, mais que des uns il ait plus et moins des autres? Or, si d'aventure c'est lui qui est le plus malingre, ne sera-ce pas ainsi la plus petite part qui reviendra, Calliclès, à celui qui vaut le plus? N'en est-il pas ainsi, mon bon? — CALL. : C'est d'aliments, de boissons, de médecins, et autres balivernes, que tu parles! *(d)* Or, moi, je ne parle pas de cela. — SOCR. : Mais est-ce que ce dont tu parles, ce n'est pas de la valeur supérieure de celui qui est le plus intelligent? Oui ou non? — CALL. : C'est oui. — SOCR. : Ne faut-il pas cependant qu'il ait davantage, celui qui vaut davantage? — CALL. : Mais du moins pas davantage d'aliments, non plus que de boissons? — SOCR. : Entendu! Mais peut-être est-ce de vêtements? et faut-il que l'homme qui a en tissage la plus haute compétence ait le plus grand manteau, et qu'il circule enveloppé des plus nombreux et des plus beaux? — CALL. : À quoi riment ces manteaux? — SOCR. : Mais alors, c'est de chaussures, c'est clair, que celui qui est en ces matières le plus intelligent et vaut le plus, doit avoir plus qu'autrui. *(e)* Sans doute, le cordonnier doit-il avoir les chaussures les plus grandes et faire ses promenades avec le plus grand nombre de chaussures! — CALL. : Qu'est-ce que cette histoire de chaussures? Tu t'entêtes à dire des balivernes! — SOCR. : Si pourtant ce n'est pas de ce genre de choses que tu veux parler, peut-être est-ce de celles-ci ? Par exemple, un cultivateur qui est intelligent pour ce qui concerne la terre, un homme accompli[1] en ce genre, peut-être est-ce justement lui qui doit avoir plus de semences qu'autrui et employer la plus grande quantité possible de semence pour sa propre terre ? — CALL. : Quelle insistance, Socrate, à dire toujours les mêmes choses ! — SOCR. : Non pas seulement les mêmes choses, Calliclès, mais à propos des mêmes questions ! *(a)* — CALL. : Grands Dieux ! franchement, tu n'en finis plus en vérité de toujours parler de cordonniers, de foulons, de cuisiniers et de médecins, comme si c'était de ces gens-là que nous avions à nous entretenir[2] ! —

*c) ni l'inflexible volonté de l'homme d'État, investi du pouvoir.*

SOCR. : Alors, toi, me diras-tu à propos de quelles choses celui qui est plus fort ainsi que plus intelligent, est justifié, s'il a plus que les autres, à avoir ainsi sur eux le dessus ? Persisteras-tu, et à ne pas supporter mes suggestions, et à refuser de parler toi-même ? — CALL. : Mais c'est ce que je fais, depuis longtemps même ! En premier lieu, quand je parle des plus forts, de ceux qui le sont, ce n'est pas de cordonniers que je parle, non plus que de cuisiniers, *(b)* mais de ceux qui seront intelligents pour administrer les affaires de l'État, quelle que puisse être d'ailleurs la manière dont ils y réussissent[3] ; de plus, non pas seulement intelligents, mais virilement énergiques : ainsi pleinement capables de mener à bonne fin les desseins qu'ils ont conçus, hommes à qui la mollesse de leur âme ne fait pas perdre courage ! — SOCR. : Vois-tu bien, excellent Calliclès, que ce ne sont pas les mêmes choses dont tu m'accuses et dont moi je t'accuse ? Toi en effet tu prétends que je dis toujours pareil, et tu m'en blâmes ; moi, tout au contraire, je te blâme de ne jamais dire pareil sur les mêmes objets : *(c)* tantôt tu définis ceux qui valent davantage : les plus forts, comme étant les plus robustes ; mais, une autre fois, comme les plus intelligents ; et maintenant, voici que tu arrives muni d'un autre qualificatif encore : les plus forts, ceux qui valent davantage, sont, à t'entendre, certains hommes qui ont plus de virile énergie. Eh bien ! mon bon, tire-toi de là, en nous disant quels peuvent bien être ces hommes dont tu dis qu'ils valent davantage, qu'ils sont plus forts, et apprends-nous eu égard à quoi. — CALL. : Mais en vérité je te l'ai dit! Ce sont ceux qui ont, eu égard aux affaires de l'État, intelligence et énergie : voilà en effet à qui il appartient *(d)* de posséder l'autorité dans l'État, et c'est justice que ceux-là aient plus que les autres : ceux qui commandent, plus que ceux qui sont commandés. —

*C) Analyse de la notion d'autorité : sur autrui ou sur soi ?*
*a) La thèse de Calliclès : le libre jeu des passions.*

SOCR. : Mais quoi? par rapport à eux-mêmes, qu'est-ce qui est justice, camarade? qu'ils commandent ou soient commandés[1]? — CALL. : Que veux-tu dire? — SOCR. : Je veux parler de l'autorité que chacun, individuellement, a sur lui-même. Ou bien n'y a-t-il nul besoin qu'on ait de l'autorité sur soi-même, tandis qu'on a besoin d'en avoir sur les autres? — CALL. : Qu'entends-tu par avoir de l'autorité sur soi-même? — SOCR. : Je n'entends rien de compliqué, mais quelque chose comme cette autorité sur ses propres plaisirs et ses propres passions, qui, aux yeux de la foule, caractérise un homme sage ayant la maîtrise de soi. *(e)* — CALL. : Que tu me plais, Socrate! Ces sages dont tu parles, ce sont les imbéciles! — SOCR. : Comment en effet ne seraient-ce pas eux[2]? Il n'y aurait personne pour ne pas reconnaître que c'est des imbéciles que je parle! — CALL. : Eh oui! personne, Socrate, personne absolument! Car comment serait-on heureux, quand on est esclave de qui que ce soit? Mais ce qui selon la nature est beau et juste, c'est ce que j'ai la franchise de te dire à présent : que celui qui veut vivre droitement sa vie, doit, d'une part, laisser les passions qui sont les siennes être les plus grandes possibles, et ne point les mutiler; être capable, d'autre part, de mettre au service de ces passions, qui sont aussi grandes que possible, *(a)* les forces de son énergie et de son intelligence; bref, donner à chaque désir qui pourra lui venir la plénitude des satisfactions. Mais c'est, je pense, ce qui n'est pas possible à la plupart des hommes. Voilà pourquoi ils blâment les gens de cette trempe; la honte les pousse à dissimuler leur propre impuissance. Ils disent donc de la licence, que c'est une vilaine chose, réduisant en esclavage, tout ainsi que je le disais précédemment[3], les hommes qui selon la nature valent davantage et, impuissants eux-mêmes à procurer à leurs plaisirs un plein assouvissement, ils vantent la sage modération et la justice : *(b)* effet de leur manque de virilité ! Oui, en effet, pour ceux qui ont eu dès le principe l'avantage, ou d'être fils de rois, ou d'avoir été capables, par les ressources de leur propre naturel, de se procurer une autorité quelconque, soit tyrannie, soit souveraineté, pour ces hommes qu'y aurait-il véritablement de plus laid et de plus mal qu'une sage modération ? Eux, à qui il est loisible, sans aucune entrave, de jouir de tout ce qui est bon, ils iraient se donner à eux-mêmes pour maître ce qui est décrété, formulé, condamné[1] par la multitude ? Et comment cela ne ferait-il pas leur malheur, *(c)* d'être soumis à cette beauté qui est celle de la justice et de la sage modération, de ne pas faire à leurs propres amis la part plus belle qu'à leurs ennemis, et cela alors que l'autorité leur appartient dans la cité qui est la leur ? Eh bien ! voici ce qu'il en est selon cette vérité, Socrate, que tu prétends poursuivre[2] : sensualité, licence, liberté sans réserve, voilà, quand ne fait pas défaut ce qui y concourt, voilà la vertu et le bonheur ! Quant au reste, quant à ces beaux dehors et à ces conventions humaines qui sont en opposition avec la nature, ce n'est que du verbiage et cela n'a aucune valeur ! *(d)* —

*b) République de Socrate.*

*α) L'insatiabilité étant essentielle au désir, le choix est entre l'ascétisme ou la modération.*

Socr. : Ce n'est certes pas sans vaillance, Calliclès, que tu gardes ton franc-parler dans l'assaut que tu livres à ma thèse : tu viens en effet d'exprimer clairement ce que sans doute pensent les autres, mais qu'ils ne consentent pas à dire ! Aussi je te demande de ne te relâcher d'aucune manière, afin que, réellement, la façon dont il faut vivre devienne tout à fait manifeste. Et maintenant, dis-moi : les passions, tu prétends bien qu'il ne faut pas les mutiler, si l'on veut être ce qu'il faut être ; mais qu'on doit les laisser être aussi grandes que possible et leur ménager, d'une façon ou d'une autre, la plénitude de l'assouvissement ; *(e)* que c'est là ce qui constitue la vertu ? — Call. : C'est là ce que je prétends. — Socr. : Donc ce n'est pas à bon droit qu'on parle du bonheur des gens qui ne connaissent aucun besoin. — Call. : À ce compte en effet, les pierres, en vérité, jouiraient d'un bonheur sans égal, ainsi que les morts ! — Socr. : Mais la vie, au moins comme tu la conçois, est vraiment terrible; car ce ne serait point alors une surprise pour moi qu'Euripide eût dit vrai dans les vers que voici : *Qui sait si vivre ce n'est pas mourir, et si, d'un autre côté, mourir, ce n'est pas vivre*[1] *? (a)* Peut-être même en réalité sommes-nous morts ! C'est justement ce que j'ai déjà entendu soutenir par quelqu'un des Sages : à cette heure, disait-il, nous sommes morts, notre corps, *sôma,* est notre sépulcre, *sêma*[2], et cette partie de l'âme où sont les désirs est précisément de nature à se laisser séduire et retourner sens dessus dessous. C'est ce dont *un homme ingénieux, un Sicilien peut-être ou bien un Italique,* a fait, dit-on, une fable, dans laquelle, donnant au mot un croc-en-jambe, il a appelé « un tonneau, *pithos* », cette partie de l'âme, à cause de sa disposition à se laisser persuader, *pithanon,* de sa crédulité, et les gens déraisonnables, des hommes incapables de garder le secret; *(b)* appelant d'autre part « tonneau troué » cette partie de leur âme à laquelle appartiennent les désirs, la comparant, en raison de l'insatiabilité de leurs désirs, à ce qu'il y a de disloqué dans le tonneau et à son incapacité de ne pas laisser fuir ce qu'on y met[3]. Donc, tout au contraire de toi, Calliclès, ce personnage fait voir que, parmi ceux qui sont chez Hadès (par quoi il entend le domaine de l'invisible[4]), les plus malheureux, ce doit être ceux qui ne peuvent garder ce qu'ils ont reçu, portant l'eau à un tonneau troué avec un autre objet de même sorte : un crible percé de trous ! Par ce crible, *(c)* à ce que me disait mon narrateur, il entendait, paraît-il, l'âme; et, s'il a comparé l'âme en quelque sorte trouée, de ces hommes déraisonnables à un crible, c'est en tant qu'elle est incapable, par défiance et par oubli, de ne pas laisser fuir son contenu. Tout cela, j'en conviens, est passablement déconcertant; il est certain que cela met en lumière ce que j'ai l'intention de te faire voir, à condition que je sois capable de te convaincre d'échanger ta vie d'insatiabilité et d'incontinence contre celle qui se comporte d'une façon réglée, et de préférer une vie qui trouve suffisance et contentement dans ce qui lui est à chaque fois présent ! *(d)* Ai-je un peu réussi à te convaincre, à la place de ce que tu crois, que les gens bien réglés sont plus heureux que ceux qui ne connaissent point de règle ? Ou bien, même si je te contais beaucoup d'autres pareilles fables, t'obstinerais-tu à ne pas changer d'avis ? — CALL. : C'est ce que tu viens de dire qui est le plus vrai, Socrate ! —

SOCR. : Voyons donc ! Je vais t'exposer une autre comparaison, qui procède des mêmes pratiques[1] que celle d'à présent. Examine si, en présence de l'homme sage et de l'homme incontinent, tu tiendras sur la vie de chacun des deux un langage tel que celui-ci ? De ces deux hommes, chacun aurait plusieurs tonneaux : *(e)* l'un d'eux, des tonneaux en bon état et bien remplis, celui-ci de vin, celui-là de miel, un troisième de lait, et beaucoup d'autres encore, pleins d'une grande quantité de ces choses ; il aurait, d'autre part, des liquides rares et, de chacun d'eux, ceux qu'il est difficile de se procurer, au prix même de beaucoup de pénibles difficultés ; celui-là donc, une fois ses tonneaux remplis, n'aurait plus rien à y verser, il ne s'en occuperait plus, mais il aurait à leur sujet pleine tranquillité. Le second, de son côté, aurait, tout comme le premier, des liquides qu'il est possible de se procurer, quoique avec difficulté ; mais, ses récipients étant troués et pourris, il serait, nuit et jour, sans cesse forcé de les remplir ; *(a)* autrement, il aurait les pires souffrances à souffrir ! Telles étant les conditions de vie de chacun de ces deux hommes, soutiens-tu que celle de l'homme déréglé soit plus heureuse que celle de l'homme sage ? En parlant ainsi, est-ce que je te convaincs un peu de convenir avec moi que la vie sage est supérieure à la vie déréglée ? ou bien est-ce que je ne te convaincs pas ? — CALL. : Tu ne me convaincs pas, Socrate ! Pour celui en effet qui a fait son plein, il n'y a plus aucun plaisir. C'est tout au contraire ce que j'appelais tout à l'heure[2] vivre comme une pierre, ne connaissant désormais, une fois qu'il aurait rempli ses tonneaux, *(b)* ni joie, ni peine. Ce en quoi réside au contraire l'agrément de la vie, c'est l'afflux le plus abondant possible ! — SOCR. : Mais en vérité, si l'afflux est abondant, n'est-il pas forcé que le départ aussi soit abondant, et que, pour l'échappement, il y ait de grands trous ? — CALL. : Hé ! absolument. — SOCR. : Cette fois, ce n'est pas l'existence d'un mort, non plus que d'une pierre, que tu allègues : c'est une existence de pluvier[3] ! Dis-moi encore ceci : tu parles bien de quelque chose comme d'avoir faim, et, quand on a faim, de manger? — CALL. : Bien sûr! *(c)* — SOCR. : Et aussi comme d'avoir soif et, quand on a soif, de boire? — CALL. : J'en parle! et d'avoir aussi les autres désirs, tous sans exception; et, étant capable de les assouvir, de vivre heureusement dans la jouissance! —

*β) Il faut distinguer entre les désirs comme entre les plaisirs :*

SOCR. : Ah! parfait, ô le meilleur des hommes! Continue en effet, comme tu as commencé et garde-toi de céder au respect humain! Mais, à ce qu'il semble, je dois ne pas y céder non plus... Allons! commence[1] par me dire si, pour qui a la gale et a envie de se gratter, c'est vivre heureusement que de copieusement se gratter et de continuer à se gratter? — *(d)* CALL. : Quelle extravagance, Socrate! Tes façons sont tout bonnement celles d'un orateur populaire[2]! — SOCR. : Ah! voilà donc pourquoi j'ai troublé si profondément Pôlos et Gorgias et leur ai fait avoir du respect humain! Mais toi, il n'y a pas à craindre que tu te laisses troubler, pas davantage que tu aies du respect humain; car tu es énergique et viril! Allons! réponds seulement à ma question... — CALL. : Eh bien! j'affirme que, même à se gratter ainsi, on vivrait agréablement. — SOCR. : Alors, s'il est vrai que ce soit agréablement, c'est heureusement aussi? — CALL. : Hé! absolument. *(e)* — SOCR. : Est-ce seulement si c'est à la tête qu'on a envie de se gratter? ou bien dois-je encore te poser quelque autre question[3]? Vois, Calliclès, ce que tu répondras si l'on te pose les questions, toutes sans exception, consécutives à celle-là, et, ce qui, en un tel ordre de matières, est le point capital, si l'on te pose la question que voici : la vie de l'ignoble débauché, cette vie n'est-elle pas abominable, laide, malheureuse? Ou bien auras-tu l'audace de dire qu'il est heureux, à condition d'avoir largement à soi ce qu'il convoite? — CALL. : Tu n'as point honte, Socrate, de conduire la discussion sur un pareil terrain? — SOCR. : Est-ce bien moi qui l'y mène? N'est-ce pas plutôt celui qui, sans vergogne, affirme ainsi que jouir, quelle que soit la jouissance, c'est être heureux, *(a)* et qui, parmi les plaisirs, ne distingue pas en qualité ceux qui sont bons et ceux qui sont mauvais?

*la qualité des plaisirs.* Dis-moi cependant si, à cette heure encore[1], tu affirmes l'identité de l'agréable avec le bon; ou bien si, parmi les choses agréables, il n'y en a pas qui ne sont point une bonne chose? — CALL.: Eh bien donc! pour que mon langage ne soit pas en désaccord avec mon sentiment si je dis qu'ils sont distincts, j'affirme leur identité. — SOCR.: Tu mets à mal, Calliclès, ce qui a été dit premièrement[2], et, si vraiment tu dois parler d'une façon contraire à ce que tu penses, il te sera impossible de soumettre, en commun avec moi, les choses à l'examen de ce qu'elles valent! *(b)* — CALL.: Effectivement, tu le mets à mal, toi aussi, Socrate! — SOCR.: Eh bien! s'il est vrai que je fasse cela, je n'ai pas raison de le faire; ni toi non plus. Réfléchis cependant, bienheureux Calliclès, que ce n'est peut-être pas le seul fait de jouir qui constitue le bien; car, s'il en est ainsi, la conséquence en est visiblement cette foule d'actions auxquelles tout à l'heure[3] je faisais une discrète allusion, actions honteuses, et bien d'autres encore. — CALL.: Au moins à ce que tu te figures, Socrate! — SOCR.: Mais toi, Calliclès, t'acharnes-tu, réellement, à le prétendre? — CALL.: Oui, ma foi! *(c)* — SOCR.: Alors, mettons-nous donc à discuter, convaincus que tu parles sérieusement. — CALL.: Oui, tout ce qu'il y a de plus sérieusement. — SOCR.: Eh bien, voyons! puisque telle est ta pensée, explique-toi distinctement sur le point que voici: il y a bien, je suppose, quelque chose que tu appelles « savoir »? — CALL.: Mais oui! — SOCR.: Ne mentionnais-tu pas tout à l'heure[4], avec le savoir, une certaine énergie virile? — CALL.: Je la mentionnais en effet. — SOCR.: Mais n'était-ce pas avec l'idée que l'énergie virile est autre chose que le savoir, que tu parlais de ces deux choses? — CALL.: Oui, absolument. — SOCR.: Mais quoi? Plaisir et savoir, est-ce la même chose, ou bien se distinguent-ils? — CALL.: Sans doute se distinguent-ils, ô toi, *(d)* parangon de sagesse! — SOCR.: Et l'énergie virile est autre chose que le plaisir? — CALL.: Comment le nier, en effet? — SOCR.: Voyons donc à nous souvenir plus tard de ceci: Calliclès, du dème Acharnes, soutient, d'une part, que plaisir et bien sont identiques, et, d'autre part, que savoir et énergie virile se distinguent, à la fois, l'un de l'autre, et, en outre, du bien. — CALL.: Et, de son côté, Socrate, du dème Alôpécè, nous accorde-t-il cela? ou bien ne l'accorde-t-il pas? *(e)* — Socr. : Il ne l'accorde pas! Mais Calliclès non plus ne l'accorde pas, j'imagine, quand il lui arrive de se donner lui-même, correctement, en spectacle à lui-même!

*γ) mais le plaisir n'est pas identique au bien, mesure des valeurs, ni la peine, au mal.*

En effet, dis-moi, les gens qui ont du bonheur ne sont-ils pas dans un état qui s'oppose à l'état de ceux qui ont du malheur? — Call. : Ma foi, oui! — Socr. : En ce cas, s'il est vrai que ces états s'opposent entre eux, n'en est-il pas forcément, à leur sujet, comme il en est de la bonne santé et de la maladie? Car sans doute est-il impossible à l'homme d'être simultanément en bonne santé et en proie à la maladie, non plus que de se défaire simultanément de la bonne santé et de la maladie. — Call. : Comment l'entends-tu? — Socr. : Examine par exemple la question à propos, séparément, de telle partie du corps que tu voudras. *(a)* On peut être, je suppose, malade des yeux : ce qui a nom ophtalmie? — Call. : Comment en effet le nier? — Socr. : Sans doute n'est-il pas possible que les mêmes yeux, dans le même temps, soient en bonne santé? — Call. : Cela ne l'est d'aucune manière que ce soit! — Socr. : Mais quoi? S'il arrive qu'on se défasse de son ophtalmie, se défait-on alors aussi de la bonne santé de ses yeux? Et est-ce simultanément qu'on s'est à la fin défait de l'une et l'autre chose ensemble? — Call. : Pas le moins du monde! — Socr. : Ce serait miracle en effet, je pense, et en outre une absurdité, n'est-il pas vrai? *(b)* — Call. : Tout à fait vrai, même! — Socr. : Mais c'est, je pense, tour à tour, et qu'on prend, et qu'on perd chacun, séparément, de ces deux états. — Call. : D'accord! — Socr. : Et n'en va-t-il pas semblablement pour la force et pour la faiblesse? — Call. : Oui. — Socr. : Pour la vitesse et la lenteur? — Call. : Hé! absolument. — Socr. : Les biens aussi avec le bonheur, et leurs contraires, les maux, avec le malheur, est-ce que ce n'est pas tour à tour qu'on prend chacun de ces deux contraires, séparément, et qu'on s'en défait? — Call. : Cela n'est point douteux! *(c)* — Socr. : En conséquence, s'il nous arrive de découvrir certaines choses dont simultanément on se défait et que simultanément on possède, ces choses-là, au moins, c'est clair, ne sauraient être le bien non plus que le mal. Sommes-nous d'accord là-dessus ? Quand tu auras tout à fait bien considéré ce dont il s'agit, réponds-moi. — CALL. : Eh bien ! impossible d'en être d'accord plus que je ne le suis ! —

SOCR. : Allons ! reportons-nous donc à nos précédents points d'accord. Avoir faim, qu'en disais-tu[1] ? que c'est agréable, ou bien pénible ? Je veux parler de la faim en tant seulement que faim. — CALL. : À mon avis elle est pénible ; mais, à la vérité, manger quand on a faim est agréable. *(d)* — SOCR. : Je comprends. Quoi qu'il en soit, du moins le fait d'avoir faim, tout seul, est pénible ; ne l'est-il pas ? — CALL. : C'est ce que je dis. — SOCR. : Et aussi le fait d'avoir soif ? — CALL. : Oui, tout à fait. — SOCR. : Te poserai-je cependant encore d'autres questions ? Ou bien accordes-tu que, sans exception, tout manque, tout désir, est pénible ? — CALL. : Je l'accorde ; dispense-toi de poser d'autres questions. — SOCR. : Eh bien donc ! le fait, d'autre part, de boire quand on a soif, n'en dis-tu pas qu'il est agréable ? — CALL. : Mais oui ! — SOCR. : Or donc, en ce dont tu viens de parler, il y a sans doute cet élément de souffrance, qu'est le fait d'avoir soif ? *(e)* — CALL. : Oui. — SOCR. : D'un autre côté, le fait de boire, en même temps que remplissage d'un manque, est un plaisir ? — CALL. : Oui. — SOCR. : Alors, sous le rapport du fait de boire, il y a jouissance, dis-tu ? — CALL. : Au plus haut point ! — SOCR. : Et c'est quand on a soif ? — CALL. : D'accord ! — SOCR. : Éprouvant ainsi une souffrance ? — CALL. : Oui. — SOCR. : Mais alors, ne te rends-tu pas compte de la conséquence ? N'est-elle pas que, simultanément, tu dis qu'on souffre et qu'on jouit, quand tu parles de boire ayant soif ? Cela ne se produit-il pas simultanément, selon les mêmes lieu et temps, soit que tu les veuilles considérer dans l'âme ou bien dans le corps ? C'est en effet, je pense, indifférent. Est-ce ainsi, ou non, qu'il en est ? — CALL. : C'est ainsi. — SOCR. : Mais assurément il est impossible, tu le déclares[2], que celui qui a du bonheur ait simultanément du malheur. — CALL. : Je le déclare en effet. *(a)* — SOCR. : Or tu viens d'accorder qu'il est possible, pendant qu'on a du désagrément, d'éprouver une jouissance ? — CALL. : Évidemment. — SOCR. : Ce n'est donc pas le fait d'éprouver une jouissance qui nous fait avoir du bonheur, non plus que le fait d'éprouver un désagrément, avoir du malheur; en sorte que voici l'agréable distinct du bien! — CALL. : Je ne sais vraiment quelles subtilités tu imagines, Socrate! — SOCR. : Tu le sais fort bien, Calliclès, mais tu fais mine de ne pas le savoir[1]! Continue du moins d'avancer[2], afin que tu saches combien tu es sage de me gronder! *(b)* N'est-ce pas simultanément que chacun de nous cesse de souffrir de la soif, et simultanément que, par l'action du boire, il cesse d'éprouver du plaisir? — CALL. : Je ne sais ce que tu veux dire! — GORG. : Pas de ça, Calliclès! Réponds plutôt, ne serait-ce que dans notre intérêt, pour que la discussion se parachève! — CALL. : Mais, Gorgias, toujours Socrate est ainsi fait : il pose de menues questions, qui n'offrent que peu d'intérêt, et confond celui qu'il interroge! — GORG. : Que t'importe? En tout cas, Calliclès, c'est une appréciation qui n'est pas ton affaire. Laisse Socrate maître de confondre son interlocuteur de la façon qu'il lui plaira! *(c)* — CALL. : Ces questions menues, ces questions mesquines, pose-les-moi donc, puisque aussi bien Gorgias en juge ainsi! —

SOCR. : Tu es un heureux homme, Calliclès, d'avoir été initié aux Grands Mystères avant de l'être aux Petits! Je ne croyais pourtant pas que ce fût chose permise[3]. Mais réponds-moi, en reprenant du point où tu as abandonné la partie[4] : n'est-ce pas simultanément que chacun de nous cesse de souffrir de la soif et d'éprouver du plaisir à boire? — CALL. : D'accord! — SOCR. : Mais, pour la faim comme pour les autres désirs, à leur cessation celle des plaisirs correspondants n'est-elle pas simultanée? — CALL. : C'est cela. — SOCR. : Mais alors, peines aussi bien que plaisirs ne cessent-ils pas simultanément? *(d)* — CALL. : Oui. — SOCR. : Il est certain pourtant qu'il n'y a pas, des biens et des maux, cessation simultanée : tu l'accordais[5]; est-ce qu'à présent tu ne l'accordes plus? — CALL. : Mais si! Et puis après? — SOCR. : Après? C'est que, mon cher, entre ce qui est bon et ce qui est agréable il n'y a plus identité, non plus qu'entre ce qui est mauvais et ce qui est désagréable; car, de l'agréable et du désagréable, il y a cessation simultanée, mais non du bon et du mauvais, attendu que ce sont des termes hétérogènes : comment, dans ces conditions, identifier l'agréable avec le bon ou le désagréable avec le mauvais? D'autre part[6], si tu veux bien, envisage encore la question sous le jour que voici : sous ce jour encore, je ne crois pas non plus qu'il y ait accord avec ta conception. *(e)* Or, fais-y réflexion, n'est-ce pas en raison de la présence en eux de choses bonnes que tu appelles bons les gens de bien, tout ainsi que tu appelleras beaux ceux en qui il y aura de la beauté? — CALL. : C'est ce que je fais. — SOCR. : Mais quoi? Les hommes inintelligents et lâches, les appelles-tu gens de bien? Tout à l'heure en effet tu ne le faisais pas, mais ce sont, disais-tu, ceux qui ont énergie virile et intelligence[1]; ne sont-ce pas ceux-là que tu appelles bons? — CALL. : Hé! absolument. — SOCR. : Mais quoi? N'as-tu pas déjà vu se réjouir un enfant, être dénué d'intelligence? — CALL. : Oui, ma foi! *(a)* — SOCR. : Et tu n'as pas encore vu se réjouir un homme mûr sans intelligence? — CALL. : Je crois en avoir vu. Mais à quoi cela rime-t-il? — SOCR. : À rien; réponds cependant. — CALL. : J'en ai vu. — SOCR. : Mais quoi? As-tu vu avoir de la peine et se réjouir un homme qui a de la réflexion? — CALL. : D'accord. — SOCR. : Or, quels sont ceux qui se réjouissent ou se peinent davantage? Les intelligents ou les inintelligents? — CALL. : Je ne crois pas pour ma part qu'il y ait grande différence. — SOCR. : Eh bien! ceci même suffit. Mais, à la guerre, as-tu déjà vu un homme lâche? — CALL. : Comment n'en aurais-je pas vu? — SOCR. : Or çà, dis-moi, quand l'ennemi recule, quels sont, à ton avis, ceux qui s'en réjouissent le plus? les lâches ou les braves? — CALL. : Aussi bien les uns que les autres, ils s'en réjouissent davantage[2]; *(b)* ou, si ce n'est pas davantage, au moins dans une mesure très voisine. — SOCR. : C'est indifférent : toujours est-il que les lâches se réjouissent, eux aussi? — CALL. : Et même grandement! — SOCR. : Les inintelligents aussi, probablement? — CALL. : Oui. — SOCR. : Mais, quand l'ennemi avance, n'y a-t-il que les lâches à en avoir de la peine? Ou bien aussi les braves? — CALL. : Les uns comme les autres. — SOCR. : Sera-ce de façon semblable? — CALL. : Probablement les lâches, davantage. — SOCR. Mais ne se réjouissent-ils pas davantage lorsque l'ennemi recule? — CALL. : C'est probable! — SOCR. : Donc, d'après ce que tu dis, se peinent et se réjouissent en une mesure très voisine les inintelligents et les intelligents, les lâches et les braves, *(c)* les lâches cependant davantage que les braves ? — Call. : D'accord. — Socr. : Mais n'est-il pas certain que les intelligents et les braves sont bons, tandis que sont mauvais les inintelligents et les lâches ? — Call. : Oui. — Socr. : En conséquence, n'est-ce pas dans une mesure très voisine que se réjouissent et que se peinent les bons et les mauvais ? — Call. : D'accord. — Socr. : Mais alors, les bons comme les mauvais ne sont-ils pas, dans une mesure très voisine, bons et mauvais ? peut-être même les mauvais sont-ils bons un peu davantage encore[1] ! *(d)* —

Call. : Mais, par Zeus ! je ne sais pas ce que tu veux dire ! — Socr. : Tu ne sais pas que, d'après tes propres déclarations[2], les bons sont bons par la présence de choses bonnes, et les mauvais, par la présence de choses mauvaises ? Or, selon toi, les choses bonnes, ne sont-ce pas les plaisirs, et les désagréments, les choses mauvaises ? — Call. : C'est bien mon avis ! — Socr. : Donc, chez ceux qui se réjouissent, sont présentes, du moment qu'ils se réjouissent, les choses bonnes, à savoir les plaisirs ? — Call. : Comment en effet le nier ? — Socr. : Or, les choses bonnes leur étant présentes, ne sont-ils pas bons, ceux qui se réjouissent ? — Call. : Oui. — Socr. : Mais quoi ? Chez ceux qui sont en proie au désagrément, ne sont-elles pas présentes les choses mauvaises, à savoir les peines ? — Call. : Elles leur sont présentes. *(e)* — Socr. : Or, c'est bien, d'après toi, par la présence de choses mauvaises que sont mauvais ceux qui sont mauvais ? Ou bien cesses-tu de l'affirmer ? — Call. : Je l'affirme. — Socr. : Donc, on est bon quand on se réjouit, mauvais quand on est en proie au désagrément ? — Call. : Hé ! absolument. — Socr. : Et on est davantage l'un ou l'autre, quand il y a davantage de joie ou de peine ; moins, quand c'est moins ; dans la même mesure, si c'est dans la même mesure ? — Call. : Oui. — Socr. : Or, c'est, dis-tu[3], dans une mesure très voisine que se peinent et se réjouissent les intelligents et les non intelligents, les lâches et les braves ? ou même les lâches, encore davantage ? — Call. : Je le dis. — Socr. : Dès lors, récapitule, en commun avec moi, quelle est la conséquence de nos accords ; *(a)* car les belles choses, il est beau, dit-on, de les énoncer et de les considérer deux et trois fois ! Celui-là est bon qui est intelligent et vaillant, ne le disons-nous pas en effet ? —

CALL. : Oui. — SOCR. : Mauvais d'autre part, celui qui est inintelligent et lâche ? — CALL. : Hé! absolument. — SOCR. : Et bon, disons-nous encore, celui qui se réjouit ? — CALL. : Oui. — SOCR. : Mauvais au contraire, celui qui a du désagrément ? — CALL. : C'est forcé. — SOCR. : Et, d'autre part, que semblablement se réjouissent et ont du désagrément les bons et les mauvais, mais probablement encore davantage les mauvais ? — CALL. : Oui. — SOCR. : Mais alors, le mauvais ne devient-il pas mauvais et bon, semblablement au bon, *(b)* ou même bon davantage ? N'est-ce pas à cette conséquence qu'on arrive, ainsi qu'aux conséquences précédentes[1], quand on prononce qu'il y a identité entre l'agréable et le bon ? Cette conséquence n'est-elle pas nécessaire, Calliclès ? —

*δ) Le bien ne s'identifie pas non plus à l'utile.*

CALL. : Voilà longtemps, Socrate, que je t'écoute, en te faisant les concessions que m'inspire la pensée que, quoi qu'on t'accorde, fût-ce en manière de jeu, tu t'en saisis aussitôt joyeusement, à la manière des jouvenceaux! Tu fais véritablement comme si, à ton idée, moi ou n'importe qui d'autre, nous ne tenions pas certains plaisirs pour meilleurs, d'autres, pour pires. *(c)* — SOCR. : Bravo, Calliclès! Que tu es donc malin d'en user avec moi comme avec un petit gamin, disant des mêmes choses tantôt qu'il est comme ceci, et tantôt comme cela, cherchant ainsi à m'abuser! Je ne croyais pas pourtant, au début, devoir être intentionnellement abusé par toi, attendu que tu es mon ami! Or, voilà que j'ai été ta dupe, et, vraisemblablement, force m'est, à présent, selon le vieux dicton, de faire bonne figure à ce qui se présente et, sur ce que tu me donnes, de ne pas me montrer difficile! Ainsi donc voici, à ce qu'il semble, ce que tu dis maintenant : c'est qu'il y a des plaisirs qui sont bons et des plaisirs qui sont mauvais : est-ce bien cela ? — CALL. : Oui. *(d)* — SOCR. : Mais ceux qui sont bons, sont-ils ceux qui sont utiles, et les mauvais, ceux qui sont dommageables ? — CALL. : Hé! absolument. — SOCR. : Or, les plaisirs dont l'effet est de produire quelque bien ne sont-ils pas ceux qui sont utiles ? et ceux qui produisent du mal, les mauvais plaisirs ? — CALL. : D'accord! — SOCR. : Mais ainsi entends-tu parler de ces sortes de plaisirs dont le corps nous fournissait tout à l'heure[2] des exemples, dans le manger et dans le boire ? Entre ces plaisirs, ceux qui produisent dans le corps la bonne santé, ou la force, ou telle autre excellence corporelle, ne sont-ce pas ceux-là qui sont bons, et mauvais ceux qui produisent les effets opposés ? — CALL. : Hé ! absolument. *(e)* — SOCR. : Or, pareillement aussi pour les douleurs, ne sont-elles pas, les unes bienfaisantes, les autres, fâcheuses ? — CALL. : Comment le nier en effet ? — SOCR. : Or, plaisirs aussi bien que douleurs, ce sont ceux qui sont bienfaisants qu'il faut choisir et pratiquer ? — CALL. : Hé ! absolument — SOCR. : Et non ceux qui sont de fâcheuse sorte ? — CALL. : C'est bien clair. — SOCR. : C'est en effet en vue des bonnes choses que, si tu t'en souviens, nous jugeâmes, Pôlos et moi[1], qu'on doit tout faire, tout sans exception. Partages-tu, toi aussi, cette opinion, que le bien est, sans exception, la fin de tous nos actes et que c'est en vue de lui que tout le reste doit être fait, *(a)* mais non pas le bien en vue du reste ? Un troisième suffrage, le tien, se joindra-t-il aux nôtres ? — CALL. : Entendu ! — SOCR. : Alors, c'est donc en vue des choses bonnes qu'on doit tout faire, y compris celles qui sont agréables, mais non les bonnes en vue des agréables ? — CALL. : Hé ! absolument — SOCR. : Mais est-il au pouvoir de tout homme, de savoir choisir parmi les choses agréables quelles sont celles qui sont bonnes et quelles sont celles qui sont mauvaises ? Ou bien, pour chaque cas, a-t-on besoin d'un homme compétent ? — CALL. : Oui, d'un homme compétent. —

*Deux genres de vie : celle qui plaît et celle qui vaut.*

SOCR. : Ressouvenons-nous donc de ce que précisément je disais d'autre part à Pôlos et à Gorgias. Je leur disais en effet[2], si tu t'en souviens, *(b)* au sujet des activités organisatrices, que les unes poussent jusqu'au plaisir, n'organisant rien d'autre que cela même, ignorantes du meilleur et du pire ; que les autres, au contraire, connaissent ce qui est bon et ce qui est mauvais ; j'établissais en outre que, entre celles qui se rapportent aux plaisirs, la cuisine est un savoir-faire, mais non un art ; tandis que, entre celles qui se rapportent au bien, la médecine, elle, est un art. Au nom du Zeus de l'Amitié[3], Calliclès, abstiens-toi, de te croire obligé, par devers moi, de t'amuser, ne me réponds pas non plus au hasard de ta fantaisie, contrairement à ta pensée ; et ne va pas accueillir, de ton côté, mes propos comme ceux de quelqu'un qui s'amuse. *(c)* La question dont nous parlons, tu le vois en effet, n'est-elle pas celle de laquelle s'occuperait avec le plus de sérieux, même un homme qui a peu de réflexion : de savoir quelle doit être notre manière de vivre ? si ce doit être celle à laquelle tu me convies[1], qui consiste à se conduire comme se conduit un homme ; à prendre la parole dans l'Assemblée du Peuple, à pratiquer l'art oratoire, à m'acquitter des fonctions publiques de la façon dont vous autres, vous vous en acquittez présentement ? ou bien si c'est la vie que voici, celle de la philosophie ? et en quoi ce genre de vie peut bien différer de l'autre ? Or, le mieux est sans doute, ainsi que je l'ai naguère entrepris[2], de déterminer leurs caractères distinctifs, et, *(d)* une fois que par cette détermination nous nous serons mutuellement accordés sur le point de savoir s'il y a bien là deux genres de vie distincts, d'examiner, et en quoi ces deux genres diffèrent l'un de l'autre, et quel est celui des deux selon lequel il faut vivre. Mais peut-être ne sais-tu pas encore très bien ce que je veux dire. — CALL. : Certes non ! — SOCR. : Eh bien ! je m'en vais te l'exposer plus clairement. Du moment que, toi et moi, nous sommes tombés d'accord qu'il y a quelque chose qui est bien et quelque chose qui est agréable ; que l'agréable est distinct du bien ; que chacun des deux comporte, pour être acquis, une discipline et une organisation propres de l'activité, d'une part pour l'agréable, une chasse, *(e)* d'autre part, pour le bien... Mais, sur ce point même, commence par me donner ton assentiment, ou me le refuser ; le donnes-tu ? — CALL. : Je suis d'accord là-dessus. —

*Retour sur la flatterie,*

SOCR. : Poursuivons donc ! C'est, en outre, sur ce que je disais tout à l'heure[3] à Pôlos et à Gorgias, qu'il me faut ton consentement, pour savoir si, somme toute, ce que j'ai dit est vrai. Or, voici à peu près ce que je leur disais : que, selon moi, la cuisine n'est point un art, *(a)* mais un savoir-faire ; ce qui n'est pas le cas de la médecine. L'une en effet, c'est la médecine, a considéré la nature de l'objet auquel elle donne ses soins et la cause qui détermine sa propre action ; elle est en état de rendre raison de chacune de ses démarches. Quant à l'autre, celle qui a le plaisir pour objet et lui donne exclusivement tous ses soins, ma parole! elle y va d'instinct, sans examiner du tout, ni la nature du plaisir, ni sa cause; d'une manière entièrement irrationnelle, sans tenir compte exact, pour ainsi dire de la raison de rien; ne devant qu'à la routine et à l'expérience de sauvegarder un souvenir de ce qui a coutume de se produire[1]; *(b)* grâce à quoi elle procure les plaisirs! Ceci donc, commence par examiner si, à ton avis, on l'a exposé comme il fallait, et si, par rapport à l'âme, il existe d'autres semblables emplois de l'activité : les uns ayant un caractère d'art, possédant quelque pouvoir de prévision touchant ce qui est le meilleur par rapport à l'âme; les autres, peu soucieux de ce meilleur, n'ayant, au rebours, d'autre objet de considération, comme dans le cas du corps, que le plaisir de l'âme; que de savoir par quel moyen pourra se produire pour elle ce plaisir; sans considérer parmi ces plaisirs lequel est meilleur et lequel est pire; sans avoir cure de rien d'autre que de la jouissance; *(c)* meilleur ou pire, peu leur importe. Ces façons d'employer notre activité, elles existent en fait, selon moi, Calliclès, et, pour mon compte c'est une pareille chose que je déclare être une flatterie, eu égard au corps aussi bien qu'à l'âme, et à tout ce à l'égard de quoi le plaisir peut être l'objet des soins de quelqu'un qui se comporte inconsidérément par rapport à ce qui vaut davantage ou vaut moins. Eh bien! est-ce que ton suffrage à toi se joint au nôtre et opines-tu de même là-dessus? ou bien te prononces-tu en sens contraire? — CALL. : Non, je ne le fais pas; j'en conviens au contraire, afin seulement de te permettre de parachever la discussion et de faire plaisir à Gorgias[2]! *(d)* — SOCR. : Or, est-ce à l'égard d'une seule âme que cela est possible? ou ne l'est-ce pas à l'égard de deux et de plusieurs? — CALL. : Non, mais à l'égard de deux et d'un grand nombre. — SOCR. : Alors, il est possible aussi de faire simultanément plaisir à une assemblée d'âmes, sans considérer en rien ce qui est le meilleur? — CALL. : Quant à moi, je le pense. —

*quand elle s'adresse au public (poésie et éloquence).*

SOCR. : Or, es-tu à même de dire quelles sont les pratiques qui ont cet effet? Mais plutôt, si tu veux bien, quand, en réponse à mes questions, tu jugeras de telle pratique qu'elle est dans ce cas, approuve; désapprouve dans le cas contraire. *(e)* Commençons notre examen par l'exemple d'une audition de flûte. Ne te semble-t-il pas que ce soit un cas de ce genre, Calliclès ? que ce qu'on poursuit alors, ce soit uniquement le plaisir, sans avoir souci de rien d'autre ? — CALL. : C'est aussi mon avis. — SOCR. : Mais de même pour toutes les auditions de ce genre indistinctement : ainsi pour les exécutions de cithare, elles qui ont lieu dans les concours[1] ? — CALL. : Oui. — SOCR. : Mais quoi ? Un cas analogue n'est-il pas, à tes yeux, celui de l'instruction préparatoire des chœurs pour les représentations dramatiques, celui de la poésie dithyrambique[2] ? Estimes-tu que Cinésias, le fils de Mélès, se préoccupe de dire quelque chose d'où il puisse résulter une amélioration chez ceux qui l'écoutent ? *(a)* ou ce qu'il veut, n'est-ce pas plutôt de plaire à la foule des spectateurs ? — CALL. : Voilà enfin qui est manifeste, Socrate, au moins en ce qui concerne Cinésias ! — SOCR. : Mais quoi ? Mélès, son père, avait-il en vue, à ton avis, ce qui vaut le mieux, quand de la cithare il accompagnait son chant ? Peut-être le gaillard n'avait-il même pas en vue le plus agréable ! Car son chant ennuyait l'auditoire. Au reste, tu n'as qu'à réfléchir : n'est-ce pas en vue du plaisir que, à ton avis, a été tout entier inventé le chant accompagné par la cithare, ainsi que la poésie dithyrambique ? — CALL. : C'est bien mon avis. *(b)* — SOCR. : Que dire maintenant de ce à quoi s'applique[3] cette auguste et admirable poésie qui est celle de la tragédie ? L'unique objet de son entreprise et de son application est-il, comme c'est mon opinion, de donner du plaisir aux spectateurs ? Ou bien, dans le cas où quelqu'un de ses propos leur est agréable et a leur faveur, mais leur est funeste, a-t-elle à cœur de ne point le prononcer ? de le dire au contraire et de le chanter, s'il se trouve leur être désagréable, mais utile, sans s'inquiéter que cela leur plaise ou non ? Laquelle de ces deux méthodes est, selon toi, pratiquée par la poésie tragique ? *(c)* — CALL. : Manifestement, Socrate, c'est au plaisir qu'elle tend surtout, et à obtenir la faveur du public. — SOCR. : Mais n'est-ce donc pas quelque chose de ce genre que tout à l'heure nous disions être une flatterie ? — CALL. : Hé ! absolument. — SOCR. : Ne nous arrêtons donc pas ! Supposons que, de toute poésie, on retranche l'accompagnement musical, le rythme, la cadence du vers, ce qui resterait désormais, ne seraient-ce point les paroles? — CALL. : Forcément. — SOCR. : Mais ces paroles ne s'adressent-elles pas à une foule nombreuse et à un public? — CALL. : D'accord! *(d)* — SOCR. : La poésie est donc une éloquence publique? — CALL. : Évidemment! — SOCR. : Elle serait donc une éloquence publique ressortissant à l'art oratoire; n'est-ce pas œuvre d'orateurs que les poètes, à ton avis, font dans les théâtres? — CALL. : C'est bien mon avis. — SOCR. : Nous avons donc à présent découvert un art oratoire qui s'adresse à un public susceptible de comprendre, tout ensemble, des enfants, des femmes, des hommes, des esclaves aussi bien que des hommes libres[1] : un art oratoire que nous n'aimons guère, car il est, affirmons-nous, une sorte de flatterie. — CALL. : Hé! absolument. —

*Rhétorique et politique : première attaque contre les hommes d'État d'Athènes.*

SOCR. : Eh bien! Et cet art oratoire qui s'adresse au peuple d'Athènes *(e)* et aux autres, à ceux des autres cités, peuples d'hommes libres, que peut-il bien être à nos yeux? Est-ce que, à ton avis, les orateurs parlent dans tous les cas en ayant égard à ce qui vaut le mieux, se proposant comme but de rendre, grâce à leurs discours à eux, les citoyens les meilleurs possible? Ou bien est-ce que, eux aussi, entreprenant de faire plaisir aux citoyens, portés par le souci de leur intérêt personnel à se peu soucier de l'intérêt commun, ils ont avec le peuple les mêmes façons de faire qu'avec des enfants, *(a)* s'efforçant uniquement de lui faire plaisir, sans se préoccuper aucunement de savoir si, par cette méthode, ils le rendront en vérité meilleur ou pire? — CALL. : Ce n'est encore pas une question simple que tu me poses : il y en a en effet, parmi les orateurs, qui, en disant ce qu'ils disent, s'inquiètent de leurs concitoyens, et il y en a d'autres qui sont tels que tu les peins. — SOCR. : Cela suffit! Car, si là encore il y a une dualité, c'est que, avec l'un des aspects de ce dont il s'agit, nous devons, je pense, avoir affaire à une éloquence politique qui est une flatterie et qui est laide; tandis qu'est belle, l'autre forme, celle qui consiste à tout mettre en œuvre pour que soient à l'avenir le plus belles possible les âmes des citoyens, à mettre toujours tout en œuvre pour dire ce qui vaut le mieux ; peu importe si ce doit être à l'auditoire plus agréable ou plus désagréable. *(b)* Mais toi, cette forme de l'art oratoire, jamais tu ne l'as vue ! Ou bien, si tu es à même de me nommer un orateur qui soit de cette sorte, allons, parle-m'en, dis-moi qui c'est. — CALL. : Mais, par Zeus ! au moins parmi les orateurs d'aujourd'hui, je ne suis pas à même, pour ma part, de t'en citer aucun ! — SOCR. : Qu'est-ce à dire ? Parmi ceux du passé, es-tu à même d'en citer un, aux discours duquel les Athéniens aient dû d'être devenus meilleurs après qu'il eut commencé de leur parler en public, et alors qu'ils étaient pires auparavant ? *(c)* Qui est-il, celui-là ? Moi, je n'en sais rien ! — CALL. : Qu'est-ce à dire ? Du grand homme que fut Thémistocle, tu n'as jamais entendu parler ! ni de Cimon, ni de Miltiade ! ni de Périclès, mort depuis peu et que tu as toi-même écouté[1] ! — SOCR. : En vérité, Calliclès, si c'est une authentique excellence, celle dont tu parlais auparavant[2], à savoir, d'assouvir les désirs, aussi bien ceux d'autrui que les siens propres ; si d'un autre côté il n'en est point ainsi, mais (ce dont précisément nous fûmes contraints de convenir dans la suite de l'entretien) que, parmi les désirs, il y en ait qui, satisfaits, rendent l'homme meilleur, et que ceux-là soient à réaliser, *(d)* mais non pas ceux qui le rendent pire ; que, enfin, ce soit là l'objet d'un art[3], alors je ne vois pas, pour mon compte, quel langage tenir ! — CALL. : Mais tu trouveras, à condition de chercher comme il faut ! —

*Importance capitale de l'ordre, de l'arrangement, de la proportion.*

SOCR. : Voyons donc[4], en considérant la chose comme cela, bien de sang-froid, si l'un de ceux dont tu as parlé a été tel que tu dis. Prends-y garde en effet : l'homme de bien, celui qui vise au meilleur quand il dit ce qu'il dit, n'est-ce pas la vérité qu'il ne parlera point au hasard, mais ayant les yeux fixés sur un objet précis ? C'est le cas, par ailleurs, de tous les professionnels : chacun, ayant les yeux fixés sur l'ouvrage qui est le sien, *(e)* ne choisit pas au hasard, pour l'appliquer à l'ouvrage qui est le sien[5], ce qu'en fait il y applique, mais il fait cela de façon que l'œuvre qu'il réalise possède une forme bien définie. Tu peux, à ton choix, envisager l'exemple des peintres, celui des architectes, des constructeurs de bateaux, de tous les autres professionnels, celui d'entre eux que tu voudras : chacun d'eux se propose un certain ordre quand il met à sa place chacune des choses qu'il a à placer, et il contraint l'une à être ce qui convient à l'autre, à s'ajuster à elle, *(a)* jusqu'à ce que l'ensemble constitue une œuvre qui réalise un ordre et un arrangement. De même assurément le reste des professionnels : ainsi ceux que nous alléguions tout à l'heure[1], praticiens qui s'occupent du corps, maîtres de gymnase aussi bien que médecins, donnent en quelque sorte au corps un arrangement et un ordre de composition. Oui ou non, sommes-nous d'accord qu'il en est ainsi ? — Call. : Mettons qu'il en soit ainsi. — Socr. : Dans ces conditions, une maison qui réalise ordre et arrangement doit être une maison bonne à habiter, tandis qu'est mauvaise, celle qui manifeste une absence d'ordre ? — Call. : D'accord. — Socr. : Mais n'en est-il pas pareillement pour un bateau ? *(b)* — Call. : Oui. — Socr. : N'en dirons-nous pas, bien sûr, autant des corps, je veux dire de nos corps ? — Call. : Hé! absolument. — Socr. : De l'âme, maintenant, que dirons-nous ? Que celle où le désordre se réalise a de la valeur ? ou bien celle qui réalise ordre et arrangement ? — Call. : D'après ce qui précède, il est forcé que, cela encore, nous nous l'accordions. — Socr. : Or, quel est le nom, dans le cas du corps, de l'état qui y résulte de l'ordre et de l'arrangement ? — Call. : Sans doute veux-tu parler de la bonne santé et de la vigueur ? *(c)* — Socr. : De cela même. Et celui, maintenant, qui, dans le cas de l'âme, résulte de l'ordre et de l'arrangement ? Essaie d'en trouver et d'en dire le nom, comme dans l'autre cas. — Call. : Mais que ne le dis-tu toi-même, Socrate ? — Socr. : Eh bien! si cela doit t'être plus agréable, je vais te le dire. Quant à toi, si je te semble avoir raison, approuve; mais, dans le cas contraire, réfute et ne t'en remets pas à moi! Voici donc ce que je pense; « sain » est le nom qui qualifie les diverses sortes d'ordre qui existent dans le corps, d'où résulte la bonne « santé », ainsi que toute autre excellence corporelle. Est-ce cela, ou ne l'est-ce pas ? — Call. : C'est cela. *(d)* — Socr. : Quant aux diverses façons dont l'âme est mise en ordre et réalise son arrangement, c'est ce qui s'appelle « légitime » ainsi que « loi », et en conséquence de quoi on parle d'hommes « qui respectent la légalité » et ont une conduite « rangée ». C'est ce qui constitue justice et tempérance. Approuves-tu ou non ? — CALL. : Admettons-le ! —

*Le devoir de l'orateur.*

SOCR. : or, c'est avec les yeux fixés sur ces qualités de l'âme que l'orateur en question, celui qui a compétence et moralité, appliquera aux âmes, et les discours qu'il tiendra, et absolument toutes les actions qu'il accomplira ; s'il fait à ses concitoyens quelque présent ou qu'il leur impose quelque sacrifice, en leur faisant ce présent, en leur demandant ce sacrifice, *(e)* sa pensée visera toujours à produire la justice en leurs âmes et à débarrasser celles-ci de l'injustice, à y faire naître la tempérance et à les débarrasser de l'incontinence, à y faire naître toute autre excellence et s'éloigner l'immoralité. En conviens-tu ou n'en conviens-tu pas ? — CALL. : J'en conviens. — SOCR. : Quel intérêt y a-t-il en effet, Calliclès, à faire présent, à un corps mal portant et qui est en fâcheuse condition, d'aliments abondants, même les plus agréables, ou de boissons, ou de n'importe quoi d'autre, qui dans certains cas, ne lui servira pas davantage que ne ferait le contraire, et même moins ? Est-ce exact ? *(a)* — CALL. : Admettons-le. — SOCR. : Car pour un homme ce n'est pas un avantage, j'imagine, de vivre une vie qu'accompagne une fâcheuse condition de son corps ; la vie même est ainsi chose fâcheuse ! N'est-ce pas vrai ? — CALL. : Oui. — SOCR. : Or, l'assouvissement même de ses désirs (ainsi, quand il a faim ou soif, manger ou boire à sa guise), les médecins ne le permettent-ils pas ordinairement à celui qui est en bonne santé, tandis qu'ils ne permettent pour ainsi dire jamais, à celui qui est mal portant de se gorger de ce dont il a envie ? De cela même, conviens-tu, toi aussi ? *(b)* — CALL. : Oui, moi aussi. — SOCR. : Et, concernant l'âme, n'est-ce pas, mon bien bon, le même cas ? Aussi longtemps qu'elle sera dans une condition misérable, et cela parce qu'elle est intelligente, incontinente, injuste, impie, il faut l'écarter de ses désirs et ne point lui permettre de faire d'autres choses que celles desquelles il doit résulter pour elle une amélioration de son état. Approuves-tu, ou non ? — CALL. : J'approuve. — SOCR. : N'est-ce pas ainsi qu'il en vaudra mieux sans doute pour l'âme en elle-même ? — CALL. : Hé ! absolument. — SOCR. : Mais l'écarter de ce qu'elle désire, n'est-ce pas la contenir? — CALL. : Oui. — SOCR. : Être contenue vaut donc mieux pour l'âme que l'incontinence, contrairement à ce que tu croyais tout à l'heure[1]. *(c)* — CALL. : Ce que tu veux dire, Socrate, je ne le comprends pas! Adresse plutôt à un autre tes questions! — SOCR. : Voilà un homme qui ne supporte pas qu'on lui soit utile et qu'il subisse cela même qui est l'objet de notre conversation, je veux dire d'être contenu! — CALL. : Sache bien au surplus que tout ce que tu dis m'est complètement égal! C'est pour complaire à Gorgias que je t'ai fait ces réponses[2]! — SOCR. : Eh bien, dis! que ferons-nous donc alors? Allons-nous, à moitié, briser l'entretien? — CALL. : À toi d'en décider! *(d)* — SOCR. : Il n'est pourtant pas permis, dit-on, fût-ce pour une histoire, de l'abandonner à la moitié, mais on ne doit le faire qu'après lui avoir mis le point final[3], afin de lui éviter de circuler sans avoir de tête! Continue donc encore à me répondre, que notre entretien soit pourvu d'une tête! —

*3. Calliclès se refusant à discuter, une reprise de la question s'impose.*

CALL. : Es-tu assez forcené, Socrate! Veux-tu m'en croire? tu planteras là cet entretien; sinon, tu auras à chercher un autre interlocuteur! — SOCR. : Y a-t-il quelqu'un d'autre que toi pour en prendre son parti? Non, vraiment il ne faut pas en effet que nous laissions le débat inachevé! — CALL. : Mais, tout seul, ne pourrais-tu développer ta thèse, soit que tu parles pour toi-même, ou que tu te fasses demandes et réponses? *(e)* — SOCR. : C'est cela! pour qu'il m'arrive ce que dit Épicharme[4] : que, *ce qu'auparavant disaient deux hommes, à moi tout seul,* je suffise à le dire! Il y a chance pourtant qu'il soit inévitable de procéder de la sorte. À vrai dire, si nous devons le faire, il est indispensable, je le crois pour ma part, qu'il y ait entre nous tous émulation en vue de savoir, sur le problème dont nous parlons, ce qui est vrai et ce qui est faux; car c'est un bien qui, à nous tous ensemble, nous est commun, que la lumière se fasse à son sujet. *(a)* Aussi vais-je, en parlant, vous expliquer ce qu'il en est à mon point de vue personnel. Mais, si l'un d'entre vous juge que je m'accorde à moi-même des choses qui ne répondent pas à la réalité, il faut qu'il me prenne à partie et qu'il me réfute; car ce n'est certes pas, non, en prétendant le savoir, que je dis ce que je dis. Bien au contraire, je cherche, en commun avec vous ; de sorte que, s'il m'apparaît qu'on me fasse une objection qui compte, je serai le premier à en convenir. À la vérité, ce que je dis là, c'est à supposer que l'achèvement complet de l'entretien vous semble devoir être réalité ! Mais, si vous ne le souhaitez pas, alors disons-lui bonsoir et allons-nous-en ! — GORG. : Mais, Socrate, il ne me semble pas que nous devions nous en aller encore, *(b)* et, tu devrais bien plutôt poursuivre l'exposé de ta thèse. Il est évident à mes yeux que le reste de l'assistance est de cet avis. Pour mon compte, vois-tu, je souhaite même, personnellement, t'entendre développer tout seul le reste de ton argumentation. — SOCR. : La vérité, Gorgias, c'est que, moi personnellement, j'aurais aimé à converser encore avec Calliclès, mon contradicteur, jusqu'à ce que, en échange de la tirade de Zèthos, je lui aie servi celle d'Amphion[1] ! Mais, puisque tu ne consens pas, Calliclès, à collaborer à l'achèvement du débat, au moins, tandis que tu m'écoutes, prends-moi à partie s'il m'arrive sur quelque point de dire des choses que tu jugerais n'être pas bien ; et, si tu me confonds, je ne m'en fâcherai pas contre toi, comme toi, tu le fais contre moi[2] ; *(c)* mais au contraire tu seras, chez moi, tout en haut inscrit sur la liste de mes bienfaiteurs ! — CALL. : Parle tout seul, mon bon, et achève ! —

*Socrate fait le point.*

SOCR. : Alors, écoute-moi, tandis que je reprends du début la discussion. « Est-ce que l'agréable et le bon sont identiques ? — Non, ils ne sont pas identiques » : c'est de quoi Calliclès et moi nous sommes tombés d'accord. « Est-ce qu'il faut réaliser l'agréable en vue du bon, ou le bon en vue de l'agréable ? — L'agréable en vue du bon. » « L'agréable d'autre part, est-il ce qui, lorsqu'il survient, fait que nous avons du plaisir, *(d)* tandis qu'est bon ce par la présence de quoi nous sommes bons ? — Hé ! absolument ! » « Or, n'est-il pas certain que nous sommes bons, non seulement nous, mais tout le reste de ce qui est bon, par l'apparition d'une excellence particulière ? — Je suis de cet avis, c'est forcé, Calliclès. » « Mais, bien certainement aussi, l'excellence de chaque chose, d'un objet fabriqué, d'un corps aussi bien d'autre part que d'une âme, bref d'un vivant dans son ensemble, n'y apparaît pas, dans sa perfection[3], non ma foi, à l'aventure, mais bien en vertu d'un ordre, d'une rectitude et d'un art qui a été attribué en propre à chacun : est-ce exact ? — C'est, quant à moi, ce que j'affirme en effet. » *(e)* « N'est-ce pas un ordre qui fait de l'excellence de chaque réalité quelque chose d'ordonné et d'arrangé ? — C'est, quant à moi, ce que j'affirmerais. » « L'apparition à l'intérieur de chaque réalité d'un certain arrangement, celui qui est propre à chacune, est donc ce qui fait que chacune d'elles est bonne ? — C'est bien mon avis. » « Donc une âme où il y a de l'arrangement, et l'arrangement qui est le sien, vaut mieux qu'une âme dépourvue d'arrangement ? — C'est forcé. » « Mais n'est-il pas certain qu'une âme où il y a de l'arrangement est une âme rangée ? — Comment en effet ne le serait-elle pas ? » *(a)* « Or une âme rangée est bien une âme sage ? — Absolument forcé ! » Par conséquent une âme sage est une âme bonne. Quant à moi, je n'ai, en dehors de cela, rien d'autre à dire, mon cher Calliclès. Si toi, tu as autre chose, apprends-le-moi. — CALL. : Parle toujours, mon bon ! —

*Vie sage et vie dissolue.*

SOCR. : Je parle donc. « Si une âme sage est une âme bonne, celle qui est dans une condition contraire à celle de l'âme sage est une âme mauvaise. Or cette âme-là, nous le savons[1], est celle qui est dépourvue de sagesse et de continence. — Hé ! absolument. » « Et, bien certainement, l'homme sage fait les choses qui conviennent aussi bien à l'égard des Dieux qu'à l'égard des hommes, car il manquerait de sagesse en faisant celles qui ne conviennent pas. — Il en est forcément ainsi. » *(b)* « Et, bien certainement, celui qui, à l'égard des hommes, fait les choses qui conviennent, celui-là fera ce qui est juste, tandis que c'est ce qui est pieux, lorsque c'est à l'égard des Dieux ; d'autre part, en faisant ce qui est juste et pieux, on est forcément soi-même juste et pieux. — C'est exact. » « Naturellement aussi, il est forcé qu'on soit vaillant ; car ce n'est pas le fait d'un homme sage de rechercher, ni de fuir, ce qui ne convient pas, mais de fuir et de rechercher ce qu'il faut : choses et gens, plaisirs aussi bien que peines, et, dans les circonstances où il le faut, d'avoir fermeté et patience. » *(c)* De la sorte, Calliclès, il est absolument forcé, ainsi que nous venons de l'exposer, que l'homme sage, étant juste, vaillant, pieux, soit en perfection un homme de bien; que, d'autre part, l'homme de bien ait une conduite bonne et belle; que, enfin, celui qui a bonne conduite connaisse la prospérité et le bonheur et que, au contraire, le méchant, celui dont la conduite est mauvaise, soit malheureux[1]. Or celui-là doit être celui qui est dans une condition opposée à celle de l'homme sage, je veux dire celui que tu vantais[2] : l'incontinent. Voilà en somme comment, pour ma part, je conçois ces choses, et j'affirme que c'est là la vérité. Or, si c'est la vérité, alors celui qui, comme il est vraisemblable, souhaite d'être heureux, *(d)* celui-là doit rechercher la sagesse et la pratiquer, fuir au contraire l'incontinence, chacun de nous de toute la vitesse de ses jambes; il doit s'arranger au plus haut point à n'avoir nul besoin d'être contenu; et enfin, s'il lui arrive d'en avoir besoin, soit lui-même ou quelqu'un de ses proches, soit un simple particulier ou bien une cité, il doit infliger une peine, il doit réprimer, s'il veut le bonheur. Tel est, à mon sens, le but sur lequel il faut pendant la vie avoir les yeux fixés, vers lequel il faut tendre toutes nos forces, les nôtres comme celles de la Cité, *(e)* pour réaliser dans l'avenir la présence de la justice et de la sagesse dans un sujet promis à la félicité; oui, telle est la manière dont il faut agir, au lieu de permettre aux désirs de n'être pas contenus et, en travaillant à les assouvir, au lieu de mener, ce qui est un insondable mal, une vie de rapine!

*La vraie et la fausse égalité.*

L'homme qui est de cette sorte ne saurait être cher ni à aucun autre homme, ni à un Dieu, incapable qu'il est de participer à une communauté; or, sans communauté, il ne saurait y avoir d'amitié. À ce qu'assurent les doctes[3], Calliclès, *(a)* le ciel et la terre, les Dieux et les hommes sont liés entre eux par une communauté, faite d'amitié et de bon arrangement, de sagesse et d'esprit de justice, et c'est la raison pour laquelle, à cet univers, ils donnent, mon camarade, le nom de *cosmos,* d'arrangement, et non celui de dérangement non plus que de dérèglement. Or, toi qui pourtant es un docte, tu me sembles n'être pas attentif à ces considérations : il t'a échappé au contraire que l'égalité géométrique[4] possède un grand pouvoir, chez les Dieux aussi bien que chez les hommes. Mais toi, c'est à avoir davantage que l'on doit, pensestu, travailler[5], et tu es indifférent à la géométrie! *(b)*

Prends-y garde : ou bien nous devrons réfuter la conception dont il s'agit, en prouvant que ce n'est point par la possession de la justice et de la sagesse que sont heureux les gens heureux, et par leur immoralité que les malheureux le sont; ou bien, si cette conception est vraie, nous devrons examiner ce que sont ses conséquences. Ce qui en est totalement la conséquence, ce sont ces assertions passées, à propos desquelles tu me demandais si je parlais sérieusement[1], quand je disais l'obligation, lorsqu'il y a eu injustice commise, d'accuser le coupable, soi-même aussi bien que son fils, aussi bien que son ami, ajoutant que c'est pour cela qu'on doit user de l'art oratoire. Et donc, ce que, selon toi, le respect humain avait conduit Pôlos à m'accorder[2], était la vérité : à savoir que commettre l'injustice est pire que de la subir, dans la mesure précise où cela est plus laid. *(c)* Et ainsi, que si l'on veut avoir une compétence oratoire valable, il faut être juste, avoir la connaissance de ce qui est juste : concession que, de son côté, Pôlos reprochait à Gorgias de m'avoir faite par respect humain[3].

*La profession de foi de Socrate.*

Mais, puisqu'il en est ainsi, examinons ce que peuvent bien signifier les reproches que tu m'adresses[4] : est-on, oui ou non, en droit de dire que, finalement, je ne suis pas en état de porter assistance, ni à moi-même, ni à qui que ce soit de mes amis, pas davantage de mes proches, non plus que de sauver un autre ou moi des plus grands périls; que je suis à la merci des entreprises de n'importe qui; pareil à ces gens méprisés dans la Cité qui sont exposés à la fantaisie *(d)* de qui aura envie (c'est l'expression énergique dont tu t'es servi) de les frapper à la joue, ou de les dépouiller de leur fortune, de les chasser de la Cité, ou, dernière extrémité, de les faire périr ? est-on en droit de prétendre, selon ta thèse, que rien n'est plus déshonorant qu'une pareille situation ? Quant à ma thèse à moi, l'exposé en a déjà été fait plus d'une fois, mais rien n'empêche d'y revenir encore : je nie, Calliclès, que rien ne soit plus déshonorant que d'être injustement frappé à la joue, *(e)* non plus en vérité que de me voir couper aussi bien la chair que la bourse ! Mais ce qui est plus déshonorant et plus mal, c'est de frapper injustement; de couper injustement, soit ma personne, soit ce qui m'appartient; c'est de voler en même temps que de réduire quelqu'un en esclavage à son profit; c'est d'être un perceur de muraille! Bref, quel que soit en général le tort fait injustement à ma personne ou à ce qui m'appartient, c'est pour l'auteur de l'injustice que cela est déshonorant et mal, plutôt que pour moi qui suis la victime de cette injustice. Voilà sous quel aspect, si nous remontons dans le lointain de nos conversations antérieures[1], ces choses, je le dis, nous sont apparues : *(a)* vérités qui sont retenues et enchaînées par des liens, qui, même s'il est un peu trop énergique de s'exprimer ainsi, sont des rapports de fer et d'acier, au moins à ce qu'il peut sembler de prime abord, et qu'il te faudra briser[2], toi-même ou quelqu'un de plus énergique encore; faute de quoi il est impossible de tenir le langage convenable, si c'est un langage différent de celui que je tiens à présent. Car mon langage à moi, il est toujours le même : c'est que je ne sais pas de science certaine ce qu'il en est de tout cela[3], mais que, à la vérité, de tous ceux que j'ai rencontrés, il ne s'en est trouvé, tout comme à présent, aucun qui fût capable, sans faire rire à ses dépens, de tenir un autre langage. *(b)*

*La hiérarchie des maux : comment s'assister soi-même ?*

Ainsi donc, voilà comment, pour mon compte, j'admets qu'il en est à ce sujet. Or, si c'est ainsi qu'il en est; si l'injustice est pour l'auteur de l'acte injuste le plus grand des maux, et qu'il y ait, par impossible, un mal plus grand encore que celui-là qui est le plus grand, à savoir que l'auteur de l'injustice ne paie pas la peine de sa faute, quelle est alors l'assistance dont on serait, sans risquer véritablement de faire rire à ses dépens, incapable de s'assister soi-même? N'est-ce pas celle qui pourra détourner de nous le dommage le plus grand? Tout au contraire, n'est-il pas absolument forcé qu'il n'y ait, en fait d'assistance, rien de plus laid que d'être impuissant à s'assister, ni soi-même, ni ses amis ou ses proches? *(c)* que la seconde place appartienne à celle qui correspond à celui des maux qui a la seconde place? la troisième place, à l'assistance qui détourne de nous le mal du troisième degré, et ainsi du reste[4] : à la grandeur que, de sa nature, a chacun des maux, sont proportionnées aussi, et la beauté du pouvoir d'assistance qu'on possède à l'égard de chacun, et la laideur inhérente à l'absence de ce pouvoir. En est-il autrement, Calliclès ? ou bien ainsi ? — CALL. : Non, pas autrement. — SOCR. : En ce cas étant donné deux maux : commettre l'injustice et subir l'injustice, nous affirmons que c'est un plus grand mal de la commettre, un moindre mal de la subir. Au moyen donc de quels aménagements se mettrait-on en état de s'assister soi-même, de façon à posséder à la fois ces deux sortes d'utilité ? *(d)* aussi bien celle qui consiste à se détourner de commettre l'injustice que celle qui consiste à se préserver de la subir ? Est-ce la présence d'un pouvoir ou celle d'un vouloir ? Voici ce que je veux dire : est-ce que, dans le cas où l'on ne veut pas subir l'injustice, on devra par là même ne point la subir ? ou bien est-ce, quand on se sera ménagé la possession d'un pouvoir de ne point subir l'injustice, qu'on ne la subira point ? — CALL. : Il est de toute évidence que c'est à condition de posséder un tel pouvoir. — SOCR. : Et commettre l'injustice, qu'en est-il donc à ce sujet ? Quand on ne veut pas la commettre, est-ce là une condition suffisante, et de fait ne la commettra-t-on pas ? *(e)* Ou bien, pour cela, faut-il en outre se ménager à soi-même la possession d'un certain pouvoir et d'une certaine habileté, en se disant que, faute de s'en être instruit et de s'y être exercé, on commettra l'injustice ? Pourquoi, Calliclès, ne m'as-tu pas répondu sur la question même de savoir si c'est à bon droit, oui ou non, que, dans une partie antérieure de l'entretien[1], nous avons été forcés, Pôlos et moi, de nous mettre d'accord, quand nous avons accordé que personne ne veut délibérément commettre l'injustice, mais que, quand on la commet, c'est toujours sans vouloir la commettre ? *(a)* — CALL. : Admets qu'il en soit ainsi, Socrate, afin que se parachève le débat ! — SOCR. : Donc, c'est pour cela[2] qu'il faut, vraisemblablement, se ménager à soi-même la possession d'un certain pouvoir et d'une certaine habileté, propres à nous éviter de commettre l'injustice. — CALL. : Hé ! absolument. —

SOCR. : Mais quelle peut bien être l'habileté relative aux moyens de ne subir absolument pas l'injustice ou de la subir aussi peu que possible ? Examine si tu la conçois exactement comme moi. À mon avis, sache-le, voici en quoi elle consiste : c'est, ou bien à exercer personnellement un pouvoir dans l'État ou encore à avoir la tyrannie, ou bien à être du parti de ceux qui composent le gouvernement existant. — Call. : Tu peux voir, Socrate, quel empressement je mets à te louer, *(b)* s'il t'arrive de dire quelque chose de bien ! À mon avis, ce que tu viens de dire est tout à fait juste. — Socr. : Examine donc alors si ce que je vais dire est encore de ton goût. L'amitié de chacun pour chacun est, je le pense, au plus haut point qu'il se puisse, quand elle est précisément celle dont parlent les anciens sages[1], celle de qui est semblable pour qui lui est semblable. Le penses-tu, toi aussi ? — Call. : Moi aussi. — Socr. : Donc, là où le pouvoir est aux mains d'un tyran sauvage et sans culture, si dans la Cité il arrive qu'il y ait quelqu'un valant beaucoup plus que lui, sans doute le tyran aura-t-il peur de cet homme-là et ne pourra-t-il jamais de tout cœur, *(c)* avoir de l'amitié pour lui[2]. — Call. : C'est exact. — Socr. : Pas davantage, s'il arrive qu'il y en ait un qui vaille beaucoup moins que lui, ce ne sera pas non plus pour celui-là que le tyran aura de l'amitié, car il le méprisera et jamais il ne montrera à son égard l'empressement qu'on a à l'égard d'un ami. — Call. : Ceci encore est vrai. — Socr. : Il reste donc que le seul homme dont l'amitié ait du prix aux yeux de qui est de cette trempe, c'est celui qui se trouvera être d'un caractère semblable au sien, qui blâmera et louera les mêmes choses que lui, *(d)* et ainsi acceptera de subir son autorité et de s'aplatir devant lui ; dans l'État cet homme-là sera très puissant et personne ne se trouvera bien de lui faire quelque tort. N'est-ce pas ainsi qu'il en est ? — Call. : Oui. —

Socr. : Qu'il se trouve donc, dans cet État, un jeune homme pour se faire cette réflexion : « Par quels procédés serai-je, moi, très puissant, et ne subirai-je aucun tort de la part de personne ? » Voici quelle en est pour lui vraisemblablement la voie : c'est, dès la jeunesse, de s'accoutumer sans retard à trouver du plaisir ou à avoir de l'aversion pour les mêmes choses que le maître, et à s'arranger pour finir par ressembler à celui-ci le plus qu'il le pourra. N'est-ce pas comme cela ? — Call. : Oui. — Socr. : C'est donc pour celui-là que ce résultat : ne pas subir l'injustice, *(e)* être très puissant selon la conception que vous vous en faites[3], aura été pleinement réalisé dans la Cité. — Call. : Hé ! absolument. — Socr. : Mais cet autre résultat : ne point commettre l'injustice, est-il, lui aussi, réalisé? Ne s'en faut-il pas plutôt de beaucoup qu'il le soit, s'il est vrai que cet homme doive ressembler à celui qui détient l'autorité, lequel est injuste, et que ce soit à ses étroites relations avec celui-ci qu'il doive d'être très puissant? Eh bien! non : il se ménagera ainsi, tout au contraire, la possibilité de commettre le plus d'injustices qu'il se pourra, et, les ayant commises, de n'en point payer la peine; n'est-ce pas la vérité? — CALL. : Évidemment. *(a)* — SOCR. : C'est donc le mal le plus grand qui se réalisera en lui, en lui dont l'âme est pervertie, en lui que déshonorent son imitation du maître et, comme conséquence, la possession d'un pouvoir. — CALL. : Je ne sais vraiment pas, Socrate, comment tu t'y prends, à chaque occasion, pour tourner sens dessus dessous tout ce que l'on dit! Ne sais-tu pas que l'imitateur en question fera périr, s'il le veut[1], celui qui n'imite pas et qu'il le dépouillera de son avoir? *(b)* — SOCR. : Je le sais fort bien, mon bon Calliclès! Sinon, c'est que je suis sourd! quoique maintes fois cela me soit dit, et par toi, et naguère par Pôlos, et par presque tout le reste des habitants de cette ville[2]! Mais à ton tour, écoute ce que je te dis : c'est sûr, il le fera périr, s'il le veut, mais ce sera en tant qu'il est, lui, un méchant, et l'autre, un homme accompli[3]. — CALL. : Mais n'est-ce donc pas cela même qui est motif à s'indigner? — SOCR. : Non, du moins quand on réfléchit, ainsi que le donne à entendre ce que j'ai dit. Ou bien, t'imagines-tu que ce soit le devoir d'un homme de se ménager le moyen de vivre le plus longtemps possible et de cultiver ces arts *(c)* qui, en chaque conjoncture, nous sauvent du péril, tout de même que tu m'invites[4] à cultiver cet art oratoire qui devant les tribunaux nous assure le salut? — CALL. : Oui, par Zeus! et c'est à juste titre que je te donne ce conseil[5]! —

*Ce qui importe, c'est ce qu'on vaut.*

SOCR. : Or, dis-moi, excellent homme, est-ce que, à ton avis, la connaissance de la natation est une connaissance qui mérite une grande considération? — CALL. : Non, par Zeus! ce n'est pas mon avis. — SOCR. : Il est du moins bien certain que cette connaissance sauve les gens de la mort, quand il leur est arrivé de se trouver dans cette sorte de cas où l'on en a besoin! Si toutefois cette connaissance-là te semble de petite importance, *(d)* je m'en vais t'en dire une dont l'importance eſt plus grande : la conduite des navires, laquelle sauve des derniers périls, non pas les âmes seulement, mais aussi bien les vies que les richesses[1], tout comme l'art oratoire; et elle, elle ne fait point bouffer son vêtement, elle eſt bien sage, elle ne se vante pas en prenant un air important comme si elle accomplissait quelque chose de magnifique! Si, pourtant, d'Égine elle vous mène ici sain et sauf, elle a accompli quelque chose de tout pareil à l'éloquence judiciaire, et elle n'a, je pense, demandé pour cela que deux oboles[2]; si c'eſt d'Égypte ou bien du Pont-Euxin, ou de tout à fait loin, pour cet insigne service rendu, *(e)* après avoir assuré le salut de tout ce que je mentionnais tout à l'heure : vous-mêmes, vos enfants, vos richesses, vos femmes, en vous débarquant au port, c'eſt deux drachmes qu'elle a demandées. Quant à celui qui, possédant cette compétence spéciale, a réalisé cela, une fois descendu à terre, il se promène le long de la mer et de son bateau avec un air modeſte[3]. C'eſt qu'il sait, je pense, tenir compte de ce fait, que la queſtion eſt obscure, de savoir quels sont, parmi ses passagers, ceux auxquels il a été utile en ne les laissant pas sombrer dans la mer et quels sont ceux auxquels, ainsi, il a causé dommage[4]; *(a)* car il n'ignore pas qu'il ne les a pas débarqués meilleurs qu'ils n'étaient lors de l'embarquement, ni pour le corps, ni pour l'âme. Voici donc quelles impossibilités il met en compte : « Un tel, se dit-il, peut avoir le corps en proie à de graves et incurables maladies : il n'a pas été noyé! c'eſt un malheur pour lui de n'être pas mort; non, je ne pouvais en rien lui être utile! Chez celui-ci, d'autre part, ce qui eſt atteint de multiples maux incurables, c'eſt, je suppose, ce qui eſt plus précieux que son corps, c'eſt son âme : il n'avait pas à vivre et je ne devais pas lui rendre le service de le sauver du péril, que ce fût celui de la mer, ou celui des tribunaux, ou un péril venant de toute autre cause! » *(b)* Il sait bien, au contraire, le bon capitaine de navire, que, pour le pervers, vivre ne vaut pas mieux, car forcément sa vie eſt une vie mauvaise.

C'eſt pour cela qu'il n'eſt pas d'usage chez le capitaine de navire d'aller se vanter, bien que ce soit à lui qu'eſt dû notre salut. Pas davantage, ô merveille que tu es, l'ingénieur qui conſtruit les machines de guerre, lui qui parfois n'est pas moins capable de procurer le salut, ni que le général, à plus forte raison que le capitaine de navire, ni que qui que ce soit d'autre, puisqu'il y a des cas où ce sont des villes entières qu'il sauve : est-il, à ton avis, comparable à l'orateur judiciaire ? S'il lui plaisait toutefois, Calliclès, de tenir le même langage que vous autres, et de vanter ce qu'il sait faire, *(c)* sous l'amoncellement de ses propos vous seriez comme ensevelis, de ses propos qui vous inviteraient à vous faire ingénieurs militaires, attendu qu'il n'y a que cela qui compte : c'est que, vois-tu, il n'est pas à court de paroles ! Il n'en est pas du tout moins vrai que toi, tu es pour lui plein de mépris, ainsi que pour l'art qui est le sien ; que ce serait en manière d'opprobre que tu le traiterais de mécanicien, et que tu ne consentirais ni à donner à son fils la main de ta fille, ni à prendre pour toi la sienne. Et pourtant, où trouves-tu, dans l'éloge que tu fais de ton occupation à toi, la justification de ton mépris à l'égard du constructeur de machines de guerre et des autres spécialistes dont je parlais tout à l'heure ? *(d)* Oui, je le sais, tu prétendrais valoir davantage, être constitué d'éléments qui valent davantage. Or, si ce qui vaut mieux n'est pas ce que je dis, moi, mais que cela même soit un mérite, de sauvegarder, quelle que soit éventuellement l'espèce d'homme que l'on est, sa personne et ce que l'on a, alors ce dont il y aura lieu de rire, c'est du blâme que reçoivent de toi, et l'ingénieur militaire, et le médecin, et tous les autres spécialistes pour qui réaliser un salut est le but de l'action. Prends garde, cependant, homme bienheureux, que ce qui est noble et ce qui est bien ne soient autre chose que de sauver autrui et d'être sauvé soi-même. Vivre, en effet, quelque temps que ce puisse être, *(e)* voilà certes une chose dont un homme, qui est vraiment un homme, doit se désintéresser, dont il faut qu'il ne soit plus amoureux ; mais qu'au contraire, s'en remettant là-dessus à la Divinité, ayant foi à l'adage favori des femmes, que nul n'échappe à son destin, il examine après cela en quelle manière il vivra le plus parfaitement possible le temps qu'il doit vivre ; *(a)* si c'est en s'assimilant à cette forme d'organisation politique sous le gouvernement de laquelle il se trouve être ; si, présentement, c'est ton devoir de te rendre le plus semblable possible à la démocratie[1] d'Athènes, à supposer que tu veuilles avoir l'amitié du Peuple et être très puissant dans l'État. Prends garde, homme divin, à supposer que nous y puissions, toi et moi, avoir avantage, que notre sort ne soit justement celui, dit-on, des femmes, celles de Thessalie j'entends, quand elles font descendre la lune[1] et que nous ne payions de ce qui nous est le plus cher le choix que nous aurons fait de vouloir être puissants dans l'État. Mais, si tu te figures que qui que ce soit pourra te communiquer une technique *(b)* propre à te rendre très puissant dans cet État tel que nous le voyons, alors qu'entre toi et la forme de son organisation politique il y a dissemblance, soit en mieux, soit en pis[2], alors, à mon avis, tu fais un faux calcul, Calliclès. Ce n'est pas en effet imitateur que tu devras être à l'égard des gens que voilà, mais semblable à eux en vertu d'une spontanéité de ta nature, si tu veux obtenir quelque succès authentique pour gagner l'amitié du Peuple d'Athènes et celle aussi, par Zeus! de Dèmos, le fils de Pyrilampès[3]. Par conséquent, c'est l'homme qui t'aura rendu très semblable à ceux-là, *(c)* c'est lui qui fera de toi ce que tu as envie d'être : un homme habile à administrer l'État et habile à parler. C'est en effet aux propos qu'on leur tient en conformité de leurs propres dispositions d'esprit qu'ils prennent plaisir, tandis qu'ils s'irritent de ce qui y est étranger..., à moins, mon cher cœur[4], que tu n'en juges autrement. Là-contre, Calliclès, avons-nous quelque chose à dire? —

*4. La seule conception valable de la politique.*

CALL. : Je ne sais comment cela se fait, Socrate: il me semble que tu as raison! Je suis pourtant dans le même cas que la plupart des gens : je ne t'en crois pas tout à fait. — SOCR. : C'est, Calliclès, que dans l'amour que tu as dans l'âme pour le peuple athénien[5] je trouve de la résistance; mais, que plus d'une fois, mieux aussi probablement, *(d)* nous considérions ces mêmes questions, et tu seras convaincu. Rappelle-toi[6] tout au moins ce que nous avons dit de la dualité d'aménagement applicable aux soins à donner à chacune de ces deux choses qui sont l'âme et le corps : l'un qui consiste à orienter vers le plaisir nos relations à leur égard, l'autre, à les orienter vers ce qui vaut le mieux, sans concessions de complaisance, mais en luttant avec énergie. N'était-ce pas ainsi que nous déterminions alors ces deux façons de nous comporter? — CALL. : Oui, absolument. — SOCR. : Or, l'une de ces deux manières, celle qui est orientée vers le plaisir, manque de noblesse et n'est précisément rien d'autre qu'une flatterie; n'est-ce pas la vérité? *(e)* — CALL. : Admettons, si tu y tiens, qu'il en soit ainsi! — SOCR. : Quant à l'autre, son but n'est-il pas que ce à quoi nous donnons nos soins, que d'aventure ce soit le corps ou bien l'âme, soit le meilleur possible? — CALL. : Hé! absolument. — SOCR. : Mais nous faut-il travailler de cette façon à donner à la Cité et aux citoyens des soins qui soient de nature à rendre ces citoyens les meilleurs possible? Faute en effet de cette condition précise, ainsi que nous le découvrions dans ce qui précède[1], il n'y a aucun intérêt à leur rendre aucun autre service, *(a)* si la beauté morale n'existe pas dans la conscience de ceux qui veulent, soit gagner beaucoup d'argent, soit posséder de l'autorité par rapport à ceci ou cela, ou bien être investi de quelque autre pouvoir que ce soit. Nous faut-il déclarer qu'il en est ainsi? — CALL. : Hé! absolument, dès lors que tu l'aimes mieux! —

SOCR. : Or, suppose, Calliclès, que nous nous invitions mutuellement à faire dans l'avenir, hommes publics, les affaires de l'État en ce qui se rapporte à la construction de bâtiments, aux constructions les plus importantes, soit de murs, soit d'arsenaux, soit de temples, devrions-nous considérer ce que nous sommes *(b)* et nous soumettre nous-mêmes à examen, d'abord pour savoir si nous connaissons l'art en question, l'art d'édifier des constructions, ou si nous ne le connaissons pas, et de qui, en outre, nous l'apprendrions? — Le devrions-nous, ou non? — CALL. : Hé! absolument. — SOCR. : Mais, en second lieu, ne devrions-nous pas considérer d'autre part ceci : avons-nous jamais construit, à titre privé, quelque bâtiment pour un de nos amis, ou bien qui fût proprement le nôtre, et ce bâtiment était-il beau ou laid? Et, si cette considération nous faisait découvrir que nous avons eu des maîtres de valeur et renommés, *(c)* que nombre de beaux bâtiments ont été par nous construits avec le concours de ces maîtres, que nombre d'autres ont été aussi, après que nous nous sommes séparés de nos maîtres, notre œuvre propre, il nous appartiendrait, hommes dont tel est l'état, hommes de bon jugement, d'aborder alors les travaux qui intéressent le public. Si, en revanche, nous n'étions à même de mettre sous les yeux des gens, ni le nom de notre maître, ni, en fait de bâtiments, aucun qui soit une œuvre de nous seuls, ou bien, si nous en pouvons montrer plusieurs, tous sans aucune valeur, il serait sans doute insensé de notre part de vouloir, dans ces conditions, mettre la main aux travaux qui intéressent le public et de nous inviter mutuellement à le faire. Ce langage, nous faut-il, ou non, le déclarer bien fondé? *(d)* — CALL. : Hé! absolument. — SOCR. : Ce sera donc comme cela pour tout : ainsi pour le cas où, projetant en un autre domaine de remplir quelque fonction publique[1], nous nous y inviterions mutuellement, en nous disant que nous sommes des médecins tout à fait qualifiés, alors sans doute, nous nous soumettrions à ce sujet, toi à mon examen et moi au tien. Voyons cela, au nom des Dieux! « Socrate, personnellement, quel est son état physique sous le rapport de la bonne santé? Est-ce que quelqu'un d'autre, homme libre ou esclave, a déjà été délivré grâce à Socrate d'une maladie? » En ce qui te concerne, mon enquête, à son tour, serait analogue. Et, si nous ne découvrions personne, *(e)* ni parmi les étrangers ni parmi les gens de la ville, ni un homme ni une femme, dont le corps se soit amélioré grâce à nous, ne serait-il pas, au nom de Zeus! véritablement ridicule pour nous autres, d'en venir, Calliclès, à pareil degré d'insanité? Quoi! avant d'avoir, sans être des spécialistes, obtenu maint succès de fortune, avant d'avoir, d'autre part, fait de nombreuses cures et nous être convenablement exercés dans notre art, nous entreprendrions de l'apprendre à la façon du proverbe : *La grande cruche pour tes débuts dans la poterie!* dans la fonction publique que nous projetons de remplir, et en invitant à en faire autant d'autres gens pareils à nous! À ton avis, ne serait-il pas insensé d'agir ainsi? — CALL. : C'est bien mon avis. *(a)* —

SOCR. : Or, à cette heure, ô le meilleur des hommes, puisque personnellement tu commences tout juste à t'occuper des affaires de l'État, que, moi, d'autre part, tu m'invites à m'en occuper et que tu me reproches[2] de ne pas le faire, nous n'allons pas nous soumettre à un mutuel contrôle! Voyons : « Calliclès a-t-il rendu meilleur quelqu'un dans la Cité? Y a-t-il quelqu'un, étranger ou homme de la ville, esclave ou homme libre, qui, étant auparavant pervers, injuste, incontinent, déraisonnable, soit devenu, grâce à Calliclès, un homme accompli[1] ? » *(b)* Dis-moi, Calliclès, si l'on vient à te faire subir cet examen, que répondras-tu ? Qui affirmeras-tu avoir rendu meilleur par la fréquentation de ta personne ? Et, s'il est vrai que, avant de prétendre à remplir des fonctions publiques, il y ait quelque ouvrage encore que tu aies produit sans t'être spécialisé, tu tardes cependant à répondre ! — CALL. : Tu es chicaneur, Socrate ! — SOCR. : Non point ! ce n'est pas par esprit de chicane que je te pose cette question, mais bien parce que véritablement je souhaite savoir de quelle façon il faut, selon toi, administrer l'État chez nous. Auras-tu donc, une fois parvenu à t'occuper chez nous des affaires publiques, un autre souci *(c)* que de travailler à faire de nous les meilleurs citoyens possible ? Ne sommes-nous pas, à plusieurs reprises, déjà tombés d'accord sur l'obligation pour l'homme d'État d'agir ainsi ! Oui ou non, en sommes-nous tombés d'accord ? réponds. « Nous en sommes tombés d'accord », répondrai-je à ta place ! Eh bien donc ! si c'est une obligation pour un homme de valeur de ménager ce résultat à la cité qui est la sienne, dis-moi à présent, en rappelant tes souvenirs concernant ces grands hommes que tu mentionnais précédemment[2], si ton opinion est encore que ç'aient été de bons citoyens : Périclès et Cimon, Miltiade et Thémistocle. — CALL. : C'est encore mon opinion. —

*Les grands hommes d'État d'Athènes n'ont pas rempli leur vraie mission : ni Périclès,*

SOCR. : Or, s'il est vrai qu'ils aient été de bons citoyens, il est clair que chacun d'eux devait, de ses concitoyens, pires auparavant, faire ensuite des hommes meilleurs ? Oui ou non, le faisait-il ? — CALL. : Oui, il le faisait ! — SOCR. : Alors, au temps des débuts de Périclès comme orateur devant l'Assemblée du Peuple, les Athéniens étaient pires que les dernières fois qu'il parla ? — CALL. : Peut-être bien ! — SOCR. : Non pas certes peut-être bien ! mais forcément, en conséquence de ce dont nous sommes tombés d'accord,... si du moins il est vrai que ç'ait été un bon citoyen. — CALL. : Et puis après ? *(d)* — SOCR. : Après ? mais rien du tout ! Dis-moi cependant ceci en outre : est-ce que, grâce à Périclès, les Athéniens passent pour être devenus meilleurs? ou bien, tout au contraire, passent-ils pour avoir été corrompus par lui? Car ce que, pour mon compte, j'entends dire, c'est que Périclès, en établissant, le premier, des lois en vue de la rémunération des fonctions publiques[1], a rendu les Athéniens paresseux, lâches, bavards, cupides. — CALL. : C'est à nos gens à l'oreille arrachée[2] que tu as entendu dire cela, Socrate! — SOCR. : Ceci toutefois n'est plus quelque chose que j'ai entendu dire, mais que je sais de façon certaine, et toi aussi bien que moi : c'est que Périclès était, pour commencer, très bien vu des Athéniens et que ceux-ci, du temps qu'ils étaient pires, n'avaient voté contre lui aucune condamnation déshonorante; que cependant, une fois devenus par son influence des hommes accomplis, *(a)* ils ont voté contre lui une condamnation pour détournement, alors que Périclès était à la fin de sa vie[3]; et peu s'en est fallu qu'ils ne l'aient même jugé digne de la peine de mort, comme étant évidemment un misérable! — CALL. : Eh bien quoi? était-ce une raison pour que Périclès ne valût rien de bon? — SOCR. : En tout cas, un ânier, un palefrenier, un bouvier, seraient jugés ne rien valoir de bon, s'ils étaient de telle sorte que, après s'être chargés de soigner des ânes, des chevaux, des bœufs, qui ne leur lancent pas de ruades, qui ne leur donnent pas non plus de coups de corne, qui pas davantage, ne les mordent, ils en vinssent à nous les montrer devenus assez sauvages pour faire tout cela! N'es-tu pas d'avis *(b)* que des hommes ne vaudraient rien, quels qu'ils fussent, pour soigner quelque animal que ce fût, si, après avoir reçu en charge des animaux plutôt paisibles, ils en venaient à nous les faire voir plus sauvages qu'ils ne les ont reçus? Es-tu, ou n'es-tu pas de cet avis? — CALL. : Hé! absolument... à seule fin d'être aimable avec toi! — SOCR. : Aie donc l'amabilité de répondre encore à la question que voici : l'homme constitue-t-il, oui ou non, une des espèces animales? — CALL. : Comment le nier en effet? — SOCR. : Or, n'étaient-ce pas des hommes, que Périclès s'était chargé de soigner? — CALL. : Oui. — SOCR. : Que dire alors? ne devaient-ils pas, d'après ce dont tout à l'heure nous tombions d'accord, de plus injustes qu'ils étaient, devenir plus justes, grâce à son action, s'il était vrai que ce grand homme eût de la valeur comme homme d'État, lorsqu'il se chargeait de s'occuper d'eux? *(c)* — CALL. : Hé! absolument. — SOCR. : Or, ceux qui sont justes sont paisibles, à ce que déclare Homère[1]. Et tes déclarations à toi? sont-elles de ce sens? — CALL. : Oui. — SOCR. : Il est pourtant certain que Périclès les a fait apparaître plus sauvages qu'il ne les avait reçus, et cela contre lui personnellement, contre lui qui ne souhaitait nullement ce résultat! — CALL. : Et tu souhaites que je t'accorde cela? — SOCR. : Au moins si tu es d'avis que je dise vrai. — CALL. : Mettons donc que ce soit! — SOCR. : Or, s'il est vrai qu'il les ait rendus plus sauvages, il les a rendus aussi plus injustes et pires? — CALL. : Mettons! — SOCR. : Alors, d'après cette argumentation, Périclès n'avait donc pas de valeur comme homme d'État. — CALL. : Non, au moins à ce que tu prétends! —

*ni Cimon, ni Thémistocle, ni Miltiade.*

SOCR. : Ni toi non plus, par Zeus! tu ne le prétends, au moins d'après ce que tu m'accordais. Mais remontons dans le passé, et parle-moi de Cimon: ne l'ont-ils pas frappé d'ostracisme[2], ces hommes auxquels il donnait ses soins, afin de n'avoir pas, de dix ans, à entendre sa voix? Pour Thémistocle aussi, n'en firent-ils pas autant, et ne lui infligèrent-ils pas en outre une peine d'exil? Quant à Miltiade, le vainqueur de Marathon, leurs votes ne le condamnèrent-ils pas à être précipité au fond du Gouffre, *(e)* et, si le Président des Prytanes ne s'y était opposé, n'y aurait-il pas été jeté[3]? Et pourtant, si ces hommes avaient été les hommes de valeur que tu dis, jamais ce sort n'eût été le leur; en tout cas, ce ne sont pas les bons cochers, ceux qui, au début, ne tombent pas de leur voiture, et qui en tombent à l'heure où ils ont effectué le dressage de leurs chevaux et où ils sont eux-mêmes devenus de meilleurs cochers : voilà qui ne se produit ni dans l'ouvrage du cocher, ni dans aucun autre! N'est-ce pas ton avis? — CALL. : Non, à mon avis, cela ne se produit pas. — SOCR. : Ainsi, tu le vois bien, c'était la vérité qu'exprimaient nos propos antérieurs[4] : *(a)* que cette Cité, la nôtre, n'a eu, à notre connaissance, aucun homme d'État qui eût de la valeur! Or, tu accordais, toi, que, à la vérité, il n'y en a pas parmi nos contemporains, mais pourtant parmi ceux d'autrefois; et tes préférences allaient à ces personnages!

Mais voici qu'ils nous sont apparus être au niveau des contemporains; en sorte que, si c'étaient des orateurs, ce n'était ni de l'art oratoire authentique qu'ils usaient (autrement en effet ils n'auraient pas connu la chute!), ni de celui qui consiste en flatterie. —

*Comment faut-il concevoir le service de l'État.*

CALL. : Il est pourtant bien vrai, Socrate, que jamais, il s'en faut de beaucoup, *(b)* aucun des contemporains n'a réalisé une œuvre d'une qualité semblable à celle de l'œuvre réalisée par tel qu'il te plaira parmi les hommes en question! — SOCR. : Divin Calliclès, pas davantage je ne songe, moi, à les blâmer, à ce titre du moins qu'ils sont serviteurs d'un État. Mais c'est d'avoir été, plus que nos contemporains, des serviteurs, et d'avoir été plus capables que ceux-ci de procurer à la Cité ce qui était l'objet de ses convoitises! Bien loin en effet de l'amener à convoiter autre chose et de se refuser à lui complaire, en employant la persuasion et la contrainte pour amener les citoyens à ce dont résultera leur amélioration, *(c)* ces grands hommes, à cet égard, ne différaient au contraire en rien, si je puis dire, des hommes d'État d'aujourd'hui : et c'est cela même qui est l'unique ouvrage d'un bon citoyen! Mais, pour ce qui est de navires, de murailles, d'arsenaux et de mainte autre chose du même genre, là-dessus moi-même je t'accorde que ceux-ci ont eu plus de talent que nos hommes d'État contemporains pour en approvisionner la Cité. N'est-ce pas toutefois une besogne risible à laquelle nous nous livrons, toi et moi, dans cet entretien? Tout le temps en effet de notre conversation, nous n'avons pas cessé un instant de tourner en rond et de revenir au même point, sans nous entendre mutuellement sur ce que nous voulons dire! À plusieurs reprises[1], tu as accordé et reconnu, je le crois en tout cas, *(d)* que cette façon que l'on a de se comporter, aussi bien à l'égard du corps qu'à l'égard de l'âme, est en quelque sorte double; qu'il y en a une, dont la nature est de s'acquitter d'un service, grâce à laquelle il est possible, quand notre corps a faim, de lui procurer des aliments, quand il a soif, des boissons, quand il a froid, des vêtements, des couvertures, des souliers, tout ce qui encore sert au corps pour aller à l'objet de son désir; et c'est à dessein que, pour me faire plus aisément comprendre de toi, j'emploie les mêmes images[1]. Qu'il y ait ce qu'il faut pour nous le procurer : soit un commerçant de détail ou bien un trafiquant, soit un professionnel de la fabrication de ces mêmes choses : boulanger ou cuisinier, *(e)* tisserand ou cordonnier et corroyeur, il n'eſt point du tout surprenant que l'homme dont telle eſt la profession se figure lui-même, les autres aussi, que c'eſt à lui qu'il incombe de prendre soin du corps ; que ce soit l'idée de quiconque ignore l'exiſtence, à côté de l'ensemble des arts en queſtion, d'un art de gymnaſtique comme de médecine ; lequel conſtitue en réalité l'art même de soigner le corps ; auquel il convient précisément d'avoir autorité sur tous les arts dont nous parlions et d'utiliser l'ouvrage de ceux-ci grâce au savoir qu'il possède relativement à ce qui, *(a)* en fait d'aliments ou de boissons, eſt bon ou mauvais en vue d'une excellente condition de notre corps, tandis que cela eſt ignoré des autres[2]. Voilà donc aussi pourquoi ces arts-là sont des arts d'esclave, des arts qui s'acquittent d'un service et qui ne sont pas d'un homme libre, eu égard à notre façon de nous comporter en ce qui concerne le corps ; oui, les autres arts en dehors de la gymnaſtique et de la médecine, qui sont, à bon droit, les maîtresses de ces servantes ! Mais, pour ce qui eſt de l'identité de ces conditions par rapport aussi à l'âme, il y a des moments où, quand je parle, j'ai l'impression que tu comprends, et où c'eſt en homme qui voit bien ce que je veux dire, que tu te mets d'accord avec moi ; et puis, voilà qu'un peu plus tard tu en viens à prétendre *(b)* que la Cité a compté des citoyens hommes accomplis ; puis, quand je te demande lesquels, tu m'as l'air, par rapport à l'adminiſtration de l'État, de me produire des gens on ne peut plus semblables à ceux que, avec un parfait sérieux, tu me nommerais si, à la queſtion que je t'aurais posée par rapport à la gymnaſtique, sur les hommes qui ont eu ou qui ont de la valeur pour les soins à donner au corps, tu me citais par exemple Théarion, le boulanger, ou Mithécos, celui qui a composé « *La cuisine sicilienne* », ou Sarambos, le cabaretier : merveilleux soigneurs du corps ils ont été, dirais-tu, *(c)* en nous ménageant des merveilles, le premier, de pain, le second, de cuisine, le troisième, de vin !

Or, sans doute te fâcherais-tu si je te tenais le langage

que voici : « Tu ne t'y connais pas en gymnastique, mon » bonhomme! Les gens dont tu me parles sont des ser- » viteurs et nous ménagent la satisfaction de nos désirs, » sans s'y connaître en rien sur ce qui est parfaitement bon » en ce qui concerne ceux-ci; ayant empli et épaissi, selon » l'occasion qui s'en est offerte à eux, le corps de leurs » semblables, ils joindront à un tel mal, en dépit des » louanges qu'ils reçoivent de ces derniers, celui de » ruiner leurs chairs d'antan chez ceux qu'ils traitent » ainsi. *(d)* Quant à ceux-ci, de leur côté, leur ignorance » les empêche d'incriminer ceux qui les régalent, de les » rendre responsables de leurs maladies et de la ruine de » leurs bonnes chairs d'autrefois; mais, s'il se trouve » alors dans l'assistance des gens pour leur donner » quelque bon avis, pour leur dire que leur goinfrerie » présente, en tant qu'elle a eu lieu indépendamment de » ce qui est un état sain, viendra, longtemps après, leur » apporter la maladie, ce sont ceux-là qu'ils incrimi- » neront, qu'ils blâmeront, à qui ils feront du mal s'ils » le peuvent, tandis qu'ils glorifieront les premiers, ceux » qui sont la cause même de leurs maux. » *(e)* À cette heure, c'est quelque chose de tout à fait pareil à cela que tu fais : tu glorifies des hommes qui ont régalé les Athéniens en les gorgeant de ce dont ils avaient envie, et desquels on dit qu'ils ont fait la grandeur de la Cité; mais ce qu'elle doit à ces anciens, c'est une boursouflure qui cache une gangrène[1], et l'on ne s'en aperçoit pas! *(a)* C'est en effet indépendamment de toute sagesse et de toute justice que, de ports, d'arsenaux, de murs, de tributs et d'autres pareilles balivernes[2], ils ont gorgé la Cité; aussi, le jour où vient l'accès aigu de cette maladie qui la travaillait, ce sont ceux qui à ce moment-là, dans l'assistance, donneront leurs avis, que l'on incriminera, tandis que l'on glorifiera Thémistocle, et Cimon, et Périclès, qui sont la cause des maux dont il s'agit! Et peut-être est-ce à toi, si tu ne te gardes, que l'on s'en prendra et à mon bien-aimé Alcibiade[3], *(b)* le jour où, en plus de ce que l'on a acquis, on aura perdu ses biens anciens, et pourtant de ces maux vous n'êtes pas les auteurs, quoique vous y ayez sans doute contribué!

*Attitudes pareillement paradoxales du Politique et du Sophiste.*

Voici toutefois, dès maintenant, une chose insensée que je vois se produire, que j'entends raconter aussi à propos des hommes du passé. Je m'aperçois en effet que la Cité, quand elle s'attaque à l'un de ses hommes d'État comme à un malfaiteur, celui-ci s'indigne, se plaint de l'affreuse façon dont on le traite : « Après tous les services que j'ai rendus à l'État, voilà, dit-il, avec quelle injustice il veut ma perte! » C'est là son langage, *(c)* mais ce langage est faux d'un bout à l'autre; car celui qui préside à la conduite des affaires dans une Cité ne saurait être injustement perdu par la Cité aux affaires de laquelle il préside. Il y a chance en effet qu'il n'y ait point de différence entre le cas de tous ceux qui se donnent pour être hommes d'État et le cas de tous ceux qui se donnent pour être Sophistes. Les Sophistes en effet, gens savants par ailleurs, font une chose déconcertante, celle que voici : alors qu'ils se proclament professeurs de vertu, il leur arrive souvent d'accuser leurs élèves de se conduire injustement à leur égard, en les frustrant de leur salaire et en ne leur payant pas d'autre tribut en remerciement *(d)* du service qu'ils leur ont rendu[1]. Et cependant que peut-il y avoir de plus irrationnel que de raisonner ainsi? que d'attribuer à des hommes qui sont devenus bons et justes, qui, dépossédés de l'injustice par leur professeur et mis en possession de la justice, se conduisent injustement, au moyen de ce qu'ils ne possèdent pas? Cela, mon camarade, ne te semble-t-il pas déconcertant? Comme tu as bien véritablement réussi, Calliclès, en te refusant à répondre, à me forcer d'être un orateur de place publique[2]! — CALL. : Et toi, ne serais-tu donc pas capable de parler sans que quelqu'un te réponde? *(e)* — SOCR. : Ma foi, j'ai bien l'air d'en être capable, puisque du moins, comme tu te refuses à me répondre, je prolonge avec cette continuité mes propos[3]! Dis-le-moi cependant, mon bon, de par le Zeus de l'Amitié[4] : n'est-il pas irrationnel, à ton sens, quand on proclame avoir rendu bon quelqu'un, de reprocher à ce quelqu'un qu'on a fait bon et qui l'est, d'être cependant pervers? — CALL. : D'accord! — SOCR. : Or, n'entends-tu pas les gens qui proclament qu'ils forment les hommes à la vertu, tenir un tel langage? *(a)* CALL. : Ma foi, oui!

Mais pour toi, à quoi bon parler de gens qui ne comptent pas? —

Socr. : Et pour toi, à quoi bon parler de ces autres qui proclament qu'ils sont à la tête de l'État et que leur souci est de le rendre le meilleur possible, puis qui, tout au rebours, l'accusent, quand l'occasion en vient à eux, d'être le plus pervers qui se puisse? Entre ceux-ci et les premiers, penses-tu qu'il y ait quelque différence? Non, bienheureux ami, un sophiste et un orateur, c'est la même chose, ou quelque chose d'approchant et de très voisin, ainsi que je le disais à Pôlos[1]. Mais toi, par ignorance, *(b)* tu considères l'une des deux choses comme absolument belle : l'art oratoire; et l'autre, tu la méprises, quoique, selon l'ordre du vrai, la Sophistique soit supérieure en beauté à l'art oratoire, dans la mesure exacte où l'art de légiférer l'emporte sur celui de juger et l'art gymnastique, sur l'art médical[2]. De mon côté, je croyais en outre[3] que c'est aux orateurs politiques comme aux Sophistes, et à eux seulement, qu'il n'est point permis d'adresser, sous prétexte qu'elle est pleine de perversité à leur égard, des reproches à cette créature dont l'éducation est leur œuvre propre; ou bien alors, que, en tenant les uns comme les autres ce langage, tout ensemble c'est eux-mêmes qu'ils accusent de n'avoir en rien été utiles à ceux auxquels ils prétendent être utiles. N'est-ce pas ainsi qu'il en est? *(c)* — Call. : Hé! absolument. — Socr. : Sans doute, pensais-je, sont-ils aussi les seuls à qui il soit permis, si toutefois ils disent vrai, de donner, sans attendre de rémunération, libre carrière à leur bienfaisance. Considère, en effet, toute autre sorte de bienfait dont on aura été bénéficiaire : ainsi, par exemple, la vélocité que m'aura fait acquérir le maître de gymnase; si c'est sans calcul qu'il s'est mis à ma disposition et sans convention relative au montant de la somme qui sera son salaire le jour où il m'aura, au plus haut point, fait acquérir cette vélocité, sans doute pourra-t-il se dire frustré du remerciement qui lui est dû; *(d)* car ce n'est assurément pas, je pense, en étant lent qu'on se comporte injustement envers quelqu'un, mais par de l'injustice! N'est-ce pas la vérité? — Call. : Oui. — Socr. : Donc, si c'est de cela même, de l'injustice, qu'on débarrasse les autres, il n'y a rien d'étrange que jamais on ne soit victime d'une injustice. Bien au contraire, on est le seul à pouvoir, sans craindre de déception, donner à sa bienfaisance libre carrière, à condition qu'on ait réellement le pouvoir de rendre bons les gens dont on s'occupe. N'en est-il pas ainsi ? — CALL. : D'accord. —

*Éducation, gestion des affaires publiques sont des missions pareillement gratuites.*

SOCR. : Voilà pour quelles raisons, tu le vois à présent, il n'y a rien de déshonorant, semble-t-il bien, à recevoir de l'argent pour les conseils que par ailleurs on donne à ceux qui vous consultent : ainsi pour la construction d'une maison ou dans les autres arts spéciaux. *(e)* — CALL. : Oui, il le semble bien. — SOCR. : Mais, concernant cette sorte d'activité qui s'emploie à discerner de quelle façon on deviendra le meilleur possible et on administrera le plus parfaitement sa maison ou l'État, il est d'usage[1] de tenir pour déshonorant de se refuser à accorder ses conseils, à moins qu'on ne vous donne de l'argent ; n'est-ce pas la vérité ? — CALL. : Oui. — SOCR. : La raison en est claire, effectivement : parmi les formes de bienfaisance, il n'y en a pas d'autre qui porte celui qui a reçu le bienfait à être bienfaiteur en retour ; en conséquence, que l'auteur de ce bienfait en soit, par réciprocité, bénéficiaire, il y a là, pense-t-on, l'indice d'une belle chose, mais non dans le cas contraire. Là-dessus, est-ce ainsi qu'il en est ? *(a)* — CALL. : C'est ainsi. — SOCR. : Définis-moi donc la manière dont, sur ton invitation, je donnerai mes soins à la Cité. Sera-ce celle qui consiste à batailler contre les Athéniens pour les rendre meilleurs, en me conduisant comme ferait un médecin ? ou bien celle qui consistera à me mettre à leur service et, dans mes relations avec eux, à chercher à leur complaire ? Dis-moi la vérité, Calliclès ; car, ayant commencé par avoir envers moi ton franc-parler, il est juste que pareillement tu continues jusqu'au bout à me dire ce que tu as en tête. Allons, explique-toi bien et bravement ! — CALL. : Eh bien ! je dis que ce sera en te mettant à leur service ! *(b)* — SOCR. : Je les flatterai donc, très brave Calliclès, voilà à quoi tu m'invites ! — CALL. : Appelle cela servir comme un Mysien, à ton aise ! En tout cas, si tu dois te refuser à servir, alors[2]... — SOCR. : Garde-toi de me redire ce que maintes fois tu m'as dit ; que me fera périr qui voudra[3] ! Épargne-moi d'avoir à te répondre encore que ce sera un méchant qui traitera ainsi un homme de bien. Ne me dis pas non plus que, s'il se trouve que je possède quelque chose il m'en dépouillera, pour éviter que, cette fois encore, je ne te réponde qu'il aura beau m'en avoir dépouillé, il n'en aura pas l'utilisation, *(c)* bien plutôt, tout de même qu'il m'en aura dépouillé injustement, c'est injustement aussi que, après me l'avoir pris, il l'utilisera; or, si c'est injustement, ce sera d'une façon laide et, si c'est d'une façon laide, c'est de mauvaise façon. —

*Socrate accepte d'avance les conséquences de son attitude : le médecin, accusé par le cuisinier, jugé par des enfants.*

CALL. : Quelle confiance tu me sembles avoir, Socrate, que jamais rien de tout cela ne t'arrivera, comme si tu habitais en quelque endroit lointain et que tu ne pusses être assigné devant un tribunal, par un individu sans doute tout à fait disqualifié et misérable[1] ! — SOCR. : Il faut que je sois vraiment insensé, Calliclès, si je me figure que, dans la ville où nous sommes, à qui que ce soit, pareille chose ne puisse arriver, quoi que d'aventure ce soit ! Ce qu'en revanche je sais pertinemment, c'est ceci : dans le cas où je devrai venir comparaître devant le tribunal *(d)* en étant exposé précisément à l'un des risques dont tu me parles, ce sera un homme pervers, celui qui m'aura assigné; car aucun brave homme n'assignerait quelqu'un qui ne commet pas d'injustice. Bien plus, il n'y aurait rien d'étonnant que la mort ne dût s'ensuivre pour moi. Veux-tu que je te dise ce qui fait que je m'y attends ? — CALL. : Hé ! absolument. — SOCR. : Je crois que, en compagnie de quelques Athéniens, pour ne pas me flatter d'être le seul, je me consacre à ce qu'est authentiquement l'art politique, et suis le seul des hommes d'aujourd'hui à m'occuper des affaires de l'État : aussi est-ce en tant que, chaque fois que je parle, les paroles que je prononce ne sont pas des paroles destinées à plaire, mais à dire ce qui vaut le mieux, *(e)* non ce qui est le plus agréable; en tant que je ne consens pas à faire ce que toi, tu me conseilles, ces fameuses finesses[2], c'est à ce titre que je serai incapable de savoir que dire devant le tribunal. Mais le langage qui maintenant me vient aux lèvres, c'est celui-là même que je tenais à Pôlos[3] : je serai jugé en effet comme serait jugé un médecin qu'accuserait un cuisinier devant un tribunal d'enfants. Considère effectivement ce qu'un tel homme, traduit devant ce tribunal, pourrait dire pour se justifier, si on l'accusait en ces termes : « Enfants, voici un homme qui vous a » fait quantité de misères; il vous abîme, aussi bien vous » que les plus jeunes d'entre vous, *(a)* en vous coupant » ou en vous brûlant; il vous dessèche et vous suffoque » si bien que vous ne savez où vous fourrer[1]; il vous » donne à boire tout ce qu'il y a de plus amer; il vous » force à avoir faim et soif! Ce n'est pas comme moi, » qui vous régalais de quantité de douceurs variées! » Ainsi paralysé par les difficultés de sa situation, que serait à même, selon toi, de dire un médecin? Suppose qu'il dise la vérité : « Tout cela, enfants, je le faisais pour votre » santé! » Quelles clameurs de protestations, selon toi, de pareils juges ne pousseraient-ils pas! ne seraient-elles pas violentes? — CALL. : Peut-être bien; au moins est-ce ce qu'il faut croire. — SOCR. : Donc, selon toi, son embarras sera extrême, de savoir *(b)* ce qu'il devra dire? — CALL. : Hé! absolument —

SOCR. : C'est, sans nul doute, dans une situation analogue, je le sais fort bien, que je me trouverais placé, me présentant à la barre d'un tribunal; car je ne pourrais pas faire valoir à mes juges des plaisirs que je leur ai procurés, plaisirs qu'ils tiennent pour être d'utiles bienfaits, et, d'autre part, je n'envie pas non plus, ni ceux qui les procurent, ni ceux à qui ils sont procurés; et, si l'on prétend, ou bien que je gâte les plus jeunes en leur faisant sentir leur embarras, ou que je fais du mal aux plus âgés en leur tenant, dans le privé comme en public, d'amers propos, je ne serai à même ni de leur énoncer la vérité : *(c)* « Tout cela, Juges, je suis bien fondé à vous le dire » et ce à quoi je m'emploie, ce sont vos affaires à vous! », ni de leur dire rien d'autre! En sorte que mon sort, quoi que d'aventure ce soit, ce sort, il est probable que je le subirai! — CALL. : Alors, Socrate, elle est belle, selon toi, l'attitude d'un homme qui dans une cité est de cet acabit et impuissant à se porter assistance à lui-même! — SOCR. : Elle l'est, Calliclès, à une condition unique du moins, celle dont, à maintes reprises, tu as toi-même reconnu l'existence : c'est qu'il se sera assisté lui-même *(d)* en ne disant, en ne faisant rien d'injuste, ni à l'égard des hommes, ni à l'égard des Dieux; car, à maintes reprises[1], nous sommes tombés d'accord que c'est là la plus puissante assistance que l'on puisse se donner à soi-même. Cela étant, si l'on me prouvait que de cette sorte d'assistance je suis impuissant à m'assister moi-même comme autrui, j'aurais grande honte que la preuve m'en fût fournie, devant beaucoup ou peu de monde il n'importe, et même si c'était en tête-à-tête; bien plus, si c'était à cause de cette impuissance que je dusse mourir, je m'irriterais d'avoir à mourir; tandis que, si la cause de ma fin était chez moi de l'indigence eu égard à la flatterie oratoire, tu verrais, j'en suis convaincu, avec quelle sérénité *(e)* je supporte la mort! Car mourir, c'est une chose dont personne n'a peur, non, personne, à moins de manquer totalement de réflexion[2] et de virilité. Mais ce qui fait peur, c'est de commettre l'injustice; car, pour l'âme qui est lestée de multiples injustices, arriver chez Hadès est le dernier de tous les maux. Or, si tu le désires, je veux bien te faire voir, en te contant une histoire, comment cela se passe. — CALL. : Eh bien! puisque aussi bien tu as mené tout le reste à son terme, termine aussi ce dernier article! *(a)* —

IV. QUATRIÈME PARTIE :

*Le mythe du jugement des morts.*

SOCR. : Écoute donc, comme on dit, une belle histoire. Toi, tu estimeras, j'en suis convaincu, que c'est une fable, mais selon moi c'est une histoire, et c'est dans la pensée que ce sont des vérités que je te dirai ce que je vais te dire[3].

Au témoignage d'Homère[4], tu le sais, quand Zeus, Poseïdôn et Pluton eurent de leur père reçu en héritage le pouvoir, ils se le partagèrent. Or, au temps de Cronos, il y avait une loi concernant les hommes, qui était celle-ci, toujours en vigueur chez les Dieux, même à présent encore : que celui des hommes *(b)* qui a passé toute sa vie dans la justice et la piété s'en aille, quand il a fini ses jours, habiter les Iles des Bienheureux dans un état complet de béatitude et d'exemption de tous maux, tandis que celui qui l'a passée dans l'injustice et l'impiété s'en va à cette prison où se paient les peines encourues, et que l'on appelle Tartare[5]. Mais, au temps de Cronos et encore du temps que Zeus était depuis peu en possession du pouvoir, c'étaient des vivants qui étaient juges de vivants, rendant leur sentence le jour même où devaient trépasser ces derniers. Mais leurs jugements étaient de mauvais jugements. Aussi Pluton, tout comme les administrateurs des Iles des Bienheureux venaient-ils rapporter à Zeus que chez eux, *(c)* d'un côté aussi bien que de l'autre, ils voyaient aller et venir des hommes qui ne l'avaient pas mérité. Zeus tint alors ce langage : « Eh bien! dit-il, je vais mettre un terme à cet état de » choses. À présent en effet les sentences des juges sont » de mauvaises sentences : c'est que, ajouta-t-il, les gens » que l'on juge sont jugés tout habillés, puisqu'ils sont » jugés vivants. Or, dit-il, il y en a beaucoup qui, ayant » une âme perverse, se la sont revêtue d'un beau corps, » d'une illustre origine, de richesses, et, le jour venu du » jugement, il leur arrive quantité de témoins qui té- » moignent que leur vie a été juste. *(d)* Aussi les juges » se laissent-ils éblouir par tout cela, attendu que, en » même temps, c'est tout habillés, eux également, qu'ils » prononcent leur sentence, ayant placé, en avant de l'âme » qui est la leur, un écran qui est fait d'yeux, d'oreilles » et du corps dans son ensemble. Tout cela vient donc » prendre place par-devant eux, aussi bien ce dont ils » sont eux-mêmes revêtus que ce dont sont revêtus » ceux qui sont jugés. Maintenant, dit-il, ce qu'il faut » en premier faire cesser, c'est que les hommes sachent » à l'avance qu'ils vont mourir, car actuellement à » l'avance ils le savent. Or, voici justement ce qui a été » prescrit à Prométhée : *(e)* que, chez eux, cesse cette » connaissance[1]. En second lieu, il faut qu'on les juge » complètement mis à nu de tout cela : c'est une fois » morts, en effet, qu'ils devront être jugés, et le juge » devra, lui aussi, avoir été mis à nu et être un mort, qui, » avec sa seule âme, est spectateur d'une âme pareil- » lement seule, celle de chacun, à l'instant où il vient de » mourir : un mort qui est isolé de toute sa parenté et » qui a laissé sur la terre tout ce dont il se parait; condi- » tion indispensable de la justice de sa décision. Or, moi » qui, avant vous, m'étais rendu compte de cela, j'ai » nommé juges mes propres fils : deux, originaires de » l'Asie, Minos et Rhadamanthe, *(a)* un seul, originaire » de l'Europe, Éaque[2]. Donc, quand ils seront tré- » passés, ils prononceront leurs sentences dans la » Prairie[3], au carrefour d'où partent les deux routes,

» l'une vers les Iles des Bienheureux, l'autre vers le Tar-
» tare. Les morts qui viennent de l'Asie seront jugés par
» Rhadamanthe; ceux qui viennent de l'Europe, par
» Éaque; à Minos d'autre part je donnerai la prérogative
» d'être surarbitre, pour le cas où les deux autres se-
» raient, en quelque point, embarrassés, afin que la déci-
» sion soit aussi juste que possible quant au voyage à
» assigner aux hommes. »

Voilà, Calliclès, le récit que j'ai entendu faire et à la véracité duquel j'ai foi. *(b)* De ces traditions, ce qui résulte est, d'après mes réflexions, à peu près ceci : c'est que la mort, à mon avis, n'est précisément rien d'autre que la rupture mutuelle du lien qui unit deux choses, le corps et l'âme. Or, une fois que ces deux choses ont été ainsi déliées l'une de l'autre, chacune d'elles n'a guère moins sa manière d'être propre que celle, exactement, qu'elle avait pendant que vivait l'homme. Le corps, en premier lieu, manifeste la nature qui est la sienne, ainsi que les marques des soins qu'il s'est donnés *(c)* et des affections qu'il a subies : si par exemple, de son vivant, on avait le corps de grande taille, soit en vertu de la nature, soit en conséquence de la façon dont on l'a traité, ou en vertu de ces deux causes à la fois, de grande taille, après la mort, sera aussi le cadavre; si l'on est épais, épais sera aussi le cadavre du mort et de même à d'autres égards; et encore, si l'on s'est appliqué à avoir une longue chevelure, le cadavre pareillement aura de longs cheveux; ou bien encore, celui qui, de son vivant, avait été souvent puni du fouet et qui portait sur le corps des marques, des cicatrices, provenant soit du fouet, soit d'autres blessures, vous pourrez voir, la vie finie, que son corps les porte; avait-on, de son vivant, des membres brisés ou déviés, *(d)* tout cela sur le mort ne sera pas moins manifeste; en un mot, de ce qu'a été, pendant la vie, la condition qu'on aura ménagée à son corps, le mort en portera encore pendant un certain temps les témoignages manifestes, soit tous, soit la plupart d'entre eux. Eh bien! selon moi, Calliclès, c'est ce qui, en fin de compte, est aussi le cas de l'âme : une fois que du corps elle a été mise à nu, tout y est manifeste, tout ce que l'homme a possédé dans son âme, ce qui est du fait de sa nature aussi bien que des affections qui résultent de la façon dont il s'est employé à chaque sorte d'affaire.

*(e)* Les voilà donc arrivés auprès de leur juge, ceux par exemple qui viennent de l'Asie auprès de Rhadamanthe. Rhadamanthe les place en arrêt devant lui; il regarde l'âme de chacun, sans savoir de qui c'est l'âme; mais, plus d'une fois, celle qu'il aura prise pour la juger sera celle du Grand Roi, ou de n'importe quel autre roi ou princc souverain : il n'y a rien vu de ce qui constitue la santé de l'âme; au contraire il l'a vue tout entière striée des coups de fouet, pleine des cicatrices *(a)* laissées par des parjures et de l'iniquité, marques imprimées sur l'âme de cet homme par chacune de ses actions; il y a vu que tout y est dévié par l'action du mensonge et de l'imposture, que rien n'y est droit du fait qu'à sa culture a fait défaut la vérité; cette âme, il l'a vue, sous l'action de l'excès de puissance, de la mollesse, de la démesure, de l'incapacité de se dominer en toutes les actions, il l'a vue surchargée autant de désharmonie que de laideur; et, l'ayant vue telle, cette âme-là, il l'a honteusement envoyée tout droit à la maison de détention, où elle doit aller subir les épreuves qui conviennent.

Or, il convient à quiconque est sujet à être puni, et puni à bon droit par un autre, *(b)* soit d'être amélioré par cette punition et d'y gagner, soit de servir d'exemple aux autres, afin que ceux-ci, lui voyant subir les peines qu'il peut avoir à subir, soient pris de peur et s'améliorent. D'autre part, ceux pour qui il y a profit à avoir payé la peine que leur ont infligée les Dieux ou les hommes, ce sont ceux dont les fautes ont été des fautes qui ne sont pas incurables; ce n'en est pas moins par le moyen de souffrances et de douleurs que leur vient ce profit, ici-bas comme dans l'Hadès; car il n'est pas possible d'être, autrement, débarrassé de l'injustice. *(c)* Quant à ceux qui auront poussé leur injustice au dernier degré et qui, par des actions injustes d'une telle sorte, seront devenus incurables, c'est d'eux que sont tirés les exemples; et tandis que ces hommes, puisqu'ils sont incurables, ne gagnent rien à leur peine, c'est pour les autres qu'est le gain, pour ceux qui leur voient subir, en raison de leurs fautes, une éternité d'épreuves, les plus grandes, les plus douloureuses, les plus redoutables : véritablement suspendus là-bas, chez Hadès, dans la prison, en qualité d'exemples, objets de contemplation et d'admiration pour ceux des hommes injustes qui ne cessent d'arriver. *(d)* De ceux-là seront, je l'affirme, et Archélaos, si ce que raconte Pôlos[1] est la vérité, et tout autre, qui serait un tyran de son espèce. Or, je le pense, c'est même parmi les tyrans, les rois, les princes souverains et ceux qui s'occupent des affaires de l'État, que se sont trouvés la plupart de ces hommes dont la punition est ainsi un exemple; car ce sont eux qui, en raison de leur absolu pouvoir, commettent les fautes les plus graves et les plus impies. Au reste, Homère lui-même témoigne de ce que je dis; ce sont en effet des rois et des princes souverains *(e)* qui, chez ce poète, sont ceux qui, dans les demeures d'Hadès, sont punis pour l'éternité : Tantale, Sisyphe, Tityos, tandis que Thersite[2], aussi bien que tout autre méchant qui n'aura été qu'un simple particulier, aucun poète ne l'a représenté soumis, comme un criminel incurable, aux grandes punitions : il lui manquait en effet, je pense, le pouvoir de commettre des crimes inexpiables; aussi a-t-il été plus heureux que ceux qui ont eu ce pouvoir. Quoique, de fait, ce soit, des rangs des puissants, Calliclès, que sortent les hommes dont la perversité a été extrême, *(a)* rien à la vérité n'empêche cependant que, parmi eux, il n'y ait eu des gens de bien, et c'est une chose digne d'admiration que ceux-là l'aient été; car il est difficile, Calliclès, et cela est digne d'être abondamment loué, de passer toute sa vie dans la justice, quand on s'est trouvé investi dès l'abord du pouvoir immense, absolu, de commettre l'injustice! Mais elle est rare, l'apparition d'hommes de cette sorte. Sans doute, il y en a eu, et chez nous et ailleurs; il y en aura encore, je crois : hommes accomplis eu égard à ce mérite *(b)* qui est de gérer avec justice les affaires que l'on peut vous avoir confiées; l'un de ces hommes, dont la renommée a été sans bornes et s'est répandue dans le reste de la Grèce, fut Aristide, le fils de Lysimaque; mais la plupart des hommes au pouvoir, mon excellent ami, deviennent des méchants.

Je le disais donc[3], c'est exactement cela : quand ce Rhadamanthe, qui siège là-bas, a pris pour le juger un homme de cette espèce, il ne sait rien sur son compte, ni qui il est, ni de quelle souche, rien d'autre sinon que c'est un homme pervers; et aussitôt qu'il a vu cela, il l'a envoyé au Tartare, après l'avoir marqué d'un signe indiquant s'il le juge curable ou s'il le juge incurable, et, *(c)* une fois arrivé là-bas, celui-là subit les peines convenables. Mais parfois c'en est une autre âme qu'il considère, dont la vie a été pieuse et accompagnée de vérité, l'âme d'un simple particulier ou d'un autre, principalement, je te l'affirme, Calliclès, celle d'un philosophe, ayant employé sa vie à faire les choses qui sont les siennes au lieu d'être un touche-à-tout ; il en a été charmé et il l'a envoyée vers les Iles des Bienheureux. C'est pareillement ce que fait Éaque. Chacun d'eux juge, la baguette à la main. Quant à Minos, il observe du haut de son siège et seul il tient le sceptre d'or, *(d)* ainsi que dit l'avoir vu l'Ulysse d'Homère[1] : *tenant le sceptre d'or, rendant la justice aux défunts.* Aussi bien, Calliclès, ai-je, pour mon compte, foi en cette histoire, veillant à me mettre en état de produire devant le juge mon âme dans la meilleure santé possible. Ayant donc dit bonsoir à tout ce qui est honoré par la plupart des hommes, je m'efforcerai, en envisageant la vérité, d'être, autant que je le pourrai, réellement le meilleur possible, aussi bien dans ma vie que dans ma mort, le jour où je mourrai. *(e)* Or, voilà à quelle existence, voilà à quelle compétition, compétition tout au rebours de toutes celles d'ici-bas, j'invite, autant que je le puis, tout le reste des hommes, toi, naturellement aussi, au rebours des invitations que tu m'adressais[2] ; et le reproche que je te fais, c'est que tu ne seras pas capable de te porter assistance à toi-même, quand ce sera pour toi le jour du procès et du jugement dont tout à l'heure je parlais ; mais au contraire, en arrivant devant le juge, celui qui est le fils d'Égina, au moment où, s'étant saisi de toi, il t'attirera à lui, *(a)* toi, là-bas, tu ne resteras pas moins bouche bée, pas moins pris de vertige que je ne le serai, moi, en ces lieux-ci ; sans doute te frappera-t-on ignominieusement à la joue et t'outragera-t-on de toute manière !

ÉPILOGUE. Mais peut-être tiens-tu tout ce que je dis là pour une fable, ainsi qu'en conterait une vieille, et tu n'en fais point cas ! Et, qu'on n'en fît aucun cas, il n'y aurait à cela rien de surprenant, si notre recherche nous avait mis, de quelque façon que ce fût, à même de trouver quelque chose qui valût mieux que cela et qui fût plus vrai. Or, c'est un fait, tu le vois, à vous trois, qui précisément êtes les plus doctes des Grecs de notre temps, *(b)* Pôlos, Gorgias et toi, vous n'êtes pas capables de nous prouver qu'il faut vivre une autre existence que celle-là, celle justement qui est en outre pour nous, là-bas, un avantage évident. Tout au contraire, après la réfutation, au cours de ce long débat, des autres thèses, celle-ci seule demeure en paix, celle d'après laquelle on doit davantage prendre garde de commettre l'injustice que de subir l'injustice; se soucier par-dessus tout, non point de passer pour un homme de bien, mais de l'être, dans la vie privée comme dans la vie publique; au cas, d'autre part, où, sous quelque rapport, on en sera venu à faire le mal, on doit être corrigé : ce qui est, après le bien qui consiste à être juste, un second bien, celui qui consiste à le devenir *(c)* et, par la correction, à payer la peine de sa faute; fuir toute flatterie, aussi bien celle qui a rapport à soi-même que celle qui a rapport aux autres, qu'elle ait rapport à un petit nombre d'hommes ou bien à un grand nombre; enfin, faire usage de l'art oratoire, comme de toute autre activité, de cette façon-là, en vue de la justice, toujours!

Laisse-toi donc convaincre et tiens-moi compagnie dans cette voie, au terme de laquelle, une fois arrivé, tu trouveras le bonheur, aussi bien pendant ta vie qu'après ta mort, ainsi que le donne à entendre l'histoire que je t'ai contée. Laisse les gens te mépriser comme un insensé, *(d)* laisse-les t'outrager s'il leur plaît, et, par Zeus! oui, aie même le courage de te voir bruyamment frappé de ce coup que tu juges ignominieux[1] : ce ne sera en effet rien de terrible que tu subiras, pourvu que tu sois un homme accompli, qui pratique l'exercice de la vertu. Quand, de la sorte, nous aurons ensuite pratiqué en commun cet exercice, alors, si nous jugeons bon de nous en occuper, nous nous adonnerons dorénavant aux choses de la politique; ou, si nous jugeons bon que ce soit à quelque autre chose, alors nous en délibérerons, étant plus aptes à une délibération que nous ne le sommes à présent. Il est en effet honteux que des gens, qui sont en vérité dans l'état évident où nous sommes à cette heure, se mettent ensuite à discourir en petits fats, comme si nous étions quelque chose qui compte, nous qui, sur les mêmes sujets, ne restons jamais du même avis, *(e)* et cela à propos de tout ce qu'il y a de plus considérable :

tant est profond le manque d'éducation où nous sommes parvenus ! Usons donc, comme d'un guide, de cette conception dont la lumière éclaire à présent notre marche, et qui nous donne à entendre que cette règle de la vie est la meilleure, qui consiste à vivre et mourir en pratiquant l'exercice de la justice et des autres vertus. Cette règle de la vie, suivons-la, et invitons à la suivre les autres hommes, au lieu de celle en laquelle tu mets ta confiance et à laquelle tu m'invites. Car celle-là, elle ne vaut rien, Calliclès !

# MÉNON
## OU
## *DE LA VERTU*

MÉNON, SOCRATE, UN SERVITEUR DE MÉNON, ANYTOS

PROLOGUE.
GORGIAS *et* MÉNON.

*(a)* MÉNON[1] : Es-tu à même, Socrate, de me dire, au sujet de la vertu, si c'est quelque chose qui s'enseigne; ou bien, si, au lieu d'être quelque chose qui s'enseigne, elle est la matière d'un exercice; ou bien si, au lieu d'être matière d'exercice ou d'enseignement, elle est chez les hommes un don naturel; ou bien s'il y a quelque autre façon encore dont on l'acquière? — SOCRATE. : Jusqu'ici, Ménon, les Thessaliens étaient réputés et admirés en Grèce pour leurs talents équestres et pour leurs richesses. *(b)* Mais aujourd'hui, à ce qu'il me semble, c'est pour leur science; et principalement les concitoyens de ton camarade Aristippe, les gens de Larisse! Or, ce nouveau talent, c'est de Gorgias qu'il vous vient; car, dès sa venue chez vous, il trouva l'amour pour le savoir chez les plus *(c)* distingués, tant des Aleuades, à la famille desquels appartient Aristippe, ton amoureux, que du reste des Thessaliens. Il est naturel qu'il vous ait inculqué l'habitude, quand on vous pose quelque question, d'y répondre avec une magnifique intrépidité comme il convient à des gens qui savent : vu que lui-même *(d)* il s'offrait aux questions, quelles qu'elles fussent, qu'il plairait à tel des Grecs de lui poser, ajoutant qu'il n'y en avait aucun à qui il n'ait répondu[2]. Mais chez nous, mon cher Ménon, c'est l'inverse qu'on a vu parallèlement se produire : *(a)* il y a eu comme qui dirait un dessèchement du savoir, et il y a des chances que, désertant ces lieux, ce soit près de vous qu'il soit parti, le savoir! Il n'y en a pas un seul des gens d'ici, supposé du moins que tu consentes à l'interroger, qui ne doive se mettre à rire et te répondre : « Étranger, il y a des chances que

tu me croies être quelque bienheureux, qu'en tout cas tu croies que je sais si la vertu s'acquiert par l'enseignement, ou si c'est de quelque autre manière[1] ! Quant à moi, je suis tellement loin de savoir si elle est matière d'enseignement ou si elle n'est pas matière d'enseignement, que, absolument, la nature propre de la vertu, il se trouve que je ne la connais même pas ! » *(b)* Voilà donc, Ménon, l'état où je suis moi aussi ; mon indigence à l'égard de cette connaissance va de pair avec celle de mes concitoyens et je me blâme personnellement de ne savoir absolument rien concernant la vertu. Or, quand je ne sais pas ce qu'est une chose, comment saurais-je quelles en sont les qualités ? Mais peut-être est-il possible, à ton avis, que, ignorant absolument qui est Ménon, on puisse savoir s'il est beau, s'il est riche, si en outre il est bien né, ou s'il a l'opposé même de ces qualités. À ton avis, est-ce possible ? *(c)* —

MÉN. : Ma foi, non ! Est-il vrai cependant, Socrate, que la nature de la vertu, tu ne la connaisses même pas ? Voyons ! est-ce là ce que, sur ton compte, nous devrons revenir annoncer chez nous ? — SOCR. : Oui, et non pas cela seulement, mais en outre que, si je m'en crois, je n'ai rencontré encore personne qui le sût ! — MÉN. : Mais quoi ? Gorgias, tu ne l'as pas rencontré, quand il était chez vous[2] ? — SOCR. : Si fait ! — MÉN. : Alors, c'est que tu as jugé qu'il ne le savait pas ? — SOCR. : Je n'ai pas très bonne mémoire, Ménon ; en sorte que, à l'heure présente, je ne suis pas à même de te dire quelle fut à ce moment mon opinion. *(d)* Sans doute ce grand homme le savait-il pourtant, lui ; et ce qu'il disait, toi, tu le sais ! Comment en parlait-il, rappelle-le-toi, ou, si tu aimes mieux, parle en ton propre nom ; car sans doute partages-tu exactement ses convictions. — MÉN. : Oui, ma foi ! — SOCR. : Dans ce cas, ne nous occupons pas de lui, puisqu'en outre il n'est pas avec nous ! Toi, cependant, que prétends-tu pour ton compte, au nom des Dieux, Ménon, que soit la vertu ? Parle sans te faire prier, de façon (au cas où il apparaîtrait que Gorgias et toi, vous savez ce qui, ai-je dit de mon côté, n'est su de personne que j'aie rencontré) à faire pour moi une incomparable bonne chance de l'idée trompeuse qui ainsi m'a trompé ! *(e)* —

*I. 1. La façon de définir : A) Ménon procède par énumération ;*

MÉN. : Mais, Socrate, il n'y a pas de difficulté pour moi à parler. En premier lieu, si c'est la vertu[1] de l'homme que tu souhaites, il est aisé de dire que ceci constitue la vertu d'un homme : être ce qu'il faut être pour gérer les affaires de l'État, et, dans cette gestion, pour faire le bien de ses amis et le mal de ses ennemis, en se gardant soi-même d'avoir, en rien, pareil mal à subir. Souhaites-tu maintenant la vertu d'une femme ? Il n'est pas difficile d'expliquer que cette dernière a le devoir de bien administrer la maison, en veillant à l'entretien de ce que renferme la maison, en étant docile aux instructions de son mari. De plus, autre est la vertu de l'enfant, selon que c'est une fille ou un garçon, autre est celle de l'homme plus âgé, d'un homme libre si tu veux, d'un esclave si tu préfères. *(a)* Comme il existe une prodigieuse quantité d'autres vertus, on n'est pas embarrassé, au sujet de la vertu, pour dire en quoi elle consiste : par rapport à chaque activité et à chaque âge, la vertu existe pour chacun de nous par rapport à chaque ouvrage. Et il en est de même, je le pense, Socrate, pour le vice. — SOCR. : Ah ! Ménon, quelle bonne fortune extraordinaire c'est pour moi, semble-t-il, si, étant en quête d'une unique vertu, j'ai trouvé, placé sous ta main, un essaim de vertus ! Et pourtant, Ménon, si je t'interrogeais, pour garder l'image de l'essaim, sur ce que peut bien être la nature d'une abeille *(b)* et que tu m'eusses dit que, des abeilles, il y en a de beaucoup de sortes, que me répondrais-tu si je te demandais : « Prétends-tu que ce soit du fait même d'être des abeilles qu'elles sont de beaucoup de sortes et différentes les unes des autres ? Ou bien que, par ce fait même, elles ne diffèrent nullement, mais par quelque autre caractère, ainsi par leur beauté ou par leur grosseur, ou par quelque autre caractère parmi ceux qui sont du même genre[2] ? » Dis-moi, que répondrais-tu, étant interrogé de la sorte ? — MÉN. : Ce que je répondrais, moi ? c'est qu'elles ne diffèrent en rien l'une de l'autre, en tant qu'elles sont des abeilles ! *(c)* —

*B) Socrate recherche l'unité de la notion.*

Socr. : Mais si, après cela, je te disais : « C'est donc, Ménon, de cette seule chose que je te demande de parler : ce en quoi elles ne diffèrent nullement, mais sont, toutes sans exception, la même chose, qu'est-ce que c'est, d'après toi ? » Sans doute serais-tu à même de me faire une réponse. — Mén. : Oui, ma foi ! — Socr. : C'est précisément ainsi qu'il en est également au sujet des vertus ! Quand bien même elles seraient de beaucoup de sortes, toutes sans exception possèdent du moins un certain caractère identique, qui est unique, en vertu duquel elles sont des vertus et vers lequel aura tourné son regard celui qui, en réponse à la question qu'on lui a posée, est, je pense, convenablement en état de faire voir quelle peut bien être la réalité de la vertu. *(d)* Peut-être ne comprends-tu pas ce que je veux dire... — Mén. : Il me semble, oui, que je comprends. Ce que demande la question posée, je ne le saisis pas encore comme je le souhaite. — Socr. : Eh bien ! est-ce seulement à propos de la vertu, Ménon, que, selon toi, autre est la vertu d'un homme, autre, celle d'une femme, et ainsi du reste des cas ? ou penses-tu qu'il en soit semblablement à propos de la santé, et de la taille, et de la vigueur ? Es-tu d'avis qu'autre soit la santé d'un homme, autre, la santé d'une femme ? n'y a-t-il pas chez tous les êtres un caractère identique, dès lors précisément qu'existe la santé ? *(e)* que ce soit chez un homme, que ce soit chez n'importe qui d'autre ? — Mén. : Identique est, à mon avis, la santé d'un homme et celle d'une femme. — Socr. : Et aussi la taille, ainsi que la vigueur ? Que ce soit justement une femme qui soit vigoureuse, n'est-elle pas vigoureuse par le même caractère, par la même vigueur ? Voici en effet ce que j'entends par ce « la même » : c'est que la vigueur ne diffère pas par rapport au fait d'être la vigueur, selon qu'elle existe chez un homme, selon qu'elle existe chez une femme. Y a-t-il, à ton avis, quelque différence ? — Mén. : Non, ma foi ! *(a)* —

Socr. : Or, par rapport au fait d'être vertu, est-ce que la vertu différera en quoi que ce soit, selon qu'elle existera chez un enfant ou selon que ce sera chez un vieillard, selon que ce sera chez un homme ou selon que ce sera chez une femme ? — Mén. : Je ne sais comment cela se fait, Socrate, mais ce cas ne me semble plus pareil aux autres cas envisagés! — SOCR. : Mais quoi? ne disais-tu pas[1] que c'est la vertu d'un homme de bien administrer l'État, celle d'une femme de bien administrer la maison? — MÉN. : C'est bien ce que je disais. — SOCR. : Mais est-il possible de bien administrer soit un État, soit une maison sans les administrer avec sagesse et avec justice? *(b)* — MÉN. : Non certes! — SOCR. : Or, si c'est précisément avec sagesse et justice qu'ils administrent, ne sera-ce pas par de la sagesse et par de la justice, qu'ils administreront? — MÉN. : Forcément! — SOCR. : C'est, en conséquence, des mêmes choses qu'ils ont besoin, les uns comme les autres, s'il est vrai qu'ils veuillent être gens de bien, la femme tout autant que l'homme : à savoir, de justice et de sagesse. — MÉN. : C'est évident! — SOCR. : Mais quoi! Un enfant comme un vieillard, se pourrait-il que jamais ils réussissent à être bons, en étant incontinents et injustes? — MÉN. : Certes non! — SOCR. : Mais, en étant sages et justes? *(c)* — MÉN. : Oui. SOCR. : Les êtres humains, c'est donc de la même façon que, tous, ils sont bons, car c'est en participant aux mêmes choses qu'ils deviennent gens de bien. — MÉN. : C'est vraisemblable. — SOCR. : Et sans doute ne seraient-ils pas de la même façon gens de bien, si en vérité leur vertu n'était pas la même vertu. — MÉN. : Certes non! — SOCR. : Ainsi donc, essaie, puisque la vertu est chez tous la même vertu, de me dire, en rappelant tes souvenirs, ce que Gorgias, et toi avec lui, vous prétendez qu'elle est. —

*2. Ménon accepte de définir la vertu en général.*
*A) Premier essai.*

MÉN. : Que pourrait-ce être d'autre, en vérité, sinon d'être capable de commander aux hommes? *(d)* au moins si tu es en quête d'un terme dont l'unité se retrouve dans tous les cas. — SOCR. : Mais assurément, c'est bien de quoi je suis en quête! Est-ce toutefois, Ménon, chez l'enfant et l'esclave, la même vertu, supposé qu'ils soient tous deux capables de commander? Celui qui commanderait au maître serait-il encore, à ton avis, un esclave[2]? — MÉN. : Ce n'est pas du tout mon avis, Socrate! — SOCR. : Effectivement ce n'est pas probable, mon bien bon! Considère encore en effet le point nouveau que voici : tu dis « être capable de commander »; n'allons-nous pas, ici même, ajouter les mots : « justement » et « non injustement » ? — MÉN. : Je le pense, quant à moi; car justice, Socrate, c'est vertu. *(e)* — SOCR. : Est-ce « la » vertu, Ménon ? ou bien « une » vertu ? — MÉN. : Comment entends-tu cela ? — SOCR. : Comme s'il s'agissait de n'importe quoi d'autre, de la rondeur par exemple si tu veux : je dirais d'elle que c'est « une » figure, mais non, sans distinguer, que c'est « la » figure. Et la raison pour laquelle je m'exprimerais de la sorte, c'est qu'il existe aussi d'autres figures. — MÉN. : Oui, c'est à bon droit que tu parles ainsi, Socrate, car ce n'est pas seulement de la justice que, moi aussi, je parle, mais encore d'autres vertus. *(a)* — SOCR. : Quelles sont ces vertus dont tu parles ? Nomme-les, comme je te nommerais, moi, d'autres figures, si tu m'y invitais : oui, nomme-moi donc, toi, d'autres vertus. — MÉN. : Eh bien ! à mon avis, le courage est une vertu, puis la sagesse, la prudence[1], la libéralité, et d'autres en foule. — SOCR. : Derechef, Ménon, nous voici dans la même situation : alors que nous sommes en quête d'une unique vertu, c'en est une pluralité que, cette fois encore, nous venons de trouver, d'une autre façon que tout à l'heure[2]. Mais celle dont l'unicité parcourt toutes ces autres vertus, nous sommes impuissants à la découvrir ! *(b)* — MÉN. : Effectivement, Socrate, je ne puis encore, selon ce que tu cherches, mettre la main sur une vertu dont l'unité se retrouve en toutes, ainsi que cela avait lieu dans les autres cas. —

*Socrate indique la voie à suivre pour chercher.*

SOCR. : Et il est raisonnable qu'il en soit ainsi ! Je vais cependant déployer tout le zèle dont je puis être capable, à nous mettre sur la voie : tu comprends en effet, je suppose, qu'il en est partout de la façon que je vais dire. Admettons que l'on t'interroge en ces termes sur ce dont je parlais tout à l'heure : « Qu'est-ce que la figure, Ménon ? » et que tu répondes : « C'est la rondeur »; qu'on te dise alors exactement ce que je t'ai dit : « Est-ce que la rondeur, c'est « la » figure, ou bien « une » figure déterminée ? » Ta réponse serait sans doute que c'est une figure déterminée. — MÉN. : Hé ! absolument. *(c)* — SOCR. : Or, la raison n'en est-elle pas qu'il y a aussi d'autres figures que la rondeur ? — MÉN. : Oui. — SOCR. : Et si on te posait même en outre la question de savoir lesquelles, tu les nommerais ? — MÉN. : Moi ?

bien sûr! — SOCR. : Supposons maintenant que, à propos de la couleur, on te demande semblablement ce que c'est, et que, sur ta réponse : « C'est le blanc », celui qui te pose la question t'interpelle après cela en ces termes : « Est-ce que le blanc est « la » couleur ou bien « une » couleur déterminée? » Tu répondrais, n'est-ce pas? que c'est une couleur déterminée, pour cette raison précise qu'il y en a d'autres. — MÉN. : Oui, c'est ce que je répondrais. *(d)* — SOCR. : Et si l'on t'invitait même à nommer d'autres couleurs, tu en nommerais d'autres, qui précisément ne seraient pas moins couleurs que ne l'est le blanc? — MÉN. : Oui. — SOCR. : Or, supposons qu'on fasse comme moi, que l'on poursuive la conversation et qu'on te dise : « C'est toujours à une multiplicité que nous parvenons! Garde-toi cependant de me répondre de cette façon-là, mais plutôt, puisque cette multiplicité, tu la désignes par un nom unique, puisqu'en elle, affirmes-tu, il n'y a rien qui ne soit figure, ces figures fussent-elles même contraires les unes aux autres, oui, apprends-moi plutôt ce que c'est que cela, qui ne contient pas le rond moins que le droit, et que précisément tu nommes « figure » : *(e)* ce rond et ce droit dont tu nies qu'ils soient en rien figure, l'un plus que l'autre! » Un tel langage, n'est-il pas celui que tu tiens? — MÉN. : Ma foi, oui! —

SOCR. : Quand donc tu tiens ce langage, affirmes-tu alors que le rond n'est pas plus rond qu'il n'est droit, ni non plus le droit, plus droit qu'il n'est rond? — MÉN. : Non, sans doute, Socrate! — SOCR. : Il est pourtant certain que, du rond, tu nies qu'il soit figure plus que ne l'est le droit, ni non plus ce dernier plus que ne l'est le premier. — MÉN. : Tu dis vrai. — SOCR. : Qu'est-ce que cela peut donc bien être, ce qui a pour nom « la figure »? Essaie de l'exposer. *(a)* Supposons, dis-je, qu'à celui qui t'interroge ainsi, au sujet de la figure ou bien de la couleur tu répondes[1] : « Mais je ne comprends pas plus, mon bonhomme, où tu veux en venir, que je ne sais ce que tu veux dire! »; sans doute s'étonnerait-il et dirait-il : « Tu ne comprends pas que je suis en quête de ce dont l'identité se retrouve en toute cette diversité? » Ou bien, Ménon, serais-tu même hors d'état, s'il s'agissait de la diversité que je vais dire, de répondre à cette question que l'on te poserait : « Dans le rond, le droit et dans tout ce qu'encore tu appelles justement des figures, qu'est-ce qu'il y a dont l'identité se retrouve en toute cette diversité ? » Essaie de répondre, que cela te serve d'exercice pour la réponse à faire au sujet de la vertu ! *(b)* — MÉN. : Ne me demande pas d'essayer ! Parle plutôt, toi, Socrate ! — SOCR. : Tu tiens à ce que je te complaise ? — MÉN. : Hé ! absolument. — SOCR. : Mais, à ton tour, tu consentiras à me répondre au sujet de la vertu ? — MÉN. : C'est entendu ! — SOCR. : Alors, il faut donc s'y mettre de tout son cœur ! Car cela le mérite. — MÉN. : Hé oui ! absolument. —

*Controverse éristique et recherche dialectique. Exemples : a) la figure ;*

SOCR. : Dès lors, allons-y ! essayons de t'exposer ce que c'est que la figure. Eh bien ! examine si tu acceptes qu'elle soit ce que je vais dire. Admettons donc en effet que la réalité qui, seule, est précisément toujours consécutive à l'existence d'une couleur, c'est cela qui est la figure. *(c)* Cette définition te contente-t-elle ? ou poursuis-tu la recherche d'une autre façon ? Quant à moi, vois-tu, je serais satisfait si de la vertu tu me parlais de cette façon-là ! — MÉN. : Pourtant, Socrate, voilà en vérité une définition assez sotte ! — SOCR. : En quoi, à t'entendre ? — MÉN. : En ce que, d'après ce que tu dis, la figure est sans doute ce qui toujours est consécutif à l'existence d'une coloration. Allons donc ! Que l'on vienne alors à nier savoir ce que c'est que la coloration et qu'on soit aussi bien en peine à son sujet qu'au sujet de la figure, quelle réponse, à ton avis, aurait-on obtenue de toi ? — SOCR. : Celle que, pour ma part, j'aurais crue vraie. Et, mon questionneur fût-il même un de ces doctes personnages qui aiment la dispute et la compétition, je lui répondrais : *(d)* « Voilà ce que j'ai dit, moi. Mais, si je dis de travers, alors c'est ton affaire de mettre sur mon propos ta main et de le réfuter ! » Mais si, comme c'est à présent le cas pour toi et moi, c'étaient deux amis qui avaient envie de dialoguer l'un avec l'autre, dans ce cas on devrait répondre, en quelque sorte, avec plus de courtoisie et d'une façon plus appropriée à un dialogue. Or, sans doute est-il plus approprié au dialogue que, non content de répondre la vérité, on se serve, pour répondre, de ce qu'en outre a reconnu savoir celui à qui la question a été posée[1]. C'est donc de cette façon-là que, moi aussi, je m'efforcerai de te répondre. *(e)* Cela étant, dis-moi : il y a quelque chose que tu appelles « fin »? j'entends quelque chose du genre de ce qu'est une limite ou une extrémité. Tous ces termes sont pour moi équivalents; peut-être bien Prodicos nous y trouverait-il des différences[1]; mais toi, il y a bien, je pense, quelque chose dont tu dis : « c'est fini », « c'est limité »; c'est de quelque chose de ce genre que je veux parler, nulle complication là-dedans. — MÉN. : Mais oui, ces expressions, je les emploie, et je comprends, si je ne me trompe, ce que tu veux dire. *(a)* — SOCR. : Mais quoi? N'y a-t-il pas une chose que tu appelles « une surface », une autre encore, que tu appelles « un solide », comme tu le vois faire en géométrie? — MÉN. : Ces termes, bien sûr, je les emploie! — SOCR. : Alors ces termes ont dû te faire connaître, d'ores et déjà, ce que j'entends par « figure ». De chaque figure en effet je dis ceci : « la limite jusqu'à laquelle s'étend le solide, voilà qui en constitue la figure »; cela même que j'exprimerais globalement, en disant : « la figure est la limite d'un solide ».

*b) la couleur (Empédocle).*

MÉN. : Et la couleur, Socrate[2], qu'est-ce selon toi? — SOCR. : Quelle impudence de ta part, Ménon! C'est à un vieillard que tu suscites des tracas, en lui enjoignant de répondre, alors que, pour ton propre compte, tu te refuses *(b)* à lui dire, en rappelant tes souvenirs, ce en quoi, selon Gorgias, peut bien consister la vertu! — MÉN. : Eh bien! quand toi, tu m'auras répondu là-dessus, Socrate, je te dirai ce que tu demandes! — SOCR. : Eût-on la tête tout encapuchonnée, Ménon, rien qu'à ta façon de parler à ton interlocuteur, on reconnaîtrait que tu es beau et que tu as encore des amoureux! — MÉN. : Et pourquoi donc? — SOCR. : Parce que tu ne fais, en tes propos, que formuler des injonctions : ce que font précisément les voluptueux, dont l'autorité est naturellement tyrannique aussi longtemps qu'ils sont dans la fleur de leur âge! *(c)* Probablement t'es-tu, en même temps, rendu compte de mes faiblesses à l'égard des beaux garçons! Aussi aurai-je pour toi quelque complaisance, et je te répondrai. — MÉN. : Hé! oui, parfaitement, aie pour moi de la complaisance! — SOCR. : Alors, veux-tu que je te réponde en me conformant aux vues de Gorgias, dans le sens où il y a le plus de chances que tu me suives? —

MÉN. : Je veux bien : comment en effet ne le voudrais-je pas ? — SOCR. : Vous parlez, n'est-ce pas, conformément à la théorie d'Empédocle[1], des émanations qu'émettent les objets ? — MÉN. : Ah ! je crois bien ! — SOCR. : Et aussi des conduits vers lesquels et à travers lesquels cheminent ces émanations ? — MÉN. : Hé ! absolument. — SOCR. : Et, parmi ces émanations, les unes, dites-vous, sont en harmonie avec la dimension de certains des conduits, *(d)* tandis que les autres sont plus petites ou plus grandes ? — MÉN. : C'est exact. — SOCR. : Mais n'y a-t-il pas aussi quelque chose que tu appelles vision ? — MÉN. : Oui, bien sûr ! — SOCR. : D'après cela comme s'exprime Pindare[2], *comprends bien ce que je te dis :* c'est que la couleur est une émanation des figures, qui est proportionnée à la vision, et, ainsi, sensible. — MÉN. : Excellente est, à mon avis, Socrate, la réponse que tu viens de me faire ! — SOCR. : Probablement, vois-tu, parce que je te l'ai faite conforme à ce que tu es habitué à entendre, et en même temps parce que tu te dis que tu serais à même, d'après elle, de dire en outre ce que c'est que l'émission de la voix, et celle des odeurs, et quantité d'autres choses parmi celles qui sont de cet ordre. *(e)* — MÉN. : Hé ! oui, absolument. — SOCR. : Le ton majestueux qu'a effectivement cette réponse, Ménon, fait qu'elle te plaît mieux que celle qui concernait la figure ! — MÉN. : Je ne dis pas non. — SOCR. : Elle n'est pas cependant la meilleure, si je m'en crois, fils d'Alexidèmos, mais c'est l'autre ! Toi non plus, je pense, tu ne la jugerais pas meilleure, si, comme tu le disais hier, tu n'étais pas obligé de partir avant les Mystères, au lieu de demeurer et de recevoir l'initiation[3]. *(a)* — MÉN. : Mais, Socrate, je demeurerais pour entendre de ta bouche beaucoup de pareilles choses ! — SOCR. : Pour te dire toutefois de pareilles choses, ce n'est pas le zèle au moins qui assurément me ferait du tout défaut, aussi bien dans ton intérêt que dans le mien ; mais de pareilles choses, je crains de n'être pas capable d'en dire beaucoup !

*B) Deuxième essai de Ménon pour définir la vertu en général.*
*a) Critique de la première partie de sa définition ;*

Poursuivons donc cependant ; et, à ton tour, essaie de tenir envers moi ta promesse et de me dire, à propos de la vertu, ce qu'elle eſt, en l'envisageant dans sa généralité ; et, comme disent à chaque fois, de ceux qui cassent quelque chose, les gens qui se moquent d'eux, cesse de faire beaucoup de choses avec une seule ! Dis-moi au contraire ce que c'eſt que la vertu, en laissant à celle-ci le droit d'être entière et bien intaɛte ; *(b)* or, c'eſt de quoi tu as de moi reçu les modèles. — MÉN. : Eh bien ! Socrate, selon la formule du poète[1] : *trouver aux belles choses son agrément et pouvoir se le donner*, voilà la vertu. Je définis donc ainsi la vertu : avoir le désir des belles choses et, l'ayant, être capable de se les procurer. — SOCR. : Veux-tu dire que celui qui a le désir des belles choses eſt désireux de choses bonnes ? — MÉN. : On ne peut plus, en vérité ! — SOCR. : Eſt-ce en ce sens, que, dans les gens, il y en a qui désirent les choses mauvaises, tandis qu'il y en a d'autres qui désirent les bonnes ? *(c)* Mon bien bon, n'eſt-ce pas ton avis que tous désirent les choses bonnes ? — MÉN. : À mon avis, non. — SOCR. : Alors, il y a des gens qui désirent les choses mauvaises ? — MÉN. : Oui. — SOCR. : Des choses mauvaises, ces gens sont-ils, à t'entendre, persuadés qu'elles sont bonnes ? ou bien, tout en reconnaissant qu'elles sont mauvaises, les désirent-ils néanmoins ? — MÉN. : À mon avis, aussi bien l'un que l'autre. — SOCR. : Bien sûr, Ménon ? c'eſt effeɛtivement ton avis que, sachant des choses mauvaises qu'elles sont mauvaises, on les désire néanmoins ? — MÉN. : Ce l'eſt on ne peut plus ! — SOCR. : Que veux-tu dire en parlant de désirer ? N'eſt-ce pas que cela vous arrive[2] ? *(d)* — MÉN. : Que cela vous arrive : désire-t-on autre chose en effet ? — SOCR. : Eſt-ce en eſtimant que les choses mauvaises ont de l'utilité pour celui à qui elles pourront arriver ? ou bien en se rendant compte que, par leur présence éventuelle en lui, ces choses mauvaises lui sont dommageables ? — MÉN. : Il y a des gens qui eſtiment que les choses mauvaises ont de l'utilité, et d'autres aussi qui se rendent compte qu'elles sont dommageables. — SOCR. : Ceux qui attribuent de l'utilité aux choses mauvaises, eſt-ce aussi ton avis qu'ils se rendent compte que sont mauvaises les choses mauvaises? — MÉN. : Au moins n'est-ce pas là précisément mon avis! — SOCR. : Mais alors, c'est bien clair, ceux-là ne désirent pas les mauvaises choses, qui ignorent qu'elles sont telles; *(e)* ce sont au contraire celles qu'ils croyaient être bonnes, tandis que ces choses sont en vérité mauvaises; par conséquent, ceux qui sont, à leur égard, dans cette ignorance et qui les croient bonnes, désirent, c'est bien clair, les choses bonnes. N'en est-il pas ainsi? — MÉN. : Il y a chance que ce soit leur cas. — SOCR. : Qu'est-ce à dire? Les gens qui, à t'entendre, désirent les choses mauvaises, tout en estimant d'autre part que les mauvaises choses sont dommageables pour celui à qui elles arrivent, sans doute se rendent-ils compte que, du fait de ces choses, ils éprouveront du dommage? — MÉN. : Forcément. *(a)* — SOCR. : Mais ceux qui éprouvent du dommage, les gens dont nous parlons ne les croient-ils pas dans la peine pour autant qu'ils éprouvent du dommage? — MÉN. : Forcément, cette fois encore. — SOCR. : Et ne croient-ils pas malheureux ceux qui sont dans la peine? — MÉN. : Quant à moi, je le crois! — SOCR. : Mais y a-t-il quelqu'un pour vouloir être dans la peine et malheureux? — MÉN. : Ce n'est pas mon avis, Socrate! — SOCR. : Donc, Ménon, nul ne peut vouloir les choses mauvaises, s'il est vrai qu'il ne veuille pas être dans la peine et malheureux. Être dans la peine, qu'est-ce d'autre en effet, sinon désirer les choses mauvaises et les avoir à soi? *(b)* — MÉN. : Il se peut bien, Socrate, que tu dises vrai et que nul ne veuille les mauvaises choses! —

*b) critique de la deuxième partie.*

SOCR. : Or, ne disais-tu pas tout à l'heure[1] de la vertu, qu'elle consiste à vouloir les choses bonnes, comme à être capable de se les procurer? — MÉN. : C'est en effet ce que j'ai dit. — SOCR. : Mais, dans ta formule, n'y a-t-il pas un des termes qui appartient à tout le monde, c'est le vouloir, et, au moins sous ce rapport, tel d'entre nous est-il en rien supérieur à tel autre? — MÉN. : Évidemment! — SOCR. : Il est clair, au contraire, que, s'il est vrai que l'un soit supérieur à l'autre, ce sera sous le rapport de la capacité qu'il aura l'avantage. — MÉN. : Hé! absolument. — SOCR. : Voilà donc, semble-t-il bien, la vertu d'après ta formule:

*(c)* une capacité de se procurer les choses bonnes. — MÉN. : À mon avis, Socrate, il en est tout à fait comme tu l'admets à présent! — SOCR. : Voyons donc si, sur ce point encore, tu es dans le vrai, car il se pourrait que ton assertion fût exacte. Être en état de se procurer les choses bonnes, voilà, n'est-ce pas, la vertu d'après toi? — MÉN. : D'accord! — SOCR. : Ce que tu appelles de bonnes choses, n'est-ce pas par exemple la santé aussi bien que la richesse? — MÉN.[1] : Et je dis aussi la possession d'or et d'argent, d'honneurs et de charges dans l'État. — SOCR. : N'y a-t-il pas d'autres choses que celles qui sont de ce genre, dont tu dis qu'elles sont de bonnes choses? — MÉN. : Non, mais je le dis de toutes celles qui sont de ce genre. *(d)* — SOCR. : Allons bon! voilà que se procurer de l'or et de l'argent est la vertu, à ce qu'affirme Ménon, lui qui, du côté paternel, est l'hôte du Grand Roi.[2] Ajoutes-tu, Ménon, à cet acte de se les procurer la condition que ce soit selon la justice et la piété? ou bien est-il, à tes yeux, complètement indifférent qu'on se les procure au contraire d'une manière injuste, et appelles-tu cela semblablement vertu? — MÉN. : Non, sans doute, Socrate! — SOCR. : Cela, au contraire, tu l'appelles vice? — MÉN. : Sans nul doute[3]! — SOCR. : Il est donc obligatoire, semble-t-il bien, qu'à cet acte de se les procurer s'adjoignent ou la justice, ou la sagesse, ou la piété, ou quelque autre espèce de vertu. *(e)* Sinon, ce ne sera plus de la vertu, quoique procurant de bonnes choses. — MÉN. : Comment en effet, faute de ces qualités, pourrait-il y avoir vertu? — SOCR. : Mais, ne pas consentir, dans le cas où cela n'est pas juste, à se procurer or et argent, ni pour soi-même ni pour autrui, c'est, par rapport à l'acte de se les procurer, un manque[4], qui n'est point vertu? — MÉN. : Évidemment. — SOCR. : En sorte que l'acte de se procurer de semblables biens ne serait pas plus de la vertu que le fait de ne pas se les procurer. Bien plutôt, semble-t-il, c'est quand cela se fera avec accompagnement de justice, qu'il y aura vertu, *(a)* mais vice quand cela se fera en l'absence de tous les accompagnements analogues. — MÉN. : À mon avis, Socrate, il en est forcément comme tu le dis! — SOCR. : Or, n'avons-nous pas dit, peu auparavant[5] de ces choses, la justice, la sagesse et tout ce qui est du même ordre, que chacune est une espèce de vertu? — MÉN. : Oui. —

Socr. : Eh bien! Ménon, ne voilà-t-il pas maintenant que tu t'amuses à mes dépens! — Mén. : En quoi donc, Socrate? — Socr. : En ce que, prié par moi tout à l'heure de ne pas écarteler et déchiqueter la vertu, pourvu en outre par mes soins de modèles conformément auxquels il fallait répondre[1], au lieu de te soucier de cela, *(b)* tu viens me dire que la vertu, c'est d'être capable de se procurer avec accompagnement de justice les bonnes choses! Or, cela, la justice, n'affirmes-tu pas que c'est une espèce de vertu? — Mén. : Oui, bien sûr! — Socr. : Donc, ce qui découle de ce que tu accordes, c'est que l'action qui s'accompagne d'une espèce de la vertu, quel que soit l'objet de cette action, c'est cela qui est la vertu; tu affirmes en effet de la justice qu'elle est une espèce de la vertu, et de même chacune de ces qualités que nous mentionnions. Mais quel motif[2] ai-je donc de te dire cela? C'est que, prié par moi[3] de me faire connaître la vertu dans sa généralité, toi, bien loin de me faire connaître ce qu'elle est, tu affirmes que toute action est vertu, à cette condition précise qu'elle soit une action faite avec accompagnement d'une espèce de la vertu! *(c)* exactement comme si tu m'avais auparavant fait connaître ce qu'est la vertu dans sa généralité et que je dusse dorénavant la reconnaître alors même que tu la déchiquètes et la mets en morceaux! Cela étant, n'as-tu pas besoin, voilà mon avis, que, reprenant du commencement, je te pose à nouveau la même question? « Qu'est-ce que la vertu, mon cher Ménon, puisque, d'après toi, toute action serait vertu, quand elle est accompagnée d'une espèce de la vertu? » Car c'est dire cela, que dire de toute action qu'accompagne la justice qu'elle est vertu! N'est-ce pas ton avis que l'on a de nouveau besoin de poser la même question? Es-tu d'avis au contraire que, sans savoir ce qu'est la vertu en elle-même, on puisse savoir ce qu'est une espèce de la vertu? — Mén. : Non, ce n'est pas mon avis! *(d)* — Socr. : Si même en effet, tu t'en souviens, quand je t'ai répondu au sujet de la figure, nous avons rejeté, je crois bien, la réponse qui était du même genre que la tienne : celle qui entreprenait de répondre au moyen de ce qui était encore soumis à la recherche et sur quoi on ne s'était pas préalablement mis d'accord. — Mén. : Et nous avons, en vérité, eu raison de la rejeter, Socrate[4]! — Socr. :

Eh bien! toi non plus, mon excellent ami, ne te figure pas, alors que nous sommes encore en quête de la nature de la vertu dans sa généralité, que, en ayant répondu au moyen des espèces de celle-ci, tu auras fait voir à qui que ce soit ce qu'elle eſt en elle-même, aussi bien la vertu que n'importe quoi d'autre, en en parlant de cette façon-là! *(e)* Figure-toi au contraire que la même question aura besoin d'être posée à nouveau : « Qu'eſt-ce que la vertu, pour que tu puisses tenir le langage que tu tiens? » Es-tu d'avis que je parle pour ne rien dire? — MÉN. : Mon avis, Socrate, eſt que tu as raison. — SOCR. : Alors, en reprenant à nouveau du début, réponds à la queſtion : qu'eſt-ce que la vertu, à ce que vous prétendez, ton ami et toi? —

II. *La recherche a échoué : il en résulte pour l'eſprit une inquiétude salutaire (Socrate et la torpille).*

MÉN. : Socrate, avant même d'être en relations avec toi, *(a)* j'avais bien entendu dire que tu ne fais rien d'autre que douter toi-même et qu'amener les autres à douter[1]; et, à présent, telle eſt l'impression que tu me donnes : me voilà ensorcelé par toi, j'ai bu ton philtre magique, je suis, c'eſt bien simple, la proie de tes enchantements, si bien que je suis maintenant tout embarrassé de doutes! À mon sens, supposé que l'on doive ici faire à la raillerie quelque place, tu es, de tout point, tant par ton extérieur[2] qu'à d'autres égards, on ne peut plus semblable à cette large torpille marine qui, comme on sait, vous plonge dans la torpeur[3] aussitôt qu'on s'en approche et qu'on y touche. C'eſt une impression analogue qu'à cette heure, je crois, tu as produite sur moi! *(b)* Une véritable torpeur envahit en effet mon âme aussi bien que ma bouche[4], je ne sais que te répondre. Et pourtant, oui, j'ai sur la vertu mille et mille fois copieusement parlé, et devant de grands auditoires, enfin, au moins si je m'en crois, avec plein succès! Or, à présent, ce qu'elle eſt, je suis totalement incapable de même le dire! Bref, tu fais bien de te résoudre à ne point prendre la mer pour quitter ces lieux, ni même à t'absenter d'ici; car si, résidant comme étranger dans un autre pays, tu t'y comportais de pareille façon, bien vite serais-tu mené, pour sorcellerie, devant les autorités! — SOCR. : Tu es un mauvais drôle, Ménon, et peu s'en faut que tu ne m'aies pris à ton piège! — Mén. : Quel piège en fin de compte veux-tu dire, Socrate? *(c)* — Socr. : Je vois bien pour quel motif tu as fait à mon sujet cette comparaison! — Mén. : Quel motif lui supposes-tu donc? — Socr. : Tu veux que je te compare à mon tour[1]! Or, c'est là un penchant qui m'est bien connu dans le cas des beaux garçons : ils prennent plaisir à être comparés; car cela tourne à leur avantage, puisque, quand il s'agit de belles personnes, il y a aussi, je pense, de la beauté dans ce à quoi on les compare. Eh bien non! je ne retournerai pas la comparaison! En ce qui me concerne, si c'est une torpeur propre à la torpille elle-même qui la met en état de provoquer de la torpeur chez les autres aussi, alors je lui ressemble, mais non s'il n'en est point ainsi; car ce n'est pas parce que je suis personnellement exempt de doutes que je suis en état de provoquer des doutes chez les autres, mais ce sont essentiellement les doutes dont personnellement je suis plein, qui me mettent en état de faire naître des doutes aussi chez les autres! *(d)* Tel est présentement le cas pour la vertu : qu'est-elle? Quant à moi, je ne le sais pas; toi, à vrai dire, sans doute le savais-tu avant de m'avoir touché[2], tandis qu'à vrai dire tu es présentement tout pareil à quelqu'un qui n'en sait rien! Je n'en suis pas moins tout prêt à m'associer à toi pour examiner et chercher en commun ce qu'elle peut bien être. —

*1. Problème sophistique : comment apprendrait-on ? on ne peut chercher ce qu'on ignore.*

Mén. : Et comment chercheras-tu, Socrate, ce dont tu ne sais absolument pas ce que c'est? Laquelle en effet, parmi ces choses que tu ignores, donneras-tu pour objet à ta recherche? Mettons tout au mieux : tomberais-tu dessus, comment saurais-tu que c'est ce que tu ne savais pas[3]? *(e)* — Socr. : Je comprends, Ménon, à quoi tu fais allusion. Aperçois-tu tout ce qu'il y a de captieux dans la thèse que tu me débites, à savoir que, soi-disant, il est impossible à un homme de chercher, ni ce qu'il sait, ni ce qu'il ne sait pas? Ni, d'une part, ce qu'il sait, il ne le chercherait en effet, car il le sait, et, en pareil cas, il n'a pas du tout besoin de chercher; ni; d'autre part, ce qu'il ne sait pas car il ne sait pas davantage ce qu'il devra chercher[4]. *(a)* —

MÉN. : Mais, Socrate, n'est-ce pas, à ton avis, une fort belle thèse, la thèse dont il s'agit? — SOCR. : Non, ma foi! — MÉN. : Tu es à même de me dire sur quel point? — SOCR. : Mais oui : c'est que j'ai entendu parler des hommes, aussi bien que des femmes, qui étaient savants dans les choses divines! — MÉN. : Quel langage tenaient-ils? — SOCR. : Un langage vrai, si je m'en crois, et beau aussi. — MÉN. : De ce langage quelle était la teneur, et qui étaient ceux qui le tenaient? — SOCR. : Ceux qui le tenaient sont tous les prêtres ou prêtresses[1] qui ont eu souci d'être en état de rendre raison des choses auxquelles ils se consacrent. *(b)* Mais c'est aussi le langage de Pindare, ainsi que de beaucoup d'autres poètes, de tous ceux qui sont divins[2]. Or, voici ce qu'ils disent. À toi cependant d'examiner si, à ton sens, ce qu'ils disent est vrai.

*2. La solution par la Réminiscence.*
*A) Exposé.*

Ce qu'ils disent, sache-le, c'est que l'âme de l'homme est immortelle, et que tantôt elle aboutit à un terme (c'est précisément ce qu'on appelle mourir), et tantôt recommence à naître, mais que jamais elle n'est anéantie. Voilà pourquoi il faut donc, dans tout le cours de sa vie, vivre le plus saintement possible : *Ceux de qui Perséphone aura reçu le prix dont se paie une antique souillure, les âmes de ceux-là, elle les fait à nouveau, la neuvième année venue, monter vers le soleil d'en haut.* (c) *Ces âmes-là sont celles qui donnent naissance à de brillants monarques, à des hommes dont la force est impétueuse ou qui sont très grands par le savoir : hommes qui, pour le reste du temps, sont par l'humanité invoqués comme des héros sans tache*[3]. Ainsi, en tant que l'âme est immortelle et qu'elle a eu plusieurs naissances, en tant qu'elle a vu toutes choses, aussi bien celles d'ici-bas que celles de chez Hadès, il n'est pas possible qu'il y ait quelque réalité qu'elle n'ait point apprise. Par conséquent, ce n'est pas du tout merveille que, concernant la vertu comme le reste, elle soit capable de se ressouvenir de ce dont même elle avait certes, auparavant, la connaissance. *(d)* De fait, en tant que la nature, tout entière[4], est d'une même famille, en tant que tout sans exception a été appris par l'âme, rien n'empêche que, nous ressouvenant d'une seule chose, ce que précisément nous appelons apprendre, nous retrouvions aussi tout le reste, à condition d'être vaillants et de ne pas nous décourager dans la recherche : c'est que, en fin de compte, chercher et apprendre sont, en leur entier, une remémoration. En conséquence, il ne faut pas se laisser persuader par cet argument captieux : il nous rendrait en effet paresseux et ce sont les hommes mous qui le trouvent agréable à entendre ; *(e)* tandis que celui que je t'expose fait de nous des travailleurs, des chercheurs. Si je consens à chercher en commun avec toi ce qu'est la vertu, c'est que j'ai confiance dans la vérité de cet argument. —

*B) Contrôle expérimental : interrogé par Socrate, un jeune esclave sans instruction est géomètre à son insu.*

MÉN. : C'est cela, Socrate ! Mais qu'entends-tu par cette assertion, que nous n'apprenons pas et que ce que nous appelons apprendre, c'est se ressouvenir ? Peux-tu m'enseigner comment cela se fait qu'il en soit ainsi ? — SOCR. : Ménon, je te disais tout à l'heure[1] que tu es un mauvais drôle : *(a)* voilà qu'à présent tu me demandes si je suis à même de donner un « enseignement », moi qui dis qu'il n'y a pas d'enseignement, mais un ressouvenir ; ton intention évidente est de me mettre sans délai dans mon langage en contradiction visible avec moi-même ! — MÉN. : Non, par Zeus ! ce n'est pas cela que je visais ; en parlant ainsi, c'est plutôt l'usage que j'ai suivi. Mais, si tu es à même, de quelque façon, je dirai de me « montrer » qu'il en est comme tu dis, montre-le ! — SOCR. : Ce n'est pas chose aisée pourtant ; mais, à cause de toi, je consens néanmoins à y mettre tout mon zèle. Eh bien ! fais-moi le plaisir de faire venir quelqu'un de ta nombreuse suite, *(b)* rien qu'un, celui de tes gens que tu voudras, afin que sur lui je te fasse la démonstration. — MÉN. : Parfait ! Avance ici, toi[2] ! — SOCR. : Est-ce un Grec et parle-t-il grec ? — MÉN. : Oui, j'en suis parfaitement certain : il est né dans ma maison. — SOCR. : Dès lors, fais bien attention à l'impression qu'il pourra te donner : celle de se ressouvenir, ou bien celle d'apprendre de moi. — MÉN. : Eh bien ! j'y ferai attention ! — SOCR. : Dis-moi, mon garçon, tu sais qu'un espace carré est fait comme ceci ? — LE SERVITEUR : Oui, bien sûr ! *(c)* — SOCR. : Or, un espace carré n'est-il pas un espace dans lequel sont toutes égales entre elles les lignes que voici et qui sont quatre ? — LE SERV. : Hé oui ! absolument.

— Socr. : En cet espace, les lignes qui le traversent par son milieu ne sont-elles pas égales aussi[1] ? — Le serv. : Oui. — Socr. : Mais alors un espace de ce genre ne doit-il pas pouvoir être plus grand aussi bien que plus petit ? — Le serv. : Hé oui ! absolument. — Socr. : Or, supposons que ce côté-ci soit long de deux pieds, celui-là de deux pieds aussi, de combien de pieds devra être l'espace entier ? Procède à l'examen de la façon que voici : supposons que, par ici, la longueur du côté soit de deux pieds et, par là, d'un pied seulement ; l'espace ne serait-il pas, alors, d'une fois deux pieds[2] ? — Le serv. : Oui. *(d)* — Socr. : Or, puisque, par ici aussi, le côté est de deux pieds, est-ce que cela ne fait pas deux fois deux ? — Le serv. : C'est ce que cela fait. — Socr. : Cela fait donc un espace de deux fois deux pieds ? — Le serv. : Oui. — Socr. : Combien est-ce, deux fois deux pieds ? Fais le calcul et réponds. — Le serv. : Quatre pieds, Socrate. —

*Le problème de la duplication du carré.*

Socr. : Mais ne pourrait-il y avoir un autre espace qui serait le double de celui-ci, pareil à lui d'autre part, ayant, exactement comme celui-ci, toutes ses lignes égales ? — Le serv. : Oui. — Socr. : Or, de combien de pieds sera-t-il ? — Le serv. : De huit pieds. — Socr. : Voyons un peu ! Essaie de me dire quelle sera la grandeur de chacune des lignes de ce nouvel espace. *(e)* Chaque ligne de celui-ci est effectivement de deux pieds ; que sera, à son tour, chaque ligne de celui-là, qui est double ? — Le serv. : Il est bien clair, Socrate, qu'elle sera double. — Socr. : Tu le vois, Ménon, de cette façon, n'est-ce pas, je ne lui enseigne rien, mais tout ce que je fais, c'est de le questionner. À cette heure, le garçon se figure savoir quelle est la ligne en partant de laquelle se construira l'espace de huit pieds : n'est-ce pas ton avis qu'il le croit ? — Mén. : Ma foi, oui ! — Socr. : Et le sait-il ? — Mén. : Certes non ! — Socr. : Et il se figure même que cet espace se construit en partant de la ligne double de la précédente. — Mén. : Oui. — Socr. : Donne-toi donc le spectacle de son ressouvenir progressif, ce qui est la façon dont on doit se ressouvenir. Dis-moi, mon garçon, d'après toi, c'est en partant de la ligne double que se construit l'espace double ? *(a)* Voici de quelle sorte est l'espace dont je parle : qu'il ne soit pas long dans ce sens, court dans cet autre, mais égal dans tous les sens, exactement comme celui-ci, double cependant de lui et d'une aire de huit pieds. Eh bien! vois si c'est encore ton avis qu'il doive se construire en partant de la ligne double. — LE SERV. : C'est mon avis. — SOCR. : Or, supposé qu'à partir de ce point, nous prolongions cette ligne-ci par une ligne de même grandeur, il en résulte, n'est-ce pas, cette ligne-là, qui est le double de la première? — LE SERV. : Oui. — SOCR. : Alors, selon toi, c'est en partant de cette ligne, et quand il y en aura quatre de même grandeur, qu'existera l'espace de huit pieds? — LE SERV. : Oui. *(b)* — SOCR. : Traçons donc quatre lignes égales, en partant de celle-là, ne serait-ce pas là l'espace que tu assures être un espace de huit pieds? — LE SERV. : Hé! absolument. — SOCR. : Mais est-ce que dans cet espace il n'y a pas les quatre espaces que voici, dont chacun est égal à celui que nous avons dit être de quatre pieds[1]? — LE SERV. : Oui. — SOCR. : Mais combien fait son aire? N'est-elle pas quatre fois aussi grande? — LE SERV. : Comment ne le serait-elle pas? — SOCR. : Et l'espace qui est quatre fois aussi grand est-il un espace double? — LE SERV. : Non, par Zeus! — SOCR. : Mais, dis-moi, de combien de fois est-il plus grand? — LE SERV. : Il est quatre fois plus grand. *(c)* — SOCR. : Alors, mon garçon, l'espace qui se construit en partant de la ligne double n'est pas un espace double, mais c'est un espace quadruple. — LE SERV. : Tu dis vrai! — SOCR. : Car quatre fois quatre font seize, n'est-ce pas? — LE SERV. : Oui. —

SOCR. : Or, quelle est la ligne en partant de laquelle se construit un espace de huit pieds? Ce n'est pas celle en partant de laquelle se construit un espace quadruple. — LE SERV. : D'accord. — SOCR. : Mais un espace de quatre pieds n'est-il pas celui qui se construit en partant de la ligne qui est moitié de celle-ci[2]? — LE SERV. : Oui. — SOCR. : Eh bien! l'espace de huit pieds n'est-il pas double de celui de quatre, tandis qu'il est moitié de celui de seize? — LE SERV. : Oui. *(d)* — SOCR. : Ne le trouverons-nous pas en partant d'une ligne plus grande que celle qui est de cette longueur-là, mais moins grande que celle qui est de cette longueur-ci? N'est-ce pas ton avis? — LE SERV. : C'est bien aussi mon avis. — SOCR. : Parfait! réponds en effet ce qui est ton avis. En outre, dis-moi, cette ligne-ci n'était-elle pas de deux pieds et celle-là de quatre ? — Le serv. : Oui. — Socr. : Il faut donc que la ligne de l'espace de huit pieds soit plus grande que celle-ci, qui est de deux pieds, mais plus vite que celle de quatre pieds. — Le serv. : Il le faut. *(e)* — Socr. : Essaie donc de me dire quelle grandeur elle a d'après toi. — Le serv. : Elle a trois pieds. — Socr. : Or, si elle est exactement de trois pieds, alors, en prélevant la moitié de celle-ci[1], n'obtiendrons-nous pas une ligne de trois pieds ? Car ici, c'est deux pieds que nous avons, là c'est un seul, et, en partant d'ici, c'est deux pieds ici et un pied là. Et voilà construit cet espace dont tu parles. — Le serv. : Oui. — Socr. : Or, s'il y a trois pieds dans ce sens et trois pieds dans cet autre, n'arrive-t-on pas, pour l'espace entier, à trois fois trois pieds ? — Le serv. : Évidemment. — Socr. : Et trois fois trois pieds, combien cela fait-il de pieds ? — Le serv. : Neuf pieds. — Socr. : Et de combien de pieds fallait-il que fût l'espace double ? — Le serv. : De huit. — Socr. : Ce n'est donc pas non plus encore en partant de la ligne de trois pieds que se construit l'espace de huit. — Le serv. : Certes non ! — Socr. : Eh bien ! en partant de quelle ligne ? Essaie de nous répondre avec exactitude. *(a)* Et, si tu ne veux pas dire le nombre, fais nous voir cependant en partant de laquelle. — Le serv. : Mais, par Zeus ! pour mon compte je n'en sais rien ! — Socr. : De ton côté, Ménon, ne réfléchis-tu pas jusqu'à quel point, sur la route du ressouvenir, ce garçon est déjà parvenu ? que, pour commencer, il ne savait pas quelle peut bien être la ligne de l'espace de huit pieds, tout de même que maintenant encore il ne le sait pas davantage ? Quoi qu'il en soit, alors il la croyait connaître et il répondait avec confiance, en homme qui sait, et il ne se jugeait pas embarrassé ; tandis qu'à présent il se juge désormais embarrassé, *(b)* et, tout ainsi qu'il ne sait pas, il ne croit pas non plus qu'il sait ! — Mén. : Tu dis vrai. — Socr. : Mais, par rapport à la chose qu'il ne savait pas, n'est-il pas à présent dans une meilleure situation ? — Mén. : C'est aussi mon avis. — Socr. : Or, en faisant qu'il soit embarrassé, en le plongeant dans la torpeur à la manière de la torpille lui avons-nous causé quelque dommage[2] ? — Mén. : Non, ce n'est pas mon avis ! — Socr. : À tout le moins, avons-nous fait, semble-t-il bien, œuvre utile par rapport à la découverte de la solution : maintenant qu'il sait qu'il ne sait pas, il aura même sans doute du plaisir à chercher, tandis qu'autrefois, fût-ce devant beaucoup de monde, fût-ce en mainte occasion, *(c)* il se serait, en toute aisance, imaginé bien dire sur la question de l'espace double, en déclarant que celui-ci doit avoir pour côté la ligne qui est double en longueur. — MÉN. : Vraisemblablement, c'est ce qu'il aurait fait! — SOCR. : Or, te figures-tu qu'il eût entrepris de chercher à découvrir ou à apprendre ce qu'il s'imaginait savoir et qu'il ne savait pas, auparavant d'en être venu à l'état de malaise où il se trouve après avoir jugé qu'il ne savait pas, et avant d'avoir éprouvé l'envie de savoir? — MÉN. : Non, Socrate, je ne le pense pas! — SOCR. : Il a donc eu du profit à ressentir cette torpeur? — MÉN. : Il me le semble. — SOCR. : Considère maintenant ce qu'en conséquence de cet embarras il va découvrir, cherchant en commun avec moi, qui ne ferai rien d'autre que de le questionner sans lui rien enseigner. *(d)* Aie l'œil sur moi, au cas où il t'arriverait de me trouver en train de lui donner un enseignement ou une explication, au lieu de le questionner sur ce qu'il pense!

Dis-moi donc, mon garçon, n'avons-nous pas là l'espace de quatre pieds? Tu te rends compte? — LE SERV. : Mais oui. — SOCR. : Or, ne pourrions-nous lui en adjoindre un second, celui-ci, qui est égal? — LE SERV. : Oui. — SOCR. : Puis un troisième, celui-ci, égal à chacun des deux autres? — LE SERV. : Oui. — SOCR. : Mais ne devrions-nous pas en outre combler l'espace que voici, dans le coin? — LE SERV. : Hé! absolument. — SOCR. : Or, est-ce que quatre espaces égaux ne seraient pas ainsi constitués, que voici? *(e)* — LE SERV. : Oui. — SOCR. : Mais quoi? L'espace ainsi déterminé, combien de fois est-il plus grand que le premier? — LE SERV. : Il est quatre fois plus grand. — SOCR. : Or, c'est un espace double que nous avions à réaliser, ne t'en souviens-tu pas? — LE SERV. : Hé! absolument. — SOCR. : Mais n'y a-t-il pas là cette ligne, qui, d'un coin à l'autre coin, *(a)* coupe en deux chacun de ces espaces? — LE SERV. : Oui. — SOCR. : Ne voilà-t-il donc pas quatre lignes égales, circonscrivant l'espace que voici? — LE SERV. : Les voilà. — SOCR. : Observe maintenant : quelle est la grandeur de cet espace ? — Le serv. : Je ne me rends pas compte ! — Socr. : Étant donné ces quatre espaces, est-ce que chacune des lignes n'a pas retranché une moitié à l'intérieur de chacun d'eux ? Oui, n'est-ce pas ? — Le serv. : Oui. — Socr. : Or, l'espace circonscrit, combien contient-il de telles moitiés ? — Le serv. : Quatre. — Socr. : Et combien, l'espace que voici ? — Le serv. : Deux. — Socr. : Or, qu'est-ce que quatre par rapport à deux ? — Le serv. : C'est le double[1]. *(b)* — Socr. : Alors, de combien de pieds est cet espace-ci ? — Le serv. : Il est de huit pieds. — Socr. : En partant de quelle ligne se construit-il ? — Le serv. : En partant de celle-ci. — Socr. : N'est-ce pas à partir de celle qui va d'un coin à l'autre du carré ? — Le serv. : Oui. — Socr. : Cette ligne, les savants l'appellent « diagonale ». Par conséquent, si son nom est « diagonale », alors, serviteur de Ménon, ce serait en partant de la diagonale que se construit l'espace double. — Le serv. : Hé oui ! absolument, Socrate. —

*C) Interprétation de la réminiscence.*

Socr. : Ton avis, Ménon ? Y a-t-il une réponse de ce garçon, où il ait exprimé une pensée qui ne vînt de lui-même ? *(c)* — Mén. : Non, mais elles étaient bien de lui. — Socr. : Et il est très certain, ainsi que nous l'affirmions un peu auparavant, qu'il ne savait pas. — Mén. : C'est la vérité. — Socr. : D'autre part, elles existaient en lui, ces idées, n'est-ce pas ? — Mén. : Oui. — Socr. : Ainsi donc, chez celui qui ne sait pas, il existe, concernant telles choses qu'il se trouve ne pas savoir, des pensées vraies concernant ces choses mêmes qu'il ne sait pas[2] ? — Mén. : Évidemment. — Socr. : Et, à présent, ces pensées, elles viennent de se lever en lui, à la façon d'un rêve ! D'un autre côté, s'il doit arriver qu'on l'interroge maintes fois et de maintes manières sur ces mêmes questions, tu sais bien qu'il finira par avoir à leur sujet une connaissance aussi exacte que personne. *(d)* — Mén. : C'est vraisemblable. — Socr. : Mais n'est-ce pas sans avoir reçu de personne aucun enseignement, mais plutôt en étant questionné, qu'il possédera des connaissances, ayant repris, de son propre fond, la connaissance qu'il se donne lui-même ? — Mén. : Oui. — Socr. : Or, reprendre soi-même une connaissance en soi-même, n'est-ce pas se ressouvenir ? — Mén. : Hé ! absolument.

— Socr. : Mais la connaissance que ce garçon possède présentement, ne l'a-t-il pas soit acquise à un moment donné, soit toujours possédée ? — Mén. : Oui. — Socr. : Or, s'il l'a toujours possédée, toujours aussi il a été quelqu'un qui connaît. Si, d'un autre côté, c'est à un moment donné qu'il l'a acquise, du moins n'est-ce pas dans la vie présente qu'il l'aurait acquise[1]. *(e)* Dira-t-on qu'on lui a enseigné la géométrie ? Ces mêmes découvertes, c'est en effet sur la géométrie tout entière qu'il les fera ; et, aussi bien, sur toutes les autres disciplines sans exception ; mais s'est-il trouvé quelqu'un pour les lui enseigner toutes ? De fait, tu es bien placé pour le savoir, puisque au surplus il est né dans ta maison[2] et y a été élevé. — Mén. : Eh bien ! je sais pertinemment qu'il n'en a jamais reçu l'enseignement de personne. — Socr. : Ces pensées, d'autre part, il les possède, n'est-ce pas ? — Mén. : Forcément, Socrate, c'est visible. — Socr. : Mais, si ce n'est pas pour les avoir acquises dans sa vie présente, *(a)* ceci n'est-il pas clair dès lors, qu'il les a possédées dans un autre temps et qu'il les avait apprises ? — Mén. : Évidemment. — Socr. : Or, en vérité, ce temps n'est-il pas celui où il n'était pas un être humain ? — Mén. : Oui. — Socr. : Donc, s'il doit y avoir en lui des pensées vraies, aussi bien dans le temps où il sera un être humain que dans celui où il ne l'aura pas été, pensées qui, une fois réveillées par l'interrogation, deviennent des connaissances, son âme ne doit-elle donc pas avoir appris dans le temps de toujours ? Car, la chose est claire, c'est dans la totalité du temps qu'on est ou qu'on n'est pas un être humain. — Mén. : Évidemment. *(b)* — Socr. : Donc, si toujours la vérité de l'être existe dans notre âme, cette âme ne doit-elle pas être immortelle ? Et, par conséquent, à l'égard de ce que tu te trouves présentement ne pas savoir, et c'est quelque chose dont tu ne te souviens pas, ne te faut-il pas avec confiance entreprendre de le chercher et de te ressouvenir ? — Mén. : Je ne sais comment cela se fait, Socrate : tu me donnes l'impression que tu as raison ! — Socr. : C'est la mienne aussi, Ménon. Sans doute y a-t-il des choses dans cette thèse, pour la défense desquelles je ne m'acharnerais pas trop[3]. Mais que cette conviction, qu'on doit chercher ce qu'on ne sait pas, puisse ne pas nous rendre meilleurs, plus virils et moins paresseux[1] en comparaison de ce qui aurait lieu si, à l'égard de ce que nous ne savons pas, nous étions convaincus *(c)* qu'il n'est pas plus possible de le trouver que ce n'est un devoir de le chercher, voilà une affirmation que, si j'en avais la possibilité, je défendrais avec la dernière énergie, en paroles comme en actions ! — MÉN. : Sur ce point encore, Socrate, oui, tu me donnes l'impression que tu as raison ! —

III. *Le problème de la vertu est repris : faute de savoir ce qu'elle est, on recourra à la méthode hypothétique des géomètres.*

SOCR. : Puis donc que nous voila en communauté de pensée sur l'obligation de se mettre en quête de ce qu'on ne sait pas, veux-tu qu'ensemble nous nous mettions en quête de ce que peut bien être la vertu ? — MÉN. : Hé oui ! absolument. Ce n'est pas cela pourtant, Socrate, qui me ferait le plus de plaisir, mais bien (c'était justement ma question du début) *(d)* d'examiner et d'apprendre de ta bouche si c'est comme à une chose qui s'enseigne que doit s'attaquer notre entreprise, ou bien comme à une chose, la vertu, qui serait, chez les hommes, soit un don naturel, soit un bien qui s'acquiert de quelque autre manière. — SOCR. : Eh bien, Ménon, si j'avais de l'autorité, non pas sur moi-même seulement, mais aussi sur toi, nous ne commencerions pas d'examiner si la vertu est une chose qui s'enseigne ou si elle est une chose qui ne s'enseigne pas, avant d'avoir tout d'abord cherché ce qu'elle est en elle-même ! Mais puisque, sans doute, afin d'être libre, tu ne travailles même pas à prendre sur toi-même de l'autorité, tandis que tu travailles à en prendre sur moi et que tu en prends en effet, je te céderai : qu'y a-t-il d'autre à faire en effet ? Ainsi nous avons, semble-t-il bien, à caractériser une chose dont nous ne savons pas encore ce que c'est ! Faute de mieux fais-moi du moins la grâce cependant de détendre la rigueur de ton autorité et de me concéder le droit d'envisager, en partant d'une hypothèse, la question de savoir si c'est une chose qui s'enseigne, ou qui s'acquiert de toute autre façon. Or, voici ce que j'entends par « en partant d'une hypothèse » : c'est un procédé analogue à celui qu'emploient maintes fois les géomètres pour envisager une question comme celle-ci, quand, à propos d'un espace, on leur demande par exemple si, dans le cercle que voici, il est possible d'inscrire l'espace triangulaire que voilà. *(a)* À cette question un géomètre répondrait : « Je ne sais pas encore si cet espace est dans les conditions voulues; mais il est à propos, je pense, en vue du problème posé, de faire une sorte d'hypothèse, du genre de celle-ci : supposé que ledit espace soit dans des conditions telles que celui qui, le long de la ligne donnée, en a construit la figure, se trouve en défaut à cause d'un espace qui serait pareil à celui qu'il a construit, telle conséquence en résulte à mon avis; et, inversement, une autre conséquence, s'il est impossible qu'il soit dans ce cas. Ainsi donc, c'est en usant d'hypothèse, *(b)* que j'accepte de te dire les conséquences relatives à l'inscription dudit espace dans le cercle, selon qu'elle est impossible ou qu'elle ne l'est pas[1]. » C'est donc en usant de cette méthode au sujet de la vertu que nous aussi, puisque nous ne savons ni ce qu'elle est, ni quels en sont les caractères, nous devrons, en posant cela par hypothèse, procéder à l'examen de la question de savoir si c'est une chose qui s'enseigne ou si c'est une chose qui ne s'enseigne pas. Voici comment nous nous exprimerons : supposé que, parmi les choses qui ont rapport à l'âme, la vertu en soit une qui a tels caractères, serait-elle une chose qui s'enseigne, ou une chose qui ne s'enseigne pas ? En premier lieu, supposé qu'elle ait des caractères étrangers à ceux du savoir, serait-elle une chose qui s'enseigne ou ne s'enseigne pas ? ou bien, selon l'expression dont nous nous servions tout à l'heure, serait-elle quelque chose qu'on se remémore ? Qu'il nous soit d'ailleurs indifférent de nous servir éventuellement de l'un ou de l'autre de ces deux termes, *(c)* la question n'en est pas moins celle-ci : est-ce une chose qui s'enseigne ? N'est-il pas clair en vérité pour tout le monde que rien d'autre que du savoir ne peut être enseigné à un homme ? — MÉN. : C'est bien mon avis. — SOCR. : Or, à supposer que la vertu soit un certain savoir, elle serait, c'est bien clair, quelque chose qui s'enseigne. — MÉN. : Comment le nier en effet ? — SOCR. : Voilà donc une question de laquelle nous nous serons rapidement débarrassés : si la vertu a tel caractère, elle est une chose qui s'enseigne, mais ne l'est pas, si elle a tel caractère. — MÉN. : Hé!

absolument. — Socr. : Après cette question, voici donc, semble-t-il bien, celle que nous devons envisager : est-ce que la vertu est un savoir? ou bien ses caractères sont-ils étrangers à ceux d'un savoir? *(d)* — Mén. : C'est aussi mon avis qu'après l'autre question, c'est celle-là que nous avons à examiner. —

Socr. : Qu'est-ce donc à dire, d'autre part? La vertu, prétendons-nous que ce soit autre chose qu'un bien? et cette hypothèse ne demeure-t-elle pas pour nous, que c'est un bien? — Mén. : Hé oui! absolument. — Socr. : Mais, à supposer qu'il y ait quelque chose d'autre encore qui, abstraction faite du savoir, soit un bien, à cette condition peut-être la vertu ne serait-elle pas un certain savoir? À supposer d'autre part qu'il n'y ait rien de bon qui ne soit contenu dans du savoir, en nous doutant que la vertu, c'est un certain savoir, nous nous en douterions à bon droit. — Mén. : C'est cela. — Socr. : Et, sûrement, c'est bien par la vertu que nous sommes bons? — Mén. : Oui. *(e)* — Socr. : Or, étant bons, nous sommes utiles, car tout ce qui est bon est utile. N'est-ce pas? — Mén. : Oui. — Socr. : Dès lors, la vertu n'est-elle pas chose utile? — Mén. : C'est forcé d'après ce dont nous sommes tombés d'accord. — Socr. : Considérons donc, en les prenant chacune individuellement, quelles sont les sortes de choses qui nous sont utiles. La santé, disons-nous, et la vigueur, et la beauté, et, assurément, la richesse, voilà les choses que, avec celles qui sont du même ordre, nous assurons être utiles. Oui, n'est-ce pas? — Mén. : Oui. *(a)* — Socr. : D'un autre côté, nous assurons que ces mêmes choses sont dommageables aussi quelquefois. En est-il autrement selon toi, ou bien comme cela? — Mén. : Non, mais comme cela. —

*1. La vertu en tant qu'activité utile, doit être guidée par l'intelligence : ce n'est donc pas un don de nature.*

Socr. : Examine alors, quand elles nous sont utiles, quel est le principe qui guide chacune d'elles, et quel est ce principe dans le cas où elles nous sont dommageables : n'est-ce pas dans le cas d'une utilisation correcte qu'elle nous sont utiles, et dommageables dans le cas où il n'en est pas ainsi? — Mén. : Hé! absolument. — Socr. : Et maintenant, considérons encore les choses utiles qui ont aussi rapport à l'âme. N'y a-t-il pas une chose que tu appelles modération, une autre que tu appelles justice, et courage, et facilité à apprendre, bonne mémoire, libéralité, et tout ce qui est de même ordre? *(b)* — MÉN. : Bien sûr, oui! — SOCR. : Examine par suite, en considérant quelles sont celles d'entre elles qui, à ton avis, ne sont pas du savoir et sont autre chose que du savoir, si tantôt elles ne nous sont pas dommageables et tantôt utiles. Prenons pour exemple le courage, dans le cas où ce n'est pas l'intelligence qui préside au courage et où il est une sorte de confiance aveugle[1] : Une confiance dénuée de réflexion ne nous est-elle pas dommageable, tandis que la confiance qui s'accompagne de réflexion nous est utile? — MÉN. : Oui. — SOCR. : Et n'en est-il pas semblablement de la modération, comme de la facilité à apprendre? Quand elles s'accompagnent de réflexion, ce que l'on apprend, l'arrangement qu'on fait de sa vie, sont utiles, tandis qu'ils sont dommageables quand la réflexion en est absente. — MÉN. : On ne peut plus! *(c)* — SOCR. : Ainsi, globalement, tout ce qui est pour l'âme objet d'entreprise ou d'endurance, n'aboutit-il pas à du bonheur, quand c'est l'intelligence qui guide, et le contraire quand c'est l'inintelligence? — MÉN. : Vraisemblablement. — SOCR. : Donc, si la vertu est une propriété des aptitudes que possède l'âme et si cette propriété est nécessairement utile, il faut que cette propriété soit intelligence, puisque justement tout ce qui est aptitude de l'âme n'est, en soi et par soi, ni utile, ni dommageable; tandis que l'adjonction de l'intelligence ou de l'inintelligence les rend aussi bien dommageables qu'utiles. *(d)* Aux termes donc de cette conception, il faut que la vertu, dès lors qu'elle est utile, soit une certaine intelligence[2]. — MÉN. : C'est aussi mon avis. — SOCR. : N'est-il pas naturel aussi, puisque les autres choses dont nous parlions tout à l'heure, la richesse aussi bien que ce qui est du même ordre, étaient tantôt bonnes et tantôt dommageables, que, l'intelligence étant le guide du reste de l'âme, elle qui rendait utiles les aptitudes de l'âme tandis que l'inintelligence les rendait dommageables, *(e)* ce soit de même l'utilisation correcte de ces choses par l'âme, la direction dans laquelle elle les guide correctement, qui les rende utiles, et dommageables si cette correction fait défaut? — MÉN. : Hé! absolument. — SOCR. : Or, l'âme intelligente n'est-elle pas en vérité celle qui guide correctement ? l'âme dépourvue d'intelligence, celle qui guide d'une manière fautive ? — MÉN. : C'est exact. — SOCR. : N'est-ce donc pas en ces termes qu'il y a lieu de parler concernant toutes choses en général : c'est à l'âme qu'est, chez l'homme, suspendu tout le reste, c'est à l'intelligence que sont suspendues toutes les aptitudes de l'âme elle-même, *(a)* si l'on veut que ces choses soient bonnes ? Il y a plus : en vertu de cette conception, ce serait l'intelligence qui constituerait l'utile ; or la vertu, disons-nous, est chose utile. — MÉN. : Hé ! absolument. — SOCR. : Donc, nous disons, n'est-ce pas ? que la vertu est intelligence, ou le tout de l'intelligence, ou une partie de celle-ci. — MÉN. : À mon avis, Socrate, ton langage est un langage excellent. — SOCR. : Mais, s'il en est ainsi, ce n'est pas de nature que seraient bons ceux qui le sont. — MÉN. : Il ne me le semble pas. *(b)* — SOCR. : Effectivement, voici, je pense, quelle en serait même la conséquence : supposons que les bons le soient de naissance et par nature, nous aurions, je suppose, des gens capables de reconnaître parmi les jeunes ceux dont le naturel est bon ; nous prendrions en main ceux qui en ont manifesté les signes, nous les mettrions sous bonne garde dans la Citadelle[1], nous les cacherions avec bien plus de soin que si c'était de l'or, afin que nul ne puisse les corrompre, et qu'au contraire, quand ils en auront atteint l'âge, ils soient en état de rendre service à la Cité. — MÉN. : Ce serait raisonnable, oui, Socrate ! —

*2. À quelles conditions la vertu serait-elle le fruit d'une étude ?*

SOCR. : Mais, puisque ce n'est pas de nature que les bons sont bons, *(c)* est-ce qu'ils ne le deviennent pas grâce à l'étude ? — MÉN. : À mon avis, c'est désormais une nécessité ; et il est clair, Socrate, que, conformément à la méthode hypothétique, la vertu doit être une chose qui s'enseigne, du moment qu'elle est un savoir. — SOCR. : Par Zeus ! c'est bien possible. Qui sait, cependant, si nous n'avons eu tort d'en convenir ? — MÉN. : À coup sûr étions-nous tout à l'heure[2] d'avis qu'il est juste de le dire ! — SOCR. : Gare toutefois que ce ne soit pas tout à l'heure seulement qu'il fût, à notre avis, juste de le dire ! Bien plutôt, si l'on veut que dans cette assertion il y ait quelque chose qui soit de bon aloi, ce doit être maintenant aussi, et aussi dans la suite! *(d)* — MÉN. : Eh bien! quoi, alors? Qu'as-tu en vue en y cherchant des difficultés et en te refusant à croire que la vertu soit un savoir? — SOCR. : Je m'en vais te le dire, Ménon. Que la vertu soit effectivement une chose qui s'enseigne, s'il est vrai toutefois qu'elle soit un savoir, cela je ne le retire pas : non, nous n'avions pas tort de le dire. Mais, que la vertu soit un savoir, examine si, à ton avis, je ne suis pas bien fondé à me refuser à le croire. Réponds-moi en effet sur le point que voici : si, non pas seulement la vertu, mais quelque matière d'action que ce soit, est une chose qui s'enseigne, ne faut-il pas nécessairement qu'il y ait des maîtres qui donnent cet enseignement et des élèves qui le reçoivent? — MÉN. : C'est aussi mon avis. *(e)* — SOCR. : Alors, inversement, ce dont il n'y aurait pas d'enseignement, ni donné par des maîtres, ni reçu par des élèves, serait-ce au contraire une mauvaise conjecture que nous ferions à son sujet en conjecturant que ce n'est pas une chose qui s'enseigne? — MÉN. : C'est exact, Mais est-ce ton avis qu'il n'y a pas de maîtres enseignant la vertu? — SOCR. : Une chose au moins est sûre, c'est qu'à maintes reprises j'ai cherché s'il y a des maîtres de vertu, et que, malgré tous mes efforts, je suis impuissant à en découvrir! Et pourtant, en faisant cette recherche, je m'associe à bien des gens, principalement à ceux que je puis croire les plus expérimentés en la matière. À cette heure, c'est même, naturellement, une bonne aubaine pour nous qu'Anytos[1] soit venu s'asseoir à nos côtés : faisons-lui part de ce que nous cherchons! Ce serait d'ailleurs raisonnable à nous de lui en faire part : *(a)* effectivement, Anytos que voici est, pour commencer, le fils d'un père aussi riche qu'industrieux, Anthémion, lequel est devenu riche, non point par hasard, pas davantage en conséquence d'une libéralité d'autrui, à la manière de cet Isménias de Thèbes qui, de notre temps, a reçu les richesses de Polycrate[2], mais c'est par son industrie et par le soin qu'il a pris de ses affaires; de plus, ne s'imaginant pas, par ailleurs, être un citoyen exceptionnel; pas davantage un homme encombrant et à charge aux autres, mais un homme modeste et de commerce facile[3]; *(b)* son fils, en outre, il l'a parfaitement élevé et éduqué, ainsi qu'en juge le peuple d'Athènes, puisque, en tout cas, il le choisit pour occuper les plus hautes fonctions de l'État. Il est donc juste de s'associer à de tels personnages pour rechercher, à propos de la vertu, s'il y en a ou non des maîtres, et quels ils sont.

IV. *Entrée en scène d'Anytos, porte-parole de la conscience collective et des traditions.*

Ainsi donc, Anytos, associe-toi à Ménon que voici, qui est ton hôte, et à moi-même, dans notre recherche relative à la question de savoir quels sont les maîtres qui peuvent bien enseigner en cette matière. Or, examine la chose de la façon que voici : si nous souhaitions que Ménon, ici présent, devînt bon médecin, quels maîtres lui dirions-nous d'aller trouver ? Ne lui dirions-nous pas d'aller trouver les médecins ? *(c)* — ANYTOS : Hé ! absolument, — SOCR. : Et, si nous souhaitions qu'il devînt bon cordonnier, n'est-ce pas les cordonniers que nous lui dirions d'aller trouver ? — AN. : Oui. — SOCR. : Et de même dans les autres cas ? — AN. : Hé ! absolument. — SOCR. : Je reprends sous la forme que voici ma question concernant les médecins; réponds-moi : « Va trouver les médecins ! » disions-nous à Ménon. En l'adressant à eux, nous l'adressions sans doute où il fallait, ayant l'intention qu'il devînt médecin; quand donc nous tenons ce langage, *(d)* est-ce ceci que nous voulons dire : que ce serait sage de notre part de l'engager à aller trouver ces gens-là, ces gens qui revendiquent pour eux-mêmes la connaissance de cet art, plutôt que ceux dont ce n'est pas le cas; ces gens qui, à ce sujet même, se font payer un salaire, qui se présentent ouvertement eux-mêmes en maîtres qui l'enseigneront à qui souhaite d'aller à eux pour l'apprendre ? N'est-ce pas parce que nous aurions ces considérations en vue que nous aurions raison de lui dire d'aller les trouver ? — AN. : Oui. — SOCR. : Et ne serait-ce pas tout pareil, s'il s'agissait d'apprendre à jouer de la flûte ainsi que des autres instruments ? *(e)* C'est déraisonner complètement, quand on souhaite faire de quelqu'un un flûtiste, de se refuser à l'envoyer trouver ceux qui se font fort d'enseigner cet art et qui se font payer un salaire pour cela; tandis qu'à d'autres on suscitera des tracas, en cherchant à le faire instruire par eux, par eux qui ne se flattent pas d'être des maîtres enseignant cet objet d'étude dont nous jugeons bon qu'ils instruisent celui que nous leur aurions adressé, et qui n'y ont aucun élève! Procéder ainsi, n'est-ce pas le comble de l'extravagance? — AN. : Oui, par Zeus! c'est bien aussi mon avis, et, en plus, il y a là de la stupidité! *(a)* —

*1. Les Sophistes jugés par Anytos;*

SOCR. : Tu as raison. Alors il est loisible pour toi de délibérer, maintenant, en commun avec moi sur le cas de ce Ménon, qui est ton hôte. Voilà longtemps en effet, Anytos, que, s'adressant à ma personne, il me parle de l'envie qu'il a de cette sagesse, de cette vertu, grâce auxquelles les hommes administrent excellemment aussi bien leurs affaires domestiques que celles de l'État, grâce auxquelles ils prennent soin de leurs parents, et savent, à l'égard aussi bien de leurs concitoyens que des étrangers, comment on reçoit et comment on prend congé d'une façon digne d'un homme bien élevé. *(b)* Pour ce qui est donc de cette vertu, examine quels hommes nous lui conseillerions d'aller trouver pour que notre conseil fût juste : n'est-il pas clair, conformément à ce que je disais à l'instant, que nous lui dirions d'aller trouver ceux qui se font fort d'être des maîtres enseignant la vertu et qui se présentent ouvertement eux-mêmes pour l'enseigner, sans distinction de personne, à quiconque d'entre les Grecs souhaite devenir leur élève, après avoir fixé le salaire qui leur est dû pour cela et en se le faisant payer? — AN. : Et qui sont ces gens-là, Socrate? — SOCR. : Sans doute le sais-tu aussi bien que moi : ce sont ceux qu'on appelle « Sophistes ». *(c)* — AN. : Par Hercule! ne me porte pas malheur, Socrate! Puisse personne dans mon entourage[1], non plus que dans mes proches ou mes amis, ni concitoyen, ni étranger, n'être jamais la proie d'une démence assez grande pour aller trouver ces gens-là et se laisser souiller par eux! Car ils sont bien une cause manifeste de souillure et la perte de ceux qui les fréquentent! — SOCR. : Que dis-tu là, Anytos? Alors, au nombre de ceux qui revendiquent pour eux-mêmes la capacité de savoir produire quelque bienfait, ces gens-là, seuls, sont-ils dans une telle mesure différents des autres que, non seulement ils ne sont pas, ainsi que les autres, utiles pour ce en quoi on s'en remet à eux, mais que, tout au contraire, ils nous perdent!

(*d*) Et pour cela, sans se cacher, ils prétendent que le paiement d'une rétribution leur est dû! Allons donc! il m'est impossible, à moi, de jamais t'en croire : je sais pertinemment en effet que son art de sophiste a valu à Protagoras de gagner, à lui tout seul, plus d'argent, et que Phidias, qui a été, avec l'éclat que l'on sait, l'ouvrier de si beaux ouvrages, et que dix autres sculpteurs! C'est monstrueux pourtant, ce que tu dis là! Quoi? Ceux qui remettent en état les chaussures usées ou qui réparent les vieux habits (*e*) ne pourraient dissimuler plus de trente jours qu'ils rendent ces vêtements ou ces chaussures en plus mauvaise condition qu'ils ne les avaient reçus; mais, à ce compte, ils ne tarderaient pas à crever de faim; tandis que Protagoras aurait, si l'on t'en croyait, dissimulé à la Grèce tout entière, pendant plus de quarante ans, qu'il était la perte de ceux qui le fréquentaient et qu'ils étaient, quand il les congédiait, en pire condition que lorsqu'il les avait reçus : de fait, il est mort, je crois, âgé de près de quatre-vingts ans, ayant exercé son art de sophiste pendant quarante années[1]; et, pendant la totalité de ce temps, jusqu'à nos jours encore, sa renommée n'a point du tout cessé d'être grande! Bien plus, ce n'est pas le cas seulement de Protagoras, (*a*) mais aussi celui d'une foule d'autres, dont les uns ont vécu avant lui, tandis que certains existent même encore aujourd'hui.

*à ses yeux, en dehors de la tradition nationale, toute autre éducation est subversive.*

Cela étant, nous faut-il dire, conformément à ta thèse, que c'est en connaissance de cause qu'ils abusent la jeunesse et qu'ils la souillent? ou bien est-ce à leur propre insu? Et, dans ces conditions, estimerons-nous[2] que ces gens-là sont fous, eux qui sont, à entendre quelques-uns, les plus savants des hommes? — AN. : Il s'en faut même de beaucoup qu'ils soient fous, Socrate! Ceux qui sont fous, ce sont bien plutôt les jeunes gens qui donnent de l'argent à ces hommes-là, et bien davantage encore, ceux qui les leur confient, les parents! (*b*) Cependant la folie sans égale est celle des Cités, qui leur permettent de se rendre chez elles, au lieu d'expulser quiconque, étranger ou, aussi bien, citoyen[3], entreprend de faire une pareille besogne! — SOCR. : Mais, Anytos, y a-t-il donc un des Sophistes qui t'ait fait tort? Autrement, quel motif as-tu d'être hargneux de la sorte à leur égard? — An. : Je n'ai même, par Zeus! jamais été en relations, pour ma part, avec aucun d'eux, et pas davantage ne le permettrais-je à aucun des miens! — Socr. : Alors, de ces hommes, tu n'as donc aucune expérience? — An. : Plaise au Ciel que je n'en aie jamais! *(c)* — Socr. : Eh bien donc, mon divin Anytos! concernant une activité dont tu n'aurais absolument aucune expérience, pourrais-tu savoir si en elle il y a quelque chose de bon, ou bien des balivernes? — An. : Point de difficulté en tout cas pour ces gens-là! Je sais fort bien quelles gens ils sont, soit que, en fait, je n'en aie point ou que j'en aie l'expérience! — Socr. : Sans doute es-tu devin, Anytos; car, en me fondant sur ce que tu dis toi-même, je serais bien surpris qu'à leur sujet tu pusses le savoir autrement! Mais n'insistons pas, car les gens dont nous sommes en quête ne sont pas *(d)* ceux qui rendraient Ménon mauvais s'il allait les trouver (admettons, si tu y tiens, que ce soient effectivement les Sophistes!), mais nomme-nous-les, ceux dont nous sommes en quête; montre-toi bienfaisant envers l'ami que voici, à toi légué par ton père[1], en lui faisant connaître auprès de quels hommes, dans une ville aussi grande que celle-ci, il devrait se rendre pour devenir, sous le rapport de la vertu que je détaillais tout à l'heure[2], un homme digne d'être considéré! — An. : Pourquoi cependant ne les lui as-tu pas fait connaître toi-même? — Socr. : Mais je les lui ai nommés, ceux que je me figurais être des maîtres enseignant ces choses-là[3]; or, il se trouve qu'en cela, à ce que tu prétends, je parle pour ne rien dire, et, en le prétendant, peut-être est-ce toi qui dis quelque chose qui compte! *(e)* C'est donc à toi, plutôt, de lui nommer à ton tour quels sont ceux des Athéniens qu'il doit aller trouver : nomme celui que tu voudras. — An. : Mais pourquoi as-tu besoin d'entendre un nom individuel? Quel que soit en effet celui des Athéniens qu'il rencontrera, parmi ceux qui sont des hommes comme il faut[4], il n'y en a pas un seul qui ne doive le rendre meilleur que ne feraient les Sophistes, à la condition, bien entendu, qu'il consente à lui obéir. — Socr. : Or, ces gens comme il faut, est-ce spontanément qu'ils sont devenus ce qu'ils sont? sans avoir rien appris de personne, réellement capables néanmoins d'enseigner à d'autres les choses qu'eux-mêmes ils n'ont point apprises ? *(a)* — AN. : Ceux-là, je prétends, moi, que ce sont leurs devanciers qui les ont instruits, lesquels étaient des gens comme il faut ; ou bien est-ce qu'à ton avis il n'y a pas eu dans cette Cité, la nôtre, nombre d'hommes de valeur ? —

*2. Pourquoi alors les grands hommes n'ont-ils pas su transmettre leur mérite à leurs fils ?*

SOCR. : Eh bien ! mon avis à moi, Anytos, c'est aussi qu'il existe chez nous des hommes de valeur en matière politique, et encore, qu'il n'en a pas existé moins qu'il en existe : ont-ils cependant réussi à être des maîtres de valeur en ce qui concerne leur propre vertu ? Car c'est le point sur lequel porte précisément notre débat : il ne s'agit pas de savoir si, oui ou non, il y a chez nous des hommes de valeur, pas davantage s'il y en a eu dans le passé, *(b)* mais de savoir, ce que depuis longtemps nous examinons, si la vertu est une chose qui s'enseigne. Or, en examinant cela, voici quel est l'objet de notre examen : ces hommes de valeur, aussi bien parmi les contemporains que parmi ceux qui nous ont précédés, est-ce que cette vertu qui faisait d'eux des hommes de valeur, ils ont su aussi la communiquer à autrui ? Ou bien est-ce quelque chose qui, d'individu à individu, n'est ni communicable ni réceptible ? C'est de cela que, il y a déjà longtemps, nous étions en quête, Ménon et moi ; mais, en partant de ce que tu viens de dire toi-même, examine la chose de la façon que voici : nierais-tu que Thémistocle a été un homme de valeur ? *(c)* — AN. : Non, bien sûr ! et même je serais là-dessus tout ce qu'il y a de plus affirmatif[1]. — SOCR. : Par conséquent, s'il y eut jamais quelqu'un pour enseigner sa personnelle vertu, celui-là a dû être, à cet égard aussi, un maître de haute valeur[2] ? — AN. : Je le crois pour ma part, à condition du moins qu'il le voulût. — SOCR. : Alors, tu le crois, il aurait pu ne pas vouloir que d'autres devinssent des hommes comme il faut, et, tout particulièrement, je suppose, son propre fils ? Peut-être crois-tu que, par jalousie à son égard, *(d)* à dessein il ne lui a pas communiqué la vertu qui faisait sa propre valeur ? Ou bien, est-ce que tu n'as pas entendu dire que Thémistocle a enseigné à son fils Cléophantos un talent de bon cavalier : ainsi par exemple celui-ci restait en place tout debout sur les chevaux; du haut des chevaux, tout debout, il lançait le javelot, accomplissant encore quantité d'autres exploits auxquels l'avait dressé son père, dont il lui avait donné le talent; bref tout ce qui tenait à la valeur même de l'enseignement donné? Cela, ne l'as-tu pas entendu dire par les vieux? — AN.: Je l'ai entendu dire. — SOCR.: Personne ne mettrait donc en cause, chez le fils de Thémistocle, la mauvaise qualité même de son naturel[1]? *(e)* — AN.: Sans doute personne ne le ferait! — SOCR.: Que dire alors de ce que voici? Cléophantos, fils de Thémistocle, s'est-il élevé à la valeur, aux talents que précisément eut son père? cela, l'as-tu déjà entendu dire par qui que ce soit, jeune ou vieux? — AN.: Non certes! — SOCR.: Mais est-il croyable qu'en cela il ait tenu à former lui-même son propre fils, tandis que, pour ce talent, qui était son talent personnel, il n'ait pas souhaité que ce fils valût en rien plus que ses voisins? est-ce croyable, s'il est vrai au moins que la vertu soit quelque chose qui s'enseigne? — AN.: Sans doute ne l'est-ce pas, par Zeus! — SOCR.: Voilà donc quelle est à tes yeux la qualité de ce maître de vertu, *(a)* duquel tu conviens[2] que, parmi les anciens, il fut tout ce qu'il y a de plus parfait! Mais considérons-en un autre: Aristide, le fils de Lysimaque. Ne conviens-tu pas que ç'ait été un homme de valeur? — AN.: J'en conviens: sans nul doute! — SOCR.: Or, celui-là aussi, pour tout ce qui tenait à l'enseignement donné, avait fait de son fils Lysimaque l'enfant le plus parfaitement élevé d'Athènes; mais, à ton avis, a-t-il fait de lui un homme qui valût mieux que n'importe qui? Car tu as été, je pense, en relations avec lui et tu vois quelle sorte d'homme il est! Veux-tu que nous considérions Périclès, *(b)* dont les talents furent d'une telle magnificence? ne sais-tu pas qu'il eut deux fils, Paralos et Xanthippe? — AN.: Je le sais! — SOCR.: La vérité, tu le sais aussi bien que moi, est que, grâce à l'enseignement qu'il leur a fait donner, ils ont été des cavaliers qui n'étaient inférieurs à personne à Athènes, inférieurs à personne, grâce à l'éducation qu'il leur a donnée pour ce qui est de la musique aussi bien que de la lutte et pour tout ce qui tient à un art; et alors il ne souhaitait pas faire d'eux des hommes de valeur? Il le souhaitait, c'est mon avis! mais c'est mon avis aussi, que ce n'est peut-être pas quelque chose qui s'enseigne. Et, pour t'empêcher de te figurer que cette incapacité en la matière est le fait d'un petit nombre d'hommes et de ceux qui à Athènes sont le plus gens de rien, *(c)* réfléchis que Thucydide, lui aussi, a élevé deux fils, Mélèsias et Stéphanos, et que, d'une façon générale, il leur a donné une excellente éducation : c'étaient à Athènes, comme lutteurs, ce qu'il y a de mieux; il avait donné l'un à Xanthias, l'autre à Eudore, lesquels passaient, si je ne me trompe, pour être, en ce temps-là, parmi ceux qui étaient à la lutte les plus habiles. Ne te le rappelles-tu pas? — AN. : Si fait! par ouï-dire. — SOCR. : Or, est-il clair que jamais cet homme, *(d)* lui qui faisait enseigner à ses enfants tout ce dont l'enseignement exigeait de la dépense, alors que d'autre part il n'avait pas de frais à faire pour les rendre hommes de valeur, ne leur ait pas donné cet enseignement-là, si vraiment c'était quelque chose qui s'enseigne? Mais pourquoi insister? C'est, sans doute, que Thucydide était un homme de rien et qu'il n'était pas le personnage comptant, parmi les Athéniens comme parmi les Alliés, le plus grand nombre d'amis! c'est qu'il n'était pas d'assez grande famille, qu'il n'avait pas, à Athènes et dans le reste de la Grèce, un assez grand pouvoir pour être capable de découvrir (si toutefois c'était quelque chose qui s'enseigne), soit parmi les gens du pays, soit parmi les étrangers, quelqu'un dont le rôle eût été de faire de ses fils des hommes de valeur, *(e)* pour le cas où le soin des affaires de l'État ne lui eût pas laissé le loisir de s'en occuper lui-même! Mais non, tel n'était pas en effet le cas, Anytos, mon camarade : c'est, en effet, j'en ai peur, que la vertu n'est pas une chose qui s'enseigne! — AN. : Socrate, tu ne te gênes pas, ce me semble, pour mal parler des gens! Ceci dit, je te conseillerai volontiers, si tu veux m'en croire, de prendre garde à toi. Car sans doute est-il, en toute autre cité, plus facile de faire du mal aux gens que de leur faire du bien; dans celle-ci, ce l'est absolument[1]. Tu n'es pas toi-même, sans le savoir, je pense! *(a)* —

*V. L'opinion vraie.*
*1. Tout concourt à prouver que la vertu ne s'enseigne pas.*

SOCR. : Il me semble, Ménon, qu'Anytos est fâché, et je ne m'en étonne pas! C'est que, en premier lieu, il croit que je médis de ces grands personnages, et puis, qu'il estime être personnellement l'un d'entre eux! Eh bien! pourtant, le jour où il connaîtra ce que c'est que de mal parler de quelqu'un[1], ce jour-là il cessera de se fâcher; mais à présent il n'en a point connaissance. Mais toi, dis-moi, des hommes comme il faut, n'y en a-t-il pas chez vous aussi? — MÉN. : Hé, absolument. *(b)* — SOCR. : Mais quoi? Ces hommes s'offrent-ils eux-mêmes à en donner l'enseignement à la jeunesse? conviennent-ils qu'ils sont des maîtres capables d'enseigner cela et que la vertu est une chose qui s'enseigne? — MÉN. : Non, par Zeus! mais tu les entendrais, tantôt dire que c'est une chose qui s'enseigne, et tantôt dire le contraire! — SOCR. : Nous faut-il donc affirmer que, pour donner l'enseignement de cette matière, ceux-là sont des maîtres, qui sur ce point essentiel ne s'accordent même pas? — MÉN. : Ce n'est point mon avis, Socrate! — SOCR. : Mais qu'est-ce donc à dire? Alors, ces Sophistes, eux, qui, seuls, en font ouvertement profession, sont-ils à ton avis des maîtres qui enseignent la vertu? *(c)* — MÉN. : En tout cas, Socrate, ce que j'admire le plus de Gorgias, c'est que jamais tu ne l'entendrais, justement, promettre cela, mais bien plus, il se gausse de ses confrères quand il leur entend faire cette promesse : tout ce qu'on doit promettre, selon lui, c'est de former des hommes habiles à parler. — SOCR. : Alors, c'est qu'à ton avis non plus[2] les Sophistes ne sont pas des maîtres qui enseignent la vertu? — MÉN. : Je ne sais que dire, Socrate! Je suis en effet dans le même cas exactement que la plupart des gens : tantôt, à mon avis, c'est oui, et tantôt non! *(d)* — SOCR. : Or, sais-tu bien que ce n'est pas seulement à ton avis et, par ailleurs, à celui des hommes politiques[3], que tantôt la vertu est une chose qui s'enseigne et tantôt non? mais que Théognis[4], lui aussi, dit la même chose? le sais-tu? — MÉN. : Dans lesquels de ses vers? — SOCR. : Dans ses élégies, à l'endroit où il dit : *Chez ceux-ci bois et mange, au milieu de ceux-ci assieds-toi, sois aimable avec ceux qui ont une grande puissance. Car ce sont les gens de bien qui t'enseigneront ce qui est bien; si tu te mêles aux méchants, tu perdras ce que tu peux avoir de bon jugement.* *(c)* Que, dans ces vers, il parle de la vertu comme d'une chose qui s'enseigne, le sais-tu ? — MÉN. : Évidemment oui. — SOCR. : Mais voici d'autres vers où, changeant quelque peu d'idée, il s'exprime ainsi : *S'il était possible de créer pour un homme de la réflexion et de la déposer en lui,* alors, ajoute-t-il à peu près, *nombreux et grands seraient les salaires qu'en retireraient* ceux qui auraient le pouvoir de le faire ; puis : *jamais, issu d'un père homme de bien, on ne deviendrait un méchant, si l'on obéissait à de sages discours ; (a) mais, par l'enseignement, jamais d'un méchant tu ne feras un homme de bien.* Ne te rends-tu pas compte que, sur la même question, il parle au rebours de lui-même et se contredit ? — MÉN. : C'est évident ! —

SOCR. : Or, es-tu à même d'alléguer une autre manière, quelle qu'elle soit, dans l'enseignement de laquelle ceux qui s'y prétendent maîtres, non seulement ne trouvent pas le moyen de se faire reconnaître par les autres pour maîtres de cet enseignement, mais ne savent pas eux-mêmes ce qui s'enseigne[1], *(b)* et, par rapport à la matière même qu'ils déclarent enseigner, sont au contraire en fâcheuse posture ? une autre matière à propos de laquelle ceux qui personnellement sont reconnus pour être des hommes comme il faut déclarent tantôt qu'elle s'enseigne et tantôt qu'elle ne s'enseigne pas ? Cela étant, de ceux qui sont en proie à une agitation aussi désordonnée, irais-tu dire que, pour l'enseignement de quelque matière que ce soit, ils sont maîtres jurés ? — MÉN. : Par Zeus ! ce n'est pas moi qui le dirais ! — SOCR. : Or, si, ni les Sophistes, ni ceux qui, en personne, sont des hommes comme il faut ne sont de tels maîtres en la matière, n'est-il pas clair qu'il n'y en a pas d'autres ? — MÉN. : Je pense en effet, qu'il n'y en a pas. *(c)* — SOCR. : Mais en vérité, s'il n'y a pas de maîtres, il n'y a pas non plus d'élèves ? — MÉN. : Il en est, à mon avis, comme tu le dis. — SOCR. : D'autre part, ne sommes-nous pas tombés d'accord[2] qu'une matière qui ne comporte ni maîtres, ni élèves, c'est là quelque chose qui ne s'enseigne pas ? — MÉN. : Nous en sommes tombés d'accord. — SOCR. : Or, nulle part ne se manifeste l'existence de maîtres de vertu ? — MÉN. : C'est exact. — SOCR. : Or, s'il n'y a pas de maîtres, il n'y a pas d'élèves non plus ? — MÉN. : Il est évident qu'il en est ainsi. — SOCR. : Alors, la vertu ne serait donc pas une chose qui s'enseigne? *(d)* — MÉN. : Elle n'a point l'air de l'être, si toutefois nous avons correctement envisagé la question. Par suite, ce qui justement m'étonne, Socrate, c'est, ou qu'il puisse même y avoir jamais des hommes de valeur, ou, s'il y en a qui le sont devenus, qu'on ne puisse dire par quel moyen ils ont bien pu le devenir! —

2. *Comparaison du savoir avec l'opinion vraie;*

SOCR. : Il y a chance, Ménon, que nous soyons, toi aussi bien que moi, de pauvres sires et que nous ayons été mal éduqués, toi par Gorgias et moi par Prodicos[1]. C'est donc à nous-mêmes que, par-dessus tout, nous devons prêter attention et chercher quel est l'homme qui, d'une manière quelconque, nous rendra meilleurs. *(e)* Or, ce que j'ai en vue en disant cela, c'est notre enquête de tout à l'heure et la façon ridicule dont il nous a échappé que ce n'est pas seulement avec le savoir pour guide que les hommes font droitement et bien leurs affaires : ce qui est sans doute la raison pour laquelle nous ne réussissons pas non plus à discerner de quelle manière on peut bien devenir un homme de valeur. — MÉN. : Qu'entends-tu par là, Socrate? — SOCR. : Voici. Que les hommes de valeur doivent être utiles, c'est un point que nous avons accordé à bon droit, puisqu'en vérité, d'une autre façon, ils ne seraient point utiles : n'est-ce pas vrai en effet? *(a)* — MÉN. : Oui. — SOCR. : Et qu'ils seront utiles dans le cas où ils conduiront droitement nos affaires, voilà quelque chose encore, je pense, dont nous avions raison de tomber d'accord? — MÉN. : Oui. — SOCR. : Mais, en disant que, sans l'intelligence, il n'est pas possible de les conduire droitement, nous ressemblons à des gens qui n'ont pas le droit d'en tomber d'accord[2]! — MÉN. : Qu'entends-tu donc par « droitement »[3]? — SOCR. : Je m'en vais te le dire. Supposons que quelqu'un, sachant le chemin de Larisse ou de tout autre endroit où il souhaite aller, s'y rende et serve de guide à d'autres voyageurs, ne guiderait-il pas droitement et bien? — MÉN. : Hé! absolument. *(b)* — SOCR. : Et, si nous supposions maintenant que, sans y être jamais allé, sans savoir non plus quel est le chemin, il aurait à ce sujet une opinion droite, n'est-ce pas droitement qu'il y guiderait, lui aussi? — MÉN. : Hé! absolument. — SOCR. : Et aussi longtemps du moins qu'il aura, je pense, une opinion droite sur ce dont l'autre avait un savoir, il ne sera pas, lui qui, sans avoir l'intelligence, suppose ce qui est vrai, un plus mauvais guide que celui qui en a l'intelligence ! — Mén. : Nullement en effet. —

*les statues de Dédale, images de celle-ci.*

Socr. : Par rapport à la rectitude de l'action, l'opinion vraie n'est donc nullement un plus mauvais guide que l'intelligence. Voilà ce que nous avons omis de considérer quand nous étions en quête de savoir quels peuvent bien être les caractères de la vertu : *(c)* nous disions qu'il n'y a que l'intelligence pour guider droitement l'action ; or, nous le voyons à présent, il fallait dire aussi l'opinion vraie. — Mén. : Oui, c'est bien ce qui semble. — Socr. : En conséquence, une opinion vraie n'est pas moins utile que du savoir. — Mén. : Jusqu'à un point tout au moins, Socrate : celui qui possède le savoir atteindra toujours son but, tandis que celui qui a l'opinion droite, tantôt il l'atteindra et tantôt ne l'atteindra pas[1]. — Socr. : Comment l'entends-tu ? Quand on a toujours une opinion droite, n'atteindra-t-on pas toujours son but, aussi longtemps justement que l'on opinera droitement ? — Mén. : À mon avis, c'est forcé, évidemment. Aussi est-ce pour moi un étonnement, Socrate, *(d)* que, puisqu'il en est ainsi, le savoir soit, de toute façon, beaucoup plus en honneur que ne l'est l'opinion droite, et aussi qu'il y ait une raison de faire de celle-ci une chose, et de celle-là une autre chose. — Socr. : Et le motif de ton étonnement, le connais-tu, ou bien veux-tu que je te le dise ? — Mén. : Hé ! absolument, dis-le-moi. — Socr. : C'est que les statues de Dédale[2] n'ont pas retenu ton attention ; mais, peut-être non plus, n'y en a-t-il pas chez vous ? — Mén. : Mais de cela, à quel propos, enfin, m'en parles-tu ? — Socr. : C'est qu'elles aussi, à moins d'avoir été liées, en secret elles s'enfuient et s'évadent, tandis que, si on les a liées, elles demeurent en place. *(e)* — Mén. : Et puis après ? — Socr. : Les œuvres de ce grand sculpteur, quand on en possède une qui n'est pas liée, il n'y a pas de quoi s'en faire beaucoup plus de gloire que de posséder un esclave enclin à s'évader, car elle ne reste pas en place, tandis que, une fois liée, il est précieux de la posséder : c'est que ce sont des œuvres parfaitement belles. Mais à quel propos est-ce donc que je t'en parle? C'est à propos des opinions qui sont des opinions vraies. Effectivement, les opinions qui sont des opinions vraies sont, elles aussi, pour autant de temps qu'elles demeurent en place, un bien de grand prix et elles produisent tous les bienfaits du monde; *(a)* mais elles ne consentent pas à demeurer longtemps en place. Tout au contraire, elles s'évadent de l'âme humaine, de sorte qu'elles ne seront pas extrêmement précieuses, tant qu'on ne les aura pas liées par un raisonnement causal[1]. Or, voilà, Ménon mon camarade, ce qu'est la réminiscence, ainsi que nous en sommes convenus antérieurement. Mais une fois qu'elles ont été ainsi liées, elles deviennent, en premier lieu, du savoir et, en second lieu, elles ont de la stabilité. Voilà donc enfin pour quelles raisons le savoir est quelque chose de plus précieux que l'opinion droite, et c'est l'existence d'un lien qui fait la différence entre le savoir et l'opinion droite. — MÉN. : Par Zeus! Socrate, cela ressemble bien à quelque chose comme cela *(b)* —

*3. Récapitulation conduisant à une impasse.*

SOCR. : Sois bien assuré que mon langage n'est pas celui de quelqu'un qui sait, mais de quelqu'un qui se figure ainsi les choses. Mais que l'opinion droite soit d'une autre espèce que le savoir, cela n'est pas précisément une chose que je croie me figurer; mais, s'il y en a une au monde que j'affirmerais savoir, et il n'y en a pas beaucoup dont je l'affirmerais, celle-là seule, du moins, serait placée par moi au rang de celles que je sais! — MÉN. : Et tu as raison de le dire, Socrate. — SOCR. : Mais quoi? N'ai-je pas raison de dire ceci, que l'opinion droite, quand c'est elle qui nous guide, ne réalise nullement de pire manière que le savoir ce qui est l'ouvrage propre de chacune de nos activités? — MÉN. : Sur ce point aussi, mon avis est que tu dis vrai. *(c)* — SOCR. : Donc, en vue de nos actions, l'opinion droite n'est en rien plus mauvaise que le savoir, ni d'une moindre utilité; et l'homme qui la possède n'est pas inférieur non plus à celui qui possède le savoir. — MÉN. : C'est exact. — SOCR. : Et que l'homme de valeur soit un homme utile, c'est une chose dont nous sommes tombés d'accord[2]. — MÉN. : Oui. — SOCR. : Ainsi donc, puisque ce n'est pas seulement par le moyen du savoir, mais aussi par celui de l'opinion droite, qu'il y aura des hommes de valeur, utiles en outre aux cités, si toutefois de tels hommes doivent exister; puisque d'autre part ni l'une ni l'autre de ces deux choses, ni le savoir, ni l'opinion vraie, ne nous appartient par nature; puisque pas davantage ce ne sont choses acquises dans la suite[1]... *(d)* À moins que, selon toi, nous ne possédions par nature celle que tu voudras des deux? — MÉN. : Ma foi non! — SOCR. : Donc, puisque ce n'est pas par nature, ce n'est pas non plus par nature qu'il y aura des hommes de valeur. — MÉN. : Non, certes. — SOCR. : Or, puisqu'en vérité ce n'est pas par nature, alors nous examinons l'hypothèse qui se présente ensuite : que ce soit quelque chose qui s'enseigne. — MÉN. : Oui. — SOCR. : Mais n'avons-nous pas été d'avis que, dans l'hypothèse où la vertu est intelligence, c'est quelque chose qui s'enseigne? — MÉN. : Oui. — SOCR. : Et que, dans l'hypothèse même où elle serait intelligence, c'est quelque chose qui s'enseigne? — MÉN. : Hé! absolument. *(e)* — SOCR. : Et aussi que, dans l'hypothèse où il y aura des maîtres l'enseignant, ce serait une chose qui s'enseigne, tandis que, s'il n'y en a pas, ce n'est pas une chose qui s'enseigne[2]? MÉN. : C'est bien cela. — SOCR. : Il est pourtant certain que nous sommes tombés d'accord qu'il n'existe pas de maîtres l'enseignant? — MÉN. : C'est exact. — SOCR. : Elle n'est donc ni une chose qui s'enseigne, ni de l'intelligence, voilà de quoi nous sommes ainsi tombés d'accord. — MÉN. : Hé! absolument. — SOCR. : Il est pourtant certain que nous tombons d'accord au moins qu'elle est un bien? — MÉN. : Oui. — SOCR. : Et que ce qui nous guide de façon droite est utile et bon[3]? — MÉN. : Hé! absolument. *(a)* — SOCR. : Or, ce dont nous tombons d'accord, c'est, en vérité, qu'il n'y a que ces deux choses à nous guider de façon droite : l'opinion vraie et le savoir; que, quand on les a, on guide de façon droite[4]. Car ce qui est un effet de la fortune n'est pas un effet guidé par une pensée humaine, au lieu que ce par quoi un homme est bon guide pour aller à ce qui est la rectitude, ce sont seulement ces deux choses-là : opinion droite et savoir. — MÉN. : J'en juge de même. — SOCR. : Mais, puisque ce n'est pas une chose qui s'enseigne, dès lors la vertu cesse aussi d'être un savoir? — MÉN. : Il est évident qu'elle n'en est plus un. *(b)* —

**ÉPILOGUE.** *L'opinion vraie est une grâce divine.*

SOCR. : En conséquence, sur deux biens, deux choses utiles qui s'offraient à nous, en voilà une qui est abolie, et le savoir ne pourra pas servir de guide dans le domaine de l'activité politique[1]. — MÉN. : Il ne le pourra pas, c'est bien mon avis. — SOCR. : Ce n'est donc pas en vertu d'une certaine compétence, non plus qu'en qualité de compétents, que guidaient les cités les hommes du genre de Thémistocle et autres personnages qu'alléguait tout à l'heure[2] Anytos ici présent! Voilà aussi pourquoi ils ont été hors d'état de faire que d'autres devinssent pareils à ce qu'ils étaient eux-mêmes, vu que ce n'était pas grâce à un savoir qu'ils étaient ce qu'ils étaient. — MÉN. : Il est vraisemblable, Socrate, qu'il en est comme tu dis. — SOCR. : Donc, si ce n'est pas grâce à du savoir, il reste dès lors que ce soit grâce à du bonheur dans l'opinion. *(c)* C'est ce bonheur qui permet aux hommes politiques de maintenir droit les États, sans que, par rapport à l'intelligence, il y ait aucune différence de leur manière d'être avec celle des diseurs d'oracles et des prophètes : ceux-ci en effet disent, souvent même, la vérité, mais sur ce qu'ils disent, ils ne savent rien de vrai savoir. — MÉN. : Il y a bien des chances qu'il en soit ainsi! — SOCR. : Mais n'est-il pas juste, Ménon, d'appeler divins ces hommes-là, eux qui, sans qu'il y ait en eux de la pensée, réussissent quantité de choses importantes parmi celles qu'ils font ou qu'ils disent? — MÉN. : Hé! absolument. — SOCR. : C'est donc à bon droit que nous appellerions divins, aussi bien ces diseurs d'oracles et devins dont nous parlions à l'instant, que tous les créateurs sans exception[3], *(d)* et que, des hommes politiques, nous ne dirions pas moins justement qu'ils sont divins et que la Divinité est en eux, en tant qu'ils sont inspirés par le souffle du Dieu dont ils sont possédés, dans le moment où, par la parole, ils réussissent quantité de choses importantes, sans posséder de savoir sur ce dont ils parlent. — MÉN. : Hé! absolument. — SOCR. : Et sans doute, Ménon, les femmes ont-elles bien raison d'appeler divins les hommes de valeur; ainsi, quand les Lacédémoniennes veulent glorifier quelque homme de valeur : « Voilà, disent-elles, un homme divin! » *(e)* — MÉN. : En quoi évidemment elles n'ont pas tort, Socrate! Peut-être cependant Anytos que voici est-il fâché de t'entendre parler ainsi! — Socr. : Cela m'est tout à fait égal : avec lui, Ménon, nous causerons une autre fois! Quant à nous, si, dans tout le cours de cet entretien, nous avons bien conduit notre recherche, si notre langage était juste, alors la vertu ne pourra être ni une chose qu'on possède par nature, ni une chose qui s'enseigne, mais une dispensation divine, *(a)* qui se produit, sans que la pensée y ait part, chez ceux en qui elle vient à se produire... sauf le cas où, parmi nos hommes d'État, il s'en trouverait un qui fût capable de rendre autrui pareillement homme d'État! Au reste, s'il pouvait s'en trouver un, peu s'en faudrait qu'on ne pût dire de lui que, au milieu des vivants, il est pareil à ce que, si l'on en croit Homère, Tirésias est au milieu des morts, quand il dit de lui que, s'il y a, entre les habitants des demeures d'Hadès, *quelqu'un de sage, c'est lui*, tandis que les autres sont *des ombres pleines d'une agitation tumultueuse*[1]. Il ne tarderait pas à en être de même pour l'homme qui serait tel que celui-là : pour ce qui est de la vertu, ce serait, à côté d'ombres, une vraie chose! *(b)* — Mén. : Tes paroles, Socrate, sont, à mon avis, on ne peut plus justes. — Socr. : S'il en est ainsi, la conclusion de ce raisonnement, c'est que, évidemment, quand vient à se produire chez certains hommes la vertu, elle s'y produit grâce à une dispensation divine. Mais le certain là-dessus, nous le saurons le jour où, avant de nous mettre à chercher de quelle façon il vient à se produire de la vertu chez les hommes, nous aurons commencé par nous mettre à chercher ce que peut bien être la vertu, en soi et par soi. Voici que cependant l'heure est venue pour moi d'aller quelque part. Quant à toi, ce dont justement tu auras été persuadé, *(c)* à ton tour persuades-en ton hôte Anytos, de façon à le rendre d'humeur plus facile : ainsi, à supposer que tu l'en persuades, c'est en outre aux Athéniens que tu rendras service.

# NOTES

# GORGIAS

## P. 7

1. Sous le nom de ce personnage, par ailleurs totalement inconnu, Platon masque-t-il tel ou tel de ses contemporains ? Toutes les hypothèses en ce sens se heurtent à d'insurmontables difficultés. C'est vraisemblablement un « portrait composite », un type synthétique.

2. « Arriver après la bataille », c'est s'en éviter les risques. Mais, pour Socrate, la bataille est une fête, et il n'est pas bon d'« arriver après la fête ».

3. Un « discours d'apparat », une conférence « modèle » ; comparer les premières pages du *Phèdre* et 262 *c* sqq., où est examinée la valeur du « modèle » qu'était le discours de Lysias sur l'amour.

4. Cf. *Apologie*, 20 *e* sq.

5. Allusion à un dicton proverbial : « Celui qui a fait la blessure devra aussi la guérir » (qui casse les verres, les paie).

6. Un seul séjour de Gorgias à Athènes est certain, celui qu'il y fit en 447, comme ambassadeur de sa patrie, Léontion. Mais l'impossibilité de concilier les indications chronologiques du dialogue doit décourager de chercher à dater la scène.

## P. 8

1. Il était d'Agrigente et, après Gorgias, le plus illustre représentant de la rhétorique sicilienne ; cf. 462 *b* et *Phèdre*, 267 *bc*.

2. La réponse de Pôlos et ses déclarations de 461 *b*, 462 *b*, prouvent assez que telle est bien en effet sa pensée.

3. Cf. 456 *b*. Il ne doit pas être confondu avec celui dont il est question (*Protagoras*, 316 *e* ; *République*, III, 406 *a* ; *Phèdre*, 227 *d*).

4. Polygnote (cf. *Ion*, 532 *e*).

## P. 9

1. Le style ampoulé et les allitérations de ce morceau ont donné à penser qu'il pouvait être une citation textuelle (cf. 462 *bc*). Plus probablement c'est un pastiche et une parodie (comme, par exemple, dans *Protagoras* ou dans *Le Banquet*).

2. Il m'a paru préférable, au moins tant que la notion n'a pas été précisée, d'éviter l'emploi du décalque français du terme grec : l'art

« rhétorique », c'est-à-dire l'art de l'orateur, l'art oratoire. On doit se souvenir qu'il s'agit d'un art nouveau, dont l'invention (au moment où est composé le *Gorgias*, vers 390) date à peine d'un siècle et demi et dont la diffusion à Athènes est encore plus récente.

**P. 10**

1. Le Sophiste est un professeur et un conférencier ambulant, tandis que l'École du philosophe est fixée, au moins pour un temps, dans une même ville. (Cf. *Le Grand Hippias*, 283 *b* sqq., *Protagoras*, 313 *d*, *Apologie*, 19 *e* sq.).

2. Le grec dit cela d'un mot : « brachylogie » et « macrologie » (cf. *Protagoras*, 334 *b* sqq.).

**P. 11**

1. Comme la cordonnerie ou le tissage, tandis que le médecin ou le maître de gymnase doivent parler pour prescrire traitement ou exercices.

**P. 12**

1. Cf. par exemple *Le Petit Hippias*, 366 *c*, et plus bas, 351 *b*. — La distinction n'est pas encore faite entre « science » et « art ». Ce dernier terme signifie, d'une façon générale, une connaissance technique, une « spécialité », quel qu'en soit d'autre part l'objet.

2. Cf. *b* fin.

3. Ou « supposer » (comme dans la réponse de Gorgias) à tes paroles un sens que tu n'as pas voulu leur donner.

4. Cf. 450 *b* fin et *c* déb.

**P. 13**

1. De même *Charmide*, 166 *a*.

2. Ce « scolie » auquel Platon a fait plusieurs fois allusion, est probablement une pièce populaire anonyme : on voulait cependant l'attribuer à Simonide (dont le poème, analysé dans le *Protagoras*, est aussi un « scolie », un « chant de table » 338 *a* sqq.) ou à Épicharme.

**P. 14**

1. Le « pédotribe ». Le « grammatiste » est celui qui enseigne à lire et à écrire ; le nom propre de celui qui forme les enfants à la culture physique est le « pédotribe ».

**P. 16**

1. Cf. *Protagoras*, 318 *b*, où il est appelé Zeuxippe.

2. Ici un intraduisible effet de style : « peinture de figures » (c'est-à-dire peintre qui travaille d'après nature et sur le modèle vivant) est la décomposition en ses éléments du mot grec simple qui, par effacement de son sens étymologique, a pris le sens général de « peintre ».

— Platon veut dire que Zeuxis n'est pas un peintre décorateur, ni un peintre en bâtiment.

3. Et, par conséquent, n'aurait pas motivé ma question.

4. Cf. 451 *b* sqq.

5. Et non pas, je crois, « relative à leur quantité », ce qui serait en contradiction avec les distinctions, si précises, de 451 *bc*, c'est-à-dire du passage même auquel Platon se réfère expressément.

**P. 17**

1. Cf. 452 *de*. — Par la suite, Socrate fait allusion à ce qu'il a dit 453 *b-e*.

2. Je paraphrase légèrement : le parfait grec signifie cela à lui seul, en indiquant que l'action est achevée et son résultat naturel atteint. De même pour la croyance, effet de la confiance.

**P. 18**

1. Texte incertain dans le détail.

2. Reprise littérale de la formule de Gorgias, 454 *b*.

3. Ou, avec une autre leçon, moins bien autorisée, « pour produire une persuasion ».

4. Comparer *Apologie*, 19 *a*, 24 *a*, 37 *ab*.

**P. 19**

1. Cf. *Protagoras*, 319 *b* sqq., 322 *d* sqq. ; *Alcibiade*, 107 *a* sqq.

**P. 20**

1. Entre les deux murs qui protégeaient les communications d'Athènes avec ses deux ports, le Pirée et Phalère. Le mur du milieu renforçait la défense dont cet ensemble de remparts constituait les « Longs Murs ».

2. Cf. note 3, p. 8, 448 *b*.

3. Gorgias ne dit pas « l'art *oratoire* », mais *l'art*, tout court. « L'Art » semble en effet avoir été le titre du traité de rhétorique où il exposait sa méthode.

4. Pour le pancrace, voir par exemple *La République*, I, 338 *c*. Le *pancrace* était une combinaison de lutte proprement dite et de pugilat. L'athlète thessalien dont il est ici question, un géant, passait pour avoir, à la cour d'Artaxerxès III, lutté avec succès contre des lions et, sans armes, contre des hommes armés. *Charmide*, 159 *c* ; pour l'escrime en armes, les premières pages du *Lachès*.

**P. 21**

1. Ce qui arrivait parfois aux Sophistes (cf. *Apologie*, 37 *cd*).

**P. 22**

1. Cf. 454 *b*-455 *a*.

**P. 23**

1. Une façon assez analogue de préluder à une autre forme de discussion dans le *Protagoras*, 334 *c* sqq.

**P. 24**

1. Cf. 456 *bc* et aussi 452 *e*, 457 *b*. On remarquera que Gorgias, dans sa réponse, fait une restriction qui semble faire du cas de 456 *bc* un cas exceptionnel.

**P. 25**

1. On peut comparer *Phèdre*, 259 *b*-260 *d*, 269 *d* sqq.
2. Cf. 455 *d*.

**P. 26**

1. Ce passage, jusqu'à la fin de *c*, a été très controversé : certains en suspectent une partie, certains, une autre. Si l'on décompose tout le morceau en quatre groupes de demandes et réponses, on remédierait assez bien, semble-t-il, aux difficultés, en mettant à la troisième place le premier groupe du texte des manuscrits. La suite des idées devient ainsi plus claire.
2. Celle de 460 *ab*.
3. Cf. 456 *d* sqq.
4. Cf. 450 *bc* et aussi 451 *ab*, 452 *de*, 454 *b*.
5. Voir spécialement 457 *b* fin.
6. Cf. 458 *a*.
7. Cf. 460 *c*.

**P. 27**

1. Cf. 448 *c*. Comparer pour la suite *Protagoras*, 335 *bc*.

**P. 28**

1. Cf. 461 *d*, déb.
2. Cf. 447 *c*, 448 *a*. Voir aussi 449 *b*.
3. Cf. 448 *c*. Socrate joue sur le sens du mot grec *empiria*. Pôlos l'avait pris dans le sens favorable de « pratique éprouvée », dont la valeur s'est vérifiée « empiriquement ». Socrate lui donne une acception péjorative, très voisine de celle qu'il lui donne ici, 463 *b*, et dans le *Phèdre*, 270 *b*, 260 *e* ; celle de « routine », de pratique traditionnelle, sans critique ni savoir. Jeu de mots intraduisible, semble-t-il.

**P. 30**

1. Toute la phrase rappelle le dialogue de Socrate avec Pôlos, 462 *cd*.
2. Maintenant que la définition a été donnée. Mais c'est encore trop se presser, comme on va le voir.

## P. 31

1. C'est-à-dire, quoique la chose à nommer soit unique par un nom unique.

2. Au sens où l'acteur insinue sa figure *sous le masque* du personnage qu'il doit représenter; où celui qui veut s'évader (esclave ou prisonnier) insinue son corps *sous un costume* qui, ne lui étant pas habituel, constitue un déguisement (cf. *Criton*, 53 *d*). Voir *infra*, 465 *b*.

## P. 32

1. En réponse à la question de Pôlos, 463 *d*, et, en même temps, par courtoisie envers Gorgias (cf. 462 *e*).

2. Texte très controversé, mais dont le sens général n'est pas douteux.

3. Comparer *Phèdre*, 259 *cd*.

4. Des mathématiciens, dirions-nous; mais, pour les Grecs de ce temps, la géométrie est la mathématique, et la théorie des proportions notamment est une partie des *Éléments* d'Euclide. On trouvera dans les dialogues ultérieurs de nombreux exemples de cette façon de présenter les choses *more geometrico*, sous la forme de proportions.

5. Il est probable que Platon renvoie ici à ce qu'il a dit 464 *bc*. Bien qu'à 520 *ab* Platon se réfère expressément à ce passage, il est difficile de voir ici une annonce de ce qui sera dit plus tard.

6. À un orateur ou un sophiste, et eux-mêmes ne savent pas quel nom ils doivent revendiquer.

## P. 33

1. Cf. *Phédon*, 272 *c* — La parenthèse me paraît signifier, non pas que Pôlos eût une connaissance particulière de la doctrine d'Anaxagore, mais que sa pensée ressemble au chaos primitif du philosophe de Clazomène.

2. Cf. 463 *b* et aussi 465 *b-e*.

## P. 34

1. Cf. *b*.

2. Paraphrase, inspirée de *Phèdre*, 237 *de*, d'une formule elliptique de serment familier.

## P. 35

1. Par le « Non, ma foi » de Pôlos, à 466 *e* fin.

2. Ces derniers mots sont suspectés, sans raison décisive, par la plupart des éditeurs. — Le renvoi se rapporte aux derniers mots de Socrate, à 466 *e* déb.

3. C'est-à-dire par allitérations et autres procédés de l'écriture « savante » (cf. par exemple *Le Banquet*, 185 *c*, et *République*, VI, 498 *d* sqq.). En cherchant à rendre l'allitération, j'ai modifié légèrement le sens : « excellent », et non « poli ».

**P. 36**

1. Biens de l'âme, biens du corps, biens extérieurs : classification plus tard traditionnelle. — De même, un peu plus loin, la division : biens, maux, choses indifférentes, sera plus tard un thème classique des philosophes.

2. Ce dernier exemple, bien que textuellement garanti, me semble suspect, après ce qui a été dit 467 *d*, déb.

3. Cf. 467 *cd*.

**P. 37**

1. Ou plutôt Socrate, approuvé par Pôlos, 467 *c* sqq.

2. Cf. 466 *b*. — C'est à ce même passage que se réfère ensuite Socrate (voir aussi *d*).

**P. 38**

1. La plupart des éditeurs entendent la repartie de Pôlos comme une affirmation : « Assurément... » Il est également possible d'y voir une interrogation, et cela me semble plus naturel.

2. Cf. 466 *bc*, 468 *e*.

3. Ce sens est bien établi par de nombreux exemples : Socrate ne demande nullement à Pôlos de le « laisser parler ».

4. C'est-à-dire depuis le matin jusque vers midi.

**P. 39**

1. Cf. 468 *cd*.

**P. 40**

1. Pôlos exposera (471 *a-c*) les crimes d'Archélaos, qui mourut lui-même assassiné, en 399, après un règne de quinze années : règne d'ailleurs brillant ; il avait fait de sa cour de Pella un centre littéraire et artistique, qui attira des poètes comme Euripide et Agathon, des peintres comme Zeuxis, des musiciens.

2. C'est le « beau-et-bon » du grec que je rends ainsi, ici et généralement.

**P. 41**

1. Cf. la remarque de Socrate, 448 *d*. — Pour la suite, cf. 470 *c*.

**P. 42**

1. Tout le passage vise indifféremment les politiques du parti oligarchique et du parti démocratique ; plus spécialement les grandes dynasties bourgeoises et l'ostentation de leur faste, notamment à propos de leurs *chorégies*, c'est-à-dire du financement de la représentation d'une pièce : les trépieds d'or attestaient la victoire de la pièce dont ils avaient fait les frais ; d'où l'allusion à l'enclos de Dionysos, aux

fêtes de qui (les grandes et petites Dionysies) se donnaient les représentations théâtrales. Le sanctuaire d'Apollon Pythien, mentionné ici, est probablement un sanctuaire athénien, mais non celui de Delphes. — Pour Nicias, cf. *Lachès*; Aristocratès fut un des généraux des îles Arginuses.

**P. 43**

1. Cf. 470 *c* vers la fin.
2. Cf. 469 *bc*.

**P. 44**

1. Pôlos reprend sa formule ironique de 470 *c*.
2. Ce qui n'est pas davantage fournir une preuve (471 *e* sq.).

**P. 45**

1. Ceci correspond trop bien à l'*Apologie*, 32 *bc* pour qu'on puisse douter qu'il s'agit du procès contre les généraux vainqueurs aux Arginuses.
2. Cf. 472 *bc*.
3. Ou, avec un autre texte : « Alors, répondras-tu ? »

**P. 46**

1. Le beau est donc pour Pôlos le genre dont les espèces sont *agréable* et *bon*, ce dernier terme étant substitué par lui à *l'utile* de Socrate.
2. Cf. 474 *c*.

**P. 47**

1. Cf. 474 *c*.
2. Cf. 474 *b*.

**P. 48**

1. Reprise de 472 *b-c*.
2. Cf. 472 *de*.
3. Comparer *Euthyphron*, 10 *a-c*.

**P. 49**

1. Cf. *b* déb.
2. Cf. 474 *c*-475 *a*.

**P. 50**

1. Cf. 474 *de*, 475 *b*.
2. Cf. *d*, vers la fin, les paroles de Pôlos : « Ce n'est pas mon avis... »

## P. 51

1. Comme dans 474 *d* sqq. et dans 477 *a* sqq.

## P. 53

1. D'après certains éditeurs, on devrait trouver ici mentionnée l'expiation consécutive à la faute ; ils complètent donc le texte en conséquence. Mais celui-ci est bien établi et cette prétendue précision ne fait qu'affaiblir la pensée. Cf. d'ailleurs 480 *a* déb.

## P. 55

1. Paradoxe humoristique : du point de vue utilitaire qui est celui de la conscience collective et de la Sophistique, je détournerai mon ennemi, si c'est à moi-même qu'il a fait tort, d'obtenir par l'expiation la guérison de son mal d'injustice ; mais, si c'est à un autre, je pourrai oublier notre inimitié et le laisser se guérir, mon intérêt n'étant plus en jeu.

2. Ainsi ils pourront expier longtemps et même sans fin. Comparer l'insistance de Platon sur cette idée dans *Phédon*, 107 *c*, et dans *La République*, X, 610 *d*.

## P. 56

1. Jeu de mots intraduisible : le fils de Pyrilampès s'appelle Dèmos (cf. 513 *b*) et *dèmos* est le mot grec que traduit « peuple ». Au début de *e*, la difficulté de traduction est particulièrement sensible : « que Dèmos, écrit Platon, celui d'Athènes... » J'ai cru pouvoir substituer l'identité d'objet (le bien-aimé) à l'identité de nom (Dèmos). — Sur Pyrilampès, cf. *Charmide*, 158 *a*. Pour être l'oncle maternel de Charmide, il faut que ce Pyrilampès (cf. *Parménide*, 126 *b*) soit un autre que celui qui fut le premier mari de Périctionè, sœur de Charmide et mère de Platon par son second mariage avec Ariston. Ce serait peut-être un autre frère de Glaucon, le père de Charmide et de Périctionè, et de Callæschros, père de Critias.

## P. 57

1. Cf. note 3, p. 36 : il est clair que le « je » se rapporte à Calliclès, homme riche, et non point à Socrate.

2. Cf. 461 *bc* ; Calliclès y reviendra 487 *b*.

## P. 58

1. Comme le disait Pôlos.

2. Cf. *Protagoras*, 337 *cd*.

3. Cf. 474 *c*, où Pôlos a dit que, s'il est *plus mauvais* de subir l'injustice, il est *plus laid* de la commettre, c'est-à-dire plus « mal vu » de l'opinion collective, dont la loi, l'usage codifié, est l'expression aux yeux de Calliclès. Socrate, à ses yeux, se place au contraire au point

de vue de la nature, c'est-à-dire au point de vue du réel, quand il prétend que le plus « mal vu » est aussi le pire.

4. Cf. *La République*, II, 358 *c* sq., et aussi I, 338 *e* sq.

**P. 59**

1. Il n'y a pas lieu, me semble-t-il, de suspecter ces derniers mots dont la suite est le commentaire et qui découlent naturellement de ce qui précède.

2. Certains éditeurs ponctuent autrement et comprennent : « cette loi suivant laquelle nous modelons... ; les prenant en main dès l'enfance, nous... »

3. Pindare, *Fragm.* (49, p. 218 éd. A. Puech, coll. Budé) ; Platon le cite aussi dans *Les Lois*, VI, 715 *a*. Il est probable que Calliclès « sollicite » le texte qu'il cite. Mais faute de connaître le reste de la pièce, il est impossible d'en être certain. — Gèryon est un Géant au triple corps, dont le troupeau était gardé par de terribles molosses.

**P. 60**

1. Le grec dit : « beau-et-bon ».

2. Avec tout ce morceau comparer *Théétète*, 174 *a* sqq.

3. Fragment de *l'Antiope*.

4. C'est-à-dire à la philosophie comme à la vie active.

**P. 61**

1. Cf. 484 *cd*.

2. Le Lycée et l'Académie, où fréquente de préférence Socrate, sont en effet dans les faubourgs d'Athènes.

3. *Iliade*, IX, 441.

4. Cf. 484 *e*. Tout le passage est une citation libre, d'après laquelle on a tenté de reconstituer le texte original. Zèthos et Amphion sont les jumeaux qu'Antiope a eus de Zeus : le premier, homme d'action, le second, musicien (les murs de Thèbes, dont il est le héros fondateur, se sont, d'après la légende, élevés d'eux-mêmes à l'appel de sa lyre, don d'Hermès). C'est sur ce même thème qu'est construit le dialogue pseudoplatonicien *Les Rivaux (Anterastae)*. — Pour les délibérations au cours d'un procès, cf. *Euthyphron*, 5 *a*. Avant le procès, et même au cours de l'instruction, les parties en présence avaient la faculté de se faire des propositions mutuelles sur le règlement de la cause, sur les conditions dans lesquelles celle-ci s'engagerait.

5. Une autre leçon, adoptée par plusieurs éditeurs, signifierait : « tu décores », au sens de : « tu travestis ».

**P. 62**

1. Les exemples abondent dans les dialogues de ces prédictions *ex eventu* ; l'*Apologie* et l'*Euthyphron* en illustrent la réalisation. Voir ici 521 *b* sqq., 527 *a* déb.

2. Cette apostrophe est, comme la précédente, un centon du discours de Zèthos à Amphion dans l'*Antiope* d'Euripide. Les passages en italique sont ceux qui constituent une citation.

**P. 63**

1. C'est-à-dire de se contredire ; mais il m'a semblé bon de conserver l'allitération, évidemment intentionnelle pour parler de ces professionnels du beau style ; de même pour l'antithèse « la honte », « l'audace ».

**P. 64**

1. Personnages dont nous ne savons rien ; Andron est nommé dans *Protagoras*, 315 *c*, comme un des auditeurs d'Hippias, à côté d'Éryximaque et de Phèdre.
2. Cf. 485 *e*.
3. Avec une autre leçon, on traduirait : « par la présence du... ». Mais celle-ci est préférable, correspondant à un effet de style (cf. note 1, p. 63).
4. Cf. 485 *e* sq.

**P. 65**

1. Cf. 483 *cd*, 484 *bc*.
2. Cf. 483 *e*.
3. Le grec dit : « plus robustes » ; épithète inapplicable en français à un État.
4. Cf. 483 *bc*.

**P. 66**

1. Cf. 483 *c*, 484 *a*.
2. Comme Calliclès a reproché à Gorgias et à Pôlos de l'avoir fait, 482 *de*.
3. Cf. 482 *e* sq.

**P. 67**

1. Cf. *Apologie*, 38 *a* ; au renvoi à *Banquet* (216 *e*), ajouter *République*, I, 337 *a*. Le grec dit cela d'un mot : « tu *ironises* » ; de même dans la réplique de Socrate (pour laquelle cf. 485 *e*-486 *e*). Mais la signification primitive s'est perdue dans le décalque français, et il faut paraphraser.
2. Allusion aux paroles de Calliclès, 489 *b* fin. De même 490 *a*.

**P. 69**

1. Ce qui traduit, comme ailleurs, l'expression grecque classique : « beau-et-bon ».
2. Comparer ce que dit Alcibiade dans *Le Banquet*, 221 *e*.

3. Maxime fondamentale de l'immoralisme politique, ou de ce qu'on nomme le « réalisme » d'un homme d'État.

## P. 70

1. Texte controversé : sens non douteux.

2. La négation est dans tous les manuscrits. Si on la supprime, le sens sera : « Comment dirais-je que les sages sont des imbéciles ? » La réponse de Socrate, telle que la donnent les manuscrits, s'accorde au contraire parfaitement avec l'opinion méprisante que Calliclès a de lui, et un pareil trait d'humour est bien dans la manière ordinaire de Socrate ; enfin, la réplique de Calliclès confirme cette façon de voir. Mais c'est alors la seconde négation qu'il faut supprimer dans le second membre de phrase, dont le sens est, si on la conserve : « Il n'y a personne qui ne reconnaisse pas que ce *n'est pas* d'eux que je parle. »

3. Cf. 483 *a*-484 *a*.

## P. 71

1. Il y a là une parodie du style artiste, que j'ai tenté de rendre : les trois mots grecs (loi, maxime, blâme) ont le même nombre de syllabes et la même désinence.

2. Cf. 482 *e*.

## P. 72

1. Fragment d'un drame perdu d'Euripide, sans qu'on puisse dire au juste duquel.

2. Allitération intraduisible (cf. *Cratyle*, 400 *c*). La conception dont il s'agit est orphique ou pythagorique, ou les deux à la fois.

3. Passage dont la traduction est extrêmement difficile, car il renferme une véritable cascade de calembours, déjà commencée au mot que j'ai traduit par « séduire » et où apparaît, comme dans *pithanon*, la racine *pith*, « persuader », qui se retrouve, en apparence du moins, dans *pithos*, tonneau. D'autre part, ce que j'ai rendu par « incapables de *garder* le secret » peut, en jouant sur les mots, signifier à la fois le « non clos » et le « non initié », le profane qui n'a pas à *garder* le secret d'un mystère ; de même un peu plus bas. Enfin, le sens premier du mot grec qui signifie « la licence », le dérèglement, est « réprimer », « contenir » et passe, par métaphore, de l'absence d'étanchéité du tonneau, incapable de *garder* ce qu'on y a mis, à l'incapacité pour l'âme d'empêcher la fuite incessante de ses désirs. C'est, en substance, le mythe fameux du tonneau des Danaïdes. — Quant à l'ingénieux auteur de la fable, c'est un « Italique », donc un Pythagoricien, qu'il est superflu de chercher à identifier. Si Platon ajoute un « Sicilien », ce n'est pas qu'il ait en vue Empédocle d'Agrigente ; il cite, tout simplement, un vers, quasi proverbial, de Timocréon, poète lyrique de la première moitié du ve siècle.

4. Encore un jeu de mots, dont l'interprétation varie du *Cratyle* note 4, p. 636, au *Phédon*, 80 *d*, 81 *cd*.

## P. 73

1. Le grec dit : « du même gymnase », c'est-à-dire de la même culture, de la même règle de vie, plus probablement que « de la même école philosophique ».

2. Cf. 492 *e*.

3. Cet oiseau passait pour être d'une telle voracité qu'il ne prenait même pas le temps de digérer et évacuait la nourriture à mesure qu'il l'absorbait.

## P. 74

1. L'analyse du plaisir, qui va suivre, sera développée et précisée dans le *Philèbe*, 31 *d* sqq.

2. Cf. 482 *c*.

3. Ici et dans ce qui suit allusion probable à certaines pratiques infâmes (cf. 495 *b*).

## P. 75

1. Cf. 481 *e*, 492 *c*, 494 *ab*. Ce n'est pas, à la lettre, ce qu'a dit Calliclès : d'où la réserve contenue dans sa réponse.

2. Ceci, sous cette forme singulièrement vague, peut sembler se rapporter aux affirmations de Calliclès relatives à son entière franchise (491 *e*, 492 *cd*). Mais la suite suppose plutôt un renvoi aux paroles de Socrate, 487 *de*.

3. Cf. 494 *e*.

4. Cf. 491 *a-c*, 492 *a* déb.

## P. 77

1. Cf. 494 *bc*.

2. Cf. 495 *e*-496 *b*.

## P. 78

1. Socrate retourne à Calliclès le reproche que celui-ci lui a adressé 489 *e* déb.

2. Ici quelques mots, que beaucoup d'éditeurs suppriment, tandis que d'autres, après une légère correction, les placent dans la bouche de Calliclès, avec le sens que voici : « Pourquoi ces bavardages de ta part ? »

3. Les Petits Mystères, dont la célébration avait lieu en février à Athènes, constituaient une initiation préparatoire, sans laquelle on ne pouvait prendre part aux Grands Mystères, qui se célébraient à Éleusis au mois de septembre.

4. Cf. *b* déb.

5. Cf. 496 *c*.

6. De toute évidence il y a ici un second argument (le premier commençant à 495 *e*). C'est à tort, je crois, qu'on le distinguerait du précédent, en disant qu'il a pour fondement la théorie des Idées. Le premier argument prouvait, par l'expérience d'une solidarité de fait entre la douleur et le plaisir (besoin non satisfait et besoin satisfait), qu'une telle opposition, tout empirique, de faits, ne peut fonder une opposition de droit, comme entre le bien et le mal. C'est aussi ce que prouve le second argument, mais cette fois par l'absurde.

**P. 79**

1. Cf. 491 *a-c*.

2. Mais pour des raisons différentes : les braves, parce qu'ils y ont forcé l'ennemi, les lâches, parce que le danger s'éloigne. C'est le texte des manuscrits. Mais beaucoup d'éditeurs l'ont trouvé obscur. Les uns suppriment « davantage » ; d'autres le remplacent par « semblablement » ; d'autres enfin supposent quelques mots omis : « davantage peut-être les lâches ».

**P. 80**

1. Le texte est incertain. Mais le sens se détermine par analogie avec la proposition du début de *c*.

2. Cf. 497 *e* déb. À vrai dire, Calliclès n'a fait que donner à une déclaration de Socrate un assentiment de forme.

3. Cf. *b* fin.

**P. 81**

1. Aussi bien celles de 497 *d* que de 494 *e* et 496 *e*.

2. Le renvoi me semble être à 496 *c* sqq. (cf. 494 *bc*), plutôt qu'à 462 *d* sqq. C'est plus tard que ce dernier renvoi trouve sa place.

**P. 82**

1. Cf. 468 *bc*.

2. Cf. 462 *d* sqq., surtout 464 *b* sqq.

3. Cf. *Alcibiade*, 109 *c*. Je supplée « Zeus », me référant à *Phèdre*, 234 *e*, et en raison de la solennité du serment prononcé, dont la formule est d'ailleurs rituelle.

**P. 83**

1. Cf. 486 *cd*.

2. Le renvoi me semble s'appliquer à 492 *e* sq., plutôt qu'à 464 *b*.

3. Cf. 462 *d*-465 *d*.

**P. 84**

1. Comparer *La République*, VII, 516 *cd* (allégorie de la caverne).

2. Cf. 497 *b*.

## P. 85

1. À la différence des exécutions de flûte, qui étaient exclues des concours publics. La flûte est d'ailleurs un des instruments à l'égard desquels Platon se montre sévère dans *La République*, 399 *d*.

2. La *chorodidascalie* est confiée à l'auteur lui-même, qui fait « répéter » au chœur ses récitatifs et ses évolutions. Les chœurs dont il s'agit ici ne sont pas ceux du drame, mais des chœurs lyriques (de leur nom propre *cycliques*). — Sur le dithyrambe, cf. *Ion*, note 5, p. 63. Cinésias (seconde moitié du v^e siècle) est un auteur de dithyrambes.

3. Ces derniers mots ont été suspectés, et peut-être à bon droit, par plusieurs éditeurs.

## P. 86

1. Non sans de nombreuses restrictions cependant en ce qui concerne les enfants, les femmes et les esclaves.

## P. 87

1. Sur ce dernier point, cf. 455 *e*. L'expression « depuis peu » s'accorde assez mal avec d'autres indications chronologiques du *Gorgias* se rapportant aux dix ou quinze dernières années du v^e siècle ; or Périclès est mort en 429, pendant la grande peste d'Athènes. — L'éloge qui sera fait d'Aristide (526 *b*) fait comprendre aisément que son nom ne puisse être mis ici dans la bouche de Calliclès.

2. Cf. 491 *e* sq.

3. Cf. 499 *e* sq.

4. Le texte de tout ce passage est controversé. La plupart des éditeurs mettent dans la bouche de Calliclès les derniers mots attribués ici à Socrate et font de ce qui est ici la réplique de Calliclès les premiers mots de la réponse de Socrate : ce qui, semble-t-il, n'est ni clair ni naturel.

5. Les mots « à l'ouvrage qui est le sien » sont suspectés.

## P. 88

1. Cf. 464 *b*.

## P. 90

1. Cf. 491 *cd* et surtout 492 *c*.

2. Cf. note 2, p. 84.

3. Le grec dit : « après lui avoir posé la tête » : expression proverbiale dont la signification première reste obscure, mais non celle qu'elle reçoit ici. Quant à l'interdiction à laquelle Platon fait allusion, c'est une interdiction de caractère religieux, et l'histoire qu'il ne faut pas laisser interrompre, c'est une histoire relative à un Dieu, que mécontenterait une telle impolitesse.

4. Début du v^e siècle. Poète comique et, en philosophie, de ten-

dance pythagoricienne. Il était de Cos, mais passa en Sicile la plus grande partie de sa vie.

**P. 91**

1. Cf. 485 *e* sq.
2. Cf. 458 *ab.*
3. Ces derniers mots sont suspectés par plusieurs éditeurs, et peut-être à bon droit.

**P. 92**

1. En vertu, notamment, de ce qui a été dit 477 *b-e.*

**P. 93**

1. C'est là un bon exemple de l'expression grecque amphibologique « bien agir », qui signifie en même temps « réussir » et, par suite, « être heureux » (cf. par exemple *Charmide*, 172 *a* et ici 495 *e*).
2. Cf. 491 *e*, 492 *c.*
3. Par quoi il faut entendre les Pythagoriciens, sans qu'il soit nécessaire de spécifier avec plus de précision.
4. C'est-à-dire, par opposition à l'égalité ou à l'inégalité arithmétiques (entre quantités égales, ou plus grandes, ou plus petites), une égalité de proportion ou de relation, telle que, trois termes étant donnés, le premier soit au moyen ce que celui-ci est au dernier, ou que, inversement, ce que le dernier est au moyen, celui-ci le soit au premier : ainsi, en vertu de l'identité de la relation qui les unit, ces trois termes forment un tout qui a son unité propre (cf. *Timée*, 31 *c* sq. ; *Lois*, VI, 757 *b* sqq.).
5. Cf. 491 *cd.*

**P. 94**

1. Cf. 480 *a* sqq., 481 *b.*
2. Cf. 482 *d* sqq.
3. Cf. 461 *bc*, 482 *cd.*
4. Cf. 486 *a-c* : Socrate reprenant toutes les expressions de Calliclès, la traduction doit être la même ici que là.

**P. 95**

1. Cf., par exemple, 475 *e*, 479 *c* sqq., 489 *a.*
2. La comparaison est suggérée à Socrate par celle que Calliclès a faite de la loi avec un réseau de liens où les faibles emprisonnent l'homme fort (cf. 483 *e* sq., 492 *a-c*). Remarquer aussi la reprise narquoise de la formule d'excuse employée par Calliclès, 486 *c.* — La traduction « rapports » me semble préférable à « raisons », à moins qu'on ne prenne ce dernier mot en son sens mathématique.
3. C'est ce que Socrate disait, 506 *a.*
4. L'incapacité absolue d'assistance et le plus haut degré du mal,

c'est de se soumettre soi-même et de laisser les autres se soumettre sans résistance à la tyrannie des passions (cf. par exemple 491 *d*, 492 *b*, 494 *e* sq., 503 *c*, 505 *b*, 507 *e*).

## P. 96

1. Cf. 468 *bc*.

2. Pour ne pas commettre l'injustice, alors qu'on n'a pas l'intention de la commettre.

## P. 97

1. Voir par exemple *Lysis*, 214 *ab*. La doctrine visée est probablement celle d'Héraclite (VIe s.), ou de quelque Sophiste s'en inspirant. Pour Héraclite, la guerre et la succession des contraires sont, dans le devenir mouvant et l'écoulement perpétuel des choses, la loi du monde sensible ; mais cette lutte et ce flux incessants tendent vers une harmonie transcendante où se concilient les contraires : le *Logos* ou la pensée divine.

2. D'autres comprennent que c'est celui qui vaut mieux qui ne pourra avoir, pour le tyran, de l'amitié.

3. Cf. 511 *b*, d'où il résulte que c'est, notamment, la conception exposée par Pôlos, 467 *b* et par Calliclès, 491 *ab* ; voir aussi 485 *e* sq., 489 *c*.

## P. 98

1. Cf. 486 *ab*, 466 *bc*.

2. Cf. la discussion avec Pôlos, 466 *b* sqq. et aussi 509 *de*.

3. Dans le grec : « beau-et-bon ».

4. Cf. 485 *e* sq.

5. Cf. note 1, p. 62, est un exemple, entre beaucoup d'autres, des allusions que Platon aime à faire au futur procès de Socrate (voir note 1, p. 62 et 521 *c* sqq.).

## P. 99

1. Reprise humoristique d'une proposition de l'entretien avec Pôlos, 477 *bc*.

2. L'obole est le sixième de la drachme ; cela fait donc un peu plus de six sous (or) ; ces prix de passage sont attestés par ailleurs : inutile d'ajouter que le passager devait sans nul doute emporter ses provisions.

3. À la différence des professeurs d'éloquence judiciaire, et de rhétorique en général.

4. Même idée que dans *Lachès*, 195 *cd*, ou dans *Charmide*, 164 *b*.

## P. 100

1. Le grec dit : « au peuple des Athéniens » ; mais l'idée de régime politique est essentielle à cette expression.

## P. 101

1. Les femmes de Thessalie étaient des magiciennes réputées. La formule est proverbiale et s'applique à une opération dangereuse pour celui qui s'en charge : la magicienne qui, en faveur de son client, rapprochait de lui la lune, risquait, disait-on, d'y perdre la vue, et ses jambes (ou ses enfants).

2. Cf. 468 *e* sq.

3. C'est le même intraduisible calembour qu'à 481 *d* sqq. (cf. note 1, p. 56).

4. Platon dit : « très chère » (expression homérique) comme dans *Phèdre*, 264 *a*.

5. Peut-être ici le même calembour qui a été rappelé note 3, p. 101. — Le texte de la phrase suivante (après « mais... ») est controversé.

6. Cf. 464 *b* sqq., 504 *b* sqq.

## P. 102

1. Cf. 455 *b* sqq.

## P. 103

1. Celle de médecin d'État (cf. 455 *b*), élu par l'Assemblée du Peuple.

2. Cf. 486 *b-d*.

## P. 104

1. « Beau-et-bon », en grec.

2. Cf. 503 *cd*.

## P. 105

1. La *misthophoria*, c'est-à-dire l'attribution d'un « salaire » aux citoyens pour remplir leurs fonctions de juges, de membres du Conseil, de soldats : réforme que les complications de la vie sociale avaient, avec le temps, rendue nécessaire en régime démocratique, mais que les adversaires de ce régime condamnaient alléguant qu'elle faisait du citoyen un mercenaire (noter la réplique de Calliclès).

2. C'est-à-dire les partisans de Sparte, les « laconisants » (cf. *Protagoras*, 342 *bc*).

3. Ce procès se place dans la deuxième année de la guerre du Péloponnèse et deux ans et demi environ avant la mort de Périclès : celui-ci fut condamné à une forte amende.

## P. 106

1. C'est loin d'être une citation textuelle : voir cependant, par exemple, *Odyssée*, VI, 120.

2. L'*ostracon* était une coquille de terre cuite sur laquelle les votants inscrivaient le nom de celui qu'ils voulaient exclure de la Cité. Banni

à la requête de Périclès en 461 (pour avoir conclu avec Sparte une alliance qui avait mal tourné), Cimon fut rappelé cinq ans plus tard, et, cette fois encore, sur la proposition de Périclès. — Les deux condamnations de Thémistocle se placent en 471 et 465 : il se réfugia en dernier lieu à la cour de Perse.

3. Miltiade fut condamné à la suite de sa malheureuse expédition contre Parios (489). Le nom propre du gouffre où l'on précipitait les traîtres est le *barathre*. — Sur les prytanes, cf. *Protagoras*, 337 *d* et 338 *a*; *Apologie*, 36 *d*. Le Prytanée, en dépit de son nom, n'est pas la demeure des Prytanes (comité de 50 membres, chargé de diriger les travaux du Conseil), mais le symbole de la Cité, le foyer commun. On y hébergeait les hôtes publics et les pensionnaires de l'État.

4. Cf. 503 *bc*.

## P. 107

1. Cf. notamment 496 *c* sqq., 494 *b* sqq. et aussi 504 *b*, 513 *d*.

## P. 108

1. Ceci semble se rapporter particulièrement à 490 *b-e*.
2. Comparer 464 *de* et *Protagoras*, 313 *c-e*.

## P. 109

1. Comparer *La République*, II, 372 *a* sqq. et particulièrement *e* (cf. ici 480 *b* déb.).

2. Allusion à ce que disait Gorgias, 255 *e*, et, probablement, reprise intentionnelle de l'expression de Calliclès, 490 *c*, note 2, p. 94. — Les tributs sont ceux des cités vassales qui faisaient partie de la Confédération athénienne. — Les faits auxquels Platon fait ensuite (début de *b*) une brève allusion sont l'issue, désastreuse pour Athènes, de la guerre du Péloponnèse.

3. Il est possible qu'il y ait là une première allusion de Platon au fameux pamphlet de Polycrate qui a motivé la troisième partie du *Banquet*: l'éloge de Socrate par Alcibiade ; voir ce dialogue.

## P. 110

1. Cf. *Protagoras*, 328 *b*.
2. Socrate reprend la formule même de Calliclès à 482 *c*; cf. aussi 482 *e* et 494 *d*.
3. Cf. 465 *e*.
4. Cf. la note 3, p. 82.

## P. 111

1. Cf. 465 *c*, et, pour la suite, tout le développement à partir de 464 *b*.

2. Parce qu'il vaut mieux conserver sa bonne santé naturelle que d'avoir à la rétablir, obéir à de bonnes lois que d'être puni pour les

avoir transgressées. La supériorité de la gymnastique et de l'hygiène sur la thérapeutique et la médecine est souvent affirmée par Platon, notamment dans le *Timée*.

3. « En outre » de sa conviction relativement à l'extrême similitude de l'art oratoire et de la sophistique.

**P. 112**

1. L'enseignement salarié des Sophistes, aussi bien que la rémunération des fonctions publiques, sont des nouveautés de la seconde moitié du v^e^ s. (cf. note 1, p. 105). Sur le premier point, voir, par ex., *Le Grand Hippias*, 282 *b* sqq. et, en opposition, *Apologie*, 33 *a*.

2. Le sens de ce passage n'est pas clair. Les esclaves originaires de la Mysie (contrée de l'Asie Mineure) étaient, nous dit-on, les pires de tous : libre à Socrate d'entendre ainsi sa façon de servir l'État ! Quant au second membre de phrase, l'intention en est éclairée par l'interruption de Socrate.

3. Cf. 486 *bc* et 511 *a* (avec la note 1, p. 62).

**P. 113**

1. Voir *Apologie*, à partir de 24 *b*, et les premières pages de l'*Euthyphron*.

2. C'est une des expressions du discours de Zèthos utilisé par Calliclès, 486 *c*. La suite rappelle aussi, assez exactement, ses paroles, à 486 *b*.

3. En réalité c'était à Gorgias, 464 *de*, mais au cours de l'entretien avec Pôlos.

**P. 114**

1. Dans l'emploi, ici, des mots exprimant la corruption et l'embarras, faut-il chercher une intention précise, le premier figurant en effet dans l'acte d'accusation contre Socrate, et le second ayant dans le vocabulaire de Platon une signification philosophique déterminée (cf., par exemple, *Ménon*, 79 *e* sq., et *Théétète*, 159 *a*) ? Peut-être serait-ce le cas au début de *b*. Du moins, dans le présent passage, on ne peut nier qu'il n'y ait quelques bonnes raisons de les suspecter.

**P. 115**

1. Cf. 508 *c*, 509 *bc*, étant entendu que les assentiments de Calliclès étaient de pure forme.

2. Comparer *Apologie*, 40 *c* sqq.

3. Comparer ce mythe avec ceux, très différents à beaucoup d'égards, mais pareillement *eschatologiques*, qui terminent le *Phédon* et *La République*.

4. *Iliade*, XV, 187 sqq. — Ils se partagent les trois régions du monde : Zeus (Jupiter) a le ciel, Poseidôn (Neptune), la mer, Pluton

(ou Hadès), la région souterraine. Leur père est Cronos (le Saturne de la mythologie latine).

5. Cf. particulièrement le mythe final du *Phédon*, 111 *a*, *e*, sqq.

### P. 116

1. Dans le *Prométhée enchaîné* (248), Eschyle fait dire à Prométhée, parlant au Chœur, que c'est lui qui a mis fin pour l'homme à la prévision de sa mort.

2. D'après la tradition, Minos et Rhadamanthe sont les fils de Zeus et d'Europè, dont le père est Phénix. Tous deux ont régné sur la Crète (qui, par conséquent, est considérée comme une partie de l'Asie). Éaque est fils d'Égina (cf. 526 *e*) et de Zeus. Dans l'*Apologie*, 41 *a* (note 2, p. 181), Platon ajoute à ces trois juges Triptolème.

3. Cf. *La République*, X, 616 *b*.

### P. 119

1. Cf. 470 *d* sqq.

2. Tantale était roi de Sipylos (en Lydie) ; Sisyphe, roi de Corinthe ; Tityos, roi de l'Eubée ; voir *Odyssée*, XI, 573 sqq. (la *Nekeyia*, l'évocation des morts). Pour Thersite, le bouffon, aussi méchant que laid, voir *Iliade*, II, 211 sqq.

3. Cf. 524 *e* sq.

### P. 120

1. Encore dans la *Nekyia* (*Odyssée*, XI, 569).

2. Cf 485 *e*, sqq., 521 *a-c* ; voir aussi 485 *b*. Socrate reprend ici à la lettre plusieurs des formules de Calliclès.

### P. 121

1. Être frappé à la joue, souffleté, 486 *c* (cf. 508 *d*, 527 *a*).

## MÉNON

### P. 123

1. Ménon, qui appartient vraisemblablement à la noblesse thessalienne (cf. 78 *d*, déb.), participa à l'expédition des Dix-Mille, peut-être comme chef de tout ou partie des mercenaires que son compatriote Aristippe (voir *infra*), avait, pour des fins de politique intérieure, obtenus de l'amitié de Cyrus le Jeune. Ménon fut au nombre des généraux grecs faits prisonniers dans la désastreuse bataille de Cunaxa. Xénophon dans son *Anabase* (II, 6, 21 sqq.) a tracé de Ménon un portrait très peu flatteur, peut-être sujet à caution ; il parle notamment de ses mauvaises mœurs, et il n'est pas impossible que, en le présentant comme le bien-aimé d'Aristippe, Platon y fasse aussi allusion

(cf. en outre 76 *b*). — Les Aleuades sont la noblesse de Thessalie, les descendants du roi Aleuas.

2. Il est possible que ceci soit un rappel du *Gorgias* (447 *d* sq.). — Gorgias, vers 415, semble avoir quitté Athènes pour Larisse ; il y fonda une véritable école de rhétorique, où il eut Isocrate pour élève.

**P. 124**

1. Le membre de phrase : « qu'en tout cas... manière » a semblé superflu à plusieurs critiques.

2. Sur le premier séjour de Gorgias à Athènes en 427, cf. *Le Grand Hippias*, 282 *b*. Peut-être même continua-t-il d'y vivre avant d'aller s'établir en Thessalie.

**P. 125**

1. Sur la traduction du grec *arétè* par « vertu », traduction qui n'est qu'un pis-aller difficile à éviter ici, voir *Protagoras*, 320 *c*. De même pour « vice », à la fin de la tirade de Ménon. Le mot « vertu » doit être pris dans l'acception la plus étendue comme signifiant toute forme de *mérite personnel* ou d'*excellence*, en quelque genre d'activité que ce soit. Si très souvent le mérite envisagé est social et civique, c'est qu'à *Protagoras*, 319 *a* le problème a été posé sur ce terrain, et, pour Protagoras en effet, l'existence des sociétés postule nécessairement la fiction, tout au moins, de la justice (cf. 323 *b*). Bien des fois d'ailleurs, c'est le sens général de « moralité » qui semble s'imposer mais dans *Protagoras* (après 329 *c*), l'objet du débat s'étant circonscrit, « vertu » pourra être employé sans équivoque en son sens strictement moral.

2. Ceci semble indiquer que Platon a en vue, non pas uniquement l'abeille, mais tous les hyménoptères qui ressemblent aux abeilles.

**P. 127**

1. Cf. 71 *e*.

2. Avec la ponctuation usuelle, « au maître » appartient au premier membre de phrase : ce qui ne facilite pas l'intelligence du passage.

**P. 128**

1. La vertu de l'intelligence, la sagesse de l'esprit, par opposition à la sagesse des mœurs : ce qu'ailleurs j'ai traduit par « sage modération », en d'autres termes, la tempérance ; cf. *Protagoras*, 329 *e*.

2. Cf. 71 *e* sq.

**P. 129**

1. Comme l'a fait Ménon, 72 *d*, déb.

**P. 130**

1. Ce que je traduis par « approprié au dialogue » serait, à décalquer

purement et simplement le grec : « plus dialectique ». En son sens technique, la Dialectique est un dialogue méthodique (cf., par exemple, *Cratyle*, 390 *c*), dont le progrès se fonde essentiellement sur l'*accord* des interlocuteurs. Cet entretien bien réglé, dont l'objet est de trouver le vrai, non de l'emporter sur un contradicteur, s'oppose à la controverse, à la joute oratoire des Sophistes, qui oppose discours à discours. Bref, d'une part, une méthode de recherche, de l'autre, le duel stérile du pour et du contre. Comparer *Phédon*, 91 *a*.

**P. 131**

1. Cf. les renvois au *Protagoras* dans *Charmide*, 163 *d*.
2. Ménon veut revenir à son objection de 75 *c*.

**P. 132**

1. Cette exposition est confirmée par d'autres bons témoignages, notamment celui de Théophraste, chez qui la définition empédocléenne de la couleur est, à la lettre, celle que donne ici Platon *(d)*. — Gorgias passe pour avoir été disciple d'Empédocle, peut-être seulement pour la rhétorique.

2. Fragment d'un Hyporchème (chant choral accompagné de danse) en l'honneur de Hiéron, le tyran syracusain (cf. l'édition A. Puech, coll. Budé, t. IV, p. 182) ; cité aussi dans *Phèdre*, 228 *d*.

3. Ceci est, bien entendu, à double sens : le mystère auquel, s'il ne devait partir, Ménon serait initié, c'est le mystère de la définition générale. Sa réponse ne laisse point de doute. — Ce qui suit est à rapprocher des paroles de Diotime dans *Le Banquet* (209 *e* sq.), à propos des mystères d'amour et de l'initiation qu'ils comportent.

**P. 133**

1. Un lyrique inconnu.
2. Comparer *Le Banquet*, 204 *e* sq.

**P. 134**

1. Cf. 77 *b*. Noter que Ménon avait dit « désirer » ; mais la discussion qui précède a eu précisément pour résultat d'autoriser la substitution de « vouloir » à « désirer ». Comparer *Gorgias*, 466 *d* sqq.

**P. 135**

1. Les anciens éditeurs mettaient à tort dans la bouche de Socrate les mots qui suivent ; mais ce que dit ensuite Socrate : « Allons bon ! voilà que... » (déb. de *d*) prouve à l'évidence qu'il reprend une assertion de son interlocuteur. En revanche, je ne vois pas qu'il y ait lieu de donner un sens interrogatif à l'observation de Ménon.

2. Lors de l'invasion de la Grèce par Xerxès, la noblesse thessalienne avait prêté aux Perses son appui ; c'est sans doute en récompense que cet honneur avait été conféré au père de Ménon

(cf. 276 *c*), comme sans doute aussi à l'ami de Ménon, Aristippe (cf. note 1, p. 123).

3. Dans les anciennes éditions, la question de Socrate est une affirmation de Ménon, et la réplique de celui-ci est le début de la reprise de Socrate.

4. Il est très difficile de rendre en français, sans paraphraser le texte, l'identité de racine *(por)* dans les mots grecs qui signifient « se procurer », « moyen de se procurer », « absence de ces moyens et du résultat *(aporia)* ».

5. Cf. 73 *d*, fin.

## P. 136

1. Cf. 77 *b*, déb.

2. Les anciens éditeurs mettaient la question : « Pourquoi donc cela ? » au compte de Ménon, et Socrate reprenait : « Je dis cela parce que... » Mais la question de Ménon ne se justifiait pas.

3. Cf. 77 *a*.

4. L'objection venait de Ménon, 75 *c* ; d'où le ton triomphant de sa réplique.

## P. 137

1. Comparer *Théétète*, 149 *a*, et, pour ce qui suit, *Le Banquet*, 203 *d* (dans le portrait d'Amour, dont Socrate est l'image) ; cf. aussi 215 *de*.

2. À cause de sa face plate et de son nez épaté.

3. Ou dans l'engourdissement. Mais j'ai cru devoir, tant bien que mal, garder l'identité de racine *(nark)* qui, dans le grec, appartient au nom du poison et à l'effet qu'il produit.

4. C'est la leçon des meilleurs manuscrits. D'autres donnent « mon corps »

## P. 138

1. Ce jeu des comparaisons et « contre-comparaisons » était, semble-t-il, un divertissement usuel des buveurs dans les banquets : ainsi la comparaison qu'Alcibiade fait de Socrate avec les Silènes et les Satyres *(Le Banquet*, 215 *a-d*, 216 *de)*, assez voisine de la comparaison de Ménon.

2. Comme on touche la torpille marine.

3. Et que tu cherchais à apprendre.

4. Les *Éristiques* (les disputeurs, cf. 75 *c* fin et la note 1, p. 130) dont il est ici question sont, plus probablement que les Sophistes, les philosophes de l'École de Mégare. Cet argument célèbre a été critiqué par Aristote dans ses *Premiers Analytiques*, I, 1, sous la désignation de « problème du *Ménon* ».

## P. 139

1. Autres exemples de ce recours à la révélation religieuse dans *Phèdre*, 235 *b-d*, dans *Théétète*, 152 *e*, 156 *a* ; dans *Philèbe*, 16 *c*. En général, c'est quand une tradition orphico-pythagoricienne est évoquée par Platon.

2. Cf. *Ion*, 533 *d*, 534 *cd*; *Phèdre*, 245 *a*. — Pour Pindare, voir la suite.

3. Fragment d'une pièce perdue (cf. l'éd. de A. Puech, coll. Budé, t. IV, p. 209 sq.). Il est possible que le mot traduit ici par « souillure » signifie la souffrance ressentie par Perséphone (Proserpine) en raison de la faute commise. La doctrine exposée dans ce fragment ne coïncide pas avec celle de la *IIe Olympique* (str. 4), où les âmes qui ont expié s'en vont tout droit au séjour des Bienheureux, où Cronos a pour second Rhadamanthe (cf. *Gorgias*, 523 *bc*). Le séjour sur la terre, qui leur est ici imposé, est une concession au culte traditionnel des Héros, ainsi incorporé à la doctrine orphico-pythagoricienne de la transmigration des âmes, qui est à la base de la théorie exposée ici par Platon.

4. C'est-à-dire la terre sur laquelle nous vivons et le domaine souterrain d'Hadès ; cf. le mythe du *Phédon*.

**P. 140**

1. Cf. 80 *b*.

2. Les jeux de scène se devinent : le signe fait par Ménon à un de ses petits valets ; plus tard le tracé par Socrate d'une figure géométrique sur le sable.

**P. 141**

1. Il s'agit, pour le moment (fig. 1), non de diagonales, mais des droites qui joignent les milieux des côtés opposés, lesquelles, comme le montre la phrase suivante, décomposeront le carré donné en quatre plus petits.

2. La figure serait celle d'un rectangle tel que celui-ci (fig. 2) ou celui-là (fig. 3). Bien entendu, lorsqu'il s'agit de l'aire (en grec, l'*espace*), il faut toujours comprendre : pieds carrés.

**P. 142**

1. Dans ce carré (fig. 4), construit avec des côtés doubles de ceux du précédent, sont contenus quatre carrés égaux chacun à celui-ci, donc de quatre pieds carrés chacun.

2. Le côté du carré des seize pieds carrés.

**Fig. 1**

**Fig. 2**

**P. 143**

1. Socrate montre la ligne de quatre pieds et il « prélève » la moitié de sa moitié, en l'ajoutant à celle-ci. Que l'on fasse l'opération en partant du bas ou du haut de la ligne, on a, de toute façon, 2 pieds + 1 pied (fig. 5). Dans toutes ces figures, et dans les figures suivantes, les lignes pointillées signifient les tracés antérieurs et les lignes pleines, les tracés nouveaux.

2. C'était, contre Socrate, le grief de Ménon, dont plusieurs expressions sont reprises ici (cf. 80 *ab*).

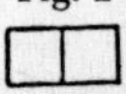

**Fig. 3**

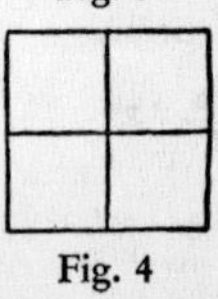

**Fig. 4**

**P. 145**

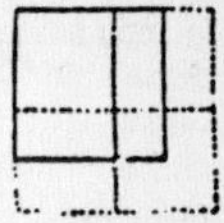
Fig. 5

1. Il est possible qu'il manque ici une question et une réponse : « Et de quelle grandeur est l'aire de cet espace-là (un des carrés) ? — De quatre pieds. » — Le théorème de Pythagore est manifestement appliqué ici (fig. 6) — le carré de l'hypoténuse de l'un quelconque des quatre triangles rectangles qui restent en dehors du carré inscrit est égal à la somme des carrés construits sur les deux côtés et qui sont chacun de 4 pieds carrés. — *Diamétron* est le nom grec de la ligne qui va « de coin à coin » : la « diagonale ».

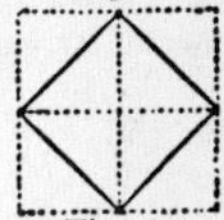
Fig. 6

2. Ces derniers mots sont suspectés par plusieurs éditeurs. Il ne semble pas cependant qu'ils fassent tautologie.

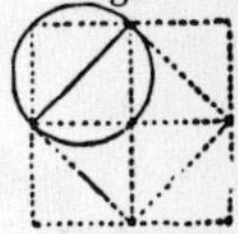
Fig. 7

**P. 146**

1. Comparer *Phédon*, 72 *e*, 74 *e* sq., 75 *b-d*, 76 *b-d*.
2. Cf. 82 *b*.
3. Comparer ceci et la suite avec *Phédon*, 114 *cd*.

**P. 147**

1. Cf. 81 *de*.

**P. 148**

1. Sur cet obscur passage, qui a donné lieu de la part des historiens des mathématiques et des philologues à une cinquantaine au moins d'interprétations plus ou moins divergentes, dont quelques-unes sont d'ailleurs très plausibles, je me bornerai à trois remarques : 1° L'« hypothèse » alléguée ici n'est pas une conjecture, mais, au sens étymologique, une « position-de-base », dont on examine les conséquences en la donnant tour à tour pour tenable et pour intenable (cf. *Phédon*, 101 *de* ; *Rép.*, VI, 511 *a* ; VII, 533 *c*). 2° Parmi les figures précédemment tracées, Socrate désigne sans doute celle où, dans le carré de 16 pieds, est inscrit celui de 8 ; des triangles rectangles que cette figure fait apparaître, ceux qui sont intérieurs au premier carré et extérieurs au second appellent spécialement l'attention ; en *se donnant* l'hypoténuse de l'un d'eux pour diamètre d'un cercle qu'il trace (fig. 7), Socrate fait apercevoir que le triangle considéré *remplit* le demi-cercle ; mais l'autre moitié reste *vide* ; *si* elle peut se remplir avec un triangle semblable au premier et construit sur la même *ligne donnée*, il s'ensuit que… ; *si* elle ne pouvait se remplir, il s'ensuivrait que… 3° Nous sommes en face, non d'un énoncé de problème, mais d'un simple schéma de méthode ; si tant de divergences se sont produites, c'est qu'on a voulu lire entre les lignes. Pour Socrate, il s'agit seulement de donner une idée de la méthode qu'il emploiera pour traiter la question des caractères de la vertu dans

les conditions anormales qui lui ont été imposées par Ménon. L'essentiel est donc ce qui suit : par exemple, *si* la vertu s'enseigne et se transmet, d'un côté j'ai des maîtres avec des disciples, de l'autre j'ai la même chose, des disciples avec des maîtres ; *si* elle est une opinion droite rencontrée par bonne fortune, d'un côté j'ai les pères hommes de valeur, mais, avec les fils, l'autre côté reste *vide*, il y a *défaut* de valeur (cf. note 1, p. 163).

## P. 150

1. Cf. *Lachès*, 196 *e* sqq.
2. Comparer *Phédon*, 68 *b*-69 *b*.

## P. 151

1. Le grec dit « l'acropole », le château fort qui, dans toute cité grecque, domine la ville et enferme les trésors et les temples. — Quant à l'idée présentée ici ironiquement comme une mesure chimérique au point d'exclure la conception dont elle serait la conséquence, elle est fondamentale dans la constitution idéale de *La République* et le principe même de la division du corps politique en trois classes, selon les aptitudes natives et l'éducation qui leur est appropriée.
2. Cf. 87 *c*.

## P. 152

1. Sur Anytos, cf. *Apologie*, 17 *c*. Un des cosignataires de l'accusation contre Socrate, Anytos était un riche tanneur, qui avait, à la suite du rôle joué par lui dans le renversement de la tyrannie des Trente, acquis dans le parti démocratique une situation importante.
2. Voir aussi *République*, I, 336 *a*. Selon les uns, la grande fortune de cet Isménias lui venait de ce que, chef du parti démocratique à Thèbes, il avait accepté l'argent de la Perse pour susciter en Grèce des embarras aux Lacédémoniens. Or, 1° ceci ayant eu lieu quatre ans après la mort de Socrate, il y aurait là un anachronisme ; 2° Polycrate, le riche tyran de Samos (deuxième moitié du VIe siècle), n'ayant rien à faire ici, on a voulu lire ici le nom de Timocrate de Rhodes lequel avait été en l'occurrence l'intermédiaire. Mais il est plus raisonnable, avec d'autres, de reconnaître ici un homonyme, à qui un certain Polycrate, lequel avait *par hasard* découvert le trésor abandonné par Mardonius à la suite du désastre de la première expédition de Darius contre la Grèce, avait *fait don* de sa fortune. En outre, l'intention véritable de Platon serait de faire une allusion voilée au fameux pamphlet du rhéteur Polycrate, comme peut-être dans *Gorgias*, (cf. note 2, p. 73) et ici-même, 95 *a*, comme surtout dans la troisième partie du *Banquet*. Or ce libelle supposait qu'Anytos était l'initiateur de cette accusation posthume contre Socrate.
3. Il est superflu d'observer qu'aux qualités d'Anthémion correspondent les défauts de son détestable fils.

## P. 153

1. Ou, avec un autre texte : « parmi les miens » (cf. 92 *b* mil.).

## P. 155

1. Cf. *Protagoras*, 316 *e*-317 *c*.
2. Ou, avec une autre leçon : « nous faut-il estimer... »
3. Bien entendu, ceci vise Socrate, que, d'accord avec Aristophane, Anytos considère comme un Sophiste, et même particulièrement dangereux. (Cf. *Apologie*).

## P. 156

1. Les relations d'hospitalité entre les familles d'Anytos et de Ménon ont été déjà notées 90 *b*, 91 *a*.
2. Cf. 91 *ab*.
3. *Ibid.* : ce sont les Sophistes.
4. Le grec dit : « beaux-et-bons » ; ma traduction ordinaire : « hommes accomplis » serait ici déplacée.

## P. 157

1. Avec ceci et ce qui suit, comparer *Protagoras*, 319 *e* sqq. ; *Alcibiade*, 118 *c* sqq. ; *Gorgias*, 503 *a* sqq., 515 *a* sqq. — En ce qui concerne plus particulièrement Lysimaque ou Mélèsias (94 *a*, *c*), voir le début du *Lachès*.
2. Ou « entre tous au plus haut point » (cf. 94 *a* déb.).

## P. 158

1. C'est-à-dire que la réceptivité (cf. *b* vers la fin) chez l'élève ne faisait pas défaut.
2. Cf. 93 *c* début.

## P. 159

1. Comparer l'avertissement donné à Socrate par Ménon, 80 *b*.

## P. 160

1. L'allusion semble viser Mélêtos : auteur de la plainte dans le procès contre Socrate, c'est lui qui « parle mal des gens » (cf. *Apologie*) ; Anytos a été l'inspirateur véritable de la plainte ; d'où les insinuations de 99 *e* et la dernière phrase du dialogue. Mais l'allusion peut viser aussi l'Anytos fictif du pamphlet de Polycrate, plaignant en son propre nom (cf. la fin de la note 2, p. 152).
2. Puisque Ménon ne jure que par Gorgias. La déclaration qu'il vient de faire sur le programme d'enseignement de Gorgias (cf. *Gorgias*, 449 *a*) expliquerait l'embarras qu'il éprouve à dire comment son maître définissait la vertu (cf., par exemple, 70 *cd*, 71 *d*, 79 *e*).

3. Qui tantôt accueillent les Sophistes et tantôt les expulsent (cf. la déclaration d'Anytos, 92 *ab*).

4. De Mégare, poète didactique et élégiaque, milieu du VI^e^ siècle. Vers 31-36 et 434-438 (la seconde citation n'est pas entièrement exacte).

**P. 161**

1. Puisque Gorgias prétend que c'est l'art oratoire (95 *c*), et certains que c'est la vertu (Protagoras), ou bien d'autres choses encore ; voir d'ailleurs dans le *Protagoras*, 318 *d* sqq., la façon dont le grand Sophiste oppose son programme à celui de ses confrères.

2. Cf. 89 *de*, et aussi 90 *b* sqq.

**P. 162**

1. Cf. *Protagoras*, 341 *a*. À plusieurs reprises (*Charmide*, 163 *d*, *Cratyle*, 384 *b*, *Ménon*, 96 *d*), Socrate se donne ironiquement, puisqu'il recherche lui-même la propriété des termes, pour un élève de Prodicos ; et, dans le *Théétète*, 151 *b*, il dit lui envoyer les jeunes gens dont son art d'accoucheur spirituel lui a fait reconnaître l'inaptitude à devenir de bons dialecticiens. Cf. aussi *Le Grand Hippias*, 282 *c*, déb.

2. Sur ceci et ce qui précède, cf. 87 *d*-89 *a*. Même renvoi pour 95 *e* déb.

3. Y a-t-il lieu, avec la plupart des éditeurs, de suspecter le mot « droitement » ?

**P. 163**

1. C'est, mise à dessein dans la bouche de Ménon, l'application de la méthode hypothétique (87 *a*) : *si* la chose est ainsi, telle conséquence s'ensuit, et une conséquence différente, *si* elle est autre. Mais il n'est encore en possession que d'une seule des conséquences de l'alternative ; sur l'autre il est *en défaut* (cf. note 1, p. 148), et Socrate va lui montrer que cette deuxième conséquence ne répète pas la première.

2. Avec ce qui suit, comparer *Euthyphron*, 11 *b* sqq.

**P. 164**

1. C'est-à-dire à ce qui en est la raison d'être, à savoir une connaissance de « toujours », celle de l'éternelle Idée, dont la vie sensible a obscurci la clarté, mais dont il est toujours possible de se ressouvenir grâce à une interrogation bien conduite (cf. 81 *b* sqq.).

2. Cf. 87 *de*, 96 *e*.

**P. 165**

1. Il ne me semble pas qu'il y ait de bonnes raisons pour supprimer, avec la plupart des éditeurs, ces derniers mots : une bonne partie du dialogue est en effet consacrée à prouver qu'il n'y a pas de pro-

fesseurs de vertu, donc que la vertu ne s'acquiert pas par l'enseignement; c'est aussi, par définition, le cas de l'opinion vraie. D'où la brusque interruption de Socrate et son retour sur l'hypothèse qu'elle soit un don de nature, hypothèse qui serait alors en effet la seule possible et qu'il aurait eu le tort d'exclure. Il est difficile de mettre plus nettement l'accent sur l'impasse où l'on se trouve.

2. Cf. 87 *bc*, 89 *c-e*.

3. Cf. 87 *d*-89 *a*.

4. « On guide », en général : allusion à la comparaison de 97 *ab*.

## P. 166

1. Bien entendu, tant qu'il s'agira d'un savoir dont les seuls maîtres connus, pareillement récusables, sont ou bien les Sophistes, ou bien les traditions de la conscience collective.

2. Cf. 93 *a* sqq. : en réalité, ce n'est pas Anytos, mais Socrate qui les a nommés. — Il semble donc qu'Anytos, contrairement à ce que le passage de 95 *a* pouvait laisser croire, ne s'est pas retiré, ou qu'il est revenu.

3. Le mot grec dont se sert ici Platon est celui d'où viennent « poète », « poésie », « poème », mais il l'emploie évidemment dans le sens le plus large, celui de « créateurs », comme dans *Le Banquet*, 205 *bc*, 209 *a*. Pour ce qui suit, notamment en ce qui concerne la notion d'« enthousiasme », voir *Ion*, 533 *e*, et *Phèdre*, 244 *a*-245 *b*. Les mots « inspiration » ou « enthousiasme » sont des à-peu-près ou des décalques qui laissent en partie échapper le sens profond : un Dieu entre dans un homme et, le *possédant*, substitue sa personnalité à la sienne.

## P. 167

1. *Odyssée*, X, 495 sqq. (Circé s'adressant à Ulysse). — Inutile de souligner que Platon insinue ici la nécessité de fonder sur un savoir véritable la conduite des affaires de l'État.

## DU MÊME AUTEUR

*Dans la collection « Bibliothèque de la Pléiade »*

ŒUVRES COMPLÈTES

*Traduction, présentation et notes de Léon Robin, avec la collaboration de Joseph Moreau.*

Tome I : LE PETIT HIPPIAS – LE GRAND HIPPIAS – ION – PROTAGORAS – APOLOGIE DE SOCRATE – CRITON – ALCIBIADE – CHARMIDE – LACHÈS – LYSIS – EUTHYPHRON – GORGIAS – MÉNÉXÈNE – MÉNON – EUTHYDÈME – CRATYLE – LE BANQUET – PHÉDON – LA RÉPUBLIQUE.

Tome II : PHÈDRE – THÉÉTÈTE – PARMÉNIDE – LE SOPHISTE – LE POLITIQUE – TIMÉE – CRITIAS – PHILÈBE – LES LOIS – APPENDICE. Première section : ÉPINOMIS, LETTRES. Deuxième section : 1° DIALOGUES DOUTEUX : LE SECOND ALCIBIADE, HIPPARQUE, LES RIVAUX, THÉAGÈS, CLITOPHON, MINOS. 2° ÉCRITS APOCRYPHES : AXIOCHOS, DU JUSTE, DE LA VERTU, DÈMODOCOS, SISYPHOS, ÉRYXIAS, DÉFINITIONS.

*Dans la collection « Tel »*

HIPPIAS MINEUR — ALCIBIADE — APOLOGIE DE SOCRATE — EUTHYPHRON — CRITON — HIPPIAS MAJEUR — CHARMIDE — LACHÈS — LYSIS, édité et traduit par Maurice Croiset et Alfred Croiset, *n° 187.*

ION — MÉNÉXÈNE — EUTHYDÈME — CRATYLE, édité et traduit par Louis Méridier, *n° 204.*

PARMÉNIDE — THÉÉTÈTE — LE SOPHISTE, édité et traduit par Auguste Diès, *n° 214.*

PHÉDON — LE BANQUET — PHÈDRE, traduit par Paul Vicaire avec la collaboration de Jean Laborderie, édité par Paul Vicaire et Claudio Moreschini, *n° 195.*

LE POLITIQUE — PHILÈBE — TIMÉE — CRITIAS, édité et traduit par Auguste Diès et Albert Rivaud, *n° 213.*

PROTAGORAS — GORGIAS — MÉNON, édité et traduit par Alfred Croiset avec la collaboration de Louis Bodin, *n° 188.*

LA RÉPUBLIQUE. LIVRES I À X, édité et traduit par Émile Chambry, *n° 215.*

*Composition Interligne.*
*Impression Bussière Camedan Imprimeries*
*à Saint-Amand (Cher), le 1er juin 1999.*
*Dépôt légal : juin 1999.*
*Numéro d'imprimeur : 992543/1.*
ISBN 2-07-040996-1/Imprimé en France.

91083